ACADEMIA *de* VAMPIROS

ACADEMIA *de* VAMPIROS

RICHELLE MEAD

Tradução
Inês Cardoso & Paula di Carvalho

Rio de Janeiro, 2022

Título original: *Vampire Academy*

Diretora editorial: *Raquel Cozer*
Gerente editorial: *Alice Mello*
Editores: *Lara Berruezo e Victor Almeida*
Assistência editorial: *Anna Clara Gonçalves e Camila Carneiro*
Copidesque: *Fernanda Marão e Julia Vianna*
Revisão: *Anna Beatriz Seilhe*
Design de capa: *Renata Vidal*
Diagramação: *Abreu's System*

Dados Internacionais de Catalogação na Publicação (CIP)
(Câmara Brasileira do Livro, SP, Brasil)

Mead, Richelle
Academia de vampiros / Richelle Mead ; tradução Inês Cardoso , Paula Di Carvalho. –Rio de Janeiro : HarperCollins Brasil, 2022. – (Academia de vampiros ; 1)

Título original: Vampire academy
ISBN 978-65-5511-287-0

1. Ficção - Literatura juvenil 2. Vampiros - Literatura juvenil I. Título. II. Série.

22-99800 CDD-028.5

Índices para catálogo sistemático:
1. Ficção : Literatura juvenil 028.5
Aline Graziele Benitez - Bibliotecária - CRB-1/3129

HarperCollins Brasil é uma marca licenciada à Casa dos Livros Editora LTDA.

Rua da Quitanda, 86, sala 218 – Centro
Rio de Janeiro, RJ – CEP 20091-005
Tel.: (21) 3175-1030
www.harpercollins.com.br

Querido leitor, querida leitora,

Eu reúno ideias. Elas brotam na minha mente enquanto estou por aí fazendo coisas comuns, como compras no mercado ou me exercitando na bicicleta. Nenhumas dessas ideias se transforma na mesma hora em uma história. Elas são fragmentos. Talvez uma seja realmente legal. Outra talvez seja um dilema do "e se...". Ou ainda um personagem peculiar sobre quem vai ser divertido escrever. Na maior parte das vezes eu consigo reunir ideias suficientes, e tento juntá-las e montar uma história. Às vezes funciona. Às vezes não.

Em *Academia de vampiros* funcionou — melhor do que o esperado. Eu me apaixonei pelo mito romeno das duas raças de vampiros, e me tornei obcecada em pensar como eles criariam sociedades dentro da nossa. Eu li inúmeros livros sobre heroínas fodonas mas nunca sobre como elas se tornaram quem eram. O que elas fizeram quando eram mais novas? Como elas lidaram com a imprudência ao fazer a coisa certa? E, claro, havia a parte do romance: um pedacinho de uma ideia sobre uma garota apaixonada por seu mentor e as consequências desse amor.

Agora, dez anos depois, a reunião de todas as ideias sobre a história dessa garota se tornou seis livros e um spin-off que são amados no mundo inteiro. Eu conheço leitores que tem as tatuagens de Rose. Que se identificam com ela. Que sonham com ela. E ver a emoção de leitores como você é mais maravilhoso do que consigo explicar. Nunca imaginei que teria a oportunidade de conhecer tanta gente maravilhosa.

Nesta edição de aniversário, incluí algumas histórias que sempre quis contar e que vão ajudar a refrescar alguns eventos deste primeiro livro e responder as questões que muitos leitores têm. Como os pais de Christian se tornaram Strigoi? Como foi para Lissa ter fugido da São Vladimir? O que Dimitri achou de Rose ao conhecê-la? E o que Rose faz no tempo livre quando não está salvando a civilização Moroi?

As respostas para essas e outras questões estão disponíveis no fim deste livro. Espero que leitores amem essa pequena bisbilhotada no universo de ACADEMIA DE VAMPIROS porque eu amei muito ter a chance de revisitá-lo. Mesmo quando a série Bloodlines saiu, os personagens ainda têm uma vida própria, graças aos fãs que continuam os amando. Sou extremamente grata aos leitores que permaneceram fiéis e apaixonados pela série depois de todos esses anos. Vocês fizeram do ato de escrever uma alegria. E quem sabe? Talvez venham mais aventuras de Rose e sua gangue no futuro.

Com amor,
Richelle Mead -
para a edição comemorativa de dez anos

UM

Senti medo antes de ouvir os gritos.

O pesadelo dela pulsou dentro de mim, me arrancando do meu próprio sonho, em que eu estava numa praia e Orlando Bloom passava óleo de bronzear no meu corpo. Imagens — dela, não minhas — invadiram a minha mente: fogo e sangue, o cheiro da fumaça, a lataria retorcida de um carro. As figuras me circundavam, me sufocando, até que alguma parte racional do meu cérebro me lembrou de que aquele não era o *meu* sonho.

Acordei, mechas de cabelos escuros e compridos grudados na testa.

Lissa estava deitada em sua cama, se debatendo e gritando. Pulei da minha cama e cruzei rapidamente os poucos centímetros que nos separavam.

— Liss — chamei, sacudindo seu corpo de leve. — Liss, acorda.

Os gritos cessaram, substituídos por um pranto leve.

— Andre — gemeu ela. — Ai, meu Deus.

Eu a ajudei a se sentar.

— Liss, você não está mais lá. Acorda.

Depois de alguns minutos, seus olhos se abriram, hesitantes, e, sob a luz fraca, vi um lampejo de consciência começando a ocupar sua mente. A respiração frenética foi se acalmando, e ela se recostou em mim, descansando a cabeça no meu ombro. Eu a abracei e passei a mão em seus cabelos.

— Tudo bem. — Tentei acalmá-la. — Tá tudo bem.

— Tive aquele sonho.

— É. Eu sei.

Ficamos sentadas ali por algum tempo, sem dizer mais nada. Quando senti que ela estava se acalmando, me inclinei em direção à mesinha de cabeceira que ficava entre as nossas camas e acendi o abajur. A luz era fraca, mas nenhuma de nós precisava de muita claridade para enxergar. Atraído pela luz, Oscar, o gato do cara que dividia a casa conosco, saltou para dentro do quarto pela janela aberta.

Ele passou longe de mim — por alguma razão, os animais não gostam de dampiros —, mas subiu na cama e roçou a cabeça em Lissa, ronronando baixinho. Os animais não têm problema algum com os Moroi, e todos amavam Lissa de modo especial. Sorrindo, ela fez um carinho no queixo dele, e eu senti que aos poucos ela estava se acalmando.

— Quando foi a última vez que você se alimentou? — perguntei, estudando sua fisionomia. Sua pele clara estava mais pálida do que de costume. Círculos escuros se estendiam sob os olhos, e ela parecia enfraquecida. Tinha sido uma semana puxada na escola, e eu não conseguia lembrar a última vez que eu fornecera sangue a ela. — Faz mais de dois dias, não faz? Três? Por que você não disse nada?

Ela deu de ombros e evitou me encarar.

— Você estava ocupada. Eu não quis...

— Ocupada? Nada a ver — interrompi, mudando de posição. Era de se esperar que ela parecesse tão fraca. Oscar, evitando a minha aproximação, saltou da cama e voltou para a janela, de onde podia assistir a tudo a uma distância segura. — Venha. Você precisa se alimentar.

— Rose...

— Venha. Você vai se sentir melhor.

Inclinei a cabeça e joguei meu cabelo para trás, deixando o pescoço à mostra. Ela hesitou, mas a visão do meu pescoço e do que ele oferecia era tentadora demais. Uma expressão faminta invadiu seu rosto, e seus lábios se abriram de leve, expondo os caninos que ela mantinha escondidos quando circulava entre os humanos. Aqueles caninos contrastavam estranhamente com o restante de suas feições. Seu belo rosto e o cabelo loiro-claro davam a ela a aparência mais de um anjo do que de uma vampira.

Assim que seus dentes se aproximaram da minha pele nua, senti o coração disparar em um misto de medo e ansiedade. Sempre detestei sentir essa expectativa, mas era inerente a mim, uma fraqueza que eu não conseguia conter.

Seus caninos rasgaram a minha pele, com força, e eu gritei, sentindo a breve chama da dor. Depois a dor se transformou numa imensa e maravilhosa alegria que se espalhou por todo o meu corpo. Aquilo era melhor do que todas as vezes em que eu estivera bêbada ou chapada. Era melhor do que sexo — ou pelo menos eu imaginava que fosse, já que eu nunca tinha transado. Era um cobertor de puro prazer, de um prazer refinado que me envolvia e trazia a promessa de que tudo ficaria bem no mundo. E o prazer continuava a me preencher. A química da saliva dela disparava uma onda de endorfina, e eu perdia a noção do mundo, perdia a noção de quem eu era.

Então, infelizmente, acabou. Foi menos de um minuto.

Ela se afastou, passando as costas das mãos nos lábios, enquanto me examinava com o olhar.

— Você está bem?

— Eu... estou. — Me deitei de costas na cama, tonta por causa da perda de sangue. — Só preciso descansar um pouco. Estou bem.

Seus olhos claros, de um verde cor de jade, me olhavam com preocupação. Ela se levantou.

— Vou ver alguma coisa para você comer.

Meu protesto chegou sufocado aos meus lábios, e ela saiu antes que eu conseguisse formar uma frase. O frisson da mordida dela em mim se esvanecera assim que o contato físico se interrompeu, mas um rastro dele ainda corria pelas minhas veias, e eu senti um sorriso tolo invadir meus lábios. Virei a cabeça e vi Oscar, ainda sentado na janela.

— Você não sabe o que está perdendo — disse a ele.

Sua atenção agora estava concentrada em algo lá fora. Ele se agachou e eriçou o pelo preto escuro. Depois contorceu o rabo.

O sorriso desapareceu do meu rosto, e fiz um esforço para me sentar. O mundo à minha volta girava, e esperei até que ele parasse para tentar ficar de pé. Quando consegui, a tontura tomou conta de mim novamente, e dessa vez se recusou a ir embora. Mesmo assim, fui aos tropeços até a janela para ver, ao lado de Oscar, o que havia do lado de fora da janela. Ele me olhou cauteloso, se afastou um pouco para o lado, e depois voltou novamente os olhos para o que chamara a sua atenção.

Uma brisa morna — morna demais para um outono em Portland — brincou com os meus cabelos quando me debrucei na janela. A rua estava escura e relativamente silenciosa. Eram três horas da manhã, basicamente a única hora em que não há movimento no campus de uma faculdade, ou em que *quase* não há movimento. A casa na qual há oito meses alugávamos um quarto ficava numa rua residencial cheia de casas velhas e de arquiteturas variadas. Do outro lado da rua, a lâmpada de um poste de luz piscava, prestes a se apagar, mas ainda fornecia claridade suficiente para distinguir as formas dos carros e dos prédios. No nosso quintal, dava para ver as silhuetas das árvores e dos arbustos.

E um homem me observando.

Assustada, me afastei da janela. O vulto estava de pé ao lado de uma árvore no quintal, a uns dez metros de distância, de onde ele podia facilmente ver através da janela. Ele estava tão perto que eu provavelmente conseguiria atingi-lo se jogasse algo em sua direção. Com certeza ele estava perto o suficiente para ver o que Lissa e eu tínhamos acabado de fazer.

As sombras o cobriam tão bem que, mesmo com minha visão aguçada, não consegui enxergar suas feições, apenas a altura. Ele era alto. Muito alto. Ficou ali de pé, pouco visível, por apenas um instante, e depois se afastou e desapareceu escondido pelas sombras das árvores que ficavam mais adiante no quintal. Eu estava certa de ter percebido mais alguém se movimentando ali por perto e se juntando a ele antes que a escuridão os engolisse.

Fossem quem fossem, Oscar não gostou nada deles. À exceção de mim, ele geralmente se dava bem com a maioria das pessoas, e se deixava perturbar apenas quando alguém parecia uma ameaça iminente para ele. O sujeito do lado de fora não fez nada de intimidante para Oscar, mas o gato sentiu algo, algo que o deixou em alerta.

Algo semelhante ao que ele sempre sentira em mim.

Um medo de arrepiar percorreu meu corpo, quase — mas não inteiramente — eliminando o agradável êxtase da mordida de Lissa. Afastando-me da janela, me enfiei de qualquer jeito numa calça jeans que encontrei no chão, quase caindo enquanto a vestia. Depois de vestida, apanhei meu casaco e o de Lissa, e também nossas mochilas. Enfiando os pés no primeiro par de sapatos que encontrei, me dirigi para a porta.

Lá embaixo, encontrei Lissa na cozinha desarrumada, fuçando a geladeira. Um dos caras que dividiam a casa com a gente, Jeremy, estava sentado à mesa com as mãos na testa, olhando tristemente para um livro de Cálculo. Lissa olhou para mim surpresa.

— Você não devia estar de pé.

— Temos que sair daqui. Agora.

Ela arregalou os olhos, e, um segundo depois, compreendeu do que se tratava.

— Você tem... mesmo? Você tem certeza?

Fiz que sim com a cabeça. Não sabia explicar por que eu tinha certeza. Mas eu tinha.

Jeremy olhou intrigado para nós.

— Aconteceu alguma coisa?

Tive uma ideia.

— Liss, pegue a chave do carro dele.

Ele olhava para cada uma de nós alternadamente.

— O que vocês estão…

Lissa caminhou até ele sem hesitar. O medo dela me invadiu por meio de nosso laço psíquico, mas havia algo além do temor: a certeza plena dela de que eu cuidaria de tudo, de que ambas ficaríamos seguras. Como sempre, eu esperava me mostrar merecedora de tamanha confiança.

Ela abriu um sorriso largo e olhou bem dentro dos olhos dele. Durante um momento, Jeremy apenas olhou para ela, ainda confuso, e então o transe tomou conta dele. Seus olhos ficaram vítreos, e ele a olhou de modo submisso, em estado de adoração.

— Vamos precisar do seu carro — informou com voz suave. — Onde está a chave?

Ele sorriu e eu estremeci. Eu tinha uma alta capacidade de resistência à compulsão, mas, ainda assim, podia sentir seus efeitos mesmo quando dirigida a outra pessoa. Mas também estremeci porque, durante toda a minha vida, me ensinaram que era errado usar a compulsão. Jeremy tirou do bolso um molho de chaves amontoadas num grande chaveiro vermelho e o entregou a Lissa.

— Obrigada — disse Lissa. — E onde está o carro?

— Na rua, mais pra baixo — respondeu ele, em transe. — Na esquina. Na Brown. — Quatro quarteirões de distância.

— Obrigada — agradeceu ela, se afastando. — Assim que sairmos, quero que você volte a estudar. Esqueça que nos viu esta noite.

Servil, ele fez um sinal afirmativo com a cabeça. Tive a impressão de que ele teria se jogado de um penhasco sem hesitar se ela tivesse pedido. Todos os humanos são suscetíveis à compulsão, mas Jeremy parecia mais fraco do que a maioria. Isso foi bem útil naquele momento.

— Vamos — insisti. — Temos que ir.

Saímos e fomos em direção à esquina que ele nos indicou. Eu ainda estava tonta por causa da mordida e andando meio trôpega, e não conseguia me movimentar com a rapidez que desejava. Lissa teve de me amparar algumas vezes para que eu não caísse. O tempo todo a angústia dela invadia meu pensamento, vinda diretamente da sua mente. Tentei ignorar ao máximo; já tinha de lidar com os meus próprios medos.

— Rose... o que você vai fazer se nos pegarem? — sussurrou ela.

— Eles não vão nos pegar — respondi com segurança. — Não vou deixar.

— Mas, se nos encontraram...

— Eles já nos encontraram antes. E não conseguiram nos pegar. Vamos de carro até a estação de trem e de lá vamos para Los Angeles. Eles vão perder o nosso rastro.

Fiz com que o plano parecesse simples. Era o que eu sempre fazia, embora não fosse nada simples estar sempre fugindo das pessoas com as quais tínhamos crescido. Estávamos fugindo há dois anos, nos escondendo onde desse e tentando ver se ao menos conseguíamos terminar o ensino médio. Nosso último ano do ensino médio acabara de começar, e morar num campus universitário parecia de algum modo mais seguro. Estávamos muito perto da liberdade.

Ela não disse mais nada, e senti a confiança que ela sentia por mim aumentar mais uma vez. Sempre foi assim entre nós. Eu era a que agia, que fazia as coisas acontecerem — às vezes precipitadamente. Ela era a mais racional, a que planejava as coisas e as pesquisava à exaustão antes de agir. Ambos os estilos tinham as suas vantagens, mas, naquele momento, era preciso agir rápido. Não tínhamos tempo para hesitar.

Lissa e eu éramos a melhor amiga uma da outra desde o jardim de infância, quando a nossa professora nos pôs em dupla para fazermos trabalhos escolares juntas. Forçar crianças de cinco anos a soletrar *Vasilisa Dragomir* e *Rosemarie Hathaway*, porém, era algo que ia além da crueldade, e nós — ou melhor, eu — respondemos à altura. Atirei meu livro na professora e a chamei de fascista canalha. Eu não sabia o que aquelas palavras significavam, mas sabia muito bem como atingir um alvo em movimento.

Lissa e eu nos tornamos inseparáveis desde então.

— Você ouviu isso? — perguntou ela de repente.

Levei alguns segundos para me dar conta do que os sentidos aguçados dela já haviam percebido. Passos, movendo-se rapidamente.

Contraí o rosto, preocupada. Tínhamos ainda dois quarteirões pela frente.

— Vamos ter que correr até o carro — disse, agarrando o braço dela.

— Mas você não pode...

— Corre.

Usei até a última reserva de força de vontade que ainda tinha para não desmaiar na calçada. Meu corpo não queria correr depois de ter perdido tanto sangue e ainda metabolizava os efeitos da saliva dela. Mas ordenei aos meus músculos que parassem de reclamar e me agarrei à Lissa enquanto nossos pés se moviam pesadamente sobre o concreto. Em geral eu corria mais rápido do que ela sem muito esforço — e hoje ainda mais, já que ela estava descalça —, mas, naquela noite, era ela quem me mantinha de pé.

Os passos que nos perseguiam foram ficando mais fortes, e chegando mais perto. Estrelas escuras dançavam diante dos meus olhos. À nossa frente, visualizei o Honda verde de Jeremy. Meu Deus, se ao menos conseguíssemos chegar até ele...

A pouco mais de três metros do carro, um homem atravessou bem no meio do nosso caminho. Paramos bruscamente, e puxei Lissa pelo braço para fugirmos para o lado contrário. Era ele, o sujeito que vi pela janela. Ele era mais velho do que a gente, com seus vinte e tantos anos, talvez, e era tão alto quanto pareceu, acho que um metro e noventa ou noventa e cinco de altura. E, em outras circunstâncias — digamos, se ele não estivesse nos perseguindo — eu o teria achado lindo. Cabelos castanhos na altura dos ombros, presos num curto rabo de cavalo. Olhos castanho-escuros. Um casaco longo marrom como os que os cavaleiros usavam, não exatamente uma capa de chuva. Um sobretudo, acho que é esse o nome.

Mas o fato de ser um cara bonito era irrelevante agora. Ele era apenas um obstáculo impedindo Lissa e eu de alcançarmos o carro e a nossa liberdade. Os passos atrás de nós diminuíram, e eu percebi que nossos perseguidores afinal haviam nos alcançado. Vindo de ambos os lados, detectei mais movimento, mais pessoas fechando o círculo. Deus. Eles mandaram quase uma dúzia de guardiões para nos levar de volta. Eu não podia acreditar. A própria rainha não levava tantos guardiões com ela em suas viagens.

Em pânico e sem o controle total de minha racionalidade mais aguçada, agi por instinto. Grudei em Lissa, mantendo-a atrás de mim e longe do homem que parecia ser o líder do grupo de perseguidores.

— Deixe ela em paz — rosnei. — Não toque nela.

A expressão dele era vazia, mas estendeu a mão num gesto que supostamente pedia calma, como se eu fosse um animal furioso que ele planejasse sedar.

— Eu não vou...

Ele deu um passo à frente. Chegou perto demais.

Eu o ataquei, dando um salto e usando uma manobra ofensiva que eu não usava havia dois anos, desde que Lissa e eu tínhamos fugido. O gesto foi burro, mais uma reação guiada pelo instinto e pelo medo. Não tinha como dar certo. Ele era um guardião experiente, não um aprendiz em treinamento. Além disso, ele não estava fraco e quase a ponto de desmaiar.

E, caramba, ele era rápido. Já tinha me esquecido de como os guardiões podem ser rápidos, de como eles conseguem se movimentar e atacar como cobras. Ele me derrotou como quem afasta uma mosca. As mãos dele bateram em mim e me jogaram para trás. Não creio que ele tivesse a intenção de bater com tanta força — provavelmente queria apenas me tirar do caminho —, mas a minha falta de coordenação interferiu na minha capacidade de reação. Sem conseguir me manter de pé, comecei a cair, indo imediatamente em direção à calçada num ângulo torto, primeiro com os quadris. Ia doer. Doer muito.

Mas não aconteceu.

Num gesto tão rápido quanto o que usou para bloquear o meu golpe, o homem se esticou e alcançou o meu braço, me mantendo de pé. Quando consegui me estabilizar, percebi que ele me encarava

— ou, mais precisamente, que olhava fixo para o meu pescoço. Ainda desorientada, não entendi de imediato. Depois, aos poucos, com minha mão que estava livre, alcancei meu pescoço e toquei levemente na ferida que Lissa fizera mais cedo. Quando tirei os dedos, vi que havia um sangue grudento e escuro em minha pele. Constrangida, balancei o cabelo de modo a fazer com que caísse para a frente, em torno do meu rosto. Ele era pesado e comprido, a ponto de cobrir todo o pescoço. Eu o deixei crescer exatamente para isso.

Os olhos escuros dele se demoraram um pouco mais sobre a mordida agora coberta e depois encontraram os meus. Respondi com um olhar desafiador e rapidamente me livrei da mão dele, que ainda me agarrava pelo braço. Ele me soltou, embora eu soubesse que poderia ter me mantido presa a noite inteira se quisesse. Lutando contra a tontura nauseante, me aproximei de Lissa novamente para protegê-la, acreditando que haveria um novo ataque. Ela segurou a minha mão de supetão.

— Rose — disse com suavidade. — Não.

Suas palavras, a princípio, não surtiram qualquer efeito em mim, mas, aos poucos, pensamentos tranquilizadores foram se instalando na minha mente, passando dela para mim por meio do laço que nos unia. Aquilo não era exatamente compulsão — ela não usaria essa habilidade comigo —, mas era eficaz, assim como o reconhecimento do fato de que eles estavam desanimadoramente em maior número do que nós e eram lutadores mais experientes. Até eu sabia que não tinha mais jeito. A tensão abandonou o meu corpo, e eu cedi, derrotada.

Percebendo a minha submissão, o homem deu um passo à frente, voltando agora a atenção para Lissa. Seu rosto estava calmo. Ele fez uma reverência e a fez graciosamente, o que me surpreendeu, considerando sua altura.

— Meu nome é Dimitri Belikov — disse. Percebi um leve sotaque russo. — Estou aqui para levá-la de volta à Escola São Vladimir, princesa.

Dois

Apesar do meu ódio, tive de admitir que Dimitri Beli-sei-lá-o-quê era muito inteligente. Depois que nos levaram à força para o aeroporto e nos puseram dentro do avião particular da Escola, ele nos viu cochichando uma com a outra e ordenou que nos separassem.

— Não deixem elas falarem uma com a outra — avisou ele ao guardião, que me escoltou até o fundo do avião. — Juntas, em cinco minutos elas arquitetam um plano de fuga.

Lancei um olhar altivo e saí andando com raiva pelo corredor. Não importava o fato de estarmos realmente planejando um jeito de escapar.

As coisas não pareciam mesmo estar nada boas para os nossos heróis — ou melhor, heroínas. Uma vez voando, nossas chances de fuga diminuíam mais ainda. Mesmo supondo que acontecesse um milagre e eu conseguisse derrotar todos aqueles dez guardiões, ainda teríamos de enfrentar o desafio de sair do avião. Imaginei que eles tivessem paraquedas a bordo em algum lugar, mas, no caso improvável de eu conseguir fazer algum deles funcionar, havia ainda outra pequena questão, a da sobrevivência, uma vez que nós muito provavelmente pousaríamos em algum lugar na região das Montanhas Rochosas.

Não, não poderíamos sair daquele avião antes que pousasse no interior do estado de Montana. Eu tinha, então, que pensar em alguma coisa para *depois* disso. Algo que envolvesse escapar da vigilância mágica da Escola e de um número dez vezes maior de guardiões. Certo. Sem problemas.

Embora Lissa estivesse sentada na parte da frente do avião com o sujeito russo, o medo dela atravessava todo o corredor e chegava até mim, pulsando dentro da minha cabeça como um martelo. A preocupação com ela interrompeu a fúria que estava sentindo. Eles não podiam levá-la de volta, não para aquele lugar. Fiquei pensando se Dimitri não teria hesitado se pudesse sentir o que eu sentia e se soubesse o que eu sabia. Provavelmente não. Ele não se importava.

Como era de praxe, as emoções dela ficaram tão fortes que, por um momento, fiquei desorientada pela sensação de estar sentada na poltrona dela — na sua pele até. Isso acontecia às vezes, e sem muito aviso. Ela me puxava para dentro da sua cabeça. Percebi a figura alta de Dimitri ao meu lado, e minha mão — a mão dela — pegando uma garrafa d'água. Ele se inclinou para a frente, para apanhar alguma coisa, revelando seis pequenos símbolos tatuados em sua nuca: marcas *molnija*. Elas pareciam dois riscos entalhados em forma de raio que se cruzavam num X. Um para cada Strigoi que ele matou. Acima deles havia uma linha serpenteada, meio como uma cobra, que provava que ele era um guardião. A marca da promessa.

Piscando os olhos, lutei contra ela e voltei para a minha própria cabeça contorcendo o rosto. Eu odiava quando isso acontecia. Sentir os sentimentos de Lissa tudo bem, mas escorregar para dentro dela era uma coisa que não gostávamos. Ela via isso como uma invasão de privacidade, então geralmente não contava para ela quando acontecia. Nenhuma de nós conseguia controlar isso. Era uma consequência a mais do laço, um laço que nenhuma de nós duas entendia bem. Existem lendas sobre conexões psíquicas entre os Moroi e seus guardiões, mas as histórias nunca mencionaram esse tipo de ligação. Desajeitadamente, procurávamos lidar com aquilo da melhor maneira que podíamos. Perto do final do voo, Dimitri veio até onde eu estava sentada e trocou de lugar com o guardião ao meu lado. Virei a cabeça para a janela e fiquei olhando para fora com ar distraído.

Vários minutos de silêncio se passaram. Finalmente ele disse:

— Você ia mesmo atacar a gente?

Não respondi.

— Fazer aquilo... proteger a princesa como você fez... foi uma coisa muito corajosa. — Ele fez uma pausa. — *Estúpida*, mas corajosa, de qualquer maneira. Por que você ainda assim tentou?

Olhei rapidamente para ele, com ar superior, afastando o cabelo que caía sobre o meu rosto para que eu pudesse olhar para ele de igual para igual.

— Porque eu sou a guardiã dela. — Voltei a olhar para a janela.

Depois de outro momento de silêncio, ele se levantou e voltou para a parte da frente do avião.

Quando pousamos, Lissa e eu não tivemos escolha. Fomos obrigadas a deixar que os guardiões nos levassem até a Escola. O carro parou no portão, e nosso motorista falou com os guardas, que se certificaram então de que não éramos Strigoi prontas para fazer uma grande matança. Depois de algum tempo, deixaram que passássemos pela vigilância e subíssemos até a Escola. O sol estava se pondo — o início do dia para os vampiros — e o campus estava envolto em sombras.

Provavelmente estava tudo igual: extenso e gótico. Os Moroi eram fiéis às tradições; nada mudava para eles. Aquela escola não era tão antiga quanto as europeias, mas fora construída no mesmo estilo. Os prédios tinham uma arquitetura elaborada, quase de igreja, com torres altas e pedras esculpidas. Portões de ferro trabalhado guardavam pequenos jardins e vãos de entrada aqui e ali. Depois de morar num campus universitário, pude perceber o quanto aquele lugar se parecia mais com uma universidade do que com uma escola típica de ensino médio.

Nós ficaríamos no campus secundário, que era dividido entre o ensino básico e o ensino médio. Cada prédio foi construído em volta de um enorme pátio quadrangular a céu aberto, decorado com caminhos de pedras e gigantescas árvores centenárias. Estávamos indo em direção ao pátio do ensino médio, que tinha prédios de salas de aula de um lado e dormitórios de vampiros e salas de academia do outro. Os dormitórios dos Moroi ficavam no final de um dos lados, e em frente a eles estavam os prédios da administração, onde também funcionava o ensino básico. Os alunos mais novos moravam no campus do primário, mais além, a oeste.

Em volta de todos os campi havia espaço, espaço e mais espaço. Afinal de contas estávamos em Montana, a quilômetros de distância de qualquer cidade grande. O ar entrou suavemente pelos meus pulmões e cheirava a pinho e a folhas molhadas. Florestas enormes contornavam os perímetros da Escola, e, durante o dia, era possível ver montanhas se erguendo ao longe.

Enquanto caminhávamos para a parte principal da área do ensino médio, escapei do meu guardião e corri até Dimitri.

— Ei, camarada.

Ele continuou andando e não olhou para mim.

— Quer conversar agora?

— Você tá nos levando para a Kirova?

— *Diretora* Kirova — corrigiu ele. Do outro lado, Lissa me lançou um olhar que dizia *não comece nenhuma confusão*.

— Diretora. Que seja. Ela continua sendo uma velha convencida, aquela pira...

Minha fala foi interrompida porque os guardiões nos fizeram atravessar uma série de portas que davam direto nos refeitórios. Suspirei. Essas pessoas eram *tão* cruéis a esse ponto? Havia ao menos uma dúzia de caminhos para chegar ao escritório de Kirova, e estavam nos fazendo passar bem no meio do refeitório.

E era o horário do café da manhã.

Guardiões aprendizes — dampiros como eu — e Moroi estavam sentados juntos, comendo e conversando, com os rostos curiosos por qualquer que fosse a fofoca que estivesse em alta na Escola. Quando entramos, o barulho alto das conversas parou imediatamente, como se alguém tivesse desligado um interruptor. Centenas de olhos se voltaram para nós.

Respondi ao olhar dos meus ex-colegas de classe com um sorriso preguiçoso, tentando ver se alguma coisa havia mudado. Não. Nada parecia ter mudado. Camille Conta mantinha o ar afetado, uma cachorra perfeitamente arrumadinha, eu bem me lembrava, ainda era a mesma que se autonomeara líder da panelinha da realeza dos Moroi da Escola. Mais para o lado, a quase-prima boba de Lissa, Natalie, observava tudo com os olhos arregalados, tão inocente e ingênua quanto antes.

E do outro lado da sala... bom, taí algo interessante. Aaron. Pobre, pobre Aaron, que sem dúvida ficou triste quando Lissa foi embora. Continuava tão bonitinho como sempre — talvez um pouco mais agora —, com aqueles mesmos cabelos loiros que completavam os dela tão bem. Os olhos dele acompanhavam todo e qualquer movimento de Lissa. É. Definitivamente não a esquecera ainda. Isso era bem triste mesmo, pois Lissa nunca foi tão apaixonada assim por ele. Acho que saía com ele apenas porque isso parecia ser o que se esperava dela.

Mas o que achei mais interessante foi que Aaron, pelo visto, encontrara uma maneira de passar o tempo sem a companhia de Lissa. Ao seu lado e segurando a sua mão, havia uma garota Moroi que parecia ter uns onze anos, mas que devia ser mais velha, a não ser que ele tivesse se transformado numa espécie de pedófilo durante a nossa ausência. Suas pequenas bochechas gorduchas e os cachos dourados a deixavam com um ar de boneca de porcelana. Uma boneca de porcelana brava e má. Ela apertou bem a mão dele e lançou para Lissa um olhar cheio de um ódio tão violento que me deixou perplexa. Mas por que diabos aquilo me incomodou? Eu nem conhecia a garota. Era só uma namorada ciumenta, pensei. Eu também ficaria zangada se o meu namorado olhasse para outra garota daquele jeito.

Nossa humilhante caminhada, graças aos céus, chegou ao fim, embora o novo cenário — o escritório da diretora Kirova — não tenha melhorado muito as coisas. A velha bruxa mantinha a mesma aparência de quando tínhamos ido embora, nariz pontudo e cabelos grisalhos.

Era alta e magra, como a maioria dos Moroi, e sempre me lembrou um abutre. Eu a conhecia bem pois já passara muito tempo em seu escritório.

Quase todos os guardiões que nos escoltavam saíram depois que Lissa e eu nos sentamos, e eu me senti quase que como uma prisioneira. Ficaram apenas Alberta, a capitã dos guardiões da escola, e Dimitri. Eles se posicionaram estrategicamente contra a parede, estoicos e aterrorizantes, exatamente como exigia a função que desempenhavam.

Kirova fixou os olhos raivosos em nós e abriu a boca para começar um discurso que sem dúvida seria uma grande sessão de recriminações. Uma voz grave e gentil a interrompeu:

— Vasilisa.

Espantada, me dei conta de que havia mais alguém na sala. Não tinha notado. Um descuido para uma guardiã, mesmo para uma aprendiz. Com grande esforço, Victor Dashkov se levantou de uma cadeira no canto da sala. *Príncipe* Victor Dashkov. Lissa se levantou num pulo e correu em sua direção, atirando os braços em torno do frágil corpo dele.

— Tio — sussurrou. Parecia estar à beira das lágrimas ao abraçá-lo com ainda mais força.

Com um leve sorriso, ele gentilmente deu um tapinha nas costas dela.

— Você não tem ideia de como estou feliz em te ver a salvo, Vasilisa. — Ele então olhou para mim. — E você também, Rose.

Fiz um sinal afirmativo com a cabeça, tentando não demonstrar o quanto eu estava chocada. Ele já estava doente quando nós fugimos, mas aquilo... aquilo era *horrível*. Ele era o pai de Natalie, tinha apenas quarenta anos ou um pouco mais, mas aparentava o dobro da idade. Pálido. Debilitado. Com as mãos trêmulas. Fiquei com o coração partido ao vê-lo daquele jeito. Com tantas pessoas horríveis no mundo, não era justo que logo aquele homem tivesse uma doença que iria matá-lo tão cedo e que, em última instância, não permitiria que se tornasse rei.

Embora não fosse de fato seu tio — os Moroi, especialmente os da realeza, usam termos familiares de maneira bastante abrangente —, Victor era um grande amigo da família de Lissa e se esforçara ao máximo para ajudá-la depois que seus pais morreram. Eu gostava dele; era a primeira pessoa que eu gostava de ver ali.

Kirova os deixou à vontade mais alguns minutos e depois fez com que Lissa voltasse a se sentar.

Hora do sermão.

Foi um bom sermão — uma das maiores qualidades dela era saber dizer algo. Era mestra em sermões. Tenho certeza de que essa foi a única razão que a levou para a administração da escola, porque eu ainda não registrei qualquer evidência de que ela realmente gostasse de crianças. O discurso abordou os tópicos de sempre: responsabilidade, comportamento inconsequente, egoísmo... blá, blá, blá. Imediatamente me vi divagando, ponderando sobre a logística de uma fuga pela janela do escritório dela.

Mas quando o discurso se voltou para mim — bom, foi aí que comecei a prestar atenção nele.

— Você, senhorita Hathaway, quebrou a promessa mais sagrada entre nós: a promessa que um guardião faz de proteger um Moroi. É uma imensa responsabilidade. Responsabilidade que você violou ao egoisticamente levar a princesa para longe daqui. Os Strigoi teriam adorado acabar de uma vez com os Dragomir; *você* quase deu a eles a chance de fazer isso.

— Rose não me obrigou a nada — disse Lissa antes que eu pudesse interferir, com a voz e o semblante calmos, apesar de sua inquietação. — Eu quis ir. Não a culpe por isso.

A diretora Kirova nos olhou decepcionada e andou pelo escritório com as mãos cruzadas às costas retas.

— Senhorita Dragomir, o plano inteiro pode ter sido orquestrado pela senhorita, como até posso imaginar, mas, ainda assim, a responsabilidade de se certificar de que ele não seria levado a cabo era dela. Se tivesse feito o que seria sua obrigação, teria reportado esses planos a alguém. Se tivesse cumprido com o seu dever, ela a teria mantido a salvo.

Eu me revoltei.

— Eu cumpri com o *meu* dever! — gritei, levantando de um salto da minha cadeira. Dimitri e Alberta se sobressaltaram, mas me deixaram livre uma vez que eu não estava tentando bater em ninguém. Ainda. — Eu a mantive a salvo, sim! Eu a mantive a salvo quando nenhum de *vocês*... — fiz um gesto largo abrangendo todo o escritório — pôde manter. Eu a levei embora e a protegi. Fiz o que eu tinha de fazer. Vocês com certeza não a protegeriam.

Através do laço, senti Lissa tentando me mandar mensagens de calma, tentando me impedir mais uma vez de deixar que a raiva tomasse conta de mim. Tarde demais.

Kirova me encarou com uma expressão vazia.

— Senhorita Hathaway, perdoe-me se eu não entendo a lógica que a levou a concluir que tirar Lissa de um espaço altamente seguro, magicamente guardado, significava protegê-la. A não ser que exista algo que você não esteja nos contando.

Mordi o lábio.

— Compreendo. Bom, então suponho que o único motivo que as levou a fugir... tirando, evidentemente, a curiosidade pelo novo que havia nisso... foi evitar as consequências do que a senhorita aprontou pouco antes de desaparecer.

— Não, isso não é...

— E isso torna as minhas decisões muito mais fáceis de serem tomadas. Como uma Moroi, a princesa deve permanecer na Escola para a sua própria segurança, mas nós não temos nenhuma obrigação com relação a você. Você será mandada embora assim que for possível.

A minha insolência murchou.

— Eu... o quê?

Lissa se levantou.

— A senhora não pode fazer isso! Ela é a minha guardiã.

— Ela não é nada disso, principalmente porque nem guardiã de verdade ela é. É ainda uma aprendiz.

— Mas os meus pais...

— Eu sei o que os seus pais desejavam, Deus guarde as suas almas, mas as coisas mudaram. A senhorita Hathaway é substituível. Ela não merece ser guardiã, portanto irá embora.

Encarei Kirova, incapaz de acreditar no que eu estava ouvindo.

— Para onde a senhora vai me mandar? Para ficar com a minha mãe, no Nepal? Será que ela chegou a dar pela minha falta? Ou será que a senhora está pensando em me mandar para junto do meu *pai*?

Os olhos dela se aguçaram ao ouvir esta última palavra. Quando falei novamente, minha voz soou tão fria que mal a reconheci.

— Ou talvez a senhora tente fazer de mim uma prostituta de sangue. Tente isso, e estaremos bem longe daqui até o final do dia.

— Senhorita Hathaway — sibilou ela. — A senhorita está saindo da linha.

— Existe um laço entre elas. — O sotaque e a voz baixa de Dimitri quebraram a tensão pesada que havia no ambiente, e todos nós nos voltamos para ele. Acho que Kirova se esquecera de que ele estava lá, mas eu não. A presença dele era poderosa demais para ser ignorada. Ele continuou de pé contra a parede, uma espécie de caubói sentinela metido naquele casaco exageradamente longo que usava. Ele olhou para mim, não para Lissa, seus olhos escuros voltados em minha direção, mas era como se não me enxergasse. — Rose sabe o que Vasilisa sente. Não sabe?

Eu pelo menos tive a satisfação de ver Kirova baixar a guarda quando olhou para mim e para Dimitri.

— Não... isso é impossível. Há séculos algo assim não acontece.

— É evidente — disse ele. — Suspeitei logo que comecei a observá-las.

Lissa e eu não respondemos, e evitei trocar olhares com ele.

— Isso é um dom — murmurou Victor, do canto onde estava sentado. — Algo raro e maravilhoso.

— Os melhores guardiões sempre tiveram esse laço — acrescentou Dimitri. — Nas histórias...

A revolta de Kirova voltou.

— Histórias que têm centenas de anos — exclamou. — Certamente você não está sugerindo que a deixemos permanecer na Escola depois de tudo o que fez.

Ele deu de ombros.

— Ela pode ser malcriada e desrespeitosa, mas se tem potencial...

— Malcriada e desrespeitosa? — interrompi. — Quem é você, afinal? Algum tipo de ajuda terceirizada?

— O guardião Belikov é o guardião da princesa agora — disse Kirova. — O seu guardião *certificado*.

— A senhora contratou mão de obra barata vinda do estrangeiro pra proteger Lissa?

Foi muita crueldade minha dizer isso — principalmente porque a maioria dos Moroi e seus guardiões são descendentes de russos ou de romenos —, mas o comentário pareceu mais inteligente na hora do que realmente era. E quem era eu para dizer aquilo? Eu tinha sido criada nos Estados Unidos, mas meus pais haviam nascido fora do país. Minha mãe dampira era escocesa — tinha os cabelos ruivos e um sotaque caricato —, e me contaram que meu pai Moroi era turco. Por causa dessa combinação genética, minha pele tinha a cor da parte de dentro de uma amêndoa, e a isso se somavam as feições de uma princesa meio exótica do deserto, ou era assim que eu gostava de me ver. Grandes olhos escuros e cabelos de um castanho tão escuro que muitas vezes parecia preto. Eu não teria me importado de ter herdado os cabelos ruivos, mas temos que gostar do que nos coube.

Kirova lançou as mãos para o alto em exasperação e depois se dirigiu para Dimitri.

— Está vendo? Completamente indisciplinada! Um laço psíquico e um potencial *muito* bruto não valem esta insolência. Ter um guardião sem disciplina é pior do que não ter guardião algum.

— Mas ela pode ser disciplinada. As aulas acabaram de começar. Deixe que ela fique na escola e recomece o treinamento.

— Impossível. Ela inevitavelmente continuaria atrasada com relação aos seus colegas.

— Não, eu não vou ficar atrasada — argumentei.

Ninguém me ouviu.

— Então dê a ela aulas extras de treinamento — sugeriu ele.

Eles continuaram a discussão enquanto nós assistíamos à troca de ideias como se fosse uma partida de pingue-pongue. Meu orgulho ainda estava ferido por causa da facilidade com que Dimitri nos encurralara, mas me ocorreu que ele bem que podia me manter ali com Lissa. Melhor ficar nesse buraco de inferno do que ficar longe dela. Através do nosso laço, eu pude sentir as gotas de esperança que vinham dela.

— E quem vai se encarregar do tempo extra? — disse Kirova com autoridade. — Você?

O argumento foi como uma freada brusca para Dimitri.

— Bom, não era isso o que eu...

Kirova cruzou os braços com satisfação.

— É. Bem que eu imaginei.

Claramente perdido, ele franziu a testa. Seus olhos hesitaram entre mim e Lissa, e me perguntei o que ele estaria vendo. Duas garotas patéticas, olhando para ele com olhos arregalados e suplicantes? Ou duas fugitivas que tinham furado o bloqueio de uma escola altamente segura e roubado metade da herança de Lissa?

— Sim — disse ele finalmente. — Eu posso ser o mentor de Rose. Darei a ela as aulas extras, complementando as aulas regulares.

— Mas então... — contrapôs Kirova, com raiva. — Ela fica sem castigo?

— Encontre outro tipo de castigo — respondeu Dimitri. — O número de guardiões diminuiu demais para que possamos nos arriscar a perder mais uma. Principalmente uma garota.

As palavras não ditas dele me fizeram estremecer, me fazendo lembrar do que eu dissera antes sobre "prostitutas de sangue". Poucas garotas dampiras se tornavam guardiãs agora.

Victor subitamente disse algo de onde estava:

— Estou inclinado a concordar com o guardião Belikov. Mandar Rose embora seria uma pena, um desperdício de talento.

A diretora Kirova olhou em direção da janela. Tudo estava inteiramente escuro. Com a agenda noturna da Escola, manhãs e tardes eram termos relativos. Acrescente-se a isso o fato de as janelas serem pintadas para bloquear o excesso de luz.

Quando ela voltou o olhar para dentro da sala, Lissa cruzou os olhos com o dela.

— Por favor, diretora. Deixe Rose ficar.

Ai, Lissa, pensei. *Cuidado*. Usar compulsão numa outra Moroi era perigoso — especialmente na frente de testemunhas. Mas Lissa estava usando apenas um bocadinho, e nós precisávamos de toda a ajuda que pudéssemos obter. Felizmente ninguém pareceu perceber o que ela estava fazendo.

Não sei dizer se a compulsão fez alguma diferença, mas, por fim, Kirova suspirou.

— Se a senhorita Hathaway ficar, então as coisas funcionarão da seguinte maneira. — Ela se virou para mim. — A manutenção da sua matrícula na São Vladimir é estritamente probatória. Saia da linha uma só vez, e será expulsa. Você vai frequentar todas as aulas e os treinamentos exigidos para uma aprendiz da sua idade. E será treinada pelo guardião Belikov em todas as horas vagas que tiver, antes e depois das aulas. Tirando essas atividades, você está banida de todas as atividades sociais, com exceção das refeições, e ficará no seu dormitório. Se falhar em cumprir com qualquer uma dessas exigências, você será mandada... embora.

Dei uma gargalhada ríspida.

— Banida de todas as atividades sociais? A senhora está tentando nos manter distantes? — Fiz um gesto com a cabeça na direção de Lissa.

— Está com medo de que a gente fuja mais uma vez?

— Estou tomando precauções. Como estou certa de que se recorda, você nunca foi devidamente punida por ter destruído propriedades da escola. Você tem muito o que compensar. — Ela apertou os lábios finos formando uma linha reta. — Estou oferecendo um acordo bastante generoso. Sugiro que você não deixe sua arrogância pôr isso em risco.

Comecei a dizer que a oferta não era nada generosa, mas logo vi o olhar de Dimitri. Foi difícil decifrar. Ele podia estar tentando me dizer que acreditava em mim. Podia estar tentando me dizer que eu era uma idiota de querer continuar brigando com Kirova. Eu não soube decifrá-lo.

Desviei de seu olhar pela segunda vez durante a reunião e olhei para o chão, consciente da presença de Lissa ao meu lado e de seu encorajamento queimando através do nosso laço. Por fim, suspirei e encarei a diretora.

— Tudo bem. Eu aceito.

TRÊS

Jogar a gente direto numa sala de aula logo depois daquele sermão era mais do que cruel, e foi exatamente isso o que Kirova fez. Lissa foi levada para longe, e eu assisti a isso sem muita preocupação, porque o laço que nos unia me permitiria continuar medindo sua temperatura emocional.

Eles na verdade me mandaram primeiro para um dos orientadores educacionais. Era um Moroi senhorzinho; eu me lembrava dele de antes da fuga. Não podia acreditar que ele ainda estivesse circulando por lá. O sujeito era tão absurdamente velho que já era para estar aposentado. Ou morto.

A conversa não levou mais do que cinco minutos. Ele não disse nada sobre o meu retorno e fez algumas perguntas sobre quais matérias eu estudara em Chicago e em Portland. Fez uma avaliação do meu antigo histórico e rabiscou apressadamente um novo horário. Mal-humorada, apanhei o papel e segui para a minha primeira aula.

1º tempo	*Técnicas Avançadas de Combate para Guardiões*
2º tempo	*Teoria de Guarda-costas e Defesa Pessoal III*
3º tempo	*Treinamento de Peso e Condicionamento*
4º tempo	*Linguagens Artísticas Avançadas (Aprendizes)*

Almoço

5º tempo	*Comportamento Animal e Fisiologia*
6º tempo	*Pré-cálculo*
7º tempo	*Cultura Moroi IV*
8º tempo	*Arte Eslava*

Afe. Tinha esquecido como o horário de aula era longo na São Vladimir. Aprendizes e Moroi tinham aulas separadas na primeira parte do dia, o que significava que eu só veria Lissa depois do almoço — se tivéssemos alguma aula juntas na parte da tarde. Pelo menos a maior parte das matérias eram equivalentes às do último ano do ensino médio, então achei que minhas chances eram grandes. Arte eslava me parecia uma opção na qual ninguém se matriculava, então tive a esperança de que a tivessem posto nessa aula também.

Dimitri e Alberta me escoltaram até o ginásio dos guardiões para o primeiro tempo, os dois ignorando solenemente a minha existência. Percebi, enquanto caminhava atrás deles, que Alberta usava um corte de cabelo curto estilo duende, o que deixava à mostra sua marca da promessa e suas marcas *molnija*. Muitas guardiãs faziam isso. Para mim não fazia muita diferença agora, uma vez que na minha nuca não havia qualquer tatuagem ainda, mas eu queria nunca ter que cortar o meu cabelo.

Ela e Dimitri não conversavam e caminhavam juntos como se aquele fosse um dia comum. Quando chegamos, a reação dos meus colegas indicava que aquele dia era tudo, menos comum. Eles estavam montando os equipamentos para a aula quando entramos no ginásio, e, exatamente como aconteceu no refeitório, todos os olhares se voltaram para mim. Não sabia se me sentia como uma estrela de rock ou como uma atração de circo.

Tudo bem, então. Se eu teria de ficar presa ali por algum tempo, não devia mais me comportar como se tivesse medo de todos eles. Lissa e eu já tínhamos conquistado o respeito da escola uma vez, e estava na hora de lembrar a todos disso. Passando os olhos pelos aprendizes que me encaravam boquiabertos, procurei por rostos familiares. A maioria deles era de garotos. Um deles cruzou o olhar com o meu e eu mal pude segurar um sorriso.

— Ei, Mason, limpe a baba escorrendo da boca. Se você vai ficar me imaginando nua, faça isso num horário só seu.

Alguns risinhos e risos reprimidos quebraram o silêncio de reverência, e Mason Ashford saiu do estado catatônico e me lançou um sorriso de desdém. Com seus cabelos ruivos que viviam prendendo em toda parte e poucas sardas, ele era bonitinho, embora não fosse exatamente um gato. Ele era também um dos caras mais engraçados que eu conhecia. Tínhamos sido bons amigos no passado.

— Esse é o meu horário, Hathaway. Eu vou liderar a sessão de hoje.

— Ah, vai? — retruquei. — Hum. Então acho que esse é um bom momento pra me imaginar nua.

— Sempre é um bom momento pra imaginar você nua — acrescentou alguém que estava ali por perto, quebrando ainda mais a tensão. Eddie Castile. Outro amigo meu.

Dimitri balançou a cabeça e saiu andando, murmurando alguma coisa em russo que não parecia ser um elogio. Mas, quanto a mim... bem, simples assim, eu voltei a ser uma das aprendizes. Eles formavam um grupo fácil de lidar, menos preocupados com pedigree e hierarquias do que os alunos Moroi.

A turma partiu para cima de mim, e, quando me dei conta, estava rindo e revendo aquelas pessoas das quais quase tinha me esquecido. Todos queriam saber de nossas andanças; parece que Lissa e eu tínhamos nos tornado verdadeiras lendas. Não pude contar a eles o motivo de nossa fuga, é claro, então joguei vários comentários provocativos e disse coisas do tipo vocês-não-iam-querer-saber. E funcionou muito bem.

A confraternização durou ainda alguns minutos até que o guardião adulto que supervisionava o treinamento assumisse a liderança e repreendesse Mason por negligenciar suas responsabilidades. Ainda com um sorriso largo no rosto, ele deu algumas ordens, explicando quais exercícios dariam início ao treinamento. Desconfortável, me dei conta de que não conhecia a maior parte deles.

— Venha, Hathaway — disse Mason, me puxando pelo braço. — Você pode ser minha parceira. Vamos ver o que você andou fazendo durante todo esse tempo.

Uma hora depois ele teve a resposta.

— Pelo jeito, não andou treinando, hein?

— Hum — grunhi, de repente incapaz de enunciar uma fala normal.

Ele estendeu a mão e me ajudou a levantar do tatame no qual me derrubara umas... cinquenta vezes.

— Odeio você — disse a ele, esfregando uma mancha na minha coxa que ia virar um hematoma feio no dia seguinte.

— Você me odiaria ainda mais se eu tivesse pegado leve com você.

— É. Isso é verdade — concordei, cambaleando para longe enquanto os outros arrumavam os equipamentos.

— Você se saiu bem, na verdade.

— O quê? Acabei de levar uma surra das boas.

— Bom, é claro que você levou. Dois anos sem treinar. Mas, olhe só, você ainda está andando. Isso já é alguma coisa. — Ele sorriu, debochando.

— Já disse que odeio você?

Mason me lançou mais um sorriso, que logo se desmanchou, e o seu rosto ganhou uma expressão mais séria.

— Não leve a mal... você é realmente uma lutadora, mas não vai conseguir passar nos testes na primavera...

— Vou ter que fazer umas aulas práticas extras — expliquei. Não que isso tivesse importância. Eu planejava tirar Lissa e a mim mesma dali antes que essas aulas de fato acontecessem. — Isso vai me preparar para os testes.

— Aulas extras com quem?

— Com aquele cara alto. Dimitri.

Mason parou de andar e me encarou.

— Você vai ter aulas particulares com Belikov?

— Vou, e daí?

— O cara é um *deus*.

— Não acha que está exagerando, não? — perguntei.

— Não, tô falando sério. Ele é geralmente todo na dele e bem antissocial, mas quando está lutando... uau. Se você está com dor agora, vai estar morta quando ele tiver acabado com você.

— Ótimo. Mais uma coisa para animar o meu dia.

Dei uma cotovelada nele e segui para o meu segundo tempo. Essa disciplina cobria tudo a respeito de como ser um guarda-costas e era obrigatória para todos os alunos do último ano. Na verdade, ela era a terceira parte de um assunto que a gente começava a aprender no primeiro ano do ensino médio. Isso significava que nessa matéria eu também estava atrasada, mas tinha esperanças de que a prática de proteger Lissa no mundo real tivesse me dado algum jogo de cintura.

Nosso instrutor era Stan Alto, a quem nós nos referíamos simplesmente como "Stan" quando ele não estava presente, e como "Guardião Alto" quando falávamos formalmente. Era um pouco mais velho do que Dimitri, mas bem mais baixo, e parecia estar sempre zangado. Quando entrou na sala e me viu sentada ali, o ar zangado se intensificou. Seus olhos se arregalaram, e ele fingiu estar surpreendido enquanto dava a volta na sala e se punha de pé ao lado da minha carteira.

— Mas o que é isso? Ninguém me contou que teríamos uma palestrante convidada aqui hoje. Rose Hathaway. Que privilégio! Que grande generosidade da sua parte ceder algum tempo da sua agenda tão cheia de compromissos para dividir um pouco do seu conhecimento aqui conosco.

Senti minhas bochechas arderem, mas, mostrando grande capacidade de autocontrole, me segurei para não mandar o professor para o inferno. Tenho certeza, no entanto, de que a expressão do meu rosto me traiu, pois o tom sarcástico de Stan aumentou. Ele, então, fez um gesto para que eu me levantasse.

— Bom, vamos, vamos. Não fique aí sentada! Venha para a frente da sala para me ajudar a dar a aula.

Eu me afundei na cadeira.

— Tá de brincadeira, professor?

O sorriso sarcástico desapareceu.

— Estou falando *muito* sério, Hathaway. Vá para a frente da sala.

Um silêncio pesado envolveu o ambiente. Stan era um instrutor aterrorizante, e a maioria da turma ainda estava petrificada demais para rir da minha desgraça. Eu me recusei a demonstrar fraqueza. Fui pisando firme até a frente da sala e me virei para encarar a turma. Olhei para todos corajosamente e joguei os cabelos sobre os ombros, torcendo para receber alguns sorrisos de solidariedade dos amigos. Percebi então que eu tinha um público maior do que o esperado. Alguns guardiões — incluindo Dimitri — estavam no fundo da sala. Fora da Escola, os guardiões se concentravam em uma só pessoa para proteger. Ali, os guardiões tinham muito mais gente para proteger e ainda tinham de treinar os aprendizes. Então, em vez de seguir uma só pessoa o tempo todo, eles trabalhavam em turnos, tomando conta da escola como um todo *e* monitorando as aulas.

— Então, Hathaway — disse Stan alegremente, caminhando com firmeza para a frente da sala, onde eu estava. — Instrua-nos com as suas técnicas de proteção.

— Minhas... técnicas?

— É claro. Pois seria de se esperar que você tivesse algum tipo de plano que todos nós não pudemos compreender quando você levou uma Moroi da realeza, menor de idade, pra fora da Escola e a expôs a ameaças constantes dos Strigoi.

Eu estava ouvindo novamente o sermão de Kirova, só que, dessa vez, com um número maior de espectadores.

— Nunca esbarramos com nenhum Strigoi — respondi com firmeza.

— Isso é evidente — disse ele, com um riso maldoso. — É a conclusão mais óbvia, uma vez que vocês duas ainda estão vivas.

A minha vontade foi gritar que eu poderia ter derrotado um Strigoi, mas, depois de ter levado uma surra na aula anterior, suspeitava agora que não poderia sobreviver a um ataque de Mason, muito menos ao de um verdadeiro Strigoi.

Como falei nada, Stan começou a caminhar de um lado para o outro na frente da turma.

— Então, o que você fazia? Como você se certificava de que ela estava a salvo? Vocês evitavam sair durante a noite?

— Às vezes. — Isso era verdade, principalmente no início. Nós relaxamos um pouco depois de alguns meses sem nenhum ataque.

— *Às vezes* — repetiu ele, elevando o timbre da voz a um tom agudo, e fazendo com que a minha resposta parecesse incrivelmente idiota. — Bem, então, eu imagino que você dormia durante o dia e ficava em estado de alerta durante a noite.

— É... Não.

— Não? Mas esta é uma das primeiras lições mencionadas no capítulo sobre como proteger sozinho uma só pessoa. Ah, não, você não conhece esta lição, pois você *não estava aqui*.

Engoli mais alguns palavrões.

— Eu examinava a área todas as vezes que a gente saía — disse, pois precisava me defender.

— Mesmo? Bom, isso já é alguma coisa. Você usou o Método Carnegie de Fiscalização Quadrante ou preferiu a Fiscalização Rotacional?

Eu não respondi.

— Ah. Imagino que você tenha usado o Método Hathaway Dá-Uma-Olhada-Em-Volta-Quando-Você-Lembrar.

— Não! — exclamei com raiva. — Isso não é verdade. Eu protegi ela. Ela ainda está viva, não está?

Ele veio andando em minha direção e se inclinou para perto do meu rosto.

— Porque você teve *sorte*.

— Os Strigoi não estão escondidos em todas as esquinas lá fora — atirei de volta. — Não é como nos ensinam aqui. É mais seguro do que vocês fazem parecer.

— Seguro? *Seguro*? Nós estamos em meio a uma guerra contra os Strigoi! — gritou Stan. Ele estava tão perto que deu para sentir o cheiro do café em seu hálito. — Um deles poderia ter se aproximado de você e quebrado seu lindo pescocinho sem que você sequer chegasse a perceber a presença dele, e não derramaria nem mesmo uma gota de suor fazendo isso. Você pode ser mais veloz e mais forte do que um Moroi ou do que um humano, mas você é nada, *nada*, se comparada a um Strigoi. Eles são letais e poderosos. E você sabe o que os torna mais poderosos?

Mas aquele babaca não ia me fazer chorar. Tentei me concentrar em alguma outra coisa, olhando para longe dele. Meus olhos pousaram em Dimitri e nos outros guardiões. Eles estavam assistindo à minha humilhação, sem qualquer expressão facial.

— Sangue Moroi — sussurrei.

— O que você disse? — perguntou Stan em voz alta. — Não ouvi o que você disse.

Olhei diretamente para ele.

— Sangue Moroi! É sangue Moroi que dá força a eles.

Ele fez um sinal afirmativo com a cabeça, satisfeito com a resposta.

— Exatamente. O sangue Moroi torna-os mais fortes e mais indestrutíveis. Eles matam e bebem sangue de humanos e de dampiros, mas o que eles anseiam mais do que qualquer outra coisa é o sangue Moroi. Eles o buscam. Eles se voltaram para o lado sombrio para ganhar imortalidade, e querem fazer o que for preciso para manter essa conquista. Strigoi desesperados já atacaram Moroi em público. Grupos de Strigoi já tomaram de assalto escolas exatamente como esta. Existem Strigoi que viveram durante milhões de anos alimentando-se de gerações de Moroi. É quase impossível matá-los. E é por isso que o número de Moroi está diminuindo. Não são fortes o suficiente, mesmo com seus guardiões, para se protegerem. Alguns

Moroi não veem mais motivos para continuar fugindo e estão simplesmente transformando-se em Strigoi por escolha. E se os Moroi desaparecerem...

— Os dampiros desaparecem também — completei a frase dele.

— Bom — disse ele, tirando com a língua as gotas de saliva do lábio. — Parece que no final das contas você aprendeu alguma coisa. Agora vamos ver se consegue aprender o suficiente para passar nesta matéria e se qualificar para a experiência de campo no próximo semestre.

Ai. Passei o resto daquela aula horrível — na minha cadeira, graças aos céus — reprisando aquelas últimas palavras na minha cabeça. A experiência de campo do último ano era a melhor parte da educação escolar de um aprendiz. Nós não tínhamos mais aula por metade do semestre. Em vez de aulas, cada um de nós seria responsável por um aluno Moroi, por mantê-lo a salvo e segui-lo por onde fosse. Os guardiões adultos nos monitorariam e nos testariam com simulações de ataques e outras ameaças. A atuação de um aprendiz durante essa experiência de campo era quase tão importante quanto todas as suas demais notas somadas. Poderia inclusive influenciar na escolha do Moroi de quem você seria o guardião depois da formatura.

E quanto a mim? Havia apenas uma Moroi que eu queria.

Duas aulas depois, finalmente consegui meu merecido intervalo para o almoço. Enquanto eu me arrastava pelo campus para chegar ao refeitório, Dimitri surgiu no meu caminho. Não estava exatamente semelhante a um deus — a não ser por suas feições, belas como as de um.

— Imagino que você tenha visto o que aconteceu na aula de Stan — perguntei, sem me preocupar com formalidades no modo de tratamento.

— Vi sim.

— E você não acha que foi injusto?

— Ele não estava certo? Você acha que estava inteiramente preparada para proteger Vasilisa?

Olhei para baixo, encarando o chão.

— Eu a mantive viva — murmurei.

— Como você se saiu hoje, lutando com os seus colegas de classe?

A pergunta foi cruel. Não respondi e sabia que não precisava responder. Depois da de Stan tive outra aula de treinamento, e sem dúvida Dimitri viu que levei outra surra.

— Se você não consegue lutar contra *eles*...

— Eu sei, eu sei — respondi, ríspida.

Ele diminuiu a velocidade dos seus passos largos para acompanhar o meu ritmo, diminuído pela dor.

— Você é forte e veloz por natureza. Só precisa continuar em forma. Você não praticou nenhum esporte enquanto esteve fora?

— Sim. — Dei de ombros. — De vez em quando.

— Não chegou a fazer parte de nenhum time?

— Dava muito trabalho. Se eu quisesse praticar tanto assim, teria ficado aqui.

Ele me lançou um olhar exasperado.

— Você nunca será capaz de realmente proteger a princesa se não aperfeiçoar as suas habilidades. Sempre faltará alguma coisa.

— Vou saber como proteger ela — disse com firmeza.

— Não há garantia alguma de que você será a escolhida para fazer a proteção dela, sabe, seja durante a sua experiência de campo seja depois da formatura.

A voz de Dimitri era baixa e sem qualquer sinal de arrependimento. Eles não me indicaram como mentor alguém caloroso e confuso.

— Ninguém quer desperdiçar o laço, mas ninguém vai dar a ela uma guardiã inadequada também. Se quiser ficar ao lado dela, terá de se esforçar para conseguir isso. Você tem as suas aulas. Tem a mim. Pode fazer uso de nós ou não. Você é a escolha ideal para ser a guardiã de Vasilisa quando ambas se formarem, caso você de fato prove ser merecedora de exercer essa função. E eu espero que isso aconteça.

— Lissa, ela gosta de ser chamada de Lissa — corrigi. Ela odiava seu nome inteiro, preferia o apelido americanizado.

Ele se afastou e, subitamente, não me senti mais tão temperamental.

Mas, àquela altura, eu já havia perdido tempo demais. Quase todos já tinham corrido para o refeitório para almoçar, loucos para usar ao máximo seu momento de socialização. Eu estava quase chegando quando uma voz sob o portal me chamou.

— Rose?

Olhei para o lugar de onde vinha a voz e avistei Victor Dashkov, com uma expressão gentil e sorridente, apoiado numa bengala perto da parede do prédio. Seus dois guardiões estavam parados de pé mantendo uma distância educada.

— Senhor Dash, quero dizer, Sua Alteza. Olá.

Corrigi-me bem a tempo, quase me esquecendo dos termos usados para a realeza dos Moroi. Eu não os usei enquanto vivi entre os humanos. Os Moroi escolhiam seus governantes dentre doze famílias reais. O mais velho da família ganhava o título de "príncipe" ou "princesa". Lissa ganhara o título porque era a última que restara de sua linhagem.

— Como foi seu primeiro dia? — perguntou.

— Ainda não acabou. — Tentei pensar em algo para dizer. — O senhor está aqui de visita por um tempo?

— Vou embora esta tarde, depois de falar com Natalie. Quando soube que Vasilisa e você estavam de volta, tive de vir vê-las.

Fiz que sim com a cabeça, sem saber mais o que dizer. Ele era mais amigo de Lissa do que meu.

— Eu queria dizer... — disse ele, hesitante. — Entendo a gravidade do que você fez, mas acho que a diretora Kirova falhou por não reconhecer uma coisa. Você de fato manteve Vasilisa a salvo por todo esse tempo. Isso é impressionante.

— Bom, não cheguei a ter de enfrentar um Strigoi nem nada semelhante — respondi.

— Mas você teve de enfrentar algumas coisas?

— Tive sim. Uma vez, a escola mandou cães de caça paranormais.

— Extraordinário.

— Não muito. Foi bem fácil me livrar deles.

Ele riu.

— Eu já cacei com eles antes. Não são *tão* fáceis de iludir, são muito inteligentes e poderosos.

Isso era verdade. Cães de caça paranormais são uma espécie entre as muitas criaturas mágicas que vagam pelo mundo, criaturas das quais os humanos nunca tomaram conhecimento e nem sequer acreditam que possam ter visto realmente. Os cães de caça andam em matilhas e possuem uma espécie de comunicação telepática que os torna uma ameaça particularmente letal para suas presas, assim como o fato de eles se parecerem com lobos mutantes.

— Você enfrentou mais alguma coisa?

Dei de ombros.

— Umas coisinhas aqui e ali.

— Extraordinário — repetiu ele.

— Sorte, eu acho. Na verdade, estou bastante atrasada em todas as matérias de guardiões. — Neste momento, eu parecia estar repetindo Stan.

— Você é uma garota inteligente. Vai alcançar seus colegas. E, além disso, você tem também o seu laço.

Eu desviei o olhar. Minha capacidade de "sentir" Lissa foi um segredo por tanto tempo que era estranho outras pessoas saberem da nossa forma peculiar de ligação.

— A história está cheia de lendas sobre guardiões que podiam pressentir quando seus protegidos estavam em perigo — continuou Victor. — O estudo dessas histórias e de alguns dos hábitos dos antigos tornou-se um hobby para mim. Soube que essa é uma habilidade e tanto.

— Parece que é. — Dei de ombros.

Que hobby mais chato, pensei, imaginando-o debruçado sobre histórias da Idade da Pedra em alguma biblioteca cheia de mofo, coberta de teias de aranha.

Victor inclinou a cabeça para o lado, a expressão cheia de curiosidade. Kirova e os outros tinham feito a mesma cara quando mencionamos a nossa conexão, como se fôssemos ratos de laboratório.

— Como é? Se você não se importa que eu pergunte.

— É... eu não sei. Eu simplesmente convivo o tempo todo com uma espécie de sussurro de como ela se sente. Geralmente são só emoções. Não podemos mandar mensagens uma para a outra, ou coisas desse tipo.

Não contei a ele sobre aquilo de entrar na cabeça dela. Essa parte do laço até para mim era difícil de entender.

— Mas o contrário não acontece? Ela não consegue sentir você também?

Balancei a cabeça em sinal negativo. O rosto dele brilhou maravilhado.

— Como foi que isso aconteceu?

— Não sei — disse, ainda desviando o meu olhar do dele. — Isso simplesmente começou a acontecer há dois anos.

Ele franziu a testa.

— Perto da ocasião do acidente?

Fiz que sim com a cabeça, hesitante. O acidente não era um assunto sobre o qual eu tivesse vontade de conversar, disso eu tinha certeza. As lembranças de Lissa já eram terríveis demais sem que eu juntasse a elas as minhas próprias. Lataria retorcida. Uma sensação de calor, depois de frio, depois novamente de calor. Lissa gritando perto de mim, gritando para eu acordar, gritando para os pais e o irmão dela acordarem. Nenhum deles acordou, só eu. E os médicos disseram que foi um milagre. Disseram que não tinha como eu ter sobrevivido.

Victor pareceu sentir o meu desconforto e deixou passar o assunto. Voltou para a questão que o interessava mais.

— Ainda é difícil pra mim acreditar. Aconteceu há tanto tempo. Se isso acontecesse com mais frequência... Digo, o laço. Imagine como essa habilidade poderia ser útil para a segurança de todos os Moroi. Se outros pudessem ter essa experiência também. Eu terei que pesquisar mais sobre isso e ver se podemos repetir algo assim com outros.

— Ah, é.

Já estava ficando impaciente, apesar do quanto eu gostava dele. Natalie divagava muito, e estava bem claro que *essa* era uma característica herdada do pai. A hora do almoço estava terminando, e, embora os Moroi e os aprendizes se juntassem para as aulas do período da tarde, Lissa e eu não teríamos muito tempo para conversar.

— Talvez nós pudéssemos... — Ele começou a tossir, um ataque de tosse forte que fez todo o corpo dele estremecer. A doença que ele tinha, a síndrome de Sandovsky, tomava os pulmões enquanto arrastava o corpo para a morte. Lancei um olhar ansioso para os guardiões encarregados da segurança dele, e um deles veio até nós.

— Sua Alteza — disse ele, educadamente —, o senhor precisa entrar. Está muito frio aqui fora.

Victor fez que sim com a cabeça.

— Claro, claro. E tenho certeza de que Rose está querendo ir comer alguma coisa. — Ele se virou para mim. — Obrigado por conversar comigo. Nem sei como enfatizar o quanto significa para mim o fato de Vasilisa estar a salvo, e de você ter ajudado a mantê-la segura. Prometi ao pai dela que cuidaria dela se alguma coisa acontecesse a ele, e senti como se tivesse falhado quando vocês fugiram.

Uma angústia tomou o meu estômago enquanto eu o imaginava torturado pela culpa e pela preocupação por causa do nosso desaparecimento. Até aquele momento eu não tinha pensado sobre como os outros se sentiram com relação à nossa partida.

Então nos despedimos e eu finalmente consegui entrar na escola. Como sempre acontecia, eu senti a ansiedade de Lissa cravar em mim. Ignorando a dor nas pernas, apertei o passo até chegar ao refeitório.

E quase esbarrei direto nela.

Lissa, no entanto, não me viu. E nem as pessoas que estavam de pé à sua volta: Aaron e a garotinha com jeito de boneca. Eu parei e fiquei ouvindo, peguei apenas o final da conversa. A garota se inclinava em direção a Lissa, que parecia estar mais atordoada do que qualquer outra coisa.

— Pra *mim*, parece que isso veio de um brechózinho bem mequetrefe. Eu achava que uma preciosa *Dra-go-mir* tivesse que seguir padrões elevados. — A palavra Dragomir saiu de sua boca respingando desprezo.

Agarrei aquela boneca pelos ombros e a lancei longe. Ela era tão leve que tropeçou a um metro e quase caiu.

— Ela tem, sim, padrões elevados — esbravejei —, e é exatamente por isso que a sua conversa com ela acabou.

Quatro

Não conquistamos as atenções do refeitório inteiro dessa vez, graças a Deus, mas alguns poucos passantes pararam para ver o que estava acontecendo.

— O que você pensa que está fazendo? — perguntou a garota com jeito de boneca, com seus olhos azuis bem arregalados e brilhando de fúria. Chegando mais perto, agora podia estudá-la melhor. Ela tinha o mesmo tipo físico esbelto que a maioria dos Moroi, mas não era tão alta como eles, e era isso em parte que fazia com que parecesse tão jovem. Usava um vestidinho roxo lindo, que me fazia lembrar que eu estava usando roupas de segunda mão, mas, olhando mais de perto, desconfiei que o vestido fosse uma imitação de algum designer famoso.

Cruzei os braços na altura do peito.

— Tá perdida, garotinha? O jardim de infância fica mais pra oeste no campus.

Suas bochechas imediatamente se avermelharam.

— Nunca mais encoste em mim. Se você aprontar alguma comigo, vai ter volta.

Caramba! Que bela deixa ela estava me dando. Não fosse por um sinal negativo de cabeça vindo de Lissa, eu teria soltado um monte de respostas irônicas. Em vez disso, optei por resumir tudo num simples ataque brutal.

— E se você se meter com uma de nós novamente, vou partir você ao meio. Se não acredita em mim, pergunte a Dawn Yarrow o que eu fiz com o braço dela no nono ano. Você devia estar na sua hora de nanar quando isso aconteceu.

O incidente com Dawn não foi um dos meus melhores momentos. Sinceramente, não era a minha intenção quebrar nenhum de seus ossos quando a empurrei contra uma árvore. O incidente me proporcionou, no entanto, a reputação de pessoa perigosa, além da fama de debochada que eu já tinha. A história ganhou o status de lenda, e eu gostava de pensar que ainda era contada, às altas horas da madrugada, em volta das fogueiras, nas noites de acampamento. A julgar pela expressão no rosto da garota, a história ainda circulava.

Um dos funcionários que fazia parte da patrulha passou trotando por nós bem naquele momento, lançando um olhar de suspeita para nosso grupinho. A garota com jeito de boneca se afastou agarrando Aaron pelo braço.

— Vamos — disse.

— Oi, Aaron — cumprimentei alegremente, lembrando que ele estava ali. — Bom te ver.

Ele respondeu com um aceno rápido de cabeça e sorriu constrangido, enquanto a garota o arrastava para longe. O mesmo Aaron de sempre. Ele podia ser bonito e simpático, mas firme ele não era mesmo.

Voltei-me para Lissa.

— Você está bem? — Ela fez que sim com a cabeça. — Alguma ideia de quem é essa que eu acabei de ameaçar?

— Tenho a menor ideia. — Comecei a acompanhá-la até a fila do almoço, mas ela fez um sinal negativo com a cabeça. — Tenho que ir ver os fornecedores.

Um sentimento estranho pairou sobre mim. Estava tão acostumada a ser a sua principal fonte de sangue que a ideia de voltarmos à rotina normal de um Moroi soava estranha. Na verdade, isso quase me deixou chateada. Não deveria. Alimentar-se diariamente fazia parte da vida de um Moroi, e foi algo que eu não tinha podido oferecer a ela enquanto estávamos sozinhas. Era uma situação inconveniente, que enfraquecia a mim nos dias em que ela se alimentava, ou a ela, quando não se alimentava nos intervalos entre esses dias. Eu devia estar feliz de ela poder voltar a ter uma rotina normal.

Forcei um sorriso.

— Claro.

Andamos até o espaço reservado à alimentação, que ficava ao lado do refeitório. O espaço da sala era dividido em pequenos cubículos, numa tentativa de oferecer privacidade. Uma mulher Moroi de cabelos pretos nos recebeu na entrada e verificou algo em sua prancheta, virando as páginas. Ao encontrar o que procurava, fez algumas anotações e depois fez sinal para que Lissa a seguisse. Olhou para mim intrigada, mas não me impediu de entrar.

Ela nos encaminhou para um dos cubículos, onde uma mulher gorducha de meia-idade estava sentada, passando os olhos numa revista. Ela levantou o olhar quando nos aproximamos e sorriu. No seu rosto, vi o olhar embaçado, vítreo e sonhador que a maioria dos fornecedores tinha. Ela provavelmente atingira a sua cota diária, a julgar pelo quanto parecia drogada.

Ao reconhecer Lissa, o sorriso se expandiu.

— Bem-vinda de volta, princesa.

A mulher que nos recebeu nos deixou sozinhas, e Lissa sentou-se na cadeira ao lado da fornecedora. Senti certo desconforto nela, um desconforto um pouco diferente do meu. Aquilo era estranho para ela também; fazia muito tempo. A fornecedora, no entanto, não demonstrou pudores. Um olhar ávido tomou seu rosto — o olhar de uma viciada em drogas, pronta para receber a próxima dose.

Uma náusea me invadiu. Era um antigo impulso natural, que foi se infiltrando ao longo dos anos. Os fornecedores eram essenciais para a vida dos Moroi. Eram humanos que se voluntariavam para serem fontes regulares de sangue, humanos que viviam à margem da sociedade, que cediam suas vidas para o mundo secreto dos Moroi, que, por sua vez, davam todo o conforto de que eles precisavam e cuidavam bem deles. Mas a verdade é que eram usuários de drogas, viciados na saliva Moroi e no barato que ela oferecia a cada mordida. Os Moroi — e os guardiões — desprezavam esse vício, muito embora sua sobrevivência dependesse dele, a não ser que passassem a atacar e a forçar suas vítimas a fornecer o sangue. Era o suprassumo da hipocrisia.

A fornecedora curvou a cabeça para o lado, oferecendo a Lissa livre acesso ao seu pescoço. A pele dela era marcada de cicatrizes pelos anos de mordidas diárias. As alimentações pouco frequentes que Lissa e eu tínhamos feito não deixaram marcas no meu pescoço; as feridas das mordidas não duravam mais do que um dia em mim.

Lissa se inclinou para a frente e seus caninos morderam a carne tenra de sua fornecedora. A mulher fechou os olhos emitindo um suave gemido de prazer. Engoli em seco, observando Lissa beber. Não vi nenhum sangue, mas pude imaginar. Uma onda de sentimentos cresceu no meu peito. Saudade. Ciúme. Desviei o olhar, fixei os olhos no chão. Intimamente me repreendi.

O que há de errado com você? Por que está sentindo falta disso? E você nem fazia isso todo dia. Não é viciada, não desse jeito. E não quer se viciar.

Mas eu não consegui me controlar, não consegui impedir os sentimentos que me tomaram enquanto eu me lembrava do êxtase e do barato que uma mordida de vampiro desencadeia.

Lissa terminou e nós voltamos para o refeitório, para a fila do almoço. Estava menor agora que faltavam apenas quinze minutos para o horário acabar. Me adiantei e enchi meu prato de batatas fritas e de umas coisinhas redondas que se pareciam vagamente com nuggets de frango. Lissa pegou apenas um iogurte. Os Moroi precisam de comida, assim como os humanos e os dampiros, mas raramente tinham apetite depois de beber sangue.

— Então, como foram as aulas? — perguntei.

Ela deu de ombros. Seu rosto estava iluminado e cheio de vida agora.

— Foi tudo bem. Muita gente me encarando. *Muita* gente olhando. Muitas perguntas sobre onde a gente estava. Cochichos.

— Comigo foi a mesma coisa. — A servente checou nossas bandejas e nós nos encaminhamos para as mesas. Lancei um longo olhar enviesado para Lissa. — Você está bem com isso de ficarem encarando? Eles não estão importunando você, estão?

— Não. Tudo bem. — Os sentimentos que chegavam por intermédio do laço contradiziam as palavras dela. Como ela sabia que eu podia sentir, tentou mudar de assunto me mostrando o horário das aulas. Passei os olhos.

1º tempo *Russo II*
2º tempo *Literatura colonial norte-americana*
3º tempo *Controle básico dos elementos*
4º tempo *Poesia antiga*

Almoço

5º tempo *Comportamento dos animais e fisiologia*
6º tempo *Cálculo avançado*
7º tempo *Cultura Moroi IV*
8º tempo *Arte eslava*

— Que nerd. Se você estivesse fazendo matemática para burros, como eu, teríamos as mesmas aulas no período da tarde.

Parei de andar.

— Por que você está fazendo aula de *Controle básico dos elementos*? Essa matéria é para quem está no segundo ano.

Ela me olhou nos olhos.

— Porque os alunos do último ano têm aulas especializadas.

Ficamos em silêncio. Todos os Moroi dominavam o poder de controlar os elementos. Era uma das coisas que diferenciavam os vampiros vivos dos Strigoi, os vampiros mortos. Os Moroi viam a magia como um dom. Fazia parte de suas almas e os vinculava ao mundo.

Há muito tempo, eles haviam usado abertamente seus poderes, evitando desastres naturais e ajudando em problemas como obtenção de comida e água. Não precisavam mais fazer essas coisas, mas a magia ainda estava em seu sangue. Ela queimava dentro deles e os fazia querer sair para o mundo e usar seu poder. Escolas como aquela existiam para ajudar os Moroi a controlar sua magia e a aprender a fazer coisas mais complexas com ela. Os alunos tinham também de aprender as regras que circundavam a magia, regras que vigoravam havia séculos e eram rigidamente cumpridas.

Todos os Moroi tinham uma pequena habilidade relacionada com cada um dos elementos. Ao chegarem mais ou menos na nossa idade, os estudantes se "especializavam" quando um dos elementos se tornava mais forte para eles do que os outros: terra, água, fogo ou ar. Não se especializar era como não passar pela puberdade.

E Lissa... bem, Lissa não se especializara ainda.

— Ainda é a professora Carmack que dá essa aula? O que ela achou disso?

— Ela disse que não está preocupada. Ela acha que o elemento virá em algum momento.

— Você contou... você contou a ela sobre...

Lissa balançou a cabeça em sinal negativo.

— Não. É claro que não.

Deixamos o assunto morrer. Pensávamos muito sobre aquele assunto, mas raramente conversávamos a respeito.

Voltamos a andar, olhando para as mesas, tentando decidir onde sentar. Alguns pares de olhos nos observavam com uma curiosidade ostensiva.

— Lissa! — chamou uma voz por perto. Estendendo o olhar, vimos Natalie, que acenava para nós. Lissa e eu trocamos olhares. Natalie era como uma prima para Lissa, já que era filha de Victor, que era como um tio para ela, mas nós nunca fomos muito próximas de Natalie.

Lissa deu de ombros e foi caminhando na direção dela.

— Por que não?

Eu a segui, relutante. Natalie era legal, mas era também uma das pessoas mais desinteressantes que eu conhecia. A maioria dos membros da realeza que estudavam na escola tinham certo status de celebridade, mas Natalie nunca se encaixara nesse grupo. Ela era sem graça demais, não se interessava nem um pouco pela politicagem da Escola e era tão alienada que não conseguiria acompanhar as conversas habituais deles.

Os amigos de Natalie olharam para nós com uma curiosidade muda, mas ela não se conteve. Estendeu os braços em volta de nós e nos abraçou. Como Lissa, ela tinha olhos verde-água, mas os cabelos eram escuros como ébano, como eram os de Victor antes da doença os tornarem grisalhos.

— Vocês voltaram! Sabia que voltariam! Todos disseram que vocês tinham ido embora pra sempre, mas eu nunca acreditei. Eu sabia que não conseguiriam ficar longe daqui. Por que vocês partiram? Existem tantas histórias sobre os motivos da fuga de vocês!

Lissa e eu trocamos olhares enquanto Natalie continuava tagarelando.

— Camille disse que uma de vocês tinha ficado grávida e fugido pra fazer um aborto, mas eu sabia que não era verdade. Outra pessoa disse que vocês tinham partido para ficar com a mãe de Rose, mas imaginei que a diretora Kirova e o papai não teriam ficado tão preocupados se vocês estivessem lá. Você sabia que nós vamos ser colegas de quarto? Eu estava falando com...

Ela falava sem parar, mostrando os caninos. Sorri educadamente e deixei Lissa lidar com aquele turbilhão de perguntas, até o momento em que Natalie lançou uma questão perigosa.

— Como você fazia para conseguir sangue, Lissa?

Toda a mesa olhou para nós esperando uma resposta. Lissa ficou paralisada, mas eu imediatamente me meti. A mentira saiu sem esforço dos meus lábios.

— Ah, é fácil. Tem um monte de humanos querendo ser mordidos.

— É mesmo? — perguntou um dos amigos de Natalie, com os olhos arregalados.

— Tem, sim. É fácil de encontrar em festas e baladas. Estão sempre ansiosos por algum tipo de droga, e eles nem percebem que é um vampiro que está dando um barato neles: a maioria já está tão bêbada que nem se lembra de nada depois.

Só dei esses detalhes meio vagos e então simplesmente dei de ombros, tentando passar a impressão de que era tudo normal e de que eu estava segura do que dizia. Na verdade, nenhum deles tinha muita informação sobre como era o mundo lá fora.

— É como eu disse. Fácil. Quase tão fácil quanto com os nossos próprios fornecedores.

Natalie aceitou a resposta e já começou a falar de outro assunto. Lissa me lançou um olhar de gratidão.

Ignorando novamente a conversa, procurei pelos rostos mais conhecidos, tentando perceber quem estava andando com quem e como estava o jogo dos poderes dentro da Escola. Mason, sentado com um grupo de aprendizes, cruzou os olhos com os meus, e eu sorri. Perto dele, um grupo da realeza Moroi ria de alguma coisa. Aaron e a garota loira estavam sentados com eles.

— Escuta, Natalie — interrompi, me virando para ela. Ela não pareceu perceber ou se importar. — Quem é a nova namorada de Aaron?

— Quem? Ah. Mia Rinaldi. — Vendo que eu não reagi ao nome, ela perguntou: — Você não se lembra dela?

— Era pra lembrar? Ela já estudava aqui antes?

— Ela sempre esteve aqui — disse Natalie. — É apenas um ano mais nova que a gente.

Lancei um olhar interrogativo para Lissa, que apenas deu de ombros.

— Por que ela tem tanta raiva da gente? — perguntei. — Nem conhecemos ela.

— Não sei — respondeu Natalie. — Talvez tenha ciúmes de Aaron. Ela era só mais uma aluna quando vocês foram embora. Depois ela ficou *muito* popular, *muito* rápido. Ela não é da realeza nem nada, mas, depois que começou a namorar Aaron, ela...

— Certo, obrigada — interrompi. — Na verdade, não importa...

Parei de encarar Natalie e cruzei o olhar com Jesse Zeklos, bem quando ele passava pela nossa mesa. Ah, Jesse. Tinha me esquecido dele. Eu gostava de flertar com Mason e com alguns dos outros aprendizes, mas Jesse pertencia a uma categoria inteiramente diferente. Com os outros caras eu flertava só por flertar. Mas com Jesse eu flertava na esperança de ficar seminua com ele. Ele era um Moroi da realeza, e era tão lindo que deveria usar um letreiro na testa com os dizeres: "CUIDADO: inflamável". Seus olhos cruzaram com os meus, e ele abriu um sorriso largo.

— Oi, Rose. Bom te ver por aqui. Continua partindo corações?

— Quer ficar sabendo por você mesmo?

Seu sorriso se alargou.

— Vamos conversar qualquer dia desses e descobrir. Se você conseguir a sua liberdade condicional.

Ele continuou andando, e fiquei olhando para ele, admirada. Natalie e seus amigos me encaravam com devoção. Posso não ser uma deusa no sentido em que Dimitri é um deus, mas, para aquele grupo, Lissa e eu éramos deusas — ou pelo menos ex-deusas —, de outra natureza.

— Ai, meu Deus — exclamou uma garota. Não me lembrava do nome dela. — Aquele era o *Jesse*.

— Era — respondi, sorrindo. — Era ele com certeza.

— Eu queria ser parecida com você — acrescentou ela com um suspiro.

Todos olharam para mim. Tecnicamente eu era metade Moroi, mas tinha as feições de um humano. Tive facilidade em me misturar com os humanos enquanto estivemos fora, tanto que eu raramente pensava sobre a minha aparência. Aqui, perto das garotas Moroi, magras e com seios pequenos, algumas curvas, meus seios mais desenvolvidos e meus quadris mais definidos de fato chamavam a atenção. Eu bem sabia que era bonita, mas, para os garotos Moroi, meu corpo era mais do que apenas bonito: era sexy a ponto de ser quase indecente. Os dampiros eram uma conquista exótica. Uma novidade que todos os garotos Moroi tinham vontade de "experimentar".

Era irônico que os dampiros fizessem tanto sucesso aqui, pois as esbeltas garotas Moroi se pareciam demais com as modelos supermagras das passarelas de moda, tão apreciadas no mundo dos humanos. A maioria dos humanos não poderia nunca atingir aquela magreza, assim como as garotas Moroi nunca teriam um corpo parecido com o meu. Todas querem o que não podem ter.

Lissa e eu nos sentamos juntas nas aulas da parte da tarde que ambas fazíamos, mas não conversamos muito. Os olhares que ela mencionara certamente nos perseguiram, mas eu achei que, quanto mais falava com as pessoas, mais o gelo ia se quebrando. Lentamente, aos poucos, elas pareciam se lembrar de quem nós éramos, e o assunto — embora não o mistério — da nossa fuga alucinada ia esfriando.

Ou talvez eu devesse dizer que eles se lembravam de quem *eu* era. Porque eu era a única que falava. Lissa olhava fixamente para a frente, ouvindo, mas não tomava conhecimento nem participava das minhas tentativas de socialização. Eu podia sentir a angústia e a tristeza dela entrando em mim.

— Olha... — comentei quando as aulas finalmente terminaram. Nós estávamos do lado de fora dos prédios da escola, e eu estava bem consciente de que, só de estar ali, já estava rompendo com os termos do meu acordo com Kirova. — A gente não vai ficar aqui, tá bom? — prometi, olhando desconfortável para o campus ao nosso redor. — Vou arranjar um jeito de nos tirar daqui.

— Você acha que a gente realmente conseguiria fugir mais uma vez? — perguntou Lissa, calmamente.

— Com certeza — respondi com segurança, mais uma vez aliviada por ela não poder ler os meus sentimentos. A primeira fuga fora arriscada o suficiente. Fugir de novo seria dificílimo, mas não que eu não conseguisse imaginar alguma maneira.

— Você realmente faria isso, não faria? — Ela sorriu, mais para si mesma do que para mim, como se tivesse se lembrado de algo engraçado. — É claro que faria. É que, bom... — suspirou. — Eu não sei se a gente deve ir embora. Talvez... talvez devêssemos ficar.

Pisquei os olhos, chocada.

— O quê? — Não era uma das minhas respostas mais eloquentes, mas foi a melhor que pude dar naquele momento. Nunca esperaria isso dela.

— Eu te vi, Rose, conversando com os outros aprendizes durante as aulas, sobre os treinamentos. Você sente falta disso.

— Mas não vale a pena — argumentei. — Não se... não se *você*...

Não consegui terminar a frase, mas ela estava certa. Ela tinha lido meus sentimentos. Eu sentira *mesmo* falta dos outros aprendizes. E até de alguns Moroi. Mas havia mais coisas ali além disso. O peso da minha inexperiência, o quanto eu ficara para trás, a consciência disso crescera ao longo do dia.

— Pode ser o melhor a fazer — contrapôs ela. — Eu não tenho tido tantas... você sabe, aquelas coisas não acontecem já tem algum tempo. Não estou sentindo como se alguém estivesse nos seguindo ou nos observando.

Não respondi. Antes de fugirmos da Escola, ela sentia o tempo todo que alguém a seguia, como se ela estivesse sendo caçada. Nunca vi evidências que comprovassem isso, mas uma professora costumava sempre falar sobre isso. A professora Karp. Ela era uma bela Moroi, com feições ruivas e bochechas altas. E eu estava certa de que ela era doida.

— Você nunca sabe quem está observando — dizia ela, andando rapidamente pela sala de aula enquanto fechava todas as persianas.

— Ou quem está te seguindo. É melhor se precaver. É melhor se precaver sempre.

Nós ríamos dela sem que ela percebesse, porque é isso que alunos fazem com professores excêntricos ou paranoicos. Imaginar Lissa agindo como ela me incomodava.

— Algum problema? — perguntou Lissa, percebendo que eu estava perdida em meus pensamentos.

— Não, nada. Estava só pensando. — Suspirei, ponderando meus próprios desejos e o que era melhor para ela. — Liss, a gente pode ficar, acho… mas com algumas condições.

Ela riu.

— Um ultimato de Rose, é?

— Estou falando sério. — Palavras que eu não dizia com frequência. — Quero que você fique longe da realeza. Não de pessoas como Natalie, mas você sabe quais, os outros. Os jogadores poderosos. Camille. Carly. Esse grupo.

Até aquele momento ela estava se divertindo, e então ficou chocada de repente.

— Você tá falando sério?

— Estou. Você nunca gostou deles mesmo.

— *Você* gostava.

— Não. Não de verdade. Eu gostava do que eles podiam oferecer. Das festas e tudo o mais.

— E você pode passar sem essas coisas agora? — Ela parecia descrente.

— Claro. Ficamos sem essas coisas em Portland.

— É, mas lá era diferente. — Ela dirigiu o olhar para o outro lado, mas sem se focar em nada específico. — Aqui… aqui eu tenho de fazer parte do grupo. Não posso evitar.

— Você não tem de fazer parte de nada. Natalie fica longe daquilo tudo.

— Natalie não vai herdar o título da família dela — retrucou Lissa. — Eu já herdei. Preciso me envolver, começar a fazer contatos. Andre…

— Liss — rosnei. — Você *não é* Andre. — Não podia acreditar que ela ainda se comparava ao irmão.

— Ele sempre se envolveu nessas coisas todas.

— Ah, sim — respondi bruscamente —, e agora ele está *morto*.

A expressão do rosto dela endureceu.

— Sabe de uma coisa? Às vezes você não é nada gentil.

— Você não me mantém por perto para que eu seja gentil. Quer que sejam gentis com você? Deve ter uma dúzia de carneirinhos que rasgariam as gargantas uns dos outros para serem os queridinhos da princesa Dragomir. Você me mantém por perto para ouvir de mim a verdade, e a verdade é essa. Andre está morto. Você é a herdeira agora, e vai ter de lidar com isso da maneira que puder. Mas, por enquanto, você precisa ficar longe dos outros nobres. A gente vai ficar no nosso canto. Ficar na zona neutra. Se você se envolver com essas coisas novamente, Liss, você vai acabar...

— *Louca*? — Ela completou a minha frase interrompida.

Dessa vez fui eu que desviei o olhar.

— Eu não quis dizer...

— Então que seja — concordou depois de um tempo. Suspirou e tocou o meu braço. — Está certo. A gente fica, e vamos nos manter longe de tudo aquilo. Vamos "ficar pelas beiradas", como você quer. Vamos andar com Natalie, pelo visto.

Para ser completamente franca, não era nada disso que eu queria. Eu queria ir a todas as festas da realeza e frequentar aquelas comemorações cheias de bebida, como fazíamos antes. Ficamos longe dessa vida durante anos até os pais e o irmão de Lissa morrerem. Andre seria o futuro herdeiro do título da família, e ele costumava agir mesmo como um. Bonito e extrovertido, encantava a todos que conhecia e fora o líder de todas as panelinhas e clubes de alunos da realeza que existiam no campus. Depois da morte dele, Lissa tomou como um dever familiar assumir essas funções.

Acabei me envolvendo com esse mundo ao lado dela. Era fácil para mim, porque eu não precisava lidar com a política daquilo tudo.

Eu era uma dampira bonita, alguém que não se importava em se meter em confusão nem em participar das façanhas mais loucas. Eu era uma novidade para eles. Eles gostavam de me ter ali só pela diversão.

Lissa tinha de se envolver com outros assuntos. Os Dragomir eram uma das doze famílias governantes. Ela ocuparia um lugar muito poderoso na sociedade Moroi, e os outros jovens da realeza Moroi queriam se dar bem com ela. Amigos falsos se aproximavam para fazer intrigas e convencê-la a se unir a eles contra outras pessoas. Os alunos da realeza eram capazes de seduzir e atacar pelas costas num único suspiro — e isso era só *entre eles*. Para os dampiros e os que não são da realeza, eles eram completamente imprevisíveis.

Essa cultura cruel acabou magoando Lissa. Ela era, por natureza, sincera e gentil, e eu amava isso nela. E odiava vê-la chateada e tensa por causa dos joguinhos da realeza. Ela ficara fragilizada depois do acidente, e todas as festas do mundo não valiam o custo de vê-la magoada.

— Então vai ser isso — concordei, finalmente. — Vamos ver como as coisas caminham. Se algo der errado, qualquer coisinha, vamos embora. Sem discussão.

Ela fez que sim com a cabeça.

— Rose?

Nós duas levantamos os olhos e vimos a figura imponente de Dimitri. Tive esperança de que ele não tivesse escutado a parte da nossa conversa sobre irmos embora.

— Você está atrasada para o treinamento — declarou de igual para igual. Para Lissa, ele fez, educadamente, uma curta reverência com a cabeça. — Princesa.

Enquanto ele e eu caminhávamos juntos, só pensava em Lissa e me perguntava se ficar na escola era mesmo a melhor opção para ela. Não percebi pelo laço qualquer sensação alarmante vinda dela, mas seus sentimentos pungiam para todo lado. Confusão. Nostalgia. Medo. Expectativa. Fortes e poderosos, eles me inundavam.

Senti o puxão pouco antes de acontecer. Foi exatamente como tinha sido no avião: as emoções dela cresceram de modo tão intenso que me "sugaram" para dentro de sua cabeça antes que pudesse impedi-las. Eu agora podia ver e sentir as mesmas coisas que Lissa.

Ela andava lentamente pelo refeitório, em direção à pequena capela russa ortodoxa que atendia a maior parte das necessidades religiosas da escola. Lissa sempre frequentara com regularidade a missa. Eu não. Eu tinha um acordo estável com Deus. Concordara em acreditar na existência dele — um pouco —, contanto que ele me deixasse dormir até mais tarde aos domingos.

Mas, quando entrou na capela, senti que ela não estava ali para rezar. Tinha outro objetivo, obedecia a um propósito que era desconhecido para mim. Olhando em volta, certificou-se de que nem o padre, nem os fiéis circulavam por ali naquele momento. O lugar estava vazio.

Entrando por uma porta nos fundos da capela, ela subiu uma escada estreita cujos degraus estalavam e chegou até o sótão. Ali era escuro e empoeirado. A única luz vinha de uma enorme janela de vitrais que fraturavam o brilho leve do nascer do sol em pequenas pérolas multicoloridas espalhadas pelo chão.

Não sabia até então que aquele lugar era um refúgio regular de Lissa. Mas agora eu podia sentir isso, sentir as lembranças dela, de como ela costumava escapar até lá para ficar sozinha e pensar. A angústia que eu pressentira nela se amainou, foi sumindo levemente até desaparecer por completo à medida que ela se integrava àquele ambiente familiar. Ela subiu até o banco que ficava junto à janela e recostou a cabeça para trás, momentaneamente arrebatada pelo silêncio e pela luz.

Os Moroi podiam suportar alguma luz — ao contrário dos Strigoi —, mas eles tinham de limitar a exposição. Sentada ali, ela podia quase fingir que estava sob o sol, protegida pelos desenhos coloridos do vidro que diluíam os raios.

— Respire, só respire — disse a si mesma. — Vai ficar tudo bem. Rose vai cuidar de tudo.

Ela acreditou ardorosamente nisso, como sempre, e relaxou ainda mais.

Então uma voz baixa soou no escuro.

— Você pode ter a Escola toda, mas não o banco da janela.

Ela se levantou de um salto com o coração aos pulos. Senti a angústia dela e a minha própria pulsação acelerando.

— Quem tá aí?

Um instante depois, um vulto surgiu de trás de uma pilha de engradados que estava fora de seu campo de visão. A figura se aproximou, e, sob a luz fraca, as feições familiares se materializaram. Cabelos pretos despenteados. Olhos azul-claros. Um sorrisinho cínico na cara.

Christian Ozera.

— Não se preocupe — anunciou. — Não vou morder. Bem, ao menos não do jeito que você está pensando e que mete medo em você. — Então riu da própria piada.

Ela não achou nada engraçado. Ela se esquecera completamente de Christian. Eu também.

Não importa o que aconteça no nosso mundo, algumas verdades básicas sobre vampiros não mudam jamais. Os Moroi são vivos; os Strigoi são mortos-vivos. Os Moroi são mortais; os Strigoi são imortais. Os Moroi nascem Moroi; os Strigoi se transformam em Strigoi.

E há duas maneiras de se transformar em um Strigoi. Os Strigoi podem transformar humanos, dampiros ou Moroi com uma só mordida. Os Moroi, tentados pela promessa de imortalidade, podem se transformar em Strigoi por livre escolha se eles propositadamente matarem outra pessoa enquanto se alimentavam. Fazer isso era considerado algo mau e um desvio de caráter, o maior de todos os pecados, tanto contra o estilo de vida dos Moroi quanto contra a própria natureza. Os Moroi que escolhiam esse caminho do mal perdiam a capacidade de se conectarem com a magia de manipular os elementos e outros poderes do mundo. Era por isso que não podiam mais se expor ao sol.

Foi isso o que aconteceu com os pais de Christian. Eles eram Strigoi.

CINCO

Ou melhor, eles *FORAM* Strigoi. Um regimento de guardiões os caçou e os matou. Se os boatos forem verdadeiros, Christian assistiu a tudo quando era muito pequeno. Embora ele não fosse um Strigoi, algumas pessoas achavam que ele não estava muito longe de ser um, pois se vestia sempre de preto e não convivia muito com os outros.

Strigoi ou não, eu não confiava nele. Era um tolo, e eu gritei silenciosamente para que Lissa saísse dali, mas de nada adiantou. Esse nosso laço idiota era uma via de mão única.

— O que você está fazendo aqui? — perguntou ela.

— Admirando a paisagem, é claro. Aquela poltrona coberta de lona impermeável fica especialmente agradável nessa época do ano. Ali adiante temos uma velha caixa cheia dos escritos do abençoado e louco São Vladimir. E não esqueçamos aquela bela mesa sem pés, ali no canto.

— Que seja. — Ela revirou os olhos e foi caminhando em direção à porta, tentando sair, mas ele bloqueou o caminho.

— Mas e *você*? — perguntou ele com deboche. — Por que você está aqui em cima? Não tem festas pra ir ou vidas pra destruir?

Um pouco da velha faísca de Lissa retornou.

— Incrível, isso é hilário. Será que agora eu sou um tipo de rito de passagem? Irrite a Lissa e prove que você é legal? Uma garota que eu nem conheço gritou comigo hoje, e agora tenho de aturar você? O que eu preciso fazer pra me deixarem em paz?

— Ah. Então é por isso que você está aqui em cima. Pra curtir uma vibe de autopiedade.

— Isso não é uma piada, é sério. — Percebi que Lissa estava ficando zangada. Aquilo estava superando o desgaste que ela tivera antes.

Ele deu de ombros e se recostou casualmente contra a parede inclinada.

— Eu também. Adoro uma autopiedade. Pena que eu não trouxe uns lenços. Do que você quer se lamentar primeiro? Do dia inteiro que você vai perder para reconquistar a sua popularidade e ser querida novamente? Ou de ter de esperar uma semana inteirinha até que a Hollister te mande roupas novas? Se pedir uma encomenda rápida, pode ser que não demore tanto.

— Deixa eu passar — exigiu, com raiva, dando um empurrão nele.

— Espera — disse Christian quando ela chegou até a porta. O sarcasmo desaparecera do seu tom de voz. — Como… como era?

— Como era o quê? — perguntou ela, irritada.

— Estar lá fora. Longe da Escola.

Ela hesitou um instante antes de responder, pega de surpresa por uma pergunta que parecia uma tentativa genuína de conversa.

— Era ótimo. Ninguém sabia quem eu era. Eu era só mais um rosto. Não era Moroi. Nem da realeza. Nem nada. — Ela baixou o olhar para o chão. — Todos aqui pensam que sabem quem eu sou.

— É. É meio difícil sobreviver ao passado — declarou ele, com amargura.

Só naquele momento ocorreu a Lissa — e a mim, por tabela — o quanto devia ser difícil estar na pele de Christian. Na maior parte do tempo, as pessoas o tratavam como se ele não existisse. Como se fosse um fantasma. Não falavam com ele, nem sobre ele. Simplesmente não o notavam. O estigma do crime dos pais era forte demais, deixara uma sombra sobre toda a família Ozera.

Ainda assim ele estava enchendo o saco e ela não estava com vontade de ficar sentindo pena dele.

— Espere aí, agora é a *sua* onda de autopiedade que estamos curtindo?

Ele riu, quase aprovando.

— Já faz quase um ano que eu venho pra esta sala curtir minha onda de autopiedade.

— Desculpe — disse Lissa, irritada. — Eu venho aqui há mais tempo que você. Tenho prioridade.

— Usucapião, já ouviu falar? E, além disso, preciso estar por perto da capela o máximo que eu puder para que as pessoas não pensem que já virei Strigoi... — O tom amargo ressurgiu.

— Eu sempre via você na missa. É só por isso que você costuma ir? Pra parecer bom?

Os Strigoi não podiam pisar em chão sagrado. E isso também tem a ver com aquela história de pecar contra o mundo.

— Claro — respondeu. — Por que outra razão eu iria? Para a salvação da *sua* alma?

— Talvez — disse Lissa, que claramente tinha uma opinião diferente da dele. — Vou te deixar em paz, então.

— Espera — pediu. Ele parecia não querer que ela saísse. — Vou fazer um trato com você. Você pode ficar aqui também se me contar uma coisa.

— O quê? — Ela olhou para ele de volta. Ele se inclinou para a frente.

— De todos os boatos que eu ouvi sobre vocês hoje... e, acredite, eu ouvi vários, mesmo que ninguém estivesse conversando diretamente comigo... teve uma história que não me convenceu. As pessoas dissecaram todo o resto: os motivos pra vocês fugirem, o que vocês fizeram lá fora, por que voltaram, a especialização, o que Rose disse pra Mia, blá, blá, blá. E, de todos, ninguém, nem uma única pessoa, duvidou daquela história absurda que a Rose contou sobre existir todo tipo de gente por aí que deixa você tirar o sangue delas de bom grado.

Ela desviou o olhar, e eu comecei a sentir suas bochechas arderem.

— Não é absurdo, nem é mentira.

Ele deu uma risadinha.

— Eu já vivi no meio de humanos. Minha tia e eu ficamos afastados depois que meus pais... morreram. Não é tão fácil conseguir sangue.

Ela não respondeu, e ele riu novamente.

— Foi a Rose, né? Ela foi a sua fornecedora.

Fomos tomadas por um medo renovado. Ninguém na escola podia saber disso. Kirova e os guardiões que nos apanharam sabiam, mas guardaram esse segredo.

— Bom, se isso não é amizade, eu não sei o que é — disse ele.

— Você não pode contar pra ninguém — pediu ela, sem pensar.

Era disso que nós precisávamos. Eu acabara de ver na minha frente uma cena que me fizera lembrar que os fornecedores eram viciados em mordida de vampiro. Nós aceitávamos isso como parte da vida, mas, ainda assim, os desprezávamos por serem viciados. Para todos os outros, principalmente um dampiro, deixar um Moroi tirar sangue de você era quase, bem, era uma coisa quase obscena. Na verdade, uma das coisas mais pervertidas, quase pornográfica, que um dampiro podia fazer era deixar um Moroi beber seu sangue durante o sexo.

Lissa e eu não tínhamos transado, é claro, mas nós duas sabíamos o que os outros iam pensar se descobrissem que eu era sua fornecedora.

— Não conte pra ninguém — repetiu Lissa.

Ele meteu as mãos nos bolsos do casaco e sentou-se num dos engradados.

— Pra quem eu vou contar? Olha, pode ficar com o banco da janela. Você pode se sentar nele hoje e ficar aqui um pouco. A menos que ainda esteja com medo de mim.

Ela hesitou, enquanto o estudava. Ele parecia um cara sombrio e grosseiro, tinha nos lábios naquela espécie de sorrisinho desafiador no estilo "veja-como-sou-rebelde". Mas não parecia ser perigoso.

Não parecia um Strigoi. Com cuidado, ela se sentou mais uma vez no banco da janela, inconscientemente esfregando os braços de frio.

Christian a observou, e um instante depois o ambiente ficou consideravelmente aquecido.

Os olhos de Lissa se cruzaram com os de Christian e ela sorriu, surpresa de nunca ter percebido como eles eram azuis cor de gelo.

— Sua especialidade é o fogo?

Ele fez que sim com a cabeça e puxou uma cadeira quebrada.

— Agora temos acomodações de luxo.

Fui puxada para fora da visão de Lissa.

— Rose? Rose?

Pisquei e foquei o olhar no rosto de Dimitri. Ele estava se inclinando para perto de mim, e suas mãos seguravam meus ombros. Eu estava parada; estávamos de pé no meio do pátio que separava os prédios do ensino médio.

— Você está bem?

— Eu... sim. Eu estava com Lissa... — Coloquei a mão na testa. Nunca tinha acontecido uma experiência tão longa ou clara como aquela. — Eu... estava na cabeça dela.

— Na cabeça dela?

— É. Uma coisa que faz parte do laço. — Eu não estava com vontade nenhuma de dar mais explicações.

— Ela está bem?

— Está, ela está... — hesitei. Será que ela estava bem? Christian Ozera tinha acabado de convidar ela para ficar na companhia dele. Não era uma coisa boa. Eu sugerira a ela "ficar pelas beiradas", e não ir na direção das sombras. Mas o sentimento que sussurrava através do nosso laço não era mais de medo ou de raiva. Ela estava quase alegre, embora ainda um pouco nervosa. — Ela não está em perigo — disse, finalmente. Pelo menos eu esperava que não estivesse.

— Você pode andar agora?

O lutador firme e estoico que eu conheci mais cedo tinha sumido — só por um instante — e ele parecia preocupado de verdade. Realmente apreensivo. Sentir o olhar dele focado em mim daquele jeito fez alguma coisa palpitar por dentro — o que era ridículo, claro. Eu não tinha por que ficar toda besta só porque o cara era lindo. E, além do mais, ele era um deus antissocial, segundo Mason. Um deus que supostamente me deixaria tomada por todo tipo de dor.

— Consigo. Estou bem.

Entrei no vestiário do ginásio e vesti as roupas de ginástica que alguém finalmente pensara em me dar depois de eu ter passado um dia inteiro treinando de calça jeans e camiseta. Nojo. O fato de Lissa estar na companhia de Christian me perturbava, mas tentei deixar para pensar nisso depois, uma vez que meus músculos me diziam que não queriam fazer mais nenhum exercício naquele dia.

Então eu sugeri a Dimitri que talvez ele devesse me deixar descansar dessa vez.

Ele riu, e eu tive certeza de que ria *de* mim e não *comigo*.

— Qual o motivo de tanta graça?

— Ah — disse ele, fechando o sorriso. — Você falava sério.

— Claro que sim! Olha, eu tô acordada há dois dias. Por que você precisa começar este treinamento agora? Preciso dormir um pouco — choraminguei. — Só uma horinha.

Ele cruzou os braços e me olhou de cima. A preocupação que ele sentira antes tinha sumido. Ele se mostrava bem profissional agora. Linha-dura.

— Como você se sente agora, depois do treino que fez até aqui?

— O corpo todo dói muito.

— Vai se sentir pior amanhã.

— E daí?

— E daí que é melhor começarmos agora, enquanto você ainda não se sente… tão mal.

— Que tipo de lógica é essa? — retruquei.

Mas não argumentei mais, pois ele foi logo me levando para a sala de ginástica. Mostrou-me os pesos e o repertório de exercícios que queria que eu fizesse, depois se afastou para um canto da sala com um velho romance de faroeste na mão. Mas que tipo de deus é esse?

Quando terminei, ele ficou de pé ao meu lado e demonstrou alguns exercícios relaxantes de alongamento.

— Como você acabou se tornando o guardião de Lissa? — perguntei. — Você nem estava aqui alguns anos atrás. Você pelo menos foi treinado nesta escola?

Ele não respondeu de imediato. Percebi que não falava muito sobre si mesmo.

— Não. Fui treinado numa escola na Sibéria.

— Caramba. Deve ser o único lugar pior do que Montana.

Um brilho de alguma coisa — talvez de divertimento — reluziu nos olhos dele, mas ele não tomou conhecimento da piada.

— Depois que me formei, fui guardião de um lorde chamado Zeklos. Ele foi assassinado recentemente. — O sorriso desapareceu, e a expressão dele ficou sombria. — Me mandaram pra cá porque precisavam de segurança extra para o campus. Quando a princesa reapareceu, já que eu estava por aqui, eles me nomearam guardião dela. Mas isso não faz diferença enquanto ela estiver no campus.

Pensei no que ele dissera antes. Algum Strigoi matou o cara de quem ele deveria estar tomando conta?

— Esse lorde morreu durante o seu turno?

— Não. Ele estava com o outro guardião. Eu estava fora.

Dimitri ficou em silêncio, seu pensamento estava certamente em algum outro lugar. Os Moroi esperavam muito de nós, mas eles reconheciam que os guardiões eram — mais ou menos — apenas humanos. Então os guardiões recebiam salários e se revezavam em turnos, assim como em qualquer outro trabalho. Alguns guardiões mais exigentes consigo mesmos, como a minha mãe, se recusavam a ter férias, e faziam votos de nunca sair de perto dos seus Moroi. Olhando para Dimitri agora, eu tive a sensação de que ele poderia muito bem se tornar um guardião desse tipo. Se ele estava fora no seu horário de folga, não podia se culpar pelo que aconteceu com o cara.

Ainda assim, ele provavelmente se culpava. Eu também me culparia se alguma coisa acontecesse a Lissa.

— Escuta — perguntei do nada, desejando animá-lo —, foi você que arquitetou o plano pra conseguir nos trazer de volta? Porque foi um plano muito bom. Brutal e tudo.

Ele arqueou uma das sobrancelhas fazendo uma expressão que eu achei curiosa. Legal. Sempre quis ser capaz de fazer isso.

— Você está me elogiando por aquilo?

— Bom, foi um plano mil vezes melhor do que o último que eles tentaram realizar.

— O último?

— É. Em Chicago. Com a matilha de cães de caça paranormais.

— Não, esta foi a primeira e única vez que nós encontramos vocês. Em Portland.

Parei o alongamento, me sentei e cruzei as pernas.

— Hum... Acho que os cães de caça paranormais não foram fruto da minha imaginação. Quem mais poderia ter enviado? Eles só atendem aos chamados dos Moroi. Talvez ninguém tenha contado a você sobre esse primeiro plano.

— Talvez — considerou, indiferente. Mas pude ver pela expressão do seu rosto que ele não estava acreditando muito nessa possibilidade.

Depois daquilo, voltei para o dormitório dos aprendizes. Os alunos Moroi moravam no outro lado do pátio, perto do refeitório. A organização dos dormitórios baseava-se, em parte, na conveniência. Morar ali mantinha a nós, aprendizes, próximos dos ginásios e campos de treinamento. Mas nós também vivíamos separados por causa das diferenças entre os estilos de vida dos Moroi e dos dampiros. Os dormitórios deles quase não tinham janelas, com exceção de algumas com filtros que diminuíam a intensidade da luz do sol. Eles também tinham uma seção especial onde os fornecedores eram mantidos sempre a postos. Os dormitórios dos aprendizes tinham uma arquitetura mais aberta, que deixava entrar mais luminosidade.

Eu tinha o meu próprio quarto porque havia poucos aprendizes, e aprendizes garotas, então, menos ainda. O quarto que me deram era pequeno e simples, com uma cama dupla e uma escrivaninha com um computador. Meus poucos pertences tinham sido misteriosamente trazidos de Portland e agora estavam lá, espalhados, dentro de caixas. Vasculhei um pouco algumas delas para encontrar uma camiseta para dormir. Em uma delas encontrei duas fotos, uma de Lissa e de mim num jogo de futebol americano em Portland e outra tirada quando eu viajei de férias com a família dela, um ano antes do acidente.

Arrumei as fotos sobre a escrivaninha e liguei o computador. Alguém do setor técnico me deixara, generosamente, uma folha de instruções que ensinava como renovar minha conta de e-mail e criar uma senha. Ativei a conta e criei a senha, feliz de perceber que ninguém se dera conta de que a internet serviria como um meio para que eu pudesse me comunicar com Lissa. Eu me sentia cansada demais para escrever para ela naquele momento e estava prestes a desligar tudo quando vi que havia uma mensagem para mim. De Janine Hathaway. Era breve.

Estou feliz que você esteja de volta. O que você fez foi imperdoável.

— Também amo você, mãe — murmurei, desligando o computador. Quando fui para a cama depois disso, caí desmaiada antes mesmo de afofar o travesseiro e, bem como Dimitri previra, eu me senti dez vezes pior quando acordei na manhã seguinte. Deitada ali, reconsiderei as vantagens de fugir. Então me lembrei da surra que levara e percebi que a única maneira de impedir que algo assim acontecesse mais uma vez era aguentar um pouco mais de pancada naquela manhã.

As dores fizeram com que tudo fosse ainda pior no segundo dia, mas eu sobrevivi ao treino com Dimitri antes das aulas e às aulas seguintes sem desmaiar nem desvanecer.

Na hora do almoço, tirei Lissa da mesa de Natalie imediatamente e fiz um sermão, ao estilo de Kirova, sobre Christian — repreendendo--a principalmente por ter deixado aquele garoto saber que eu fora a fonte de sangue dela. Se aquilo se espalhasse, estaríamos liquidadas socialmente, e eu não acreditava que ele fosse guardar segredo.

Lissa estava preocupada com outras coisas.

— Você esteve na minha cabeça outra vez? — exclamou. — Durante todo esse tempo?

— Não foi de propósito — argumentei. — Aconteceu. E não é isso que importa. Quanto tempo você ficou lá com ele depois?

— Não muito tempo. Até que foi... divertido.

— Bom, você não pode fazer isso de novo. Se as pessoas descobrirem que você está andando com ele, vão te crucificar. — Olhei para ela cuidadosamente. — Você não está, talvez, gostando dele, está?

Ela desdenhou.

— Não. É claro que não.

— Bom. Porque se você vai sair atrás de algum garoto, roube Aaron de volta para você. — Ele era chato, sim, mas com ele Lissa estava segura. Assim como com Natalie. Por que será que todas as pessoas inofensivas são tão chatinhas? Talvez essa seja a definição de segurança.

Ela riu.

— Mia arrancaria meus olhos fora com as garras dela.

— Com ela a gente se vira. E ele merece alguém que não compre roupas na Gap infantil.

— Rose, você precisa parar de dizer essas coisas.

— Só estou dizendo o que você não diz.

— Ela é só um ano mais nova — disse Lissa. Ela riu. — Não posso acreditar que você pense que sou *eu* quem vai nos meter em confusão.

Enquanto caminhávamos rápido para a aula, sorri e dei uma olhadinha de lado para ela.

— Mas Aaron está bem bonito, né?

Ela sorriu de volta e evitou o meu olhar.

— É. Tá sim.

— Arrá. Tá vendo? Você devia ir atrás dele.

— Ah, sei lá. Estou achando bom sermos só amigos agora.

— Amigos que costumavam enfiar a língua dentro da garganta um do outro.

Ela revirou os olhos.

— Está bem — continuei provocando. — Vamos deixar Aaron lá na creche. Mas só se você ficar longe desse Christian. Ele é perigoso.

— Você está exagerando. Ele não vai virar um Strigoi.

— Ele é má influência.

Ela riu.

— Você acha que *eu* estou correndo o risco de virar Strigoi?

Ela nem esperou pela minha resposta. Abriu a porta da sala de Ciências. De pé, ali, eu repeti para mim mesma, com desconforto, as palavras dela e entrei na sala um instante depois. Ao entrar, dei de cara com o poder da realeza em ação. Alguns garotos — assim como certas meninas que olhavam e davam risadinhas — estavam perturbando um garoto Moroi alto, muito magro e bastante desajeitado. Eu não o conhecia muito bem, mas sabia que ele era pobre e com certeza não era da realeza. Dois de seus algozes eram especialistas na magia de manipular o ar, e faziam voar os papéis de cima da carteira dele e depois, em correntes de ar provocadas por eles, deixavam as folhas rodopiando pela sala enquanto o garoto tentava inutilmente apanhá-las.

Meus instintos me impulsionaram a fazer alguma coisa, talvez dar um soco num dos manipuladores de ar. Mas eu não podia arrumar briga com todos que me incomodassem, e com um grupo da realeza é que eu não podia mesmo — especialmente quando Lissa precisava se manter fora do radar deles. Tudo o que pude fazer então foi lançar um olhar de nojo para eles enquanto caminhava até a minha mesa. Antes de chegar nela, porém, a mão de alguém me pegou pelo braço. Jesse.

— Epa! — adverti, brincando. Felizmente, ele não parecia estar participando da sessão de tortura. — Não toque na mercadoria.

Ele me lançou um sorriso, mas continuou segurando o meu braço.

— Rose, conta pro Paul a briga que você arrumou na aula da professora Karp.

Eu, bem atrevida, levantei a cabeça e sorri jocosamente para ele.

— Eu já arrumei muitas brigas na aula dela.

— Aquela com o caranguejo-ermitão e o gerbo. Eu dei tanta risada me lembrando dela.

— Ah, sei. Era um hamster, acho. Eu só joguei ele dentro do aquário do caranguejo, e eles estavam agitados por estarem tão perto de mim e então começaram a brigar.

Paul, um cara que estava sentado ali perto e que eu não conhecia, também riu. Ele fora transferido de escola no ano anterior, parece, e não conhecia a história.

— Quem ganhou?

Eu olhei para Jesse tentando me recordar.

— Não lembro mais. Você lembra?

— Também não. Eu só me lembro da Karp ficando histérica. — Ele se virou para Paul. — Cara, você tinha que conhecer essa professora totalmente doida que a gente tinha. Ela achava que umas pessoas a perseguiam, se esquentava com qualquer coisinha e dizia coisas sem o menor sentido. Era maluca. Costumava vagar pelo campus quando todo mundo estava dormindo.

Dei um sorriso tenso, como se achasse aquilo engraçado. Não achava. Pensei na professora Karp novamente, surpresa de estar pensando nela pela segunda vez em dois dias. Jesse estava certo — ela realmente vagava muito pelo campus quando ainda trabalhava aqui. Era bastante assustador. Eu me deparei com ela uma vez — inesperadamente.

Eu tinha pulado a janela do meu dormitório para sair com umas pessoas. Já era tarde e, supostamente, nós todos devíamos estar em nossos quartos dormindo há muito tempo. Essas táticas de fuga eram uma prática regular para mim. Eu era boa nelas.

Mas, naquele dia, eu caí. Meu quarto ficava no segundo andar, e as minhas mãos escorregaram na metade da descida. Sentindo o chão se aproximar de mim, tentei desesperadamente agarrar alguma coisa para amortecer o tombo. As pedras ásperas do prédio rasgaram a minha pele, mas eu estava preocupada demais para sentir os cortes. Caí feio no gramado, de costas, vencida pela queda.

— Sua performance está bem ruim, Rosemarie. Você devia tomar mais cuidado. Seus treinadores ficariam decepcionados.

Espiando por entre meus cabelos despenteados, vi a professora Karp de pé, olhando de cima para mim, enquanto uma expressão confusa dominava a sua fisionomia. Nesse meio-tempo, a dor tomou conta de todo o meu corpo.

Tentando ignorá-la da melhor maneira possível, acabei me levantando. Estar numa sala de aula com a Karp Doida, rodeada de outros alunos, era uma coisa. Estar sozinha com ela do lado de fora dos prédios era outra coisa, muito diferente. Ela sempre tinha um brilho lúgubre e distraído no olhar que arrepiava até o último fio de cabelo.

Havia também uma grande possibilidade de ela me levar até a diretora Kirova e eu acabar na detenção. O que também era apavorante.

Em vez de fazer isso, ela apenas sorriu e estendeu a mão para segurar as minhas. Eu estremeci, mas deixei. Ela fez uma careta preocupada quando viu os arranhões. Apertando sua mão sobre eles, franziu levemente a testa. Um formigamento queimou a minha pele, e fiquei envolta numa espécie de zumbido agradável, e então as feridas se fecharam. Tive uma breve sensação de tontura. A minha temperatura subiu rápido. O sangue desapareceu, assim como a dor no quadril e na perna.

Sem fôlego, retraí minhas mãos. Eu já vira muitas magias feitas pelos Moroi, mas jamais algo daquele nível.

— O que... o que você fez?

Ela me lançou aquele sorriso estranho novamente.

— Volte para o seu quarto, Rose. Tem coisas ruins aqui fora. Nunca se sabe o que pode estar seguindo você.

Eu ainda estava olhando fixamente para as minhas mãos.

— Mas...

Olhei novamente para ela e pela primeira vez percebi que tinha cicatrizes nos cantos da testa. Como se unhas tivessem sido cravadas na pele dela. Ela piscou.

— Não vou contar coisa alguma sobre você se você também não contar nada a meu respeito.

Voltei para o momento presente, desconfortável pela lembrança daquela noite bizarra. Jesse, nesse meio-tempo, estava me falando de uma festa.

— Você tem que conseguir escapar da sua coleira essa noite. Nós vamos para aquele lugar no meio do bosque por volta das oito e meia. Mark tem um pouco de erva.

Suspirei, saudosa, o pesar substituindo o arrepio que eu sentira por causa da lembrança da professora Karp.

— Não posso escapar dessa coleira. Estou com o meu carcereiro russo.

Ele soltou o meu braço, parecendo decepcionado, e passou a mão nos seus cabelos castanhos cor de bronze. Puxa. Não poder sair com ele era uma verdadeira lástima. Eu ia ter que dar um jeito nisso qualquer dia desses.

— Será que você nunca vai poder sair por bom comportamento? — brincou.

Eu lancei para ele um sorriso que eu esperava parecesse sedutor, enquanto tentava encontrar a carteira onde devia me sentar.

— Claro — respondi, por cima do ombro. — Se eu algum dia eu for boazinha.

SEIS

Por mais que o encontro entre Lissa e Christian tivesse me incomodado, ele me deu uma ideia. No dia seguinte, fui direto para a sala da diretora Kirova sem nem marcar hora.

— Ei, Kirova, quer dizer, diretora Kirova.

Ela levantou os olhos dos papéis nos quais estava trabalhando, visivelmente aborrecida de me ver ali.

— Sim, senhorita Hathaway?

— No nosso arranjo estou proibida de frequentar a igreja?

— Não entendi.

— A senhora disse que, se eu não estiver em sala de aula ou em treinamento, tenho de ficar no dormitório. Mas e as missas de domingo? Não acho justo a escola me manter afastada das minhas necessidades... religiosas.

Ou me excluir de mais uma ocasião, por mais chata e breve que fosse, de estar com Lissa.

Ela empurrou os óculos mais para cima do nariz.

— Não sabia que você tinha necessidades religiosas.

— Encontrei Jesus quando estava fora da escola.

— Sua mãe não é ateia? — perguntou ela, descrente.

— E o meu pai provavelmente é muçulmano. Mas busquei meu próprio caminho. A senhora não deveria me privar da religião.

Ela fez um som que mais pareceu um engasgo.

— Não, senhorita Hathaway, não vou fazer isso. Muito bem. Você pode frequentar a igreja aos domingos.

Mas a sensação de vitória durou pouco tempo: quando fui à igreja alguns dias depois, a missa demonstrou ser tão enfadonha quanto eu me lembrava. Ao menos pude de fato me sentar ao lado de Lissa, o que me deu a sensação de estar obtendo, de certo modo, algum ganho. Aproveitei também para observar as pessoas. Ir à igreja era opcional para os alunos, mas, com tantas famílias da Europa Oriental, muitos alunos eram cristãos ortodoxos e frequentavam a missa ou porque acreditavam, ou porque os pais os obrigavam.

Christian sentou-se no lado oposto do corredor central, fingindo ser tão crente quanto dissera. Por mais que eu não gostasse dele, a falsa fé dele me divertia. Dimitri sentou-se na parte de trás, o rosto marcado por linhas de sombras, e, como eu, também não comungou. Por mais atento que ele parecesse, fiquei me perguntando se estaria realmente ouvindo a missa. Eu focava e perdia a concentração o tempo todo.

— Seguir os caminhos de Deus nunca é fácil — dizia o padre. — Mesmo São Vladimir, o patrono desta escola, passou por momentos difíceis. Ele tinha um espírito tão forte que as pessoas costumavam se agrupar ao redor dele, fascinadas só por estarem perto e ouvindo suas palavras. Tão magnânimo era o seu espírito, dizem as velhas escrituras, que ele podia curar os doentes. E, no entanto, apesar desses dons, muitos não o respeitavam. Debochavam dele, dizendo que estava desencaminhado e confuso.

O que era uma maneira gentil de dizer que Vladimir era maluco. Todos sabiam disso. Ele era um dos poucos santos Moroi, então o padre gostava muito de falar sobre ele. Antes da nossa fuga, eu já ouvira todas as histórias mais conhecidas sobre Vladimir, inúmeras vezes. Ótimo. Pelo visto eu teria uma eternidade de domingos para ouvir sua história outras incontáveis vezes.

— ...e assim foi com Anna, beijada pelas sombras.

Ergui a cabeça num sobressalto. Não fazia ideia sobre o que o padre falava agora, pois não estava prestando atenção em nada já havia algum tempo. Mas aquelas palavras queimaram dentro de mim: *beijada pelas sombras*. Fazia tempo que eu as escutara pela última vez, mas nunca as esqueci. Esperei, ansiosa pela continuação, mas ele mudou de assunto e passou para a parte seguinte da missa. O sermão acabara.

Ao final da missa, Lissa se preparava para sair, mas acenei com a cabeça para ela.

— Espere por mim. Já volto.

Fui me espremendo para passar pela multidão e chegar até a frente da igreja, onde o padre falava com algumas pessoas. Esperei impaciente o final daquela conversa toda. Natalie estava no meio do grupo, perguntando a ele sobre os trabalhos voluntários que poderia fazer. Argh. Quando terminaram, ela se dirigiu para a saída e me cumprimentou quando passou por mim.

O padre ergueu uma sobrancelha ao perceber a minha presença.

— Como vai, Rose? Que bom te ver por aqui novamente.

— É... bom ver o senhor também — respondi. — Ouvi o senhor falar sobre Anna. Sobre como ela foi "beijada pelas sombras". O que isso significa?

Ele franziu a testa.

— Não sei ao certo. Ela viveu há muito tempo. Era muito comum se referir às pessoas por alcunhas que refletiam algum de seus traços. Essa designação pode ter sido atribuída a ela para realçar sua força interior, por exemplo.

Tentei esconder minha decepção.

— Ah, entendi. Então, quem era ela?

Ele fez uma expressão desaprovadora.

— Eu falei disso diversas vezes.

— Ah, pode ser que eu não... compreendi bem.

A expressão de desaprovação se acentuou ainda mais.

— Espere só um minuto.

Virou-se e desapareceu pela porta próxima ao altar, a mesma que Lissa usara para chegar ao sótão. Considerei a possibilidade de sair rápido dali, mas pensei que Deus talvez fosse capaz de me lançar em desgraça por isso. Menos de um minuto depois, o padre voltou com um livro, que entregou para mim: *Santos Moroi*.

— Você pode se instruir a respeito dela aqui. Em nosso próximo encontro, vou querer saber o que aprendeu.

Fechei a cara enquanto saía da igreja. Maravilha. Dever de casa passado pelo padre.

Na entrada da capela, encontrei Lissa conversando com Aaron. Ela sorria enquanto falava, e os sentimentos que passavam dela para mim eram de alegria, mas não de paixão.

— Fala sério! — exclamou ela. Ele balançou a cabeça.

— Juro!

Ela viu que eu estava chegando, então se virou na minha direção.

— Rose, você não vai acreditar nisso. Sabe Abby e Xander Badica? O guardião deles quer se demitir. E se casar com outra guardiã.

Bom, *isso sim* era uma fofoca quente. Um escândalo, na verdade.

— Como assim? E eles vão, tipo, fugir juntos?

Ela fez que sim com a cabeça.

— Estão comprando uma casa. Vão arrumar empregos com os humanos, eu acho.

Olhei para Aaron, que ficara subitamente tímido com a minha presença.

— E como Abby e Xander estão reagindo a isso?

— Bom. Constrangidos. Eles acham uma estupidez. — Então ele se deu conta de com quem estava falando. — Quer dizer, eu não estava dizendo que...

— Tudo bem — retruquei, com um sorriso amarelo. — É mesmo uma estupidez.

Uau. Fiquei chocada. Meu lado rebelde amava histórias nas quais as pessoas "lutavam contra o sistema". Só que, nesse caso, eles estavam lutando contra o meu sistema, contra o sistema no qual eu fora educada e preparada para acreditar por toda a vida.

Os dampiros e os Moroi tinham um acordo estranho. Originalmente os dampiros surgiram de uniões entre Moroi e humanos. Infelizmente, dampiros não podiam se reproduzir uns com os outros nem com humanos. Era uma herança genética esquisita. Com as mulas é assim também, me contaram, embora essa não fosse uma comparação que me agradasse muito. Dampiros e Moroi puros *podiam* ter filhos juntos, e, devido a outra herança genética bizarra, seus filhos nasciam dampiros comuns, com genes metade humanos, metade vampiros.

Como os Moroi eram os únicos com quem os dampiros podiam se reproduzir, nós tínhamos de estar sempre perto deles e nos mesclar a eles. Então se tornou importante para nós fazer com que os Moroi ao menos *sobrevivessem*. Sem eles, estaríamos acabados. E como os Strigoi adoravam abater os Moroi, a sobrevivência deles tornou-se uma preocupação legítima para nós.

Foi assim que o sistema de guardiões se desenvolveu. Os dampiros não podiam fazer magias, mas eram grandes guerreiros. Herdávamos dos nossos genes vampirescos sentidos e reflexos aguçados e, dos humanos, força e resistência maiores. Também não éramos limitados pela necessidade de sangue ou por problemas com a luz do sol. Com certeza não éramos tão poderosos quanto os Strigoi, mas treinávamos com afinco, e os guardiões faziam um excelente trabalho no que se referia a manter os Moroi a salvo. Muitos dampiros acreditavam que valia a pena colocar a própria vida em risco para se assegurarem de que nossa espécie pudesse continuar se reproduzindo.

Uma vez que os Moroi geralmente preferiam ter e criar crianças Moroi, não aconteciam muitos romances duradouros entre Moroi e dampiros. Não se viam, principalmente, muitas mulheres Moroi se relacionando amorosamente com homens dampiros. Mas os jovens Moroi gostavam de ter namoricos com mulheres dampiras, muito embora eles geralmente acabassem se casando mesmo com as mulheres de sua própria espécie. Isso resultava num número considerável de mães dampiras solos, e essas mulheres criavam suas filhas e seus filhos com orgulho.

Muitas mães dampiras, no entanto, preferiam não se tornar guardiãs para poderem criar seus filhos. Essas mulheres às vezes tinham empregos regulares com os Moroi ou entre os humanos; algumas viviam reunidas em comunidades. Esses agrupamentos, no entanto, costumavam ter má reputação. Não sei o quanto disso é verdade, mas o que se dizia era que homens Moroi os visitam *o tempo todo* em busca de sexo. E que algumas mulheres dampiras os deixavam beber do seu sangue enquanto faziam sexo. Eram prostitutas de sangue.

Sendo assim, quase todos os guardiões eram homens, o que significava que havia muito mais Moroi do que guardiões. Muitos homens dampiros aceitavam o fato de que não teriam filhos. Sabiam que era o seu dever proteger os Moroi e deixavam a procriação a cargo de suas irmãs e primas.

Algumas mulheres dampiras, como a minha mãe, ainda sentiam que era dever delas serem guardiãs — mesmo que isso significasse não criar os próprios filhos. Depois que eu nasci, ela me entregou para ser criada pelos Moroi. Os Moroi e os dampiros começam sua educação escolar ainda bem novos, e, no meu caso, a escola praticamente assumiu o papel dos meus pais quando eu ainda tinha quatro anos.

O exemplo dado por minha mãe e a minha vida na escola fizeram com que eu acreditasse de todo o coração que o trabalho de um dampiro era mesmo o de proteger os Moroi. Era parte da nossa herança, e a única maneira de garantir a sobrevivência da nossa espécie. Era simples assim. E isso era o que tornava tão chocante o que o guardião dos Badica fizera: abandonar o seu Moroi e fugir com outra guardiã, o que significava que ela também abandonou o Moroi dela. Eles nem poderiam ter filhos juntos, e agora duas famílias estavam sem proteção. Por que razão fazer algo assim? Ninguém ligava se dampiros adolescentes namorassem entre si, ou se dampiros adultos tivessem casos esporádicos. Mas um relacionamento duradouro? Ainda mais um que os obrigava a fugir? Era um desperdício total. E uma desgraça.

Depois de mais algumas especulações a respeito dos Badica, Lissa e eu nos despedimos de Aaron. Assim que pusemos os pés do lado de fora da capela, ouvi um estranho barulho de alguma coisa se movendo e depois de algo escorregando. Quando me dei conta do que estava acontecendo, já era tarde demais. Aquela foi a hora exata em que um amontoado de neve escorregou do teto da capela e caiu bem em cima da gente. Era início de outubro, e uma tempestade de neve caíra meio fora de época na noite anterior e começara a derreter quase que imediatamente. Então a neve que caiu sobre nós estava muito úmida e fria.

Lissa foi apanhada em cheio por ela, mas eu ainda gritei quando senti aquela água gelada caindo no meu cabelo e escorregando pelo pescoço. Quem estava perto da gente também soltou gritinhos agudos, atingidas pelos respingos da miniavalanche.

— Você está bem? — perguntei a Lissa. O casaco dela estava encharcado e o cabelo platinado grudado no rosto.

— E-estou b-bem — respondeu, batendo os dentes de frio.

Tirei o casaco e o dei a ela. Ele tinha uma superfície impermeável e bloqueara boa parte da água.

— Tire o seu.

— Mas você vai ficar...

— Pegue o meu.

Prestei atenção nas gargalhadas que geralmente se seguem a situações como essa. Evitei os olhares e me concentrei em segurar o casaco molhado de Lissa enquanto ela o trocava pelo outro.

— Nossa, imagina se você não estivesse usando um casaco, Rose? — disse Ralf Sarcozy, um garoto de físico excepcionalmente volumoso e roliço para um Moroi. Eu o odiava. — Essa blusa teria ficado uma beleza molhada.

— Essa blusa é tão feia que deveria ser queimada. Onde você conseguiu isso? Era de algum mendigo?

Levantei o olhar e vi Mia caminhar para perto e enlaçar o braço no de Aaron. Seus cachos loiros estavam perfeitamente penteados, e ela calçava um par espetacular de sapatos altos pretos, que ficariam muito mais bonitos nos meus pés. Ao menos tinham feito com que ela parecesse mais alta. Isso eu tinha que admitir. Aaron estava apenas alguns passos atrás, mas milagrosamente não tinha sido atingido pela neve. Mas vendo como Mia parecia cheia de si, soube que não se tratava de milagre algum.

— Talvez você esteja se oferecendo pra botar fogo nela, é isso? — perguntei, fazendo de tudo para não deixar que ela percebesse o quanto fiquei irritada com o comentário dela. Eu sabia perfeitamente bem que já fazia pelo menos dois anos que eu não acompanhava as novidades da moda. — Ah, não, espere aí, o seu elemento não é o fogo, não é mesmo? Você trabalha com a água. Que coincidência ter caído tanta na nossa cabeça.

Mia nos observou como se estivesse insultada, mas o brilho em seus olhos revelava que ela estava se divertindo demais com aquilo para ter sido apenas uma inocente espectadora.

— O que você está querendo dizer com isso?

— Não estou querendo dizer nada. Mas a diretora Kirova provavelmente vai ter alguma coisa pra dizer quando descobrir que você usou magia contra outro aluno.

— Não usei nada contra ninguém — zombou. — Foi coisa de Deus.

Alguns riram, para o deleite dela. Na minha imaginação, eu respondia: "E isso também é de Deus", e depois a jogava contra o muro da igreja. Mas na vida real, Lissa apenas me cutucou e disse:

— Vamos embora.

Caminhamos na direção de nossos dormitórios, deixando para trás as risadinhas e as piadas sobre estarmos encharcadas e sobre Lissa ainda não saber nada sobre a especialização que caberia a ela. Por dentro, eu fervia de raiva. Precisava fazer alguma coisa para acabar com a raça de Mia. Além da irritação habitual que as suas provocações me causavam, também não queria que Lissa fosse obrigada a lidar com mais motivos de tensão do que os que ela já tinha. Passáramos bem a primeira semana depois da volta à escola, e eu queria que as coisas continuassem assim.

— Sabe — considerei —, estou cada vez mais achando que é uma boa ideia você roubar o Aaron de volta. Vai ser uma boa lição pra aquela bonequinha escrota. Aposto que vai ser fácil também. Ele ainda é louquinho por você.

— Não quero dar lição alguma em ninguém — disse Lissa. — E eu *não sou* louquinha por ele.

— Ah, por favor, ela fica provocando e fala mal da gente pelas costas. Ontem ela me acusou de ter comprado meus jeans no Exército da Salvação.

— Mas seus jeans *são* do Exército da Salvação.

— É, eu sei — bufei —, mas ela não tem direito de fazer piada com as minhas roupas quando ela mesma veste Target.

— Ei, não vejo problema algum na Target. Eu gosto da Target.

— Eu também. Não é essa a questão. Ela está tentando fazer com que acreditem que as roupas dela são de grife, tipo Stella McCartney.

— E isso é crime?

Eu assumi uma expressão solene.

— Ah, sim, senhora, é um crime. É preciso se vingar.

— Já disse, não estou interessada em vingança. — Lissa me lançou um olhar enviesado. — E você também não deveria estar.

Dei o sorriso mais inocente que pude e, quando nos separamos, cada uma para seu dormitório, mais uma vez me senti aliviada por ela não poder ler os meus pensamentos.

— Então, quando vai ser a grande briga?

Mason estava esperando por mim do lado de fora do dormitório depois que eu tomei o caminho oposto ao de Lissa. Ele parecia relaxado e lindo recostado contra o muro com os braços cruzados, me observando.

— Não sei do que você está falando.

Ele descruzou os braços e entrou comigo no prédio, me emprestando o casaco dele, já que eu deixara Lissa ficar com o meu, que estava seco.

— Eu vi vocês discutindo do lado de fora da capela. Será que você não tem nenhum respeito pela casa de Deus?

Bufei.

— Você tem tanto respeito pela casa de Deus quanto eu, seu bárbaro. Você nem frequenta a igreja. E, como você disse, a gente estava *do lado de fora*.

— Você ainda não respondeu à minha pergunta.

Apenas sorri e vesti o casaco dele.

Estávamos na área comum do nosso dormitório, um espaço muito bem-supervisionado, com uma sala de estar e um local de estudos onde rapazes e garotas podiam ficar e levar convidados Moroi. Como era domingo, o lugar estava apinhado de alunos que se preparavam de última hora para alguma prova no dia seguinte. Vislumbrei uma mesa vazia e pequena, agarrei o braço de Mason e o puxei até lá.

— Você não tem que ir direto pro seu quarto?

Afundei na cadeira, olhando em volta cautelosamente.

— Tem tanta gente aqui hoje que vai demorar um pouco até me encontrarem. Caramba, tô tão cansada de ficar trancada no quarto. E só passou uma semana.

— Também estou achando isso muito nada a ver. Sentimos a sua falta ontem à noite. Uma galera foi jogar bilhar na sala de jogos. Eddie estava arrasando.

Soltei um suspiro.

— Não me conte. Não quero saber da sua vida social glamorosa.

— Tudo bem. — Ele apoiou os cotovelos na mesa e descansou o queixo nas mãos. — Me fala então sobre a Mia. Qualquer dia desses você vai enfiar um soco na cara dela, não vai? Acho que já vi você fazer isso umas dez vezes, no mínimo, com pessoas que irritavam você.

— Você está falando com uma nova e convertida Rose — respondi, me empenhando ao máximo para passar a imagem de garota ajuizada.

Acho que não me saí muito bem, porque ele soltou uma gargalhada meio engasgada. — Sem contar que, se eu fizer isso, vou quebrar meu período probatório com a Kirova. Tenho que andar na linha.

— Em outras palavras, encontrar um jeito de dar o troco em Mia sem se meter em confusão.

Senti um pequeno sorriso se formando nos cantos dos meus lábios.

— Sabe do que eu gosto em você, Mason? Você pensa igualzinho a mim.

— Nossa, que conceito assustador — respondeu secamente. — Me diz então o que você acha disso: pode ser que eu saiba alguma coisa sobre ela, mas que provavelmente não deveria contar a você...

Inclinei o corpo para a frente, interessada.

— Ah, agora você já me deixou curiosa. Vai *ter* que me contar.

— Não seria correto — provocou. — Como vou saber se você vai usar essa informação para o bem e não para o mal?

Pisquei os olhos rapidamente algumas vezes, fazendo charme.

— Você consegue resistir a este rostinho?

Ele ficou um tempo me estudando.

— Não, na verdade, não consigo. Tá bom então, lá vai: Mia não é da realeza.

Eu me recostei novamente na cadeira.

— Jura? Mas eu já sabia disso. Eu sei quem é e quem não é da realeza desde que eu tinha dois anos.

— É, mas tem mais coisa além disso. Os pais dela trabalham para um dos lordes Drozdov. — Fiz um gesto impaciente com a mão. Muitos Moroi trabalhavam no mundo dos humanos, mas a sociedade Moroi também oferecia muitos empregos para os de sua espécie. Alguém precisava fazer esses serviços. — Trabalhos de faxina. São praticamente serventes. O pai dela corta a grama, e a mãe é empregada doméstica.

Respeitava demais quem encarasse um dia inteiro de trabalho, não importava de que tipo fosse. Pessoas em toda a parte precisam trabalhar para se sustentar. Mas, assim como no caso das roupas da

Target, a conversa muda um pouco quando a pessoa tenta se fazer passar por outra coisa. E, na última semana de volta ao cotidiano escolar, já tinha percebido o quanto Mia tentava desesperadamente se entrosar com os estudantes que pertenciam à realeza.

— Ninguém sabe — murmurei, pensativa.

— E ela não quer que saibam. Você sabe como são os alunos da realeza. — Ele fez uma pausa. — Bom, com exceção de Lissa, claro. Eles seriam cruéis com Mia se descobrissem.

— Como é que você sabe disso tudo?

— Meu tio é guardião dos Drozdovs.

— E você vem guardando esse segredo, hein?

— Até você arrancar ele de mim. Então, qual é o caminho que você vai escolher: o do bem ou o do mal?

— Acho que vou conceder a ela uma graça...

— Senhorita Hathaway, você sabe que não deveria estar aqui.

Uma das inspetoras do dormitório estava de pé ao nosso lado, a desaprovação estampada em seu rosto.

Não estava brincando quando dissera a Mason que pensávamos de um jeito parecido. Ele sabia mentir tão bem quanto eu.

— Temos um trabalho de grupo para a aula de Ciências Humanas. Como vamos fazer o trabalho juntos se Rose estiver no quarto?

A inspetora estreitou o olhar.

— Vocês não parecem estar fazendo trabalho algum.

Puxei o livro que o padre tinha me dado para mais perto e abri numa página qualquer. Ele já estava sobre a mesa desde a hora que nos sentamos.

— Estamos... trabalhando nisso aqui.

Ela ainda parecia desconfiada.

— Uma hora. Vou dar mais uma hora pra vocês, e acho melhor que eu os veja trabalhando.

— Sim, senhora — disse Mason, seríssimo. — Com certeza.

Ela foi se distanciando, ainda de olho na gente.

— Meu herói — declarei.

Ele apontou para o livro.

— O que é isso?

— Um livro que o padre me deu. Por causa de uma pergunta que fiz sobre a missa.

Ele me encarou, pasmo.

— Ah, pare com isso e finja interesse. — Examinei o índice. — Estou querendo saber mais sobre uma mulher chamada Anna.

Mason deslizou a cadeira para ficar ao meu lado.

— Muito bem... Então vamos estudar.

Encontrei o número da página, e ela me levou — o que não era de se estranhar — ao capítulo sobre São Vladimir. Lemos o capítulo, procurando pelo nome de Anna. Quando o encontramos, não havia muita informação sobre ela. Mas havia um trecho escrito por algum sujeito que teria vivido na mesma época que São Vladimir:

E com Vladimir sempre está Anna, a filha de Fyodor. O amor dos dois é tão casto e puro quanto o de um irmão e uma irmã, e muitas vezes ela o defende dos Strigoi que querem destruí-lo e à sua santidade. Ademais, é ela que o consola quando o espírito é intenso demais para suportar e as trevas de Satã tentam sufocá-lo e enfraquecer-lhe a saúde e o corpo. Contra isso ela também o protege, pois os dois estão enlaçados um ao outro desde que ele lhe salvou a vida quando Anna era criança. É um sinal do amor de Deus Ele ter mandado para Vladimir uma guardiã como Anna, uma guardiã beijada pelas sombras e que sempre sabia o que se passava no coração e na mente dele.

— Aí está — disse Mason. — Ela era a guardiã dele.

— Mas não diz o que significa ser "beijada pelas sombras".

— Talvez signifique nada.

Algo em mim não acreditava naquilo. Li o trecho novamente, tentando compreender o sentido entranhado naquele linguajar antigo. Mason me observava curioso, e parecia estar realmente querendo me ajudar.

— Talvez eles tivessem um caso — sugeriu.

Eu ri.

— Ele era um homem santo.

— E daí? Os santos também devem gostar de sexo. Essa história de "irmão e irmã" aí deve ser um disfarce. — Ele apontou para uma das frases. — Olha só. Eles estão "enlaçados" um ao outro. — Ele deu uma piscadela. — Isso é um código.

Enlaçados. Laço. Essa palavra era uma escolha estranha mesmo, mas não significava necessariamente que Anna e Vladimir tinham arrancado as roupas um do outro.

— Não acho isso não. Eles eram apenas íntimos. Homens e mulheres podem ser apenas amigos — insinuei, e ele me lançou um olhar seco.

— É? Mas e *a gente*? Somos amigos e eu não sei o que se passa no seu "coração e mente". — Mason fez cara de filósofo. — Evidentemente, alguns podem argumentar que é impossível saber o que se passa no coração de uma mulher...

— Ah, dá um tempo — pedi, dando um soco no braço dele.

— ... pois elas são criaturas estranhas e misteriosas — continuou ele com sua voz professoral —, e o homem precisa ser um leitor de pensamentos se deseja fazê-las felizes.

Comecei a rir, descontrolada, e soube na hora que teria problemas outra vez.

— Bom, tente ler o meu pensamento e pare de ser um...

Parei de rir e olhei para o livro de novo.

"Enlaçados um ao outro" e "sempre sabia o que se passava no coração e na mente dele".

Eles tinham um laço, só então me dei conta. Poderia apostar tudo o que eu tinha — o que não era muito — nisso. A revelação era surpreendente. Havia muitas histórias obscuras e mitos sobre o fato de guardiões e Moroi "antigamente terem laços". Mas essa era a primeira vez em que eu ouvia falar de alguém específico com quem isso teria acontecido.

Mason percebeu meu espanto.

— Tudo bem? Você ficou meio estranha.

Saí do estado de estupefação.

— Tá sim, tudo bem.

Sete

Umas duas semanas se passaram depois daquilo, as atividades da Escola me ocuparam o tempo e logo esqueci a história de Anna. O impacto causado pela nossa volta diminuiu um pouco, e começamos a entrar numa rotina quase confortável. Meus dias giravam entre a igreja, os almoços com Lissa e qualquer tipo de vida social que eu conseguisse extrair entre esses momentos. Como o tempo livre me fora negado, não tive muita dificuldade em me manter meio à margem, embora ainda assim conseguisse chamar a atenção aqui e ali, apesar do nobre discurso sobre a necessidade de não chamar atenção. Não conseguia evitar. Gostava de paquerar, gostava de grupos, e gostava de fazer comentários espertinhos em sala de aula.

Essa nova forma de agir e seu comportar atraía a atenção por ser bem diferente do que éramos antes de fugirmos, quando Lissa frequentava e participava muito da vida social da realeza. A maioria das pessoas logo a deixou em paz, aceitando o fato de a princesa Dragomir estar se distanciando dos holofotes da vida social e se contentando em andar com Natalie e seu grupo. As divagações de Natalie ainda me deixavam, às vezes, com vontade de dar com a cabeça na parede, mas descobri que ela era realmente legal — mais legal do que quase todos os outros alunos da realeza — e, na maioria das vezes, gostava de estar com ela.

E, como Kirova prescrevera, eu estava me dedicando a treinar e me exercitar o tempo todo. E, com o tempo, meu corpo parou de me odiar. Os músculos ficaram mais fortes, e a minha resistência aumentou. Claro que ainda apanhava bastante durante os treinos, mas não tanto quanto antes, o que já era alguma coisa. Quem mais pagava o pato, no entanto, era a minha pele. Ficar tanto tempo ao ar livre, no frio, estava rachando o meu rosto, e só os cremes para cuidados com a pele fornecidos por Lissa me impediam de envelhecer antes da hora. Já quanto às bolhas nas mãos e nos pés, ela não podia fazer nada.

Dimitri e eu acabamos criando uma rotina. Mason estava certo quando avisou que ele era antissocial. Quase não víamos Dimitri na companhia de outros guardiões, embora fosse evidente que todos o respeitavam. E quanto mais eu treinava com ele, mais eu o respeitava também, embora não entendesse bem os seus métodos. Não pareciam muito cruéis. Sempre começávamos com um alongamento no ginásio, e ultimamente ele me mandava correr ao ar livre, enfrentando o outono de Montana, que esfriava mais a cada dia.

Três semanas depois da minha volta para a Escola, passei na sala de ginástica antes das aulas começarem e ele estava ali largado em um dos colchonetes lendo um livro de Louis L'Amour. Ele tinha levado um CD player portátil e isso me alegrou bastante. Já a música que vinha do aparelho não me alegrou nadinha: "When doves cry", do Prince. Era meio constrangedor que eu soubesse o título da canção, alguma coisa como "doves cry", mas é que um dos colegas que dividiram a casa com a gente enquanto estivemos fora era obcecado pela década de 1980.

— Caramba, Dimitri — reclamei, jogando minha mochila no chão —, entendo que essa música seja um sucesso bem atual na Europa Oriental, mas você não acha que talvez a gente possa ouvir alguma coisa que não tenha sido gravada antes do meu nascimento?

Os olhos dele se moveram de leve para mim; o resto do corpo dele permaneceu na mesma posição.

— E isso importa para você? Eu que vou ficar ouvindo. Você vai correr lá fora.

Eu fiz cara de quem não gostou e coloquei o pé numa das barras para alongar os tendões. Pensando bem, Dimitri até que tolerava com bom humor meu sarcasmo constante. Desde que não relaxasse no treinamento, ele não se incomodava com meus comentários incessantes.

— Escuta — perguntei, passando para a sessão seguinte de alongamentos —, por que isso de correr tanto, afinal? Quero dizer, eu entendo a importância de aumentar a resistência e tudo, mas eu não deveria estar passando agora para alguma prática de luta? Eles ainda estão me matando nos treinamentos em grupo.

— Talvez você devesse bater com mais força — respondeu secamente.

— Estou falando sério.

— É difícil perceber quando. — Ele baixou o livro, mas não saiu da posição relaxada. — Meu trabalho é te preparar para defender a princesa das criaturas do mal, certo?

— Certo.

— Então me conte uma coisa: imagine que você arruma um jeito de sair com ela e vocês vão para um shopping. Enquanto vocês estão lá, um Strigoi se aproxima. O que você faz?

— Depende da loja em que a gente estiver.

Ele me olhou sério.

— Bom, eu cravo uma estaca de prata nele.

Dimitri se sentou, cruzando as longas pernas num movimento fluido. Ainda não tinha entendido como alguém tão alto podia ser tão elegante.

— Ah, é? — Ele ergueu as sobrancelhas escuras. — E você tem uma estaca de prata? Você ao menos sabe usar uma?

Desviei os olhos do corpo dele e franzi as sobrancelhas. Feitas de magia elementar, as estacas de prata eram a arma mais mortal de um guardião. Apunhalar o coração de um Strigoi com a estaca de prata o matava na hora. As lâminas eram letais também para os Moroi, então não eram facilmente entregues aos aprendizes. Meus colegas de classe tinham começado recentemente o aprendizado para usá-las. Eu já tinha treinado com um revólver, mas ninguém ainda me deixara sequer chegar perto de uma estaca. Felizmente existiam duas outras maneiras de matar um Strigoi.

— Tá certo. Nesse caso eu corto a cabeça dele fora.

— Vamos ignorar o fato de que você não tem uma arma capaz de executar essa ação. Como você vai cortar a cabeça de um Strigoi, que deve ser uns trinta centímetros mais alto do que você?

Naquele momento eu estava me alongando, tocando os pés com as mãos. Endireitei a coluna, chateada.

— O negócio então é botar fogo nele.

— E eu pergunto novamente: de onde vai sair esse fogo?

— Certo. Desisto. Você já tem a resposta. Está só me provocando. Estou num shopping e vejo um Strigoi. O que eu faço?

Ele olhou bem para mim sem piscar.

— Você corre.

Reprimi o impulso de atirar algo nele. Quando terminei de me alongar, ele disse que iria correr comigo. Aquela foi a primeira vez. Talvez correr me ajudasse a entender a reputação de matador que Dimitri tinha.

Saímos para o entardecer gelado de outubro. Estar de volta ao "fuso horário" vampiresco ainda era estranho para mim. Com as aulas prestes a começar dali a uma hora, eu esperava que o sol estivesse nascendo, e não se pondo. Mas ele estava afundando no horizonte oeste, iluminando as montanhas de picos nevados com um brilho alaranjado. Isso não aqueceu propriamente as coisas, e eu logo senti o frio perfurar os meus pulmões enquanto minha necessidade de oxigênio aumentava. Não conversamos. Ele diminuiu a velocidade para acompanhar o meu ritmo, de modo que pudéssemos correr juntos.

Alguma coisa naquilo me incomodou; do nada comecei a querer muito a aprovação dele. Então acelerei o ritmo, trabalhando os meus pulmões e os meus músculos com mais afinco. Doze voltas completas pela trilha faziam cinco quilômetros; faltavam ainda nove voltas.

Quando chegamos à penúltima volta, dois outros aprendizes passaram, preparando-se para o treinamento em grupo do qual eu logo participaria também. Ao me ver, Mason fez uma saudação.

— Tá em boa forma, Rose!

Sorri e acenei de volta.

— Seu ritmo está caindo — disse Dimitri friamente, desviando o meu olhar dos meninos. A dureza do seu tom de voz me espantou. — É por isso que os seus tempos não estão melhorando? Você se distrai facilmente?

Constrangida, aumentei de novo a velocidade, apesar de meu corpo já estar gritando comigo com todo palavreado obsceno possível. Terminamos as doze voltas e, quando ele checou, descobriu que tínhamos tirado dois minutos do meu melhor tempo.

— Nada mal, né? — afirmei quando entramos de novo no ginásio para a minha série de alongamentos relaxantes. — Acho que daria pra correr o shopping inteiro antes de o Strigoi conseguir me pegar. Não sei como seria pra Lissa.

— Se ela estivesse com você, estaria bem.

Olhei para ele, surpresa. Era o primeiro elogio verdadeiro que eu recebia desde que começara a treinar com ele. Seus olhos castanhos me observavam com aprovação e satisfação.

E foi então que aconteceu.

Senti como se alguém tivesse atirado em mim. Um terror agudo e mordaz explodiu dentro do meu corpo e da minha cabeça. Pequenas navalhadas de dor. Minha visão ficou turva, e, por um momento, de repente, não estava mais de pé ali. Estava correndo escada abaixo, apavorada e desesperada, precisando sair de onde estava, precisando encontrar… a mim mesma.

Minha visão voltou ao normal, me colocando de volta no ginásio e fora da cabeça de Lissa. Sem dizer nada a Dimitri, saí em disparada, correndo o mais rápido que podia em direção ao dormitório dos

Moroi. Não me preocupei com o fato de ter acabado de correr uma minimaratona. Minhas pernas trabalharam rápido e com eficiência, como se estivessem novinhas em folha. Já distante, me dei conta de que Dimitri também corria e estava me alcançando, já perguntando o que havia de errado. Mas eu não consegui responder. Tinha apenas uma tarefa: chegar até o dormitório.

As formas indistintas e cobertas de hera do dormitório dos Moroi estavam começando a entrar no meu campo visual quando Lissa veio ao nosso encontro, com o rosto coberto de lágrimas. Freei a corrida bruscamente, os pulmões quase explodindo.

— O que aconteceu? O que há de errado? — perguntei, agarrando os braços dela, forçando que ela me olhasse nos olhos.

Mas ela não conseguiu responder. Apenas jogou os seus braços em volta de mim e ficou soluçando no meu peito. Eu a abracei, acariciando seu cabelo liso e aveludado enquanto dizia a ela que tudo ficaria bem — fosse lá o que tivesse acontecido. E, honestamente, naquele momento eu não estava interessada no que acontecera. Ela estava comigo, e estava a salvo, e era só isso que importava. Dimitri ficou perto da gente, alerta e pronto para qualquer ameaça, seu corpo todo preparado para atacar. Eu me senti segura com ele ao nosso lado.

Meia hora mais tarde, estávamos enfiados no quarto de Lissa com outros três guardiões, mais a diretora Kirova e a inspetora do hall. Foi a primeira vez que eu vi o quarto de Lissa. Natalie tinha mesmo dado um jeito de ser a companheira de quarto dela, e o quarto era um ensaio sobre contrastes. O lado de Natalie parecia cheio de vida, com retratos na parede e uma colcha de babados que não pertencia ao dormitório. Lissa tinha poucos objetos próprios, assim como eu, o que fazia com que seu lado do quarto fosse notavelmente vazio. Lissa tinha, sim, um retrato colado na parede, uma foto do último Dia das Bruxas, quando nos vestimos de fadas, com asas e maquiagem de purpurina. A visão daquela foto e a lembrança de como as coisas costumavam ser fizeram com que uma dor melancólica tomasse conta do meu peito.

Com toda aquela agitação, ninguém lembrou de que eu não deveria estar ali. Do lado de fora, no saguão, outras garotas Moroi se agruparam, tentando entender o que estava acontecendo. Natalie atravessou a multidão, se perguntando qual o motivo de tanta comoção no seu quarto. Quando viu o que era, paralisou e deu um grito agudo.

Choque e náusea apareceram nas expressões de todos quando vimos a cama de Lissa. Havia uma raposa no travesseiro. Seu pelo era vermelho alaranjado, com manchas brancas. Parecia tão macia e fofinha que poderia ser um bichinho de estimação, um gato talvez, algo que se poderia segurar nos braços e se aconchegar a ele.

Tirando o fato de que alguém passara uma lâmina na sua garganta.

A parte de dentro da garganta era cor-de-rosa e tinha uma consistência de geleia. O sangue manchara seu pelo macio e escorrera para a colcha amarela da cama, formando uma piscina escura que se espalhava pelo tecido. Os olhos da raposa apontavam fixamente para cima, vidrados, e tinham uma espécie de choque em sua expressão, como se a raposa não pudesse acreditar que aquilo estivesse realmente acontecendo.

A náusea cresceu no meu estômago, mas me obriguei a continuar olhando. Não podia me dar ao luxo de ser sensível demais. Estaria matando um Strigoi qualquer dia desses. Se não pudesse ver o pescoço aberto de uma raposa, jamais sobreviveria a matanças mais violentas.

O que aconteceu com a raposa era algo perverso e doentio, obviamente feito por alguém com a cabeça já ruim demais para ser capaz de pôr isso em palavras. Lissa olhava fixo para ela, com o rosto pálido como a morte, e deu alguns passos em sua direção, as mãos involuntariamente se estendendo para alcançá-la. Aquele ato repugnante a atingira com força, eu sabia, por causa do amor que tinha pelos animais. Ela os amava, e eles a amavam. Enquanto estivemos sozinhas no mundo dos humanos, ela frequentemente me implorava para ter um bicho de estimação, mas eu sempre neguei e lembrava a ela que não poderíamos tomar conta de um se talvez precisássemos fugir de uma hora para outra. E, além do mais, eles me odiavam. Então ela se contentava em ajudar e tratar das feridas de alguns bichos abandonados com que nos deparávamos e em fazer amizade com os animais de outras pessoas, como com o gato Oscar.

Ela não poderia, no entanto, cuidar da ferida daquela raposa. Não havia como desfazer aquilo, mas eu vi em seu rosto que Lissa queria salvá-la, como salvava tudo. Peguei as mãos dela e as afastei da raposa, e a lembrança de uma conversa que tivéramos dois anos antes veio subitamente:

— *O que é isso? É uma gralha?*

— *É grande demais. É um corvo.*

— *Está morto?*

— *Está. Mortinho. Não toca.*

Ela não me ouvira na ocasião. Tive esperanças de que dessa vez seguiria meus conselhos.

— Ainda estava viva quando eu voltei — cochichou Lissa só para mim, segurando o meu braço. — Um fio de vida. Ai, Deus, ela estava se contorcendo. Deve ter sofrido tanto...!

Senti a bile subir até a garganta. Eu não ia vomitar de jeito nenhum.

— Você tentou...?

— Não. Eu quis... Eu comecei...

— Então esqueça — disse com veemência. — É uma estupidez. Uma brincadeira idiota de alguém. Eles vão limpar tudo. Talvez até deem a você outro quarto se você quiser.

Ela olhou para mim com um olhar quase plácido.

— Rose... você se lembra... naquela vez...

— Pare com isso. Esqueça esse assunto. Não é a mesma coisa.

— E se alguém tiver visto? E se alguém souber...?

Apertei o braço dela com mais força, quase cravando nele as minhas unhas para conseguir prender a sua atenção. Ela estremeceu.

— Não. Não é a mesma coisa. É totalmente diferente do que aconteceu daquela vez. Entendeu? — Eu podia sentir os olhos atentos de Natalie e Dimitri. — Vai ficar tudo bem. Vai ficar tudo bem.

Mesmo parecendo não acreditar em mim de jeito algum, Lissa concordava com a cabeça.

— Limpe tudo isso — ordenou Kirova à inspetora. — E descubra se alguém viu alguma coisa.

Alguém finalmente se deu conta de que eu estava lá e ordenou a Dimitri que me levasse embora, apesar das minhas súplicas para que me deixassem ficar com Lissa. Ele me acompanhou até o dormitório dos aprendizes. Não disse nada até estarmos quase lá.

— Você sabe de alguma coisa. Alguma coisa sobre o que aconteceu. É sobre isso que você falava quando disse à diretora Kirova que Lissa estava em perigo?

— Eu não sei de nada. É apenas uma brincadeira de mau gosto.

— Você tem alguma ideia de quem poderia ter feito isso? Ou por quê?

Pensei sobre isso. Antes de fugirmos, poderia ter sido um monte de gente. É assim que são as coisas quando se é popular. Algumas pessoas te amam, outras te odeiam. Mas agora? Lissa, até certo ponto, deixara de ser o centro das atenções. A única pessoa que real e verdadeiramente a desprezava era Mia, mas esta parecia travar suas batalhas com palavras, e não com ações. E mesmo que ela decidisse realmente fazer algo agressivo, por que isso? Não parecia o tipo de coisa que ela faria. Havia um milhão de outras maneiras de se vingar de uma pessoa.

— Não — respondi. — Não faço ideia.

— Rose, se você sabe de alguma coisa, precisa me contar. Estamos do mesmo lado. Nós dois queremos proteger Lissa. Isso é sério.

Eu me virei e descontei toda a minha raiva.

— É, *é* sério mesmo. É tudo muito sério. E você me faz ficar só correndo todos os dias, quando eu deveria estar aprendendo a lutar e a defender! Se você quer ajudar, então me ensine alguma coisa! *Me ensine a lutar*. Fugir eu já sei.

Não tinha me dado conta até aquele momento do quanto eu realmente queria aprender, do quanto queria provar para ele, para Lissa e para todo mundo que eu era capaz de ser uma guardiã. O incidente com a raposa fez com que me sentisse impotente, e eu não gostava nada disso. Eu queria fazer alguma coisa. Qualquer coisa.

Dimitri observou calmamente o meu acesso de raiva, sem sequer mudar a expressão do rosto. Quando terminei, ele simplesmente fez um sinal para que eu continuasse andando, como se eu não tivesse dito nada.

— Vamos. Você está atrasada pra aula.

OITO

Queimando de ódio, naquele dia treinei com mais afinco e melhor do que nunca com os aprendizes. Tanto que finalmente venci uma luta corpo a corpo. Aniquilei Shane Reyes. Sempre nos demos bem, e ele levou a derrota numa boa, aplaudindo o meu desempenho junto com alguns outros colegas.

— A revanche está começando — comentou Mason depois da aula.

— Parece que sim.

Ele tocou gentilmente no meu braço.

— E Lissa, como está?

Não me surpreendi por ele saber. As fofocas às vezes se espalhavam tão depressa por ali que dava até a impressão de que todos dispunham de algum laço psíquico.

— Está bem. Enfrentando a situação. — Não dei muitas explicações sobre como eu sabia disso. O nosso laço era um segredo para os alunos. — Mason, você diz que conhece Mia. Você acha que ela poderia ter feito aquilo?

— Ei, espere aí, eu não sou um especialista em Mia ou coisa do tipo. Mas te digo honestamente o que eu penso: acho que não. Mia não encara nem a dissecação na aula de Biologia. Não consigo imaginar ela capturando uma raposa, quanto mais matando uma.

— Sabe se ela tem algum amigo que poderia ter feito o serviço por ela?

Ele balançou a cabeça em sinal negativo.

— Não mesmo. Eles também não são do tipo que gostam de sujar as mãos. Mas isso nunca se sabe.

Lissa ainda estava abalada quando eu a encontrei mais tarde no almoço, e o estado emocional dela foi piorando, já que Natalie e seus amigos não paravam de falar sobre a raposa. Pelo visto, Natalie tinha superado o asco à exposição pública a ponto de aproveitar a atenção que o ocorrido tinha proporcionado. Talvez a situação dela, à margem dos grupos mais populares da escola, ao contrário do que eu sempre acreditei, não a contentasse tão plenamente quanto parecia.

— E ela estava bem *ali* — explicava Natalie, gesticulando para dar ênfase. — Bem no meio da cama. Tinha sangue *por todo lado*.

Lissa foi ficando verde, da cor do suéter que estava usando. Eu a tirei de lá antes mesmo de terminar meu almoço, e comecei imediatamente a dizer um monte de obscenidades sobre o traquejo social de Natalie.

— Ela é legal — disse Lissa, de modo automático. — Outro dia mesmo você estava me falando sobre o quanto gostava dela.

— E gosto, mas é que ela não tem a menor noção de como lidar com certas coisas.

Estávamos na porta da sala onde teríamos nossa aula sobre comportamento dos animais, e percebi que as pessoas olhavam curiosas para nós e cochichavam coisas enquanto passavam. Suspirei.

— Como você está lidando com tudo isso?

Um meio sorriso atravessou o rosto de Lissa.

— Você não percebe como estou me sentindo?

— Sim, mas quero ouvir de você.

— Não sei. Acho que vou ficar bem. Só não queria que todas as pessoas ficassem me encarando como se eu fosse uma atração de circo.

Minha raiva explodiu novamente. O episódio da raposa tinha sido péssimo. O fato de as pessoas a estarem chateando tornava a coisa toda ainda pior, mas pelo menos eu podia fazer algo a respeito delas.

— Quem anda perturbando você?

— Rose, você não pode sair batendo em todas as pessoas com quem temos problemas.

— Mia? — adivinhei.

— Não é só ela — respondeu, evasiva. — Olha, não importa. O que eu quero saber é como foi possível... Quer dizer, não consigo parar de pensar naquela vez...

— Não fale — adverti.

— Por que você insiste em fingir que não aconteceu? Logo você. Você debochou de Natalie por ficar falando sem parar, mas você mesma não tem tanto controle assim sobre o que diz. Você normalmente fala sobre tudo.

— Mas sobre aquilo *não*. Temos que esquecer. Foi há muito tempo. E nem sabemos ao certo o que aconteceu.

Ela me olhou com aqueles enormes olhos verdes, avaliando o próximo argumento que usaria.

— Oi, Rose.

Jesse se aproximou e nossa conversa morreu. Dei o meu sorriso mais sedutor.

— Oi.

Ele acenou cordialmente com a cabeça para Lissa.

— Esta noite vou ao seu dormitório fazer um trabalho de grupo.

— Então... Você acha que... talvez...

Esquecendo Lissa momentaneamente, foquei toda a minha atenção em Jesse. De repente senti que precisava *muito* fazer alguma loucura. Coisas demais aconteceram naquele dia.

— Claro.

Ele me disse a que horas estaria lá, e eu disse a ele que o encontraria numa das áreas comuns para fornecer os... passos seguintes.

Ele se afastou e Lissa ficou me encarando.

— Você está em prisão domiciliar. Não vão deixar você ficar passeando e conversando com ele.

— Não quero exatamente "conversar" com ele. Vamos dar um jeito.

Ela suspirou.

— Às vezes não te reconheço.

— Isso é porque você é a cautelosa, e eu sou a intrépida.

Quando começou a aula de Comportamento Animal, ponderei sobre a probabilidade de Mia ter sido mesmo a responsável por tudo. Pela expressão pretensiosa do seu rostinho psicopata-angelical, dava para notar que ela certamente parecia satisfeita com o sucesso da raposa ensanguentada. Mas isso não queria dizer que ela era a culpada, e, depois de observá-la ao longo das últimas duas semanas, eu sabia que ela ficaria animada com qualquer coisa que pudesse aborrecer a Lissa e a mim. Mesmo que não tivesse sido ela a arquitetar a coisa toda.

— Os lobos, como muitas outras espécies, distinguem, no interior da alcateia, os machos e as fêmeas alfa, aos quais os outros se submetem. Os alfa são quase sempre os fisicamente mais fortes, embora, muitas vezes, nos confrontos, conte mais a personalidade e a força de vontade. Quando um alfa é desafiado e se vê substituído na posição central que ocupa, ele pode ser excluído do grupo ou até mesmo atacado pelos outros.

Abandonei minhas divagações e comecei a prestar atenção ao que a professora Meisser dizia.

— A maioria das provocações costuma ocorrer durante o período de acasalamento — continuou ela. Naturalmente, essa informação provocou risadinhas na turma. — Em muitas matilhas, o par alfa é o *único* que acasala. Se o macho alfa é um lobo mais velho e vivido, um candidato mais jovem pode achar que tem chances. A veracidade disso se verifica em estudos de caso. O mais jovem frequentemente não percebe o quanto ele é imaturo se comparado aos mais experientes.

Com exceção da história do lobo velho e do lobo jovem, achei as explicações bastante relevantes. Certamente, na estrutura social da escola, pensei com amargura, parecia haver muitos alfas e muitos desafios.

Mia levantou a mão.

— E quanto às raposas? Elas *também* têm alfas?

A turma inteira parou de respirar por um segundo, o que se fez acompanhar, em seguida, por algumas risadinhas nervosas. Ninguém podia acreditar que Mia fosse capaz de ir tão longe.

A professora Meissner enrubesceu. De raiva, eu imaginei.

— Hoje estamos estudando os lobos, senhorita Rinaldi.

Mia pareceu não se importar com o fora sutil que levara. E quando a turma foi dividida em duplas para fazer um exercício, ela passou a maior parte do tempo olhando para a gente e rindo. Através do laço, senti que Lissa ia ficando cada vez mais nervosa enquanto imagens da raposa surgiam como flashes na sua cabeça.

— Não se preocupe — disse a ela. — Eu sei um jeito…

— Ei, Lissa — interrompeu alguém.

Nós duas levantamos o olhar e vimos Ralf Sarcozy de pé ao lado das nossas carteiras. Tinha no rosto o sorriso estúpido que era a sua marca registrada, e eu tive a impressão de que ele estava ali porque seus amigos o tinham desafiado.

— Confessa aí — disse ele. — Você matou a raposa. Está tentando convencer a Kirova de que é louca pra conseguir se mandar daqui novamente.

— Vá se foder — sussurrei para ele.

— Você está se oferecendo?

— Pelo que eu soube não há muito o que foder aí — respondi à altura.

— Uau — debochou. — Você mudou mesmo. Se eu bem me lembro, você não costumava ser muito exigente no que dizia respeito a com quem você tirava as roupas.

— E se *eu* bem me lembro, as únicas pessoas que você já viu peladas na vida estavam na internet.

Ele enfiou a cabeça entre os ombros de um jeito exageradamente dramático.

— Ei, eu acabei de descobrir: foi você, não foi? — Ele olhou para Lissa e depois para mim novamente. — Ela pediu pra *você* matar a raposa, não foi? Algum tipo bizarro de vudu lésbic... aaahh!

Ralf começou a pegar fogo.

Eu me levantei de um pulo e empurrei Lissa para longe, o que não foi fácil, já que estávamos sentadas em nossas próprias carteiras. Nós duas acabamos no chão enquanto os gritos — especialmente os de Ralf enchiam a sala de aula e a professora Meissner corria para pegar o extintor de incêndio.

E então, subitamente, as chamas desapareceram. Ralf ainda estava berrando e se debatendo no chão, mas ele não tinha queimaduras. O único indício do que acabara de acontecer era o cheiro de fumaça que permanecia no ar.

Durante vários segundos, a turma inteira congelou. Depois, lentamente, todos se recuperaram. Todos conheciam bem as especialidades mágicas de cada um, e, depois de passar os olhos por toda a sala, identifiquei três manipuladores de fogo: Ralf, seu amigo Jacob e...

Christian Ozera.

Já que nem Jacob, nem o próprio Ralf teriam feito isso, ficou evidente quem tinha sido. O fato de Christian estar rindo de maneira histérica também o entregou.

A professora Meissner mudou de cor, do vermelho para o roxo profundo.

— Senhor Ozera! — gritou. — Como o senhor ousa... O senhor tem alguma ideia... Pra sala da diretora Kirova agora!

Christian, completamente indiferente, se levantou e jogou a mochila sobre um dos ombros. O meio sorriso continuou em seu rosto.

— Claro, professora.

Ele seguiu andando e passou por Ralf, que rapidamente se esquivou. O resto da turma o encarava, de boca aberta.

Depois disso, a professora Meissner tentou conduzir a turma de volta a alguma normalidade, mas foi uma tentativa vã. Ninguém conseguia parar de falar sobre o que tinha acontecido. Foi chocante por uma série de razões. Primeiro, ninguém nunca tinha visto um feitiço como aquele: um fogaréu que não deixava nada queimado. Segundo, Christian usou sua magia de maneira ofensiva. Ele atacou outra pessoa. Os Moroi nunca faziam isso. Eles acreditavam que a magia deveria ser usada em benefício da Terra, para ajudar as pessoas a terem vidas melhores. Ela nunca, jamais, deveria ser usada como arma. Os instrutores de magia nunca ensinavam esse tipo de feitiço; acho que eles nem os conheciam. E, finalmente, o mais louco de tudo, *Christian* tinha feito tudo aquilo. Ele, que sempre passou despercebido por todos, e com o qual ninguém se importava. Bom, agora todos estavam falando dele.

Pelo jeito alguém ainda conhecia feitiços ofensivos, afinal de contas, e, por mais que eu tivesse gostado do olhar de pavor no rosto de Ralf, de repente me ocorreu que Christian poderia ser realmente insano.

— Liss — disse, quando saímos da sala —, por favor, me diga que você não voltou a andar com ele.

A culpa que pulsou através do laço me revelou mais do que qualquer explicação.

— Liss! — agarrei o braço dela.

— Não foi tanto assim — justificou, desconfortável. — Ele é um cara legal. Mesmo.

— Legal? Legal? — As pessoas no corredor nos observavam. Percebi que eu estava praticamente gritando. — Ele é louco. Ele tacou fogo em Ralf. Achei que tínhamos decidido que você não iria mais encontrar com ele.

— Você decidiu, Rose. Eu não. — Havia uma rispidez em sua voz com a qual eu não me defrontava fazia algum tempo.

— O que está acontecendo? Vocês dois... Vocês estão...?

— Não! — insistiu ela. — Já disse que não. Meu Deus.

Ela me lançou um olhar de nojo.

— Nem todo mundo pensa e age como você.

Hesitei diante das palavras dela. Depois percebemos que Mia estava passando por perto. Ela não ouviu a conversa, mas percebeu o tom. Um sorriso malicioso se espalhou pelo seu rosto.

— Problemas no paraíso?

— Vai procurar sua chupeta e cale essa sua boca — retruquei, sem esperar para ouvir a resposta. Mia ficou boquiaberta e depois armou uma carranca.

Lissa e eu saímos caminhando em silêncio, e de repente Lissa explodiu numa gargalhada. Com isso, nossa briga se dispersou.

— Rose... — Seu tom abrandara agora.

— Lissa, ele é perigoso. Não gosto dele. Por favor, seja cautelosa.

Ela tocou o meu braço.

— Eu sou. Eu que sou a cautelosa, lembra? Você é a intrépida.

Eu esperava que aquilo ainda fosse verdade.

Mais tarde, porém, depois das aulas, tive minhas dúvidas. Estava no meu quarto fazendo os deveres de casa quando senti um escoar que só poderia ser algo furtivo que vinha de Lissa. Parei um pouco e olhei fixamente para o nada, tentando ter uma compreensão mais detalhada do que estava acontecendo com ela. Se havia um momento especialmente apropriado para eu escorregar para dentro da cabeça de Lissa, era aquele, mas eu não sabia como controlar isso.

Franzindo a testa, tentei lembrar o que normalmente fazia com que isso acontecesse. Em geral acontecia quando ela estava sentindo alguma emoção forte, uma emoção tão poderosa que tentava explodir para dentro da minha cabeça. Era trabalhoso lutar contra aquilo; sempre mantinha erguida uma espécie de parede mental.

Concentrando-me nela, tentei remover essa parede. Estabilizei a respiração e esvaziei a mente. Não importavam os meus pensamentos, apenas os dela. Precisava me abrir para ela e deixar que a nossa conexão se estabelecesse.

Nunca fizera nada parecido com aquilo antes; não tinha muita paciência para a meditação. Mas precisava tanto que me forcei a um relaxamento intenso e concentrado. Eu precisava saber o que estava acontecendo com ela e, depois de alguns poucos minutos, meus esforços foram recompensados.

Eu tinha conseguido.

Nove

Caí dentro da cabeça de Lissa, vendo o que ela fazia e experimentando diretamente, mais uma vez, tudo o que se passava com ela.

Ela estava outra vez se dirigindo furtivamente para dentro da capela, confirmando, assim, meus maiores temores. Como da outra vez, ela não encontrou qualquer impedimento para entrar.

Deus do céu, pensei, *será que esse padre não podia ser um pouco menos negligente com relação à segurança de sua própria capela?*

O nascer do sol iluminou os vitrais da janela, e a silhueta de Christian se desenhou contra eles: ele estava sentado no banco junto à janela.

— Você está atrasada — disse a Lissa. — Estou esperando há algum tempo.

Lissa apanhou uma das frágeis cadeiras e limpou a poeira do assento.

— Achei que você estivesse retido na sala da diretora Kirova.

Ele fez que não com a cabeça.

— Não demorou muito. Eles me suspenderam por uma semana. Só isso. Não foi difícil escapar logo de lá. — Ele fez um gesto com as mãos. — Como você pode ver.

— Estou surpresa de você não ter sido suspenso por mais tempo.

Um raio de luz do sol nascente iluminou os olhos azuis como cristais de Christian.

— Está decepcionada?

Ela olhou para ele, chocada.

— Você tacou fogo numa pessoa!

— Não, eu não fiz isso. Você viu alguma queimadura?

— Ele ficou coberto de chamas.

— Elas estavam sob meu controle. Eu mantive as chamas afastadas do corpo dele.

Lissa suspirou.

— Você não devia ter feito aquilo.

Christian se sentou, saindo de sua posição mais relaxada, e se inclinou na direção de Lissa.

— Foi por você que eu fiz.

— Você atacou uma pessoa por mim?

— Claro. Ele estava perturbando vocês. Ela estava se saindo bem, se defendendo, mas imaginei que uma ajuda extra pudesse ser útil. E depois, isso também vai servir para calar logo a boca de todo mundo sobre a história da raposa.

— Você não devia ter feito aquilo — repetiu ela, desviando o olhar. Ela não sabia o que sentir com relação àquela "generosidade". — E não venha me dizer que foi tudo por mim. Você gostou de fazer aquilo. Parte de você queria tacar fogo nele. Só por fazer.

Christian, que estava todo cheio de si, desmontou o sorriso e mostrou-se extremamente surpreso. Lissa não é nenhuma médium, mas tem uma habilidade surpreendente para decifrar as pessoas.

Ao ver que ele baixara a guarda, continuou:

— Usar magia para atacar uma pessoa é proibido, e foi exatamente por isso que você quis fazer. Deu um barato em você, uma excitação.

— Essas regras são idiotas. Se a magia fosse usada como arma, em vez de apenas para aquecer ambientes e outras bobagens, os Strigoi não continuariam matando tantos de nós.

— Nada disso — declarou, com firmeza. — A magia é um dom. É pacífica.

— Só porque eles querem que seja assim. Você está repetindo o pensamento político que a gente ouviu a vida toda. — Christian se levantou e começou a andar de um lado para o outro no pequeno espaço do sótão. — Não foi sempre assim, sabe? Há centenas de anos, a gente lutava ao lado dos guardiões. Depois as pessoas começaram a ficar com medo e pararam. Acharam que era mais seguro simplesmente esconder a magia. Esqueceram os feitiços de ataque.

— Então como você conhecia o feitiço?

Ele lançou um sorriso torto para Lissa.

— Nem todos esqueceram.

— Quem? A sua família, por exemplo? Seus pais?

O sorriso desapareceu do rosto dele.

— Você não sabe nada sobre os meus pais.

A expressão do rosto de Christian se fechou, seu olhar ficou severo. Para a maioria das pessoas, ele pareceria assustador e intimidante, mas, enquanto Lissa estudava e admirava suas feições, ele de repente pareceu muito, muito vulnerável.

— Você tem razão — admitiu ela, gentilmente, depois de um momento. — Eu não sei mesmo. Peço desculpas.

Pela segunda vez naquele encontro, Christian se surpreendeu. Provavelmente ninguém pedia desculpas a ele com frequência. Caramba, ninguém nem conversava com ele com tanta frequência. E certamente ninguém nunca sequer o escutava. Como sempre, ele depressa assumiu um ar de presunção.

— Tudo bem. Esquece. — Subitamente parou de andar de um lado para o outro e se ajoelhou na frente dela para que pudessem se olhar bem nos olhos. Sentir a proximidade dele fez com que Lissa prendesse a respiração. Um sorriso perigoso se desenhou nos lábios de Christian.

— E, sinceramente, não entendo por que logo você ficou tão ultrajada com o fato de eu fazer uso de magia "proibida".

— Logo eu? O que você está querendo dizer com isso?

— Pode bancar a inocente se quiser, e você se sai muito bem nesse papel. Mas eu sei a verdade.

— Que verdade é essa? — Ela não conseguiu esconder o desconforto nem de mim, nem de Christian.

Ele se inclinou para mais perto ainda.

— A verdade é que você usa a compulsão. O tempo todo.

— Não. Não uso, não — negou ela na mesma hora.

— Claro que usa. Eu passei noites em claro, tentando entender como vocês duas conseguiram alugar um local para morar e se matricular numa escola de ensino médio sem que ninguém quisesse conhecer seus pais. Até que desvendei o mistério. Você só podia estar usando a compulsão. E provavelmente foi assim também que você conseguiu furar a segurança para sair daqui.

— Sei. Você simplesmente desvendou o mistério. Sem ter nenhuma prova.

— Consegui todas as provas de que precisava só de observar você.

— Você andou me observando? Me espionando? Para provar que estou usando a compulsão?

Ele deu de ombros.

— Não. Na verdade, tenho te observado porque eu gosto de fazer isso. A descoberta sobre a compulsão foi só um bônus. E outro dia percebi que você estava usando a magia pra ter mais tempo na prova de matemática. E também usou com a professora Carmack quando ela quis que você fizesse mais testes.

— Então você concluiu que era compulsão? Talvez eu seja apenas boa em convencer as pessoas.

Havia um tom desafiador na voz dela, o que era bem compreensível, levando em conta o medo e a raiva que Lissa estava sentindo. Só que ela disse essas palavras jogando os cabelos para trás. Gesto que, se eu não a conhecesse bem, poderia ser considerado um flerte. Mas eu a conhecia bem… certo? De repente eu não tive mais tanta certeza.

Christian continuou falando, mas alguma coisa em seus olhos me disse que ele percebeu o gesto de Lissa com os cabelos, que ele sempre percebia tudo sobre ela.

— As pessoas ficam com aquele olhar abobado no rosto quando você fala com elas. E não é só com qualquer pessoa que você faz isso. Você é capaz de usar a compulsão com os Moroi. E provavelmente com dampiros também. Agora, *isso sim* é doido. Eu nem sabia que era possível. Você é uma espécie de celebridade. Alguma espécie de celebridade do mal que sai abusando dos outros por meio da compulsão.

Isso era uma acusação, mas o tom que ele usava e todo o seu comportamento irradiavam o mesmo jogo de sedução que Lissa irradiara.

Ela não sabia o que dizer. Christian estava certo. Tudo o que ele dissera era verdade. Foi mesmo por meio da compulsão que driblamos as autoridades e conseguimos nos virar no mundo fora da escola sem a ajuda de nenhum adulto. Foi por meio da compulsão que convencemos o banco a deixá-la meter a mão em sua herança.

E fazer algo assim era considerado tão errado quanto usar a magia como arma. Por que não seria? Era de fato uma arma. Uma arma poderosa, uma arma da qual se podia abusar muito facilmente. As crianças Moroi aprendiam desde cedo que usar a compulsão era muito, muito errado. Não se ensinava ninguém a manejá-la, embora, tecnicamente, todos os Moroi possuíssem tal habilidade. Lissa simplesmente descobrira como usá-la — e muito bem —, até mesmo com os Moroi, de modo idêntico ao que fazia com os humanos e os dampiros, como Christian notara.

— O que você vai fazer, então? Vai me entregar?

Ele fez que não com a cabeça e sorriu.

— Não. Eu acho isso bem sedutor.

Ela o encarou com os olhos bem abertos e o coração em disparada. Algo com relação ao formato dos lábios dele a deixou intrigada.

— Rose acha que você é perigoso — disse Lissa nervosamente, num impulso. — Ela acha que você pode ter matado a raposa.

Eu não sei o que senti ao me ver sendo mencionada naquela conversa bizarra. Algumas pessoas tinham medo de mim. Talvez ele também tivesse.

A julgar pelo deleite em sua voz, quando respondeu, ele não parecia ter medo algum.

— As pessoas pensam que eu sou descontrolado, mas vou dizer uma coisa: Rose é dez vezes mais. É claro que isso dificulta muito as coisas para as pessoas que querem sacanear você, então eu sou totalmente a favor de ela ser assim. — Ele se recostou para trás sobre os calcanhares e finalmente quebrou o espaço de proximidade íntima entre eles. — E eu juro por tudo que não fui eu que fiz aquilo. Mas descubra quem foi, e o que eu fiz com o Ralf vai parecer uma bobagem.

A oferta galante de uma vingança assustadora não surtiu propriamente o efeito de confortar Lissa. Mas a deixou um pouco excitada.

— Não quero que você faça nada. E ainda não sei quem foi.

Ele se aproximou novamente dela e a segurou pelos pulsos. Começou a dizer alguma coisa, depois parou e olhou, surpreso, para baixo, passando os polegares sobre três leves cicatrizes que quase não se viam. Quando olhou de volta para o rosto de Lissa, havia — para ele — uma estranha doçura em sua expressão.

— Você pode não saber quem foi. Mas você sabe alguma coisa. Alguma coisa da qual você não está falando.

Ela olhou bem para Christian, um redemoinho de emoções se agitava em seu peito.

— Você não pode saber todos os meus segredos — murmurou.

Ele olhou de volta para os pulsos dela e depois os soltou; aquele sorriso seco, que era característico dele, voltou para o seu rosto.

— Não. Acho que não posso.

Um sentimento de paz se apossou dela, um sentimento que achava que só eu podia proporcionar a Lissa. Voltando à minha própria cabeça e ao meu próprio quarto, me encontrei sentada no chão olhando para o meu livro de Matemática. Depois, por motivos que eu mesma não compreendi, fechei o livro com força e o atirei contra a parede.

Passei o restante da noite remoendo aquilo até dar a hora combinada de encontrar Jesse. Desci sorrateiramente a escada e fui para a cozinha — um lugar ao qual eu estava autorizada a ir, desde que ficasse lá por pouco tempo — e cruzei os olhos com os dele quando passei pela sala de visitas principal.

Ao passar por Jesse, parei um instante e sussurrei:

— Tem uma saleta no quarto andar que ninguém costuma usar. Suba pela escada que fica do outro lado dos banheiros e me encontre lá daqui a uns três ou cinco minutos. A tranca da porta está quebrada.

Ele obedeceu a cada orientação, e encontramos a saleta escura, empoeirada e deserta. A queda no número de guardiões ao longo dos anos fizera com que muitas salas do prédio ficassem vazias, um triste sinal para a sociedade Moroi, mas muito conveniente naquele momento.

Ele se sentou no sofá, e eu me deitei de costas, colocando os pés no colo dele. Ainda estava perturbada depois do romance bizarro de Lissa e Christian no sótão e queria apenas esquecer aquilo um pouco.

— Você veio pra cá pra estudar mesmo, ou foi só uma desculpa? — perguntei.

— Não. Era verdade. Eu tinha que fazer um trabalho com a Meredith. — O tom de voz dele indicava que não estava nada animado com aquilo.

— Aaah. Trabalhar com uma dampira está abaixo dos padrões exigidos pelo seu sangue nobre? Será que eu devo me sentir ofendida? — provoquei.

Ele sorriu, exibindo uma boca cheia de dentes perfeitos e caninos.

— Você é muito mais sexy do que ela.

— Fico feliz de atender aos seus padrões. — Havia uma espécie de calor nos olhos dele que me excitava, e as suas mãos escorregavam pelas minhas pernas acima. Mas eu precisava fazer uma coisa antes.

Estava na hora da minha vingança. — Mia, então, também deve atender aos padrões, já que vocês a deixam participar do grupo. Ela não é da realeza.

Os dedos dele cutucaram jocosamente minha panturrilha.

— Ela está com Aaron. E eu tenho muitos amigos que não são da realeza. E amigos dampiros. Não sou um completo idiota.

— É, mas você sabia que os pais dela são praticamente os caseiros dos Drozdov?

A mão que corria pela minha perna parou. Eu estava exagerando, mas ele adorava uma fofoca — e era famoso por espalhá-las.

— É sério?

— Sério. Eles esfregam o chão e coisas desse tipo.

— Hum.

Deu para ver as ideias girarem dentro dos olhos azul-escuros dele e tive que esconder um sorriso. A semente estava plantada.

Sentei, me aproximei mais dele e joguei uma perna sobre o seu colo. Enlacei os braços em volta dele e, sem mais delongas, os pensamentos sobre Mia desapareceram assim que a testosterona de Jesse se lançou inteira sobre mim. Ele me beijou avidamente — beijos molhados —, me empurrando contra o encosto do sofá, e eu relaxei naquela que seria a primeira atividade física agradável a que eu me dedicaria em semanas.

Ficamos nos beijando assim durante um bom tempo, e eu não o impedi quando ele tirou a minha blusa.

— Não vou transar — avisei, entre beijos. Eu não tinha a menor intenção de perder minha virgindade num sofá de uma saleta abandonada.

Ele fez uma pausa, pensou a respeito e finalmente decidiu não insistir.

— Tudo bem.

Mas me jogou no sofá e se deitou em cima de mim, ainda me beijando com a mesma avidez. Seus lábios passearam até o meu pescoço, e, quando as pontas afiadas dos seus caninos encostaram na minha pele, não pude evitar um suspiro de excitação.

Ele levantou o corpo e olhou para mim sem esconder a surpresa. Por um momento, eu mal pude respirar, lembrando o êxtase de prazer que a mordida de um vampiro podia proporcionar, imaginando como seria sentir aquilo no meio de uma pegação. Mas logo os velhos tabus interromperam meus pensamentos. Mesmo se não fizéssemos sexo, dar sangue enquanto nos agarrávamos daquele jeito ainda era errado, ainda era sujo.

— Não — eu o adverti.

— Você quer. — Na voz dele havia espanto e excitação. — Eu sinto.

— Não, eu não quero.

Os olhos dele brilharam.

— Você quer. Como... Espere aí, você já fez isso antes?

— Não — desdenhei. — É claro que não.

Aqueles belos olhos azuis me observavam, e eu pude ver neles o pensamento andando rápido. Jesse podia ser paquerador e fofoqueiro, mas ele não era nada burro.

— Você agiu como se já tivesse feito. Ficou excitada quando eu toquei seu pescoço.

— Você beija bem — rebati, apesar de não ser inteiramente verdade. Ele salivava um pouco mais do que eu gostaria. — Você não acha que todo mundo ia saber se eu estivesse fornecendo sangue?

Ele teve um lampejo.

— A não ser que você não fizesse isso antes de fugir. Você fez enquanto esteve fora, não foi? Você foi a fonte de Lissa.

— Claro que não — repeti.

Mas ele estava descobrindo alguma coisa, e sabia disso.

— Era o único jeito. Vocês não tinham fornecedores. Caramba!

— Ela encontrou alguns, sim — menti. Era a mesma mentira que tínhamos inventado para Natalie e que ela contou para todo mundo, e que ninguém, com exceção de Christian, jamais questionou. — Tem muitos humanos que gostam.

— Claro — sorriu. E encostou a boca novamente no meu pescoço.

— Eu não sou uma prostituta de sangue — retruquei, como num tapa, me afastando dele.

— Mas você *quer*. Você gosta. Todas as garotas dampiras gostam. — Seus dentes estavam na minha pele mais uma vez. Afiados. Maravilhosos.

Tive a impressão de que ser hostil apenas tornaria as coisas piores, então neutralizei a situação com uma provocação.

— Pare — disse docemente, colocando um dedo na frente dos lábios dele. — Já disse, não sou desse tipo. Mas se você quer fazer alguma coisa com a sua boca, posso dar algumas ideias.

Isso prendeu o interesse dele.

— É? Que ideias...?

E foi aí que a porta se abriu.

Nós nos afastamos num salto. Eu estava pronta para encarar algum colega de classe ou talvez até a inspetora. Mas não estava pronta para encarar Dimitri.

Ele abriu a porta com violência como se já esperasse nos encontrar e, naquele momento horrível, com Dimitri enfurecido como uma tempestade, eu entendi por que Mason o chamara de deus. Num piscar de olhos, ele cruzou a sala e agarrou Jesse pela camisa, quase suspendendo o Moroi do chão.

— Qual é o seu nome? — gritou.

— J-Jesse, senhor. Jesse Zeklos, senhor.

— Senhor Zeklos, o senhor tem permissão para estar nesta parte do dormitório?

— Não, senhor.

— O senhor conhece as regras sobre a interação entre alunos aqui?

— Conheço, sim, senhor.

— Então sugiro que saia daqui o mais rápido que puder, antes que eu o entregue a alguém que o punirá de acordo. Se encontrá-lo desse jeito mais uma vez — Dimitri apontou para onde eu me encolhia, meio vestida, no sofá —, eu mesmo o punirei. E vai doer. Muito. Está me entendendo?

Jesse engoliu em seco, com os olhos arregalados. Todo o ar presunçoso que ele geralmente demonstrava sumiu naquele instante. Acho que, na verdade, havia uma grande diferença entre exibir presunção pela escola e ser, subitamente, agarrado pela camisa por um cara russo, alto de verdade, forte de verdade e com raiva de verdade. Ia tudo por água abaixo num momento como aquele.

— Estou, sim, senhor!

— Então *saia já daqui.* — Dimitri o largou, e, se é que era possível, Jesse saiu de lá mais rápido ainda do que Dimitri entrara.

Meu instrutor, então, virou-se para mim, com um lampejo perigoso no olhar. Não disse nada, mas a mensagem de raiva e de desaprovação chegou em alto e bom som.

Mas depois a expressão de Dimitri mudou.

Era quase como se tivesse sido pego de surpresa, como se nunca tivesse me notado antes. Se fosse qualquer outro cara, eu diria que ele estava me dando uma conferida. E, ao contrário do que se esperaria, ele definitivamente estava me estudando. Estudando o meu rosto, o meu corpo. De repente me dei conta de que estava apenas de calça jeans e sutiã, sutiã preto, aliás. E eu sabia perfeitamente bem que não havia muitas garotas naquela escola que ficassem tão bem quanto eu usando apenas um sutiã. Mesmo um sujeito como Dimitri, que parecia tão concentrado no trabalho e no treinamento, seria capaz de apreciar isso.

E, por fim, percebi que uma onda de calor estava se espalhando por todo o meu corpo, e que o olhar de Dimitri me causava mais sensações do que os beijos de Jesse. Dimitri era calado e distante às vezes, mas ele também tinha uma dedicação e uma intensidade que eu nunca vi em outra pessoa. Imediatamente comecei a imaginar como toda aquela força e aquele poder se traduziriam em... bem, sexo. Fiquei pensando como seria se ele me tocasse e... droga!

O que deu em mim? Será que eu estava maluca? Constrangida, tentei disfarçar o que estava sentindo com uma provocação.

— Está gostando do que vê? — perguntei.

— Ponha sua roupa.

Sua boca endureceu, e o que quer que fosse que ele estivesse sentindo desapareceu. A ferocidade dele me trouxe de volta à realidade e me fez esquecer a confusão dos meus sentimentos. Vesti a blusa depressa, sentindo o desconforto de encarar o lado implacável de Dimitri.

— Como você me encontrou? Anda me seguindo pra ter certeza de que não vou fugir?

— Quieta — disse ele rispidamente, abaixando-se de modo que nossos olhos ficassem no mesmo nível. — Um zelador viu e nos informou imediatamente. Você tem alguma ideia da estupidez que foi isso?

— Eu sei, eu sei, é a fase probatória, né?

— Não é só isso. Estou falando, antes de qualquer coisa, da estupidez de se meter *nesse* tipo de situação.

— Eu me meto *nesse* tipo de situação o tempo todo, camarada. Não tem problema algum. — A raiva substituiu o medo. Não gostei nada de ser tratada como criança.

— Pare de me chamar de camarada. Você nem sabe do que está falando.

— É claro que eu sei. Eu tive que fazer um trabalho sobre a Rússia e sobre a Reunião Soviética ano passado.

— É *União* Soviética. E tem problema, *sim*, quando um Moroi fica com uma menina dampira. Eles gostam de se gabar.

— E daí?

— *E daí*? — Ele parecia enojado. — Você não se dá ao respeito? Pense em Lissa. Isso está fazendo com que você pareça vulgar. As pessoas pensam que as garotas dampiras são vulgares e você está agindo de acordo com o que elas pensam. Isso reflete na Lissa sim. E em mim também.

— Ah, entendo. Então é essa a questão? Eu estou ferindo o seu grande orgulho de macho? Está com medo de que isso acabe com a sua reputação.

— Eu já tenho a minha reputação estabelecida, Rose. Afirmei meus princípios e vivo de acordo com eles há muito tempo. Já o que você vai fazer com a sua reputação, isso nós ainda vamos ver. — O tom de voz endureceu novamente. — Agora volte para o quarto, se você conseguir fazer isso sem se jogar em cima de mais alguém.

— Esse é o seu jeito sutil de me chamar de vagabunda?

— Eu ouço as histórias que vocês, alunos, contam. Ouvi histórias sobre você.

Eu quis gritar que não era da conta dele o que eu fazia com o meu corpo, mas alguma coisa na raiva e na decepção que notei na expressão do rosto dele me fez titubear. Não sabia o que era. "Decepcionar" alguém como Kirova não tinha importância, mas Dimitri? Lembrei-me de como fiquei orgulhosa quando ele me elogiou nas nossas últimas sessões de treinamento. Ver aquela admiração desaparecer de seu olhar... bem, fez com que eu me sentisse tão vulgar quanto ele concluíra que eu era.

Algo se quebrou dentro de mim. Contendo as lágrimas, disse:

— Por que é errado... sei lá... se divertir? Eu tenho dezessete anos, sabe? O certo seria que eu pudesse viver de acordo com a minha idade.

— Você tem dezessete anos, e em menos de um ano a vida e a morte de uma pessoa estarão nas suas mãos. — A voz dele ainda soava dura, mas havia alguma doçura nela também. — Se você fosse humana ou Moroi, você poderia se divertir. Você poderia fazer tudo que as outras garotas fazem.

— Mas você está dizendo que eu não posso.

Ele olhou para longe, seus olhos escuros pareceram perder o foco. Estava pensando em algo muito distante dali.

— Quando eu tinha dezessete anos, conheci Ivan Zeklos. Não éramos como você e Lissa, mas ficamos amigos, e, quando me formei, ele pediu que fosse seu guardião. Eu era o melhor aluno da minha escola. Prestava atenção a tudo nas aulas, mas isso não foi suficiente. Nesse tipo de vida é assim. Um vacilo, uma distração... — Ele suspirou. — E já é tarde demais.

Um caroço de angústia se formou na minha garganta quando eu pensei na hipótese de um vacilo ou uma distração custarem a vida de Lissa.

— Jesse é da família Zeklos — disse, me dando conta subitamente de que Dimitri acabara de dar uma bronca num parente do seu antigo amigo e protegido.

— Eu sei.

— Isso te incomoda? Ele faz você se lembrar de Ivan?

— Não importa o que eu sinto. Não importa o que nenhum de nós sente.

— Mas isso realmente te incomoda. — Aquilo ficou de súbito muito evidente para mim. Eu podia perceber a dor dele, embora Dimitri claramente se esforçasse com bravura para escondê-la. — Você sofre. Diariamente. Não sofre? Você sente saudade dele.

Dimitri pareceu surpreso, como se não quisesse que eu soubesse, como se eu tivesse desnudado alguma parte secreta dele. Para mim ele era um cara reservado, durão e antissocial, mas talvez não fosse isso, talvez ele se mantivesse afastado das pessoas apenas para não sofrer caso as perdesse. A morte de Ivan com certeza deixara nele uma marca permanente.

Perguntei a mim mesma, então, se Dimitri se sentia solitário.

O olhar surpreso desapareceu, e sua expressão séria de sempre retornou.

— Não importa como eu me sinto. *Eles* estão sempre em primeiro lugar. A proteção deles é o mais importante.

Pensei em Lissa mais uma vez.

— É. Eles vêm na frente.

Um longo silêncio caiu sobre nós antes que ele falasse novamente.

— Você me disse que queria lutar, lutar *de verdade*. Isso ainda procede?

— Lógico que sim.

— Rose... eu posso ensinar você a lutar de verdade, mas preciso acreditar na sua dedicação. Não dá para você se distrair com coisas como essas. — Ele fez um gesto largo mostrando a saleta. — Posso confiar em você?

Diante daquele olhar, diante da seriedade do que ele me pedia, fiquei novamente com vontade de chorar. Não entendia como ele conseguia exercer um efeito tão poderoso sobre mim. Nunca antes a opinião de alguém foi tão importante para mim.

— Pode confiar. Prometo.

— Está certo. Então você receberá o treinamento, mas preciso que você esteja forte. Sei que você detesta correr, mas é necessário. Você não faz ideia de como são os Strigoi. A escola tenta preparar os guardiões, mas até verem o quanto eles são fortes e rápidos... Bem, você nem pode imaginar. Então eu não posso parar com os treinamentos de corrida e de condicionamento físico. Se você quer aprender mais sobre luta, vamos precisar de mais sessões de treino. Vou tomar mais tempo seu. Não vai sobrar muito para os deveres de casa ou qualquer outra coisa. Você vai ficar cansada. Muito mesmo.

Pensei sobre o cansaço, sobre ele e sobre Lissa.

— Não importa. O que você me disser pra fazer eu faço.

Ele me estudou muito, como se estivesse ainda tentando descobrir se podia acreditar em mim. Finalmente, parecendo satisfeito, ele me deu uma ordem severa.

— Começaremos amanhã.

DEZ

— Professor Nagy, me desculpe, mas eu não consigo me concentrar de jeito nenhum com Lissa e Rose passando bilhetinhos uma para a outra ali atrás.

Mia tentava desviar a atenção dos outros sobre si mesma e o fato de não estar conseguindo responder às perguntas do professor Nagy, e estava arruinando, assim, um dia que, não fosse por isso, se mostrava até aquele momento bastante promissor. Alguns dos boatos ligados ao caso da raposa ainda circulavam, mas o assunto mais comentado era o ataque de Christian contra Ralf. Christian ainda estava na lista de suspeitos do incidente da raposa — estava certa de que ele era insano o suficiente para fazer uma coisa daquele tipo como um sinal absurdo de afeto por Lissa —, mas, quaisquer que fossem os seus motivos, ele tinha desviado as atenções para ele, tirando Lissa do centro de todas as conversas.

O professor Nagy, famoso por sua habilidade de humilhar os alunos lendo os bilhetinhos em voz alta, veio em nossa direção como um míssil. Arrancou os bilhetes de nossas mãos e a turma se preparou, excitada, para uma leitura pública de todo o material que ele confiscara. Tive que sufocar um grunhido e tentei parecer o mais calma e despreocupada que pude. Ao meu lado, Lissa estava com cara de quem queria morrer.

— Ó, Deus — disse ele, inspecionando o bilhete. — Quem me dera os alunos escrevessem tanto assim nos trabalhos escolares. Uma de vocês duas tem uma letra consideravelmente pior do que a outra, então me desculpem se eu entender mal alguma coisa aqui. — Ele limpou a garganta. — *Então, eu estive com J ontem à noite*, assim começa a que tem letra ruim, para a qual a resposta é: *O que aconteceu?????*, pergunta enfatizada por não menos do que cinco pontos de interrogação. Compreensível, uma vez que uma interrogação, quanto mais quatro, é algo que pode não ser compreendido facilmente, não é mesmo? — A turma riu, e eu vi Mia me lançando um sorriso especialmente maldoso. — A primeira missivista responde: *E o que você acha que aconteceu? Nos pegamos numa das saletas vazias.*

O professor Nagy tirou os olhos do bilhete e virou-se para a turma depois de ouvir algumas risadinhas. Seu sotaque britânico ainda contribuía para aumentar a hilaridade da leitura.

— Devo deduzir, por esta reação, que o uso da expressão "nos pegamos" pertence a uma aplicação mais recente, digamos, carnal, do termo, do que a acepção mais leve, cujo uso eu cresci ouvindo?

Mais risinhos se seguiram a essa pergunta. Tomei coragem e, me endireitando na cadeira, disse:

— Sim, professor. É exatamente isso, professor. — Muitas pessoas na turma riram escancaradamente.

— Obrigado pela confirmação, senhorita Hathaway. Bom, onde eu estava? Ah, sim, a outra missivista, então, pergunta: *Como foi?*, e a resposta é: *Bom*, pontuada com o desenho de um rosto sorridente para confirmar o adjetivo. Imagino que os elogios sejam para o misterioso J, hum? *Então, tipo assim, até onde vocês foram*? Hum, senhoritas — disse o professor Nagy —, eu imagino que isso seja impróprio para menores. *Não muito longe*. E mais uma vez temos uma ilustração que sugere a gravidade da situação, o desenho de um rosto infeliz. *O que aconteceu? Dimitri apareceu. Ele pôs Jesse pra fora e depois me deu uma bronca que foi foda.*

Ao ouvir o professor Nagy dizer a palavra "foda" e ao distinguir finalmente os nomes mencionados nos bilhetes, a turma se descontrolou completamente.

— Então, senhor Zeklos, seria o senhor o J mencionado nesta missiva? O que mereceu o desenho de um rosto sorridente rascunhado pela escritora de letra relaxada?

As bochechas de Jesse ficaram roxas como uma beterraba, mas ele não pareceu inteiramente insatisfeito ao ver as próprias proezas serem reveladas na frente de seus amigos. Até aquele momento, ele estava mantendo em segredo suas façanhas da noite anterior, inclusive a conversa sobre sangue, provavelmente porque Dimitri o assustara até o último fio de cabelo.

— Bem, enquanto eu aplaudo uma boa desventura tanto quanto o próximo professor cujo tempo for inteiramente desperdiçado, no futuro lembrem aos "amigos" de vocês que a minha sala de aula não é uma sala de bate-papo. — Ele jogou o bilhete de volta na carteira de Lissa. — Senhorita Hathaway, parece que, a essa altura, já não há mais nenhuma maneira viável de puni-la, uma vez que você já alcançou as penalidades máximas por aqui. Consequentemente, a senhorita Dragomir sofrerá duas detenções em vez de apenas uma, a suplementar em nome da sua amiga. Não saia da sala quando tocar o sinal, por favor.

Assim que a aula terminou, Jesse veio correndo falar comigo. Ele parecia bastante preocupado.

— Oi, é... Sobre aquilo do bilhete... você sabe que tive nada a ver com aquilo. Se Belikov descobrir... você vai dizer pra ele? Quer dizer, você vai contar que eu não...

— Claro, claro — interrompi. — Não se preocupe.

De pé, ao meu lado, Lissa presenciou a saída dele da sala. Ao me lembrar da facilidade com que Dimitri o carregara de um lado para o outro — e de sua covardia evidente —, não pude deixar de comentar:

— Sabe de uma coisa, de repente deixei de achar o Jesse tão bonito quanto eu achava antes.

Ela apenas riu.

— É melhor você ir. Tenho que ficar e limpar as carteiras.

Fui direto para o meu dormitório. Enquanto caminhava até lá, passei por vários alunos reunidos em pequenos grupos do lado de fora do prédio. Olhei para eles, nostálgica, desejando que eu tivesse tempo livre para a vida social também.

— Não, é verdade — escutei uma voz dizer com segurança. Era Camille Conta. Bela e popular, Camille pertencia a uma das mais prestigiosas famílias do clã dos Conta. Ela e Lissa foram um pouco amigas antes de partirmos da escola. Uma amizade meio desconfortável, pois eram duas forças poderosas se mantendo sob vigilância. — Eles fazem coisas do tipo "limpar os banheiros".

— Ai, meu Deus — disse a amiga dela. — Eu morreria se fosse Mia.

Sorri. Pelo jeito Jesse já estava espalhando algumas das histórias que dei um jeito de contar para ele na noite passada. Infelizmente, a conversa seguinte que escutei destruiu a minha vitória.

— ... ouvi dizer que ela ainda estava *viva*. Tipo, se contorcendo na cama dela.

— Que nojo! Por que alguém coloca um bicho semimorto na cama de uma pessoa?

— Não sei. Antes de mais nada, pra que matar a raposa?

— Você acha que Ralf tem razão? Que Lissa e Rose fizeram aquilo pra serem expulsas...?

Elas me viram e pararam de falar.

Franzindo as sobrancelhas, me esquivei pelo pátio quadrangular. *Ainda estava viva, ainda estava viva.*

Para mim, era inadmissível que Lissa falasse sobre as semelhanças entre o caso da raposa e o que acontecera dois anos antes. Não queria acreditar que houvesse alguma ligação entre os dois fatos, e eu certamente não queria que ela acreditasse nisso também.

Mas eu não conseguia parar de pensar sobre aquele incidente, não apenas porque fora apavorante, mas também porque realmente me fazia lembrar o que aconteceu no quarto dela.

Certa tarde, estávamos no bosque perto do campus, matando a última aula do dia. Eu tinha dado a Abby Badica um lindo par de sandálias decoradas com pedrinhas coloridas de vidro em troca de uma garrafa de licor de pêssego, que ela conseguira de algum jeito — atitude de quem está no desespero, eu sei, mas em Montana a gente é capaz de tudo. Lissa desaprovou minha sugestão para que matássemos a aula e fôssemos dar cabo da bebida de uma vez, mas foi comigo ainda assim. Como sempre fazia.

Encontramos um velho tronco de árvore para nos sentarmos, perto de um pântano verde espumoso. Uma meia-lua derramava uma luz prateada e aquela era uma iluminação mais do que suficiente para que vampiros e meio-vampiros pudessem enxergar. Enquanto bebíamos e passávamos a garrafa uma para a outra, eu a atormentava com perguntas sobre Aaron. Ela contou que tinha transado com ele no final de semana anterior, e eu senti uma onda de inveja por ela ter sido a primeira de nós a fazer sexo.

— Então, como foi?

Ela deu de ombros e tomou mais um gole.

— Não sei. Foi nada de mais.

— Como assim não foi nada de mais? A Terra não se moveu nem os planetas se alinharam, nem nada desse tipo aconteceu?

— Não — disse, reprimindo o riso. — É claro que não.

Realmente não entendi qual era a graça, mas percebi que ela não queria falar sobre o assunto. Isso aconteceu na ocasião em que o laço ainda estava se formando, e os sentimentos dela rastejavam lentamente para dentro de mim de vez em quando. Segurei bem a garrafa e olhei para ela.

— Acho que esse troço não tá dando onda.

— É porque quase não tem álcool aí...

Então ouvimos o ruído de algo se movendo no mato, perto da gente. Parei imediatamente de falar e procurei protegê-la do barulho usando meu corpo como escudo.

— É algum bicho — declarou, depois de um minuto de silêncio.

Isso não significava que não fosse perigoso. A vigilância da escola mantinha longe os Strigoi, mas animais selvagens frequentemente vagavam dentro dos limites do campus, e eram bem ameaçadores. Ursos. Pumas.

— Vamos — sugeri. — Vamos voltar.

Ainda não tínhamos ido muito longe quando ouvi novamente algo se movendo, e uma pessoa surgiu na nossa frente.

— Senhoritas.

Professora Karp.

Ficamos paralisadas e, ao contrário da reação instantânea de antes, perto do pântano, demorei alguns segundos para esconder a garrafa às costas.

Um meio sorriso atravessou o rosto da professora Karp e ela estendeu a mão em nossa direção.

Entreguei a garrafa a ela obedientemente, e ela a colocou debaixo do braço. Virou-se sem dizer nada e nós a seguimos, sabendo que teríamos que lidar com as consequências de nossos atos.

— Vocês pensam que ninguém presta atenção quando metade da turma desaparece de repente? — perguntou ela depois de um tempo.

— Metade da turma?

— Pelo visto alguns de vocês escolheram o mesmo dia pra matar aula. Deve ser o clima agradável. A primavera.

Lissa e eu marchávamos juntas. Nunca mais me sentira confortável perto da professora Karp desde o dia em que ela curara minhas mãos. Seu comportamento bizarro e paranoico adquirira para mim um caráter estranho — muito mais estranho do que antes. Apavorante até. E, ultimamente, já não conseguia olhar para ela sem notar aquelas marcas na testa. Seus cabelos pesados e ruivos geralmente as cobriam, mas nem sempre. Às vezes apareciam novas marcas; às vezes as antigas pareciam sumir.

Um ruído estranho de alvoroço soou à minha direita. Nós três paramos.

— Imagino que seja um de seus colegas — murmurou a professora Karp, virando-se em direção ao ruído.

Quando chegamos, no entanto, ao lugar de onde ele vinha, encontramos um enorme pássaro preto deitado no chão. Os pássaros — assim como a maioria dos animais — não me atraíam muito, mas mesmo eu não pude deixar de admirar suas penas lustrosas e seu bico ameaçador. Este poderia provavelmente arrancar os olhos de alguém em trinta segundos — se não estivesse agonizando, é lógico. Depois de um último e frágil tremor, o pássaro finalmente ficou estático.

— O que é isso? Uma gralha? — perguntei.

— É grande demais — disse a professora Karp. — É um corvo.

— Está morto? — perguntou Lissa.

Eu o examinei.

— Está. Mortinho. Não toque nele.

— Deve ter sido atacado por algum outro pássaro — observou a professora Karp. — Eles brigam por território e por alimento, às vezes.

Lissa se ajoelhou, a expressão do rosto cheia de compaixão. Aquilo não me surpreendeu, já que ela sempre gostou de animais. Ela me perturbou durante dias depois da briga infame que provoquei entre o hamster e o caranguejo. Para mim, a luta era um teste entre oponentes respeitáveis. Para ela, era uma crueldade.

Como num transe, ela estendeu a mão em direção ao corvo.

— Liss! — exclamei, horrorizada. — Ele pode ter alguma doença.

Mas a sua mão se movia como se ela nem tivesse me escutado. A professora Karp continuou de pé, parada como uma estátua, com uma expressão fantasmagórica no rosto. Os dedos de Lissa foram de encontro às asas do corvo.

— Liss — repeti, começando a me mover em direção a ela, para arrancá-la de lá. De repente, uma sensação estranha inundou a minha cabeça, uma doçura bela e cheia de vida. O sentimento era tão intenso que interrompeu o meu movimento.

E então o corvo se movimentou.

Lissa soltou um gritinho e afastou a mão do corpo do pássaro. Ficamos com os olhos arregalados, fixos no animal.

O corvo bateu as asas, lentamente tentando se ajeitar e se reerguer. Quando conseguiu, virou-se para nós e olhou para Lissa com um olhar que parecia inteligente demais para um pássaro. Os olhos dele capturaram os dela, e eu não consegui ler a reação de Lissa através do laço. Depois de um tempo, o corvo parou de olhar e voou pelos ares, e suas asas fortes o levaram para longe.

O único som que restou, em seguida, foi o do vento batendo nas folhas.

— Ai, meu Deus — suspirou Lissa. — O que foi isso que acabou de acontecer?

— Eu é que não sei — respondi, escondendo meu completo pavor. A professora Karp deu passos largos e agarrou o braço de Lissa, forçando-a a se virar de frente. Eu me aproximei imediatamente, pronta para agir caso a insana Karp tentasse alguma coisa contra Lissa, embora até mesmo eu tivesse escrúpulos quanto a derrubar algum professor.

— Não foi nada demais — disse a professora Karp com um tom de urgência na voz e um olhar arregalado. — Você está me ouvindo? Nada. E você não pode contar isso a ninguém, *ninguém mesmo*, sobre o que você viu. Vocês duas. Prometam! Prometam que nunca mais vão falar sobre isso.

Lissa e eu trocamos olhares desconfortáveis.

— Está bem — concordou Lissa com a voz baixa.

A força com que a professora Karp segurava o braço de Lissa diminuiu um pouco.

— E não faça isso, nunca mais. Se você fizer, eles vão descobrir. E vão tentar te encontrar. — Ela se virou para mim. — Você não pode deixar ela fazer isso novamente. Nunca mais.

*

No pátio quadrangular do lado de fora do dormitório, alguém me chamava.

— Ei, Rose! Já te chamei milhares de vezes.

Esqueci a professora Karp e o corvo e olhei para Mason, que pelo jeito estava caminhando comigo em direção ao dormitório enquanto eu estava perdida no mundo da lua.

— Desculpe — murmurei. — Eu estava longe. Estou só... cansada.

— A noite passada foi muito agitada?

Lancei um olhar firme em direção a ele.

— Nada que eu não pudesse lidar.

— Faço ideia. — Ele riu, embora não parecesse estar se divertindo com aquilo. — Pelo jeito quem não lidou bem foi Jesse.

— Ele se saiu bem.

— Se você acha isso... Mas, sinceramente, na minha opinião, você tem mau gosto.

Parei de andar por um instante.

— E, na *minha opinião*, isso não é problema seu.

Ele desviou o olhar, com raiva.

— Você fez com que isso se tornasse problema da turma inteira.

— Poxa, não foi de propósito.

— Todo mundo saberia, de qualquer maneira. Jesse é o maior fofoqueiro.

— Ele não ia contar nada.

— Sei... — disse Mason. — Porque ele é tão lindo e tem uma família tão importante...

— Deixe de ser idiota — respondi, rápida como uma bala. — E por que você está tão preocupado? Está com ciúmes por que eu não saí com você?

Ele ficou ainda mais corado, e chegou às raízes de seus cabelos ruivos.

— É que eu não gosto de ouvir as pessoas falando mal de você, só isso. Tem um monte de piadinhas desagradáveis rolando por aí. Estão chamando você de piranha.

— Podem me chamar como quiserem, não me importo.

— Ah, é. Você é a maior durona. Não precisa de ninguém.

Parei mais um instante.

— Não preciso mesmo. Sou uma das melhores aprendizes deste maldito lugar. Não preciso que você venha todo galante em minha defesa. Não me trate como se eu fosse uma menininha desamparada.

Continuei andando, mas ele me alcançou facilmente. As desgraças de ter um metro e setenta.

— Olha… eu não quis chatear você. Só estou preocupado.

Dei uma gargalhada ríspida.

— É sério. Espera… — pediu ele. — Eu, hum… fiz uma coisa para você. Meio que fiz uma coisa. Fui até a biblioteca ontem à noite e tentei fazer uma pesquisa sobre São Vladimir.

Parei novamente.

— Você fez isso?

— Fiz, mas não tinha muita coisa sobre Anna. Todos os livros falavam de modo meio genérico. Sobre Vladimir ser capaz de curar as pessoas, de trazer elas de volta quando já estavam à beira da morte.

A última frase dele me fisgou.

— Tinha… Tinha mais alguma coisa sobre isso? — gaguejei.

Ele fez que não com a cabeça.

— Você provavelmente vai precisar de alguma fonte primária, mas não temos nenhuma aqui.

— Fonte o quê?

Ele zombou de mim, abrindo um sorriso.

— Você faz mais alguma coisa além de mandar bilhetinhos? Falamos outro dia mesmo sobre isso na aula do Andrew. São livros escritos no período histórico que você quer estudar. Fontes secundárias são livros escritos por pessoas que vivem nos dias de hoje. Você vai conseguir melhores informações se encontrar algo escrito pelo próprio cara. Ou por alguém que o conheceu pessoalmente.

— Hum… Entendi. Quer dizer que você agora é o quê? Um geniozinho, é?

Mason me deu um soco de leve no braço.

— Eu presto atenção, só isso. Você é muito distraída. Não percebe um monte de coisas. — Ele deu um sorrisinho nervoso. — E olha... sinto muito mesmo pelo que eu disse. Eu estava só...

Com ciúmes, me dei conta. Pude ver nos olhos dele. Como é que eu nunca tinha percebido? Ele estava louco por mim. Acho que sou mesmo distraída.

— Tudo bem, Mase. Esqueça. — Sorri. — E obrigada por fazer a pesquisa.

Mason sorriu e eu entrei no prédio, triste por não sentir por ele o mesmo que ele sentia por mim.

Onze

— Você precisa de roupa emprestada? — perguntou Lissa.

— Ahn?

Olhei para ela. Estávamos esperando a aula de Arte Eslava do professor Nagy começar, e eu estava ocupada ouvindo Mia negar firmemente os boatos sobre os pais dela para uma de suas amigas.

— Eles não são caseiros, nem nada parecido — exclamou, visivelmente perturbada. Fez, então, uma cara séria e tentou assumir um ar altivo. — Eles são praticamente conselheiros. Os Drozdov não decidem *nada* sem falar com eles.

Reprimi uma gargalhada, e Lissa balançou a cabeça em sinal de repreensão.

— Você está adorando isso tudo mais do que devia.

— Porque é maravilhoso. O que você acabou de me perguntar? — Enfiei a mão na bolsa, procurando, na confusão de coisas amontoadas, o meu gloss. Fiz uma careta de desânimo quando o encontrei. Estava quase no fim e não sabia como iria conseguir outro.

— Perguntei se você vai precisar de alguma roupa emprestada pra hoje à noite — repetiu.

— Bom, sim, é claro que preciso. Mas nenhuma das suas roupas cabe em mim.

— O que você vai fazer?

Dei de ombros.

— Vou improvisar, como sempre. Não me importo muito, na verdade. Já estou contente só de Kirova ter me deixado ir.

Tínhamos uma festa para ir naquela noite. Era primeiro de novembro, dia de Todos os Santos — o que também significava que já estávamos de volta à Escola havia quase um mês. Alguns membros da realeza estavam visitando a instituição, entre os quais a própria rainha Tatiana. Sinceramente, nada disso me empolgava. Ela já visitara a Escola antes. Era uma coisa muito comum e bem menos deslumbrante do que poderia parecer. Além do mais, depois de viver entre os humanos e seus líderes eleitos, passei a achar a alta realeza menos interessante. No entanto, eu conseguira permissão para ir ao evento e todos os outros estariam lá. Era uma oportunidade de estar de fato cercada de gente, para variar, e não presa no meu quarto. Compensava ouvir alguns discursos chatos em troca de um pouco de liberdade.

Depois das aulas, não fiquei para conversar com Lissa, como fazia normalmente. Dimitri mantivera a promessa de me orientar em treinamentos extras, e eu tentava manter o compromisso que assumira com ele. Estava fazendo mais duas horas de treino suplementar, uma antes e uma depois das aulas. Quanto mais eu o via em ação, mais entendia a fama que ele tinha de ser o tal, o melhor em tudo. Ele sabia muito — as seis marcas *molnija* que tinha na nuca eram uma prova disso — e eu ficava fora de mim de empolgação ao pensar que ele ia me ensinar tudo o que sabia.

Quando cheguei ao ginásio, vi que ele estava usando camiseta e calça larga de corrida, em vez da calça jeans de sempre. Ele ficava muito bem naqueles trajes novos. Muito bem mesmo. "Pare de olhar", disse a mim mesma.

Ele me posicionou sobre o tatame de modo que ficássemos um de frente para o outro e cruzou os braços.

— Qual é o primeiro problema que você vai enfrentar ao se deparar com um Strigoi?

— A imortalidade deles?

— Pense em algo mais básico.

Mais básico do que isso? Pensei por um momento.

— Eles podem ser maiores do que eu. E mais fortes.

A maioria dos Strigoi, a não ser os que foram humanos antes, tem a mesma altura de seus primos Moroi. Os Strigoi são também mais fortes, têm reflexos mais rápidos e sentidos mais aguçados do que os dampiros. É por isso que os guardiões fazem um treinamento tão pesado; temos que compensar essa desvantagem.

Dimitri fez um sinal afirmativo com a cabeça.

— Isso torna as coisas difíceis, mas não impossíveis. Você pode, por exemplo, usar o excesso de peso e de altura de uma pessoa contra ela mesma.

Ele se virou e demonstrou diversas manobras, apontando para onde era melhor se mover e como atacar alguém. Treinando alguns daqueles movimentos com ele, consegui entender por que eu apanhava tanto nos treinos de grupo. Absorvi rapidamente as técnicas ensinadas por Dimitri e mal podia esperar para usá-las. Perto do final do nosso tempo juntos, ele me deixou tentar.

— Vá em frente — disse. — Tente me acertar.

Não precisei que ele pedisse duas vezes. Dando um bote, eu me esforcei para acertar um soco e fui prontamente bloqueada e derrubada no tatame. Todo o meu corpo ficou dolorido, mas me recusei a desistir. Levantei de um salto e o ataquei na esperança de ele estar desprevenido. Não estava.

Depois de falhar por diversas tentativas, me levantei e ergui as mãos num gesto de trégua.

— O que estou fazendo de errado?

— Nada.

Não me convenci.

— Se eu não estivesse fazendo alguma coisa errada, a esta altura, já teria nocauteado você.

— Seria difícil. Os movimentos estão todos corretos, mas é a primeira vez em que você realmente tentou. Faço isso há anos.

Balancei a cabeça e revirei os olhos, ironizando a banca que ele estava botando de cara mais velho e sábio. Ele me disse certa vez que tinha vinte e quatro anos.

— Tudo bem, vovô. Podemos tentar novamente?

— Nosso tempo acabou. Você não quer ir se arrumar?

Olhei para o relógio empoeirado na parede e ganhei energia nova. Estava quase na hora do banquete. A lembrança da festa me deu uma espécie de vertigem. A minha sensação foi de que eu era como uma Cinderela, mas sem as roupas.

— Caramba! Claro que eu quero!

Ele saiu andando na minha frente. Estudando-o cuidadosamente, me dei conta de que não podia deixar passar a oportunidade. Eu podia saltar nas costas dele, me posicionando exatamente como ele me ensinara. A meu favor, eu tinha o elemento surpresa. Tudo parecia perfeito, e ele nem veria a minha movimentação.

Antes que pudesse fazer algo, porém, ele se virou com uma velocidade absurda. E, com um movimento ágil, me agarrou como se eu não pesasse nada e me atirou no chão, me imobilizando.

— Eu fiz nada de errado! — resmunguei.

Seus olhos se nivelaram aos meus enquanto ele me segurava pelos pulsos, mas ele não parecia tão sério quanto durante o treino. Parecia achar alguma graça naquilo tudo.

— O grito de guerra te entregou. Tente não gritar da próxima vez.

— Teria mesmo feito alguma diferença se eu tivesse ficado calada?

Ele refletiu um pouco.

— Não. Provavelmente não.

Suspirei alto, ainda de muito bom humor para deixar que aquela decepção me abatesse. Havia algumas vantagens em ter um instrutor tão bom — um instrutor mais alto que eu trinta centímetros e consideravelmente mais pesado também. E isso sem levar em conta a sua força. Ele não era bombado, mas a musculatura do seu corpo era toda dura e longilínea. Se eu pudesse algum dia bater *nele*, sei que estaria pronta para bater em qualquer um.

De repente me dei conta de que Dimitri ainda me mantinha imobilizada no chão. A pele dos seus dedos ardia segurando os meus pulsos. O rosto dele estava a centímetros do meu, e suas pernas e seu tronco estavam de fato pressionados contra o meu corpo. Mechas do seu longo cabelo castanho caíam rente ao rosto dele, e ele parecia estar me observando também, quase do mesmo jeito como me estudara naquela noite na saleta. E, *ai, meu Deus*, que cheiro bom ele tinha. Então foi ficando difícil respirar, e isso não tinha nada a ver com os exercícios ou com o fato de meus pulmões estarem sendo esmagados.

Eu teria dado tudo para ser capaz de ler a mente dele bem naquele momento. Desde aquela noite na saleta, percebi que ele me olhava com uma expressão de quem estuda o outro. Na verdade, ele nunca fizera isso durante os treinamentos — aqueles eram momentos de trabalho. Mas, antes e depois, ele às vezes ficava um pouco menos sério, e eu o sentia me observar com um olhar quase de admiração. E, às vezes, se eu estivesse com muita, muita sorte mesmo, ele sorria para mim. Um sorriso verdadeiro, não o sorriso seco que acompanhava as ironias que lançávamos um para o outro com frequência. Não queria confessar isso para ninguém — nem para Lissa e nem para mim mesma —, mas tinha dias que eu passava o tempo todo só na expectativa daqueles sorrisos. Eles iluminavam o rosto dele. *Lindo* já nem era mais a palavra certa para defini-lo.

Tentando parecer calma, pensei em alguma coisa bem profissional e relacionada com o treinamento para dizer. Em vez disso, o que conseguir dizer foi:

— Então... é... Você tem mais algum outro movimento para me mostrar?

Os lábios dele iniciaram um pequeno movimento, e por um momento eu pensei que ia ganhar um daqueles sorrisos. Meu coração pareceu saltar dentro do peito. Depois, com esforço visível, ele recolheu o sorriso e voltou a ser o instrutor linha-dura de sempre. Saiu de cima de mim, apoiou-se nos calcanhares e se pôs de pé.

— Vamos. Tá na hora.

Levantei-me rapidamente e o segui em direção à porta de saída do ginásio. Ele não olhou para trás nenhuma vez enquanto andava, e eu me dei uma bronca interna enquanto caminhava para o quarto.

Era isso, estava me apaixonando pelo meu instrutor. Estava me apaixonando por um cara que era meu instrutor e *mais velho* do que eu. Eu só podia estar fora de mim. Ele era sete anos mais velho do que eu. Tinha idade para ser meu... bom, está certo, meu... nada. Mas, mesmo assim, era mais velho do que eu. Sete anos é muito. Ele já estava aprendendo a escrever quando eu nasci. Quando eu estava aprendendo a ler e a jogar livros nos meus professores, ele provavelmente já estava beijando meninas. Muitas meninas, com certeza, se levarmos em conta quanto ele era bonito.

Não precisava *mesmo* de uma complicação dessas naquela altura da minha vida.

Encontrei um suéter razoável quando cheguei ao meu quarto e, depois de um banho rápido, atravessei o campus em direção à recepção que estava sendo oferecida pela escola aos visitantes da realeza.

Apesar dos misteriosos muros de pedra, das estátuas e das torres extravagantes que se viam do lado de fora dos prédios, a parte de dentro da Escola era bem moderna. Tínhamos wi-fi, luzes fluorescentes e tudo o mais que a tecnologia moderna podia oferecer. O refeitório, especialmente, se parecia muito com as cantinas que frequentamos em Portland e Chicago. Tinha mesas retangulares simples, paredes pintadas de uma suave cor cinza e um pequeno espaço lateral, onde eram servidas nossas refeições, preparadas de maneira um tanto duvidosa. Alguém ainda se dera o trabalho de pendurar ao longo das paredes algumas fotografias em preto e branco emolduradas num esforço de decoração do ambiente, mas era difícil para mim considerar "arte" aquele conjunto de fotos de vasos e de árvores sem folhas.

Naquela noite, no entanto, alguém tinha transformado o visual normalmente tedioso do refeitório numa autêntica sala de jantar. Vasos e mais vasos de rosas vermelhas e de delicados lírios brancos. Velas acesas. Toalhas de mesa feitas de — olha o nível — linho vermelho--sangue. O efeito era maravilhoso. Era difícil acreditar que aquele era o mesmo lugar em que eu costumava comer hambúrgueres de frango. Parecia decorado para receber uma... bem, uma rainha.

As mesas foram agrupadas em linhas retas paralelas, criando um corredor no meio da sala. Os lugares eram marcados, e eu, naturalmente, não pude me sentar perto de Lissa. Ela se sentou na frente, bem visível, ao lado dos outros Moroi; eu fiquei atrás, junto dos outros aprendizes. Mas ela cruzou o olhar com o meu quando entrei e abriu um sorriso. Ela usava um vestido emprestado de Natalie — azul, sedoso e tomara que caia — que ficou belíssimo em contraste com sua pele clara. Quem poderia imaginar que Natalie tinha algo de tão boa qualidade? Diante dele o meu suéter perdeu alguns pontos.

Eles sempre organizavam esses banquetes formais do mesmo jeito. A mesa principal era posta sobre uma plataforma, em posição de destaque na sala, de modo que, durante o jantar, todos pudéssemos observar e nos deslumbrar com a presença da rainha Tatiana e de outros membros da realeza. Guardiões se enfileiravam contra as paredes, todos com postura rígida e formal, como se fossem estátuas. Dimitri estava de pé entre eles, e um sentimento estranho revirou meu estômago quando recordei o que acontecera mais cedo no ginásio. Seu olhar se mantinha fixo para a frente, como se estivesse focado ao mesmo tempo em nada e em tudo que se passava por ali.

Quando chegou o momento da entrada da realeza, todos nos levantamos respeitosamente e os observamos caminhar pelo corredor. Eu reconheci alguns, em particular os que tinham filhos estudando na Escola. Victor Dashkov estava entre eles, andando lentamente com a ajuda de uma bengala. Se, por um lado, me alegrei em vê-lo, por outro, era para mim um martírio assistir cada passo agonizante que ele dava em direção à frente da sala.

Depois desse grupo, entraram no refeitório quatro guardiões solenes trajando ternos vermelhos e pretos risca de giz. Todos, com exceção dos guardiões encostados nas paredes, ajoelharam-se numa tola demonstração de lealdade.

Quanta cerimônia e pose, pensei, de saco cheio. Os monarcas Moroi eram escolhidos, dentre as famílias reais, pelos monarcas anteriores. O rei ou a rainha não podiam escolher nenhum de seus descendentes diretos, e um conselho formado por membros das famílias reais e nobres podia contestar a escolha se houvesse motivos suficientes. Isso, no entanto, quase nunca acontecia.

A rainha Tatiana, usando um conjunto composto de um vestido de seda vermelho coberto por um casaco, foi seguida por um grupo de guardiões. Ela estava no início dos seus sessenta anos e seus cabelos acinzentados, num corte estilo Chanel, caíam até a altura do queixo e eram coroados por uma tiara ao estilo de Miss Estados Unidos. Ela moveu-se lentamente para dentro da sala, como se estivesse fazendo um passeio, enquanto outros quatro guardiões a seguiam de perto.

Ela passou bem depressa pela seção dos aprendizes, embora tivesse acenado com a cabeça e dado alguns sorrisos aqui e ali. Dampiros podem muito bem ser os filhos ilegítimos e metade humanos dos Moroi, mas treinam duro e dedicam suas vidas a servi-los e protegê-los. Havia uma forte probabilidade de muitos de nós, reunidos ali naquele momento, morrerem cedo, e a rainha precisava mostrar o respeito que tinha por toda essa dedicação.

Quando ela chegou à seção dos Moroi, andou mais devagar e até se dirigiu diretamente a alguns alunos. Era muito importante ser reconhecido, era principalmente um sinal de que a rainha tinha em boa conta os pais dos alunos com os quais falava. Aqueles que pertenciam à realeza angariavam mais atenção, é claro. Na maior parte das vezes, ela não dizia coisas particularmente significativas para eles, nada além de algumas palavras simpáticas.

— Vasilisa Dragomir.

Minha mente pareceu se calar. Ao ouvir o som do nome dela, um sobressalto atravessou o laço e chegou a mim. Quebrando o protocolo, saí do meu lugar e me meti entre os outros para ver melhor, sabendo que ninguém olharia para mim enquanto a rainha destacava pessoalmente a última dos Dragomir. Todos estavam ansiosos para ver o que a monarca tinha a dizer para Lissa, a princesa fugitiva.

— Soubemos do seu retorno. Estamos felizes de ter os Dragomir de volta, mesmo que, de toda a família, nos tenha restado apenas uma única representante. Sentimos profundamente a perda de seus pais e de seu irmão; eles estavam entre os mais admiráveis Moroi. A morte deles foi uma verdadeira tragédia.

Nunca entendi completamente essa história do uso do plural majestático, mas de resto tudo me pareceu muito bem.

— Você tem um nome interessante — continuou. — Muitas heroínas dos contos de fadas russos se chamam Vasilisa. Vasilisa, a Brava; Vasilisa, a Bela. São jovens mulheres diversas, todas com o mesmo nome e as mesmas excelentes qualidades: força, inteligência, disciplina e virtude. Todas realizam grandes feitos, e triunfam sobre seus adversários.

"Da mesma maneira, o nome Dragomir impõe também respeito. Reis e rainhas de nome Dragomir reinaram com sabedoria e justiça ao longo da nossa História. Usaram seu poder com finalidades milagrosas. Eles mataram muitos Strigoi, lutando lado a lado com seus guardiões. Têm motivos para serem da *realeza*."

Ela esperou um momento, deixando o peso de suas palavras fazerem efeito. Senti a mudança da vibração no interior da sala, bem como a surpresa e o prazer tímido que vinham de Lissa. Isso ia com certeza sacudir o equilíbrio social. Podíamos ir nos preparando desde já para alguns alpinistas sociais que certamente tentariam se aproximar e ficar amigos de Lissa no dia seguinte.

— Sim — continuou a rainha Tatiana —, você foi duplamente batizada com nomes de grande poder. Esses nomes representam as melhores qualidades que as pessoas têm a oferecer e remontam ao passado, a proezas grandiosas e de extremo valor. — Ela fez, então, uma pequena pausa. — Mas, como você mesma nos demonstrou, nomes, apenas, não fazem uma pessoa. E nem cabe a eles qualquer responsabilidade pelo destino da pessoa que os carrega.

E com essa bofetada verbal, ela se virou e deu prosseguimento à passagem de sua comitiva.

Um estado de choque coletivo tomou conta da sala. Refleti brevemente a respeito e em seguida rejeitei qualquer tentativa de pular do corredor e atacar a rainha. Meia dúzia de guardiões teria me derrubado antes de eu chegar a dar cinco passos que fossem. Fiquei, então, sentada no meu lugar, mas sentindo forte impaciência ao longo de todo o jantar, acometida pelo sentimento de humilhação que chegava diretamente de Lissa.

Quando o jantar terminou e deram início à recepção, Lissa tomou o caminho mais curto para as portas que levavam até o pátio. Eu a segui, mas me demorei, pois tive que acenar e evitar as pessoas interessadas em socializar.

Ela caminhou sem rumo para um pátio adjacente, um que tinha o mesmo estilo grandioso da parte de fora da Escola. Um telhado de madeira trabalhada e retorcida cobria o jardim, com alguns buracos aqui e ali para deixar entrar alguma luz, mas não muita, para não causar danos aos Moroi. Árvores, agora sem folhas por causa do inverno, circundavam a área e também as trilhas que levavam para outros jardins, pátios, e para o quadrângulo central. Um lago, também vazio durante o inverno, jazia num dos cantos, e, erguida sobre ele, havia uma estátua imponente do próprio São Vladimir. Esculpida em pedra cinza, nela o santo está retratado de barba e bigode e portando um longo manto.

Ao fazer uma curva do caminho, vi que Natalie estava com Lissa e interrompi meus passos. Pensei em me aproximar, mas dei um passo para trás antes que me vissem. Espiar pode ser uma coisa feia, mas fiquei subitamente muito curiosa para saber o que Natalie teria a dizer para Lissa.

— Ela não devia ter dito aquilo — comentou Natalie. Ela usava um vestido amarelo que tinha um corte parecido com o que Lissa estava usando, mas que, de alguma maneira, perdia em graciosidade e caimento em comparação com o outro. Amarelo também era uma péssima cor para ela. Não combinava com o seu cabelo preto, que ela prendera num coque desajeitado. — Não foi certo — continuou ela. — Não deixe que isso aborreça você.

— Meio tarde para isso. — Os olhos de Lissa estavam firmemente presos ao chão de pedra.

— Ela está errada.

— Ela está *certa* — exclamou Lissa. — Os meus pais… e Andre… Eles teriam me odiado por eu ter feito o que fiz.

— Não, eles não teriam — disse Natalie, com um tom suave na voz.

— Foi uma estupidez ter fugido. Uma irresponsabilidade.

— E daí? Você errou. Eu erro toda hora. Outro dia, eu estava fazendo uma prova de Ciências, e era sobre o capítulo dez, e eu tinha lido o capítulo onze… — Natalie se interrompeu e, numa demonstração extraordinária de autocontrole, voltou para o assunto que interessava. — As pessoas mudam. Estamos sempre mudando, não estamos? Você não é a mesma de quando fugiu. Eu não sou a mesma desde aquela época.

Na verdade, Natalie parecia *exatamente* a mesma para mim, mas isso não me incomodava mais. Ela subira no meu conceito.

— E também — acrescentou ela —, será que foi mesmo um erro fugir? Você deve ter tido um bom motivo para fazer isso. E deve ter aprendido com isso, não foi? Havia uma porção de coisas ruins acontecendo com você, não havia? Com os seus pais e o seu irmão. Quero dizer que talvez essa fosse a coisa certa a fazer àquela altura.

Lissa disfarçou um sorriso. Nós duas tivemos certeza absoluta, naquele momento, de que Natalie estava tentando descobrir por que tínhamos fugido — assim como todas as outras pessoas na escola faziam. Ela era mesmo péssima para arrancar segredos de alguém.

— Não sei se foi a coisa certa — respondeu Lissa. — Eu fui fraca. Andre não teria fugido. Ele era muito bom. Bom em tudo. Era bom em fazer amizade com as pessoas e em lidar com toda essa baboseira de realeza.

— Você é boa nisso também.

— Pode ser. Mas não gosto. Quer dizer, eu gosto das pessoas... mas quase tudo que elas fazem é muito falso. É disso que eu não gosto.

— Então não se sinta mal por não se envolver — disse Natalie. — Eu também não sou amiga de todas essas pessoas, e olhe para *mim*. Estou ótima. Papai diz que não se importa se eu sou amiga do pessoal da realeza ou não. Ele quer apenas que eu seja feliz.

— E é por isso — disse, finalmente fazendo a minha entrada em cena — que é *ele* quem devia estar governando em vez dessa rainha de merda. Ele foi usurpado.

Natalie quase pulou três metros para trás. Eu tive certeza quase absoluta de que o vocabulário de palavrões dela não passava de "caraca" e "droga".

— Estava me perguntando onde você tinha se metido — disse Lissa.

Natalie olhou para mim e para ela algumas vezes, e de repente se sentiu um pouco constrangida de estar bem no meio da dupla dinâmica, da intimidade de duas melhores amigas. Ela mudou de posição, parecendo sentir algum desconforto, e passou uma mecha de cabelo que estava fora do lugar para trás da orelha.

— Bem... eu tenho que ir encontrar papai. Vejo você depois no quarto.

— Até mais tarde — disse Lissa. — E obrigada.

Natalie foi embora rápido.

— Ela chama mesmo o cara de "papai"?

Lissa me lançou um olhar de censura.

— Deixe ela em paz. Ela é legal.

— É mesmo. Ouvi o que ela disse, e, por mais que eu odeie admitir isso, ela não falou nada que pudesse dar margem para qualquer gozação. Era tudo verdade. — Fiz uma pausa. — Eu vou matá-la, sabia? A rainha, não Natalie. Que se danem os guardiões. Eu vou matá-la. Ela não pode sair ilesa do que fez.

— Meu Deus, Rose! Não diga isso. Eles prenderiam você por traição. Deixe para lá.

— Deixar para lá? Depois do que ela disse pra você? Na frente de todo mundo?

Lissa não respondeu nem olhou para mim. Em vez disso, ficou brincando, ausente, com os galhos de uma moita irregular que parecia ter adormecido com o inverno. Havia um olhar vulnerável nela que eu reconhecia — e temia.

— Ei. — Eu abaixei o tom da minha voz. — Não fique assim. Ela não sabe do que está falando? Não deixe isso abater você. Você não fez nada que não devesse ter feito.

Lissa me olhou de volta.

— Vai acontecer novamente, não vai? — sussurrou ela. Suas mãos, que ainda estavam agarradas ao arbusto, começaram a tremer.

— Não se você não deixar que aconteça. — Tentei olhar para os pulsos dela sem que ela percebesse. — Você não...?

— Não. — Ela balançou a cabeça e lutou contra as lágrimas. — Eu não tenho sentido vontade. Fiquei chateada por causa da raposa, mas agora está tudo bem. Eu gosto de ficar nas beiradas, longe do centro das atenções. Sinto falta de estar com você, mas está tudo bem. Eu gosto do... — Ela fez uma pausa.

Ouvi a palavra se formar na mente dela.

— Christian.

— Eu gostaria que você não fizesse isso.

— Sinto muito. Preciso passar novamente o sermão sobre Christian ser um zé-ninguém sem juízo algum?

— Acho que sei esse sermão de cor, já ouvi essas bobagens umas dez vezes — resmungou.

Eu já estava começando o sermão pela décima primeira vez quando ouvi uma gargalhada e o bater de saltos nas pedras. Mia caminhava em nossa direção à frente de um grupo de amigos, mas sem Aaron. Imediatamente minhas defesas se armaram.

Por dentro, Lissa ainda estava abalada por causa dos comentários da rainha. Tristeza e humilhação ainda giravam em sua mente. Ela se sentia constrangida pelo que os outros poderiam pensar sobre ela naquele momento e não parava de pensar que sua família a teria odiado por ter fugido. Não achava que eles a odiariam, mas para ela o sentimento era genuíno, e suas emoções mais sombrias se agitavam violentamente. Ela *não estava* bem, por mais que tentasse agir de forma casual, e eu estava preocupada com a possibilidade de Lissa tomar alguma atitude precipitada. Mia era a última pessoa que precisava ver nesse momento.

— O que você quer? — perguntei.

Mia deu um sorriso arrogante na direção de Lissa e me ignorou, dando alguns passos à frente.

— Só queria saber como é ser *tão* importante e *tão* nobre. Você deve estar muito empolgada de a rainha ter falado com você. — Algumas risadinhas vieram do grupo que estava com ela.

— Você está perto demais. — Fiquei entre elas, e Mia estremeceu um pouco, provavelmente ainda com medo de que eu quebrasse seu braço. — E olha só, pelo menos a rainha sabe o nome dela, o que é mais do que o que eu posso dizer de você e toda a sua atitude de alpinista social. *Ou* dos seus pais.

Vi a dor que isso causou a ela. Caramba, ela queria muito ser da realeza.

— Pelo menos eu *vejo* os meus pais — retrucou ela. — Pelo menos eu *sei* quem eles são. Só Deus sabe quem é o seu pai. E a sua mãe é uma das guardiãs mais famosas que existem, mas ela não está nem aí pra você. Todo mundo sabe que ela nunca vem te visitar. Ficou provavelmente bem feliz, até quando você sumiu. Se é que ela sequer *percebeu*.

Aquilo doeu. Trinquei os dentes.

— É, bom, ao menos ela é famosa. Ela realmente é uma conselheira da realeza e da nobreza. Ela não fica limpando o que eles sujam.

Ouvi, atrás dela, um dos seus amigos sufocar um riso. Mia abriu a boca, sem dúvida para soltar alguma das respostas que ela tinha já preparadas desde que a história começou a circular, quando de repente pareceu se dar conta.

— Foi *você* — disse, com os olhos arregalados. — Alguém me disse que tinha sido Jesse quem começou a falar sobre isso, mas ele não tinha como saber nada sobre mim. Ele soube por você. Quando você *transou* com ele.

Agora ela estava realmente começando a me irritar.

— Eu não transei com ele.

Mia apontou para Lissa e olhou de volta para mim.

— Então é isso? Você faz o serviço sujo pra ela porque ela é boba demais pra fazer sozinha. Você não vai poder defender ela pra sempre — advertiu —, *você* também não está a salvo.

Ameaças vazias. Inclinei o corpo para a frente, fazendo a voz mais ameaçadora que eu tinha. No estado em que eu estava, isso não foi difícil.

— Ah, é? Tente encostar em mim agora e você vai ver.

Desejei que ela encostasse em mim. Quis muito. Não precisávamos das picuinhas dela pra encher nosso saco. Ela era uma distração. E eu estava com uma vontade absurda de dar um soco naquela cara ali mesmo.

Olhando por cima dela, vi Dimitri caminhando do lado de fora do jardim, com o olhar de quem procura alguma coisa — ou alguém. Eu fazia uma boa ideia de quem era essa pessoa. Quando ele me viu, deu passos largos em nossa direção, mudando o foco da sua atenção ao perceber o pequeno amontoado de gente que se juntara à nossa volta. Os guardiões conseguem farejar uma briga a quilômetros de distância. É claro, porém, que daquela briga até uma criança de seis anos teria sentido o cheiro.

Dimitri se colocou ao meu lado e cruzou os braços.

— Tudo bem?

— Claro que sim, guardião Belikov. — Eu sorria mas por dentro estava furiosa. Espumando de fúria, até. Todo o confronto com Mia só fizera Lissa se sentir ainda pior. — Estamos apenas trocando histórias de família. Você já ouviu a de Mia? É *fascinante*.

— Vamos embora — disse Mia para seus seguidores. Ela me lançou um último olhar gélido e foi conduzindo os súditos para a saída. Eu não precisava ler os pensamentos dela para saber o que aquilo significava. O assunto não estava encerrado. Ela tentaria se vingar de uma de nós ou de nós duas. Tudo bem. Pode vir, Mia.

— Tenho que levar você de volta para o seu dormitório — disse Dimitri, secamente. — Você não estava prestes a iniciar uma briga, estava?

— Claro que não — respondi, com os olhos ainda fixos na porta por onde Mia sumira. — Eu não começo brigas onde elas podem ser vistas.

— Rose — gemeu Lissa.

— Vamos. Boa noite, princesa.

Ele se virou, mas eu não me movi.

— Liss, você vai ficar bem?

Ela fez que sim com a cabeça.

— Estou bem.

Era uma mentira completamente descarada. Não podia acreditar que ela teve coragem de tentar me enganar. Nem precisava do laço para ver as lágrimas brilhando nos olhos dela. Nunca devíamos ter voltado para esse lugar, percebi, desolada.

— Liss...

Ela me lançou um sorriso miúdo e triste e fez um sinal com a cabeça na direção de Dimitri.

— Já disse, estou bem. Você precisa ir.

Fui atrás dele, relutante. Ele me encaminhou para fora em direção ao outro lado do jardim.

— Talvez seja preciso acrescentar um treinamento extra de autocontrole — comentou.

— Mas eu tenho autocontrole suficiente… Ei!

Parei de falar porque vi Christian passar por nós em silêncio, tomando o caminho de onde acabáramos de sair. Não reparei se ele estava na recepção, mas, se Kirova me liberara para vir naquela noite, imaginei que ela teria feito o mesmo por ele.

— Você está indo se encontrar com Lissa? — perguntei, lançando a raiva que sentia por Mia direto sobre ele.

Ele enfiou as mãos nos bolsos e me lançou aquele olhar indiferente de rebelde.

— E se eu for?

— Rose, este não é o momento — disse Dimitri.

Mas era *exatamente* o momento. Lissa não estava levando a sério os meus avisos sobre Christian, e estava na hora de ir direto na fonte e acabar com aquele flerte ridículo de uma vez por todas.

— Por que você não a deixa em paz? Será que você é tão perturbado e desesperado para chamar a atenção que nem consegue perceber quando uma pessoa não gosta de você? — Ele franziu a testa. — Você é um perseguidor maluco, e ela sabe disso. Ela me contou tudo sobre a sua obsessão esquisita, sobre vocês estarem o tempo todo se encontrando no sótão, sobre você ter tacado fogo em Ralf só para se mostrar. Lissa acha você uma aberração, mas ela é gentil demais para dizer isso.

O rosto dele ficou pálido, e uma sombra tomou conta dos seus olhos.

— Mas *você* não é tão gentil, né?

— Não. Nem quando sinto pena da pessoa.

— Chega — disse Dimitri, me afastando para longe.

— Obrigado por "ajudar", então — disse Christian secamente, enquanto pingava ressentimento de sua voz.

— Não há de quê — gritei de volta por sobre o meu ombro.

Quando nos distanciamos mais um pouco, dei uma olhada para trás e vi Christian do lado de fora do jardim. Ele estava parado, olhando para a trilha de pedras que levava até Lissa, no jardim. Uma expressão sombria cobria seu rosto enquanto ele ponderava, e então, depois de alguns segundos, ele se virou e caminhou em direção ao dormitório dos Moroi.

Doze

Demorei para dormir aquela noite, fiquei agitada, me revirando na cama antes de finalmente ceder ao cansaço.

Pouco mais de uma hora depois, me sentei na cama, tentando relaxar e compreender os sentimentos que chegavam até mim. Era Lissa. Apavorada e perturbada. Instável. Os acontecimentos da noite passaram depressa pela minha cabeça enquanto tentava entender o que podia estar incomodando Lissa. A rainha a humilhara. Mia. Christian — talvez tivessem se encontrado sem que eu soubesse.

E, no entanto... nada disso parecia ser problema para Lissa naquele momento. Havia algo mais queimando dentro dela. Algo terrivelmente errado. Saí da cama, vesti uma roupa e pensei nas opções que tinha naquele momento. Meu quarto ficava no terceiro andar — alto demais para tentar pular, ainda mais porque eu não teria a professora Karp para cicatrizar as minhas feridas desta vez. Jamais conseguiria passar despercebida pelo corredor principal. A única chance seria tentar usar os meios "apropriados".

— Aonde você pensa que vai?

Da cadeira onde estava sentada, uma das inspetoras que supervisionava o meu andar olhou para o alto. Ela ficava sentada no final do corredor, perto da escada. Durante o dia, aquele vão de escada era pouco supervisionado. À noite, era como se estivéssemos numa prisão.

Cruzei os braços.

— Preciso falar com Dim... com o guardião Belikov.

— Está tarde.

— É uma emergência.

Ela me olhou de cima a baixo.

— Você me parece estar muito bem.

— Você vai enfrentar um problema bem grande amanhã quando todos descobrirem que me impediu de reportar o que eu sei.

— Conte para mim.

— É assunto confidencial entre guardiões.

Eu a olhei do modo mais firme que pude. Deve ter dado certo, porque ela se levantou e apanhou um celular. Telefonou para alguém — Dimitri, eu esperava —, mas falou tão baixo que eu não consegui ouvir. Esperamos vários minutos, e então a porta que dava para a escada se abriu. Dimitri apareceu, inteiramente vestido e desperto, embora eu estivesse certa de que tínhamos o tirado da cama.

Ele me olhou e disse:

— Lissa.

Fiz que sim com a cabeça.

Sem mais uma palavra, ele se virou e começou a descer a escada. Eu o segui. Atravessamos o pátio em silêncio, em direção ao imponente dormitório dos Moroi. Era "noite" para os vampiros, o que significava que era dia para o resto do mundo. Um sol de início de tarde brilhava com uma luz fria e dourada sobre nós. Os meus genes humanos saudaram o sol, já que sempre meio que se ressentiam de a sensibilidade dos Moroi à luz nos obrigar a viver no escuro a maior parte do tempo.

A inspetora do corredor de Lissa ficou boquiaberta ao nos ver, mas Dimitri era uma figura intimidadora demais para alguém se opor a ele.

— Ela está no banheiro — disse a eles. Quando a inspetora começou a me seguir para dentro do banheiro, eu a impedi. — Ela está muito perturbada. Melhor eu falar com ela sozinha primeiro.

Dimitri aceitou.

— Está bem. Dê um minuto a elas.

Eu abri a porta.

— Liss?

Um barulho suave, como um soluço, veio lá de dentro. Passei por cinco cubículos e encontrei um único fechado. Bati de leve.

— Me deixe entrar — disse, na esperança de ter soado calma e firme.

Ouvi uma fungada, e, alguns segundos depois, a porta se abriu. Mas eu não estava preparada para o que vi. Lissa de pé, na minha frente…

… coberta de sangue.

Horrorizada, sufoquei um grito e quase pedi socorro. Olhando mais de perto, vi que muito daquele sangue não vinha dela, na verdade. Estava lambuzado nela, como se o sangue estivesse em suas mãos e ela as tivesse passado no rosto. Lissa caiu no chão, e eu a acompanhei, me ajoelhando diante dela.

— Você está bem? — sussurrei. — O que aconteceu?

Ela apenas fez que não com a cabeça, mas eu vi o seu rosto se enrugar e mais lágrimas saírem de seus olhos. Peguei as mãos dela.

— Venha. Vamos lavar isso…

Paralisei. Ela *estava* sangrando. Linhas perfeitas atravessavam seu pulso, longe de qualquer veia crucial, mas o suficiente para deixar marcas úmidas e vermelhas sobre a sua pele. Ela não atingiu as próprias veias quando fez aquilo; não tinha a intenção de morrer. Olhou nos meus olhos.

— Desculpe… Eu não quis… Por favor, não deixe que eles saibam… — soluçou. — Quando me deparei com ele, perdi o controle. — Ela mostrou os pulsos com a cabeça. — Isso aconteceu sem que eu pudesse evitar. Eu estava aflita…

— Tudo bem — respondi por reflexo, me perguntando o que seria aquele tal *ele*. — Venha.

Bateram na porta.

— Rose?

— Só um segundo — respondi.

Eu a levei até a pia e lavei o sangue dos pulsos. Apanhei o kit de primeiros socorros e coloquei rapidamente uns band-aids sobre os cortes. O sangramento já estava estancando.

— Vamos entrar — avisou a inspetora.

Tirei meu blusão com capuz e o entreguei depressa a Lissa. Ela mal acabara de vesti-lo quando Dimitri e a inspetora entraram. Ele correu para junto de nós em um segundo e eu me dei conta de que havia escondido os pulsos de Lissa, mas me esquecera do sangue em seu rosto.

— O sangue não é meu — disse depressa, vendo a expressão de Dimitri. — É do... É do coelho.

Dimitri a examinou, e eu tive esperanças de que ele não olhasse para os pulsos dela. Quando ele pareceu convencido de que ela não tinha nenhuma ferida aberta, perguntou:

— Que coelho?

Eu estava com a mesma pergunta na cabeça.

Com as mãos trêmulas, ela apontou para o cesto de lixo.

— Eu limpei. Pra que a Natalie não visse.

Dimitri e eu fomos até o cesto e olhamos lá dentro. Eu me afastei imediatamente, prendendo a ânsia de vômito. Não sei como Lissa sabia que era um coelho. Só consegui ver sangue. Sangue e toalhas de papel ensopadas de sangue. Massas de sangue coagulado foi o que eu identifiquei. O cheiro era horrível.

Dimitri se aproximou de Lissa, e se inclinou para ficar bem à altura dos olhos dela.

— Conte o que aconteceu.

Ele entregou a ela vários lenços de papel.

— Voltei pro quarto uma hora atrás. E ele estava lá. Bem no meio do chão. Rasgado ao meio. Era como se ele tivesse... explodido. — Ela fungou. — Eu não quis que Natalie visse, não queria que ela ficasse com medo... então eu... eu limpei tudo. Depois não consegui mais... não consegui mais voltar pro quarto... — Ela começou a chorar sacudindo os ombros.

Imaginei o restante da história, a parte que ela não contou a Dimitri. Ela encontrou o coelho, limpou tudo e perdeu o controle. Então se cortou, e esse era o jeito esquisito que Lissa tinha de suportar as coisas que a perturbavam.

— Ninguém de fora pode entrar nesses quartos! — exclamou a inspetora. — Como isso está acontecendo?

— Você sabe quem fez isso? — A voz de Dimitri era suave.

Lissa meteu a mão no bolso do seu pijama e tirou de lá um pedaço de papel amassado. Estava tão ensopado de sangue, que mal consegui ler quando ele o apanhou e o abriu.

Eu sei o que você é. Você não vai sobreviver por muito tempo se ficar aqui. Vou cuidar disso. Vá embora agora. É o único jeito de você sobreviver.

O choque da inspetora se transformou em determinação, e ela se dirigiu para a porta.

— Vou chamar Ellen.

Demorei um segundo para lembrar que Ellen era o primeiro nome de Kirova.

— Diga a ela que estaremos na clínica — disse Dimitri. Quando a inspetora saiu, ele se virou para Lissa. — Você precisa se deitar.

Ela não se moveu. Eu enlacei o meu braço no dela.

— Venha, Liss. Vamos sair daqui.

Lentamente ela começou a andar e nos deixou guiá-la até o posto médico da Escola. Normalmente havia dois médicos de plantão, mas, àquela hora da noite, apenas uma enfermeira estava lá. Ela se ofereceu para acordar um dos médicos, mas Dimitri recusou.

— Ela só precisa descansar.

Lissa tinha acabado de se deitar numa cama estreita quando Kirova e alguns outros apareceram e começaram a interrogá-la.

Eu me coloquei na frente deles, bloqueando o acesso a Lissa.

— Deixem ela em paz! Vocês não veem que ela não quer falar sobre isso? Deixem que ela durma um pouco!

— Senhorita Hathaway — declarou a diretora Kirova —, você está passando dos limites, como sempre. Eu nem sei o que está fazendo aqui.

Dimitri perguntou se podia conversar com Kirova a sós e a levou para o corredor. Ouvi sussurros raivosos vindos dela, e sussurros calmos e firmes vindos dele. Quando eles voltaram, Kirova disse, secamente:

— Você pode ficar com Lissa alguns instantes. Vamos pedir aos zeladores que limpem e inspecionem o banheiro e o seu quarto, senhorita Dragomir, e depois, pela manhã, discutiremos a situação.

— Não acorde Natalie — murmurou Lissa. — Não quero que ela se assuste. Já limpei tudo no quarto.

Kirova pareceu duvidar. A enfermeira perguntou se Lissa gostaria de algo para beber ou comer. Ela disse que não, e o grupo então se retirou. Quando ficamos sozinhas, me deitei ao seu lado e a abracei.

— Não vou deixar que eles descubram — afirmei, sentindo a preocupação dela com relação aos pulsos. — Mas eu preferia que você tivesse falado comigo antes de ir embora da recepção. Você me disse que sempre falaria comigo primeiro.

— Mas naquela hora eu não ia fazer nada — explicou, com os olhos inexpressivos mirando o vazio. — Juro que não ia. Estava aflita... Mas eu pensei... pensei que podia aguentar. Estava fazendo um esforço enorme... estava mesmo, Rose. Eu estava. Então voltei pro quarto, e foi quando vi ele, e aí eu... simplesmente perdi o controle. Foi a gota d'água, entende? E eu sabia que tinha que limpar aquilo tudo. Que eu tinha que limpar antes que eles vissem, antes que eles descobrissem, mas tinha tanto sangue... e depois de tudo, depois que eu limpei, foi demais pra mim, e eu senti como se eu fosse... nem sei... explodir, e foi demais pra mim, eu tinha de deixar essa sensação sair, entende? Eu tinha que...

Interrompi a aflição que tomava conta dela.

— Está tudo bem, eu entendo.

Era mentira. Não conseguia compreender aquela história de ela se cortar. Ela fazia isso de vez em quando, desde o acidente, e toda vez que isso acontecia eu ficava assustada. Ela tentou me explicar que não queria de fato morrer, que só precisava tirar o que sentia de dentro de si de alguma maneira. Os sentimentos eram tão fortes, dizia ela, que um escape físico — uma dor física — era a única maneira de estancar a dor interna. Era o único jeito de controlar os próprios sentimentos.

— Por que isso está acontecendo? — Ela chorava sobre o travesseiro. — Por que eu sou uma aberração?

— Você não é uma aberração.

— Essas coisas não acontecem com mais ninguém. Ninguém além de mim faz a magia que eu faço.

— Você tentou fazer magia? — Não houve resposta. — Liss? Você tentou curar o coelho?

— Eu toquei nele, só pra ver se dava pra fazer alguma coisa, mas havia sangue demais... Não tinha o que fazer.

Quanto mais ela usar essa magia, pior vai ficar. Não deixe isso acontecer, Rose.

Lissa estava certa. A magia dos Moroi podia invocar o fogo e a água, mover pedras e pedaços de terra. Mas ninguém era capaz de curar ou devolver a vida a animais mortos. Ninguém, com exceção da professora Karp.

Não deixe que ela use a magia! Se eles descobrirem, vão levar ela embora também. Tire ela daqui.

Odiava carregar esse segredo, principalmente porque não sabia o que fazer com ele. Não gostava de me sentir impotente. Precisava protegê-la disso — e de si mesma. E, ao mesmo tempo, precisava protegê-la deles também.

— Temos que ir embora — disse num impulso. — Vamos fugir.

— Rose...

— Está acontecendo de novo. E é pior agora. Pior do que da última vez.

— Você está com medo do bilhete.

— Não estou com medo de bilhete algum. Mas este lugar não é seguro.

Subitamente senti saudades de Portland mais uma vez. Podia ser mais sujo e mais cheio de gente do que a paisagem austera de Montana, mas lá, ao menos, sabíamos o que esperar... Não era como aqui. Aqui na Escola, o passado e o presente guerreavam um com o outro. A construção podia ter belos muros e jardins antigos, mas, por dentro, coisas modernas se introduziam. As pessoas não sabiam lidar com o novo. Era exatamente como os próprios Moroi. Suas arcaicas famílias reais superficialmente ainda tinham o poder, mas as pessoas estavam cada vez mais insatisfeitas. Dampiros que queriam mais da vida. Moroi como Christian, que queriam lutar contra os Strigoi. Enquanto isso, assim como os portões trabalhados de ferro da Escola representavam tradição e invencibilidade, os membros da realeza ainda se agarravam às tradições e davam demonstrações de poder.

E, ah, sim, havia as mentiras e os segredos. Eles corriam pelos corredores e se escondiam nos cantos. Alguém ali odiava Lissa, alguém que provavelmente se mostrava sorridente na frente dela e que fingia ser amigo. Não podia deixar que a destruíssem.

— Você precisa dormir um pouco — sugeri.

— Não consigo.

— Claro que consegue. Estou aqui. Você não vai ficar sozinha.

Angústia, medo e outros sentimentos perturbadores chegavam a mim, vindos dela. Mas por fim as necessidades do corpo venceram. Depois de algum tempo, vi seus olhos se fecharem. A respiração dela se normalizou, e o laço se aquietou.

Eu a observei dormir, tomada por tanta adrenalina que era impossível permitir a mim mesma algum descanso. Acho que talvez uma hora já tivesse se passado quando a enfermeira voltou e me disse que eu precisava sair.

— Não posso — disse. — Prometi a ela que não a deixaria sozinha.

A enfermeira era alta, até mesmo para uma Moroi, e tinha doces olhos castanhos.

— Ela não vai ficar sozinha. Vou ficar aqui com ela.

Olhei para ela, incrédula.

— Prometo.

De volta ao meu quarto, tive, então, a minha própria crise. O medo e a agitação tinham me desgastado e, por um momento, desejei poder ter uma vida normal e uma melhor amiga normal também. Imediatamente descartei esse pensamento. Ninguém é normal, não de verdade. E eu jamais teria uma amiga melhor do que Lissa... Mas, caramba, era bem difícil às vezes.

Dormi pesadamente até a manhã seguinte. Fui hesitante para a minha primeira aula, com medo de que fofocas sobre a noite anterior já tivessem se espalhado. Como era de se esperar, as pessoas realmente estavam falando sobre a noite anterior, mas a atenção delas ainda estava concentrada na rainha e na recepção. Ainda não sabiam nada sobre o coelho. Por mais que seja difícil de acreditar, eu quase esquecera aquele outro assunto. Mesmo assim, a recepção parecia realmente uma coisa menor se comparada ao fato de alguém ter provocado uma explosão de sangue no quarto de Lissa.

Conforme o dia avançou, no entanto, fui percebendo algo estranho. As pessoas pararam de olhar tanto para Lissa. Elas começaram a olhar *para mim*. Que se danem. Ignorando todas elas, saí para procurar Lissa e a encontrei terminando de se alimentar com um dos fornecedores. Aquele sentimento esquisito que me abatia sempre ressurgia quando eu via a boca de Lissa contra o pescoço do fornecedor, bebendo seu sangue. Um fio vermelho correu pelo pescoço dele, contrastando com sua pele pálida. Os fornecedores, embora fossem humanos, eram quase tão pálidos quanto os Moroi, por causa da quantidade de sangue que perdiam. Ele pareceu não perceber; estava muito distante, sob o efeito da mordida. Sufocando de inveja, decidi que precisava de terapia.

— Você está bem? — perguntei para ela, enquanto íamos para a aula. Ela estava usando mangas compridas, escondendo os ferimentos de propósito.

— Estou... Ainda não consigo parar de pensar naquele coelho... Foi tão horrível. A imagem dele fica voltando na minha cabeça. E depois o que eu fiz. — Ela apertou bem os olhos, por um segundo, e depois os abriu novamente. — As pessoas estão falando da gente.

— Eu sei. Ignore.

— Eu *odeio* isso — protestou, com raiva. Seu rosto tomou uma expressão sombria e o sentimento que passou para mim através do laço me fez estremecer. Minha melhor amiga tinha o coração puro e era doce. Ela não tinha sentimentos como aquele. — Eu odeio essa fofocada toda. É uma coisa tão estúpida. Como é que podem ser tão fúteis?

— Ignore — repeti suavemente. — Você foi esperta de parar de andar com essas pessoas.

Mas ignorar foi ficando cada vez mais difícil. Os sussurros e olhares aumentaram. Na disciplina sobre o comportamento e a fisiologia dos animais, isso ficou tão evidente que eu já nem conseguia mais me concentrar na aula que se tornara a minha matéria preferida. A professora Meissner estava falando sobre a evolução e a sobrevivência dos mais adaptados e sobre como os animais procuravam pares que tinham bons genes. Isso me fascinou, mas até ela enfrentou dificuldades para dar a aula, e foi obrigada a ficar pedindo às pessoas que parassem de falar e prestassem atenção.

— Tem alguma coisa acontecendo — comentei com Lissa entre uma aula e outra. — Não sei o que é, mas eles descobriram algo novo.

— Mais alguma coisa? Além do que a rainha fez? O que mais pode ser?

— Bem que eu queria saber.

As coisas finalmente se esclareceram durante a nossa última aula do dia, Arte Eslava. Começou quando um cara que eu mal conhecia me fez uma proposta bastante explícita, e quase obscena, enquanto trabalhávamos em projetos individuais. Eu respondi no mesmo tom, dizendo a ele exatamente o que ele podia fazer com aquela proposta.

Ele apenas riu.

— Vamos lá, Rose. Eu *sangro* por você.

Risadinhas altas se seguiram, e Mia nos lançou um olhar de reprovação.

— Espere aí, é a Rose que sangra, né?

Mais gargalhadas. A compreensão do que estava acontecendo foi como um tapa na minha cara. Puxei Lissa para longe dele.

— Eles sabem.

— Sabem o quê?

— Sobre a gente. Sobre como você... Você sabe, sobre eu ter sido a sua fornecedora enquanto estivemos fora.

Ela ficou boquiaberta.

— Como?

Como você acha que descobriram? Foi, com certeza, o seu "amigo" Christian.

— Não — disse prontamente. — Ele não faria isso.

— Quem mais sabia?

A confiança dela em Christian transpareceu em seus olhos e atravessou o nosso laço. Mas ela não sabia o que eu sabia. Lissa não sabia o que eu disse a ele na noite anterior, como eu o fiz pensar que ela o odiava. O cara era descontrolado. Espalhar o nosso grande segredo — bem, um deles — seria uma vingança à altura. Talvez ele tivesse matado o coelho também. Afinal, o bicho apareceu morto apenas umas duas horas depois que eu mandara Christian se afastar de Lissa.

Sem dar ouvidos aos protestos dela, fui até o outro lado da sala, onde Christian estava, como sempre, trabalhando sozinho. Lissa me seguiu de perto. Sem me importar se as pessoas estavam olhando para nós, eu me inclinei sobre a carteira dele, aproximando o meu rosto do dele.

— Vou te matar.

Os olhos dele moveram-se como uma flecha na direção de Lissa. Havia um vago vislumbre de desejo neles, que logo se apagou, e uma carranca tomou o seu semblante.

— Por quê? Você recebe algum crédito extra de guardiã se me matar?

— Pare de bancar o engraçadinho — alertei, usando meu tom de voz mais grave. — Você contou. Você contou que eu precisei ser a fornecedora de Lissa.

— Diga a ela — disse Lissa, desesperadamente. — Diga a Rose que ela está errada.

Christian arrastou seu olhar de mim para ela, e, enquanto eles se olhavam, senti uma onda tão forte de atração, que foi incrível ela não ter me derrubado. O coração dela batia em seus olhos. Ficou evidente para mim que ele sentia o mesmo por ela, mas Lissa não podia ver isso, principalmente porque ele ainda a encarava.

— Você pode parar com isso, ouviu? — disse Christian. — Não precisa mais fingir.

A atração vertiginosa de Lissa desapareceu, e foi substituída pela mágoa e pelo choque que o tom da voz dele provocou.

— Eu... O quê? Fingir o quê...?

— Você *sabe* o quê. Pode parar. Pode interromper a cena.

Lissa o encarou, os seus olhos se arregalaram, ofendidos. Ela não fazia ideia de que eu tinha estourado com ele na noite anterior. Ela não fazia ideia de que Christian acreditava que ela o odiava.

— Pare de ficar sentindo pena de si mesmo e nos conte o que está acontecendo — intimei. — Você contou ou não para eles?

Ele fixou em mim um olhar desafiador.

— Não. Eu não contei.

— Não acredito em você.

— Eu acredito — disse Lissa.

— Eu sei que é impossível acreditar que uma aberração como eu é capaz de manter a boca fechada, principalmente quando nenhuma de vocês duas consegue, mas eu tenho coisas melhores pra fazer do que espalhar fofocas idiotas. Estão procurando alguém para pôr a culpa? Culpem o rapaz loirinho que está logo ali.

Segui o olhar dele até onde Jesse estava rindo de alguma coisa com aquele idiota do Ralf.

— Jesse não sabe — disse Lissa em tom desafiador. Os olhos de Christian estavam grudados em mim.

— Ele sabe, *sim*. Não sabe, Rose? Ele sabe.

O meu estômago afundou dentro de mim. Sim. Jesse sabia. Ele soube naquela noite na saleta.

— Não achei... não achei que ele contaria. Ele estava com muito medo de Dimitri.

— Você contou pra ele? — exclamou Lissa.

— Não, ele adivinhou. — Eu estava começando a ficar enjoada.

— Parece que ele fez mais do que só adivinhar — sussurrou Christian.

Eu me virei para ele.

— O que você está querendo dizer com isso?

— Ah. Você não sabe.

— Juro por Deus, Christian, eu vou quebrar o seu pescoço depois da aula.

— Caramba, você é mesmo descontrolada. — Ele disse isso quase feliz, mas suas palavras seguintes foram mais sérias. Ele ainda exibia aquele sorriso de escárnio, ainda brilhando de raiva, mas, quando falou, percebi um leve constrangimento no tom da sua voz. — Ele meio que desenvolveu o que você escreveu naquele bilhete. Deu mais detalhes.

— Ah, já entendi. Ele disse que transamos. — Não tinha razão para medir as palavras. Christian fez que sim com a cabeça. Então Jesse estava tentando incrementar a reputação dele. Tudo bem. Com isso eu podia lidar. Não que a minha reputação fosse impecável, para início de conversa. Todo mundo já pensava que eu saía transando por aí o tempo todo.

— E, bom, Ralf também disse que vocês...

Ralf? Nem todo o álcool do mundo ou qualquer substância alucinógena me fariam chegar perto dele.

— Que eu... o quê? Eu transei com Ralf também?

Christian fez que sim com a cabeça.

— Aquele babaca! Eu vou…

— E tem mais.

— O quê? Eu dormi com um time inteiro de basquete, agora?

— Ele disse… os dois disseram… que você deixou eles… bem, que você deixou eles beberem seu sangue.

Isso me paralisou. Beber sangue durante o ato sexual. A mais pervertida das perversões. Era sujo. Era pior do que ser fácil ou ser uma piranha. Um milhão de vezes pior do que deixar Lissa beber o meu sangue para sobreviver. Isso fazia parte do campo da prostituição de sangue.

— Isso é um absurdo! — gritou Lissa. — Rose nunca iria… Rose?

Mas eu já não estava mais ouvindo. Estava envolta no meu próprio mundo, um mundo que me levou a atravessar a sala de aula até onde Jesse e Ralf estavam sentados. Ambos levantaram o olhar, suas expressões metade orgulhosas, metade… nervosas, eu diria, se tivesse que adivinhar. Era de se esperar, uma vez que ambos estavam mentindo até as raízes dos cabelos.

A turma inteira paralisou. Parecia que estavam esperando algum tipo de confronto aberto. Queriam ver a minha fama de pessoa descontrolada em ação.

— O que vocês pensam que estão fazendo? — perguntei, com uma voz baixa e ameaçadora.

A expressão de nervosismo de Jesse se transformou numa expressão de terror. Ele podia ser mais alto do que eu, mas sabíamos quem venceria caso eu partisse para a violência. Ralf, no entanto, me lançou um sorriso arrogante.

— Não fizemos nada que você não quisesse. — O sorriso dele ficou cruel. — E nem pense em tocar na gente. Se você começar uma briga, Kirova manda você embora daqui, para ir viver com as outras prostitutas de sangue.

Os outros alunos estavam na expectativa do que iria acontecer. Não sei como o professor Nagy não percebia a trama que se desenrolava em sua sala de aula.

Eu queria socar os dois, bater tanto neles que faria a bronca que Dimitri dera em Jesse parecer um tapinha nas costas. Eu queria varrer aquele sorrisinho besta da cara de Ralf.

Mas, babaca ou não, ele estava certo. Se eu tocasse neles, Kirova me expulsaria num piscar de olhos. E, se eu fosse expulsa, Lissa ficaria sozinha. Respirei fundo, e tomei uma das decisões mais difíceis da minha vida.

Não fiz nada e saí andando.

O resto do dia foi horrível. Ao me esquivar da briga, abri a guarda para quem quisesse zoar com a minha cara. Os rumores e os cochichos ganharam mais voz. As pessoas me encaravam abertamente. Elas riam. Lissa tentava conversar comigo, me consolar, mas eu ignorei até mesmo ela. Passei o resto das aulas como um zumbi, e depois fui direto, o mais depressa que pude, para o treinamento com Dimitri. Ele me olhou sem compreender o que estava acontecendo, mas não fez perguntas.

Sozinha no quarto, mais tarde, chorei pela primeira vez em anos.

Depois de desabafar com o choro, já ia colocar o pijama quando ouvi alguém bater na minha porta. Era Dimitri. Ele estudou bem o meu rosto e depois desviou o olhar, certo, é claro, de que eu estava chorando. Então soube que os boatos tinham chegado a ele. Ele sabia.

— Você está bem?

— Não importa se tô bem, lembra? — Olhei para ele. — Lissa está bem? Isso seria mais difícil pra ela.

Uma expressão curiosa atravessou sua fisionomia. Acho que ele se espantou que eu me preocupasse com Lissa num momento como aquele. Ele fez um sinal para que eu o seguisse e me levou até uma escada nos fundos, uma escada que geralmente ficava trancada para os alunos. Naquela noite, porém, estava aberta, e ele gesticulou para que eu descesse.

— Cinco minutos — alertou.

Mais curiosa do que nunca, desci. Lissa estava lá. Eu devia ter sentido a proximidade dela, mas os meus próprios sentimentos fora de controle tinham obscurecido os dela. Sem dizer uma palavra, ela passou os braços em volta de mim e me abraçou durante um longo tempo. Eu tive que segurar mais lágrimas que ameaçaram cair. Quando nos separamos, ela me olhou com uma expressão calma e firme.

— Me desculpe — pedi.

— Não é culpa sua. Vai passar.

Ela claramente duvidou disso. E eu também.

— A culpa é *minha* — disse Lissa. — Ela fez isso para se vingar de mim.

— Ela?

— Mia. Jesse e Ralf não são inteligentes o suficiente para bolarem uma coisa dessas sozinhos. Você mesma disse: Jesse estava com muito medo de Dimitri pra espalhar qualquer coisa sobre o que aconteceu. E por que ele esperaria até agora? Já aconteceu há algum tempo. Se ele quisesse espalhar coisas por aí, teria feito isso naquela ocasião. Mia está fazendo isso para castigar você por ter falado sobre os pais dela. Não sei como ela conseguiu fazer isso, mas foi ela quem os fez dizer aquelas coisas.

Minha intuição me dizia que Lissa estava certa. Jesse e Ralf foram as ferramentas; Mia fora a idealizadora do plano.

— Não há nada a fazer agora — suspirei.

— Rose...

— Esqueça, Liss. O que está feito está feito.

Ela me observou calmamente durante alguns segundos.

— Há muito tempo que eu não vejo você chorar.

— Eu não estava chorando.

Uma sensação de coração partido e de compaixão chegou através do laço.

— Ela não pode fazer isso com você — protestou Lissa.

Eu ri com amargura, meio surpresa com a minha própria desesperança.

— Ela já fez. Ela disse que se vingaria de mim, que eu não poderia proteger você. Foi o que ela fez. Quando eu voltar para as aulas...

Uma sensação de enjoo tomou o meu estômago. Pensei nos amigos e no respeito que eu consegui manter a custo, apesar da nossa vida meio antissocial. Isso não existiria mais. Não era possível dar a volta por cima depois de uma coisa dessas. Uma vez prostituta de sangue, sempre prostituta de sangue. E o que piorava tudo era que uma parte secreta e obscura dentro de mim realmente gostava de ser mordida.

— Você não devia ter que me proteger — disse Lissa.

Eu ri.

— Mas esse é o meu trabalho. Eu vou ser a sua guardiã.

— Eu sei, o que eu quero dizer é que você não devia ter que me proteger desse jeito. Você não devia sofrer por minha causa. Você não devia estar sempre tomando conta de mim. Mas é o que você faz. Você me tirou daqui. Você cuidou de tudo quando estávamos sozinhas. Desde que voltamos... foi sempre você quem fez todo o trabalho. Toda vez que eu entro em crise, como ontem à noite, você está lá. Eu sou *fraca*. Não sou como você.

Fiz que não com a cabeça.

— Isso não importa. É como eu gosto de agir. Não me importo.

— Que seja, mas olha o que aconteceu! O problema dela é comigo. Ela tem algo contra mim, apesar de eu ainda não entender o quê. Seja lá o que for, isso não vai mais nos incomodar. Eu vou te proteger de agora em diante.

Havia determinação na expressão dela e ela irradiava uma enorme confiança. Parecia a Lissa de antes do acidente. Ao mesmo tempo, senti outra coisa ... algo sombrio, uma raiva profundamente enterrada. Eu já tinha visto este lado dela antes também, e não gostei dele. Não queria que ela brincasse com esses sentimentos. Só queria que se sentisse segura.

— Lissa, você não pode me proteger.

— Eu posso — respondeu, com firmeza. — Tem uma coisa que Mia quer mais do que nos destruir. Ela quer ser aceita. Ela quer se dar bem com o pessoal da realeza e se sentir como se fosse um deles.

Eu posso tirar isso dela. — Lissa sorriu. — Posso fazer com que eles se voltem contra ela.

— Como?

— *Contando* a eles. — Os olhos dela faiscaram.

Minha mente estava lenta demais aquela noite. Levei algum tempo para entender.

— Liss, não. Você não pode usar a compulsão. Não aqui na Escola.

— Eu posso muito bem tirar partido desses poderes idiotas.

Não deixe que ela use magia! Se eles descobrirem, vão levar ela embora também. Tire ela daqui.

— Liss, se você for pega…

Dimitri apareceu no vão da escada.

— Você precisa entrar, Rose, antes que alguém te veja.

Lancei um olhar de pânico para Lissa, mas ela já estava se retirando.

— Vou tomar conta de tudo dessa vez, Rose. *De tudo.*

TREZE

As consequências das mentiras de Jesse e Ralf foram tão terríveis quanto eu imaginava que seriam. O único jeito que encontrei para sobreviver foi colocando uma cortina imaginária na minha frente, e ignorando a tudo e a todos. Isso me manteve — parcamente — sã, mas eu odiava ter que fazer aquilo. Tinha vontade de chorar o tempo todo. Perdi o apetite e passei a dormir mal.

E, no entanto, por mais que as coisas tivessem ficado bem difíceis para mim, eu me preocupei mais com Lissa do que comigo mesma. Ela manteve a promessa de mudar as coisas. Foi um processo lento, no início, mas, aos poucos, eu via, vez por outra, um ou dois alunos da realeza irem até ela durante o almoço e a cumprimentarem. Ela dava um belo sorriso, ria e conversava com eles como se fossem seus melhores amigos.

No começo não entendi como ela estava conseguindo aquilo. Ela sugeriu que usaria a compulsão para conseguir a amizade daquelas pessoas e fazê-las se voltarem contra Mia. Mas eu não via isso acontecendo. Era possível, claro, que ela estivesse conquistando o afeto de todos sem o uso da compulsão. Afinal de contas, Lissa era divertida, inteligente e legal. Qualquer um que a conhecesse melhor gostaria dela. Mas alguma coisa me dizia que ela não estava fazendo amizades à moda antiga, e finalmente me dei conta do que estava acontecendo.

Ela usava a compulsão, mas quando eu não estava por perto. Eu a via, ao longo do dia, apenas durante um curto período, e, como ela sabia que eu não aprovava essa prática, só fazia uso desse poder quando eu não estava presente.

Depois de alguns dias percebendo que Lissa estava usando a compulsão em segredo, me dei conta do que poderia fazer: entrar na cabeça de Lissa novamente. Por livre escolha. Eu já fizera isso antes; podia fazer de novo.

Pelo menos foi isso o que eu disse a mim mesma certo dia, sentada e distraída durante a aula de Stan. Mas não foi fácil como eu imaginava que seria, em parte porque eu estava ansiosa demais para relaxar e me abrir para os pensamentos dela. Também tive problemas porque escolhi um momento em que ela estava relativamente calma. E Lissa se abria mentalmente com mais facilidade quando as suas emoções estavam intensas.

Mesmo assim, tentei repetir o que já tinha feito, quando espionei Lissa e Christian. Comecei pela meditação. Respiração lenta. Olhos fechados. Alcançar uma concentração mental como essa não era nada fácil para mim ainda, mas, depois de muito esforço, consegui fazer a transição, escorregando de novo para dentro da cabeça dela e vendo o mundo como ela via. Lissa estava na aula de Literatura Americana, fazendo um trabalho em grupo, mas, como a maior parte dos alunos, não estava exatamente estudando. Ela e Camille Conta estavam de pé, recostadas contra a parede do fundo da sala, conversando aos sussurros.

— É nojento — disse Camille, com firmeza, franzindo o lindo rosto enquanto falava. Ela vestia uma saia azul feita de tecido aveludado e, possivelmente violando as regras de vestimenta da escola, curta o suficiente para exibir suas longas pernas. — Se vocês duas estavam fazendo isso, eu não me surpreendo de ela ter ficado viciada e ter feito a mesma coisa com Jesse também.

— Ela *não fez* isso com Jesse — insistiu Lissa. — E não é como se a gente tivesse transado. Só não tínhamos fornecedores, foi só isso. — Lissa concentrou toda a sua atenção em Camille e sorriu. — Não tem nada de mais. As pessoas estão fazendo muito barulho por nada.

Camille parecia duvidar seriamente disso, e então, quanto mais ela olhava para Lissa, mais desfocados seus olhos foram ficando. Um olhar inexpressivo tomou conta de seu semblante.

— Não acha? — perguntou Lissa, com uma voz de seda. — Não tem nada de mais.

Camille tentou se livrar da compulsão e franziu a testa por um instante. O fato de Lissa ter conseguido chegar tão longe já era inacreditável. Como Christian observou, usar a compulsão num Moroi era algo jamais visto.

Camille, apesar da força de vontade, perdeu a batalha.

— Claro — disse lentamente. — Não é mesmo nada de mais.

— E Jesse está mentindo.

Ela fez que sim com a cabeça.

— Com certeza, ele está mentindo.

Uma forte tensão mental queimou dentro de Lissa enquanto ela mantinha Camille sob compulsão. Foi um esforço enorme, mas ainda não tinha acabado.

— O que vocês vão fazer hoje à noite?

— Carly e eu vamos estudar para a prova do Mattheson no quarto dela.

— Me convide.

Camille pensou um pouco.

— Ei, você quer vir estudar conosco?

— Claro — disse Lissa, sorrindo para ela. Camille sorriu de volta. Lissa interrompeu a compulsão, e foi tomada por uma onda de tontura. Ela se sentiu fraca. Camille olhou em volta, momentaneamente surpresa, depois se livrou da sensação estranha que a invadira.

— Vejo você depois do jantar, então.

— Até mais tarde — murmurou Lissa, observando enquanto ela se afastava.

Quando Camille já estava longe, Lissa levantou os braços para prender o cabelo num rabo de cavalo. Seus dedos não estavam conseguindo apanhar todas as mechas e, de repente, outro par de mãos se adiantou e a ajudou. Ela se virou e encarou os olhos azuis cristalinos de Christian. Então se afastou rapidamente dele.

— Não faça isso! — exclamou, arrepiando-se ao perceber que os dedos *dele* tocaram nela.

Ele lançou para ela seu sorriso lânguido, levemente torto, e afastou umas mechas de cabelos pretos despenteados que caíam sobre seu rosto.

— Você está me pedindo ou está me dando uma *ordem*?

— Cale a boca. — Ela olhou em volta, para evitar o olhar dele e para se certificar de que ninguém estava vendo os dois juntos.

— Qual é o problema? Preocupada com o que seus escravos vão pensar se virem você conversando comigo?

— Eles são meus *amigos* — retrucou.

— Ah. Claro. É evidente que são seus amigos. Quer dizer, pelo que eu acabei de ver, Camille provavelmente faria *qualquer coisa* por você, né? Amigas pro que der e vier.

Ele cruzou os braços. Apesar da raiva que estava sentindo, Lissa não pôde deixar de perceber como o cinza-prateado da cor da camisa dele realçava seus cabelos pretos e os olhos azuis.

— Pelo menos ela não é como você. Ela não finge ser minha amiga num dia e de repente passa a me ignorar sem motivo algum.

Uma expressão de incerteza atravessou o rosto dele. Tensão e raiva cresceram entre os dois ao longo da última semana, depois das coisas que eu disse para Christian no final da recepção para a realeza. Acreditando no que eu disse naquela noite, ele tinha parado de falar com Lissa e passou a tratá-la de forma rude toda vez que ela tentava iniciar alguma conversa. Magoada e confusa, ela agora desistira de tentar ser gentil. A situação foi piorando a cada dia.

Olhando para Christian através dos olhos de Lissa, pude ver que ele ainda gostava dela e que ainda a desejava. Seu orgulho, no entanto, estava ferido, e ele não queria se mostrar frágil.

— Ah, é? — disse ele, com um tom de voz baixo e cruel. — Pensei que era assim que todas as pessoas da realeza deviam agir. Você certamente parecia estar se saindo muito bem neste quesito. Ou talvez você apenas esteja usando a compulsão em mim para me fazer acreditar que você é uma imbecil de duas caras. Talvez você realmente não seja, mas eu duvido muito.

Lissa enrubesceu ao ouvir a palavra *compulsão* e deu outra olhada tensa à sua volta, mas decidiu não dar a ele a satisfação de continuar discutindo. Ela simplesmente lançou um último olhar antes de sair depressa para se juntar a alguns Moroi da realeza que se amontoavam naquele momento para discutir um trabalho escolar.

Voltando a mim, olhei sem expressão para a sala de aula, tentando processar o que acabara de ver. Uma pequeníssima parte de mim começava a sentir pena de Christian. Mas era só uma pequena parte, de modo que foi muito fácil ignorar.

No começo do dia seguinte, fui direto encontrar Dimitri. As sessões de treinamento passaram a ser o melhor momento do meu dia, em parte por causa do meu encanto absurdo por ele e em parte porque ali eu não precisava estar na companhia dos outros alunos.

Começamos, como sempre, com a corrida, e ele correu comigo, calmo e quase gentil na sua maneira de me instruir, provavelmente com medo de me causar algum tipo de crise. De alguma maneira, ele estava ciente dos boatos, mas nunca mencionou nada para mim.

Quando terminamos, ele me guiou num exercício de ataque no qual eu podia usar qualquer arma improvisada para atacá-lo. Para minha surpresa, consegui acertar alguns golpes nele, embora eles tenham parecido causar maiores estragos em mim do que em Dimitri. Os impactos sempre faziam com que eu cambaleasse para trás, enquanto ele nem saía do lugar. O que, ainda assim, não me impediu de atacar e atacar, de lutar com uma raiva quase cega. Não sei quem de fato atacava naqueles momentos: se Mia ou Jesse ou Ralf. Talvez todos eles.

Dimitri decidiu fazer um intervalo. Pegamos o equipamento que usamos no campo e o carregamos para a sala de armazenamento.

Enquanto guardávamos tudo, ele me olhou, desviou os olhos, e logo em seguida olhou de novo.

— Suas mãos. — Ele soltou um palavrão em russo. Eu já reconhecia a palavra àquela altura, mas ele se recusava a me ensinar o significado dela. — Onde estão as suas luvas?

Olhei para as minhas mãos. Elas vinham sofrendo havia semanas, e o treinamento daquele dia apenas piorou o estado delas. O frio deixou a pele áspera e rachada, e em algumas partes ela até sangrava um pouco. As bolhas estavam inchadas.

— Não tenho luvas. Nunca precisei delas em Portland.

Ele repetiu o palavrão e fez um gesto para que eu fosse me sentar numa cadeira enquanto ele buscava um kit de primeiros socorros. Limpando o sangue com um pano molhado, ele me disse, asperamente:

— Vamos arrumar luvas para você.

Olhei para baixo, para as minhas mãos destruídas, enquanto ele trabalhava.

— Isso é apenas o começo, né?

— Começo do quê?

— Da transformação. Eu estou me transformando em Alberta. Ela... e todas as outras guardiãs. Elas são todas rígidas e com músculos estufados. Isso de treinar e lutar e estar sempre ao ar livre... elas perdem a beleza. — Eu fiz uma pausa. — Essa... essa vida. Ela as destrói. Quero dizer, destrói a beleza delas.

Ele hesitou por um momento, tirou os olhos das minhas mãos e então olhou para o meu rosto. Aqueles olhos castanhos, quentes, me avaliaram, e alguma coisa apertou dentro do meu peito. Que droga. Eu tinha que parar de sentir aquelas coisas perto dele.

— Isso não vai acontecer com você. Você é muito... — Ele procurou a palavra certa, e eu, na minha cabeça, imaginei várias possibilidades: *Linda como uma deusa. Extremamente sexy*. Desistindo, ele simplesmente repetiu: — Com você não vai acontecer.

Ele voltou a se concentrar nas minhas mãos. Será que ele... será que ele me achava *bonita*? Nunca duvidei da reação que eu provocava nos garotos da minha idade, mas, com ele, eu não tinha certeza. O aperto dentro do meu peito aumentou.

— Aconteceu com a minha mãe. Ela era bonita. Eu acho que ainda é, um pouco. Mas não como costumava ser. — Então acrescentei com amargura: — Não vejo minha mãe há algum tempo. Ela pode estar totalmente diferente agora.

— Você não gosta da sua mãe — observou ele.

— Deu pra perceber, é?

— Você mal a conhece.

— É essa a questão. Ela me abandonou. Ela me mandou pra cá, pra ser criada pela Escola.

Quando terminou de limpar minhas feridas abertas, ele encontrou um tubo de pomada e começou a esfregá-la nas partes mais ásperas da minha pele. Eu meio que me perdi no prazer de sentir as mãos dele massageando as minhas.

— Você diz isso... mas o que mais ela poderia ter feito? Eu sei que você quer ser guardiã. Eu sei quanto isso significa para você. Você acha que para ela é diferente? Você acha que ela deveria ter largado tudo pra te criar, quando você teria que passar a maior parte da sua vida na Escola, de todo modo?

Não gostava quando alguém tinha argumentos razoáveis para me jogar na cara.

— Você está dizendo que sou uma hipócrita?

— Estou apenas dizendo que talvez você não devesse ser tão dura com a sua mãe. Ela é uma dampira muito respeitada. Ela colocou você no mesmo caminho, esperando que se tornasse o mesmo que ela.

— Ela podia vir me visitar mais... Isso não seria a morte pra ela — resmunguei. — Mas acho que você tem razão. Alguma razão. Poderia ter sido pior, imagino. Eu poderia ter sido criada numa comunidade de prostitutas de sangue.

Dimitri levantou o olhar.

— Eu fui criado numa comunidade de dampiros. Elas não são tão ruins quanto você imagina.

— Ai. — De repente me senti uma idiota. — Eu não quis dizer...

— Tudo bem. — Ele voltou a se concentrar nas minhas mãos.

— Então, você tinha algo como uma família lá? Cresceu com eles?

Ele fez que sim com a cabeça.

— Minha mãe e três irmãs. Não as vi muito desde que fui estudar, mas ainda mantemos contato. As comunidades são formadas principalmente por famílias. Há muito amor e afeto nelas, não dê ouvidos às histórias que você ouve.

A minha amargura voltou, e eu abaixei os olhos para esconder o sentimento ruim. Dimitri tivera uma vida em família mais feliz, com a sua mãe desgraçada e com seus parentes, bem mais feliz do que a que eu tive com a minha mãe guardiã "tão respeitada". Com absoluta certeza, ele conhecia melhor a mãe dele do que eu a minha.

— É, mas... não é estranho? Não tem um monte de homens Moroi que vão visitá-las para... você sabe...?

As mãos dele faziam movimentos circulares nas minhas.

— Às vezes.

Havia algo no seu tom de voz, algo que me indicava que eu tinha entrado em um terreno perigoso, que me dizia que aquele não era um assunto muito bem-vindo para ele.

— Eu... me desculpe. Não tive a intenção de trazer à tona alguma coisa ruim...

— Na verdade... você não acharia ruim — disse ele, quase um minuto depois. Um pequeno sorriso se formou em seus lábios. — Você não conhece seu pai, conhece?

Fiz que não com a cabeça.

— Não. Tudo o que eu sei dele é que deve ter um cabelo lindo.

Dimitri olhou para cima, e os seus olhos me examinaram rapidamente.

— É, sim. Ele deve ter. — Voltando às minhas mãos, ele disse calmamente: — Eu conheci o meu.

Congelei.

— É mesmo? Mas os Moroi não ficam, quero dizer, nem todos, você sabe, eles em geral... simplesmente...

— Bom, ele gostava da minha mãe. — Ele não disse a palavra "gostava" de um jeito gentil. — E ele a visitava muito. Ele é o pai da minha irmã também. Mas quando ele aparecia... bom, ele não tratava a minha mãe muito bem. Fazia umas coisas horríveis.

— Tipo... — hesitei. Era da mãe de Dimitri que estávamos falando. Não sabia até onde meus comentários podiam ir. — Coisas que se fazem com prostitutas de sangue?

— Coisas como bater muito nela — respondeu ele, direto, sem rodeios. Ele terminara os curativos, mas ainda segurava as minhas mãos. Nem sei se ele tinha percebido. Eu percebi. As mãos dele eram grandes e quentes, e tinham dedos longos e graciosos. Dedos que, em alguma outra vida, poderiam ser de um pianista.

— Meu Deus — respondi. Aquilo era terrível. Apertei as minhas mãos nas dele. Ele retribuiu o aperto. — Isso é horrível. E ela... ela deixava que ele batesse?

— Sim. — O canto da sua boca virou para cima, formando um sorriso ardiloso e triste. — Mas eu não deixei.

A animação tomou conta de mim.

— Conta, *conta*, você bateu nele até não poder mais?

O sorriso dele aumentou.

— Bati.

— Uau. — Era difícil imaginar que Dimitri pudesse ser ainda mais incrível do que já era, mas eu estava errada. — Você deu uma surra no seu pai. Quer dizer, é realmente uma coisa horrível... isso tudo. Mas, *uau*. Você é realmente um deus.

Ele piscou o olho sem entender bem.

— O quê?

— É... nada. — Tentei mudar rapidamente de assunto. — Quantos anos você tinha?

Ele ainda parecia estar tentando entender aquele comentário sobre ele ser um deus.

— Treze.

Uau. Definitivamente um deus.

— Você deu uma surra no seu pai quando tinha *treze anos*?

— Não foi tão difícil. Eu era mais forte, e quase tão alto quanto ele. Não dava mais para permitir que ele continuasse fazendo aquilo. Ele tinha que aprender que não era por ser de uma família real e Moroi que tinha o direito de fazer o que bem entendesse com as outras pessoas, mesmo que fossem prostitutas de sangue.

Fiquei espantada. Não podia acreditar no que ele acabara de dizer sobre a própria mãe.

— Sinto muito.

— Tudo bem.

As peças se juntaram na minha cabeça.

— Foi por isso que você ficou tão bravo com Jesse naquele dia, não foi? Um garoto da realeza tentando tirar vantagem de uma garota dampira.

Dimitri desviou o olhar.

— Fiquei chateado com aquilo por muitos motivos. Você estava desrespeitando as regras, e...

Ele não terminou a frase, mas me encarou de um jeito que fez com que uma onda de calor se formasse entre nós.

Lembrar de Jesse, infelizmente, logo me entristeceu. Olhei para baixo.

— Eu sei que você ouviu o que as pessoas estão comentando, que eu...

— O que eu sei é que não é verdade — interrompeu.

A resposta imediata e segura me surpreendeu, e eu burramente me vi questionando a certeza dele.

— É, mas como você...

— Porque eu conheço você — respondeu, com firmeza. — Conheço seu caráter. Sei que você vai ser uma excelente guardiã.

A confiança dele em mim fez com que aquele sentimento caloroso e agradável retornasse.

— Fico feliz que alguém acredite nisso. Todas as outras pessoas pensam que eu sou irresponsável.

— Do jeito que você se preocupa mais com Lissa do que consigo mesma... — Ele balançou a cabeça. — Não. Você compreende as suas responsabilidades melhor do que alguns guardiões com o dobro da sua idade. Você fará o que tiver que fazer para ser uma guardiã de primeira.

Pensei um pouco sobre isso.

— Não sei se posso fazer tudo o que tenho que fazer.

Ele levantou uma das sobrancelhas daquele jeito charmoso dele.

— Não quero cortar o meu cabelo — expliquei.

Ele pareceu intrigado.

— Você não tem que cortar o cabelo. Não é obrigatório.

— Todas as outras guardiãs cortam. Pra que suas tatuagens fiquem à mostra.

Inesperadamente, ele soltou as minhas mãos e se inclinou para a frente. Devagar, ele esticou o braço, segurou uma mecha do meu cabelo e, com um ar pensativo, ficou brincando com ela entre os dedos. Eu congelei, e, por um momento, não havia mais nada acontecendo no mundo. Só havia ele mexendo no meu cabelo. Dimitri soltou a mecha e pareceu surpreso — e constrangido — com o que tinha feito.

— Não corte — disse bruscamente.

Nem sei como, mas consegui voltar a falar.

— Mas ninguém vai ver as minhas tatuagens se eu não cortar.

Ele foi caminhando em direção à porta, com um pequeno sorriso brincando em seus lábios.

— É só prender o cabelo.

Catorze

Continuei espionando Lissa durante os dois dias seguintes, me sentindo levemente culpada cada vez que invadia sua cabeça. Ela sempre odiou quando isso acontecia por acaso, e agora eu entrava na cabeça dela por vontade própria.

Aos poucos ela se reintegrava ao convívio com os mais poderosos alunos da realeza, um a um. Ela não conseguia usar a compulsão se o alvo fosse um grupo inteiro de pessoas, mas, capturando uma pessoa sozinha, o método surtia o efeito desejado, embora fosse um processo mais lento. E, na verdade, muitos deles nem precisavam ser compelidos a voltar a sair com ela. Muitos não eram tão fúteis quanto pareciam; eles se lembravam de Lissa e gostavam dela apenas pelo que ela era. Eles se amontoavam à sua volta, e agora, um mês e meio depois do nosso retorno à Escola, passavam a se comportar como se ela nunca tivesse fugido. E, ao longo desse movimento em direção ao estrelato, ela me defendia dos boatos, ao mesmo tempo que ridicularizava Mia e Jesse.

Certa manhã me sintonizei em Lissa enquanto ela ainda se arrumava para o café da manhã. Ela ficou vinte minutos secando e alisando o cabelo, coisa que não fazia havia algum tempo. Natalie, sentada na cama, no quarto das duas, observava todo o processo com curiosidade. Quando Lissa ia passar para a maquiagem, Natalie por fim comentou:

— A gente vai assistir um filme no quarto de Erin depois da escola. Você vem? — Sempre fiz piadas sobre Natalie ser chatinha, mas sua amiga Erin tinha uma personalidade comparável à de uma parede de gesso.

— Não posso. Vou ajudar Camille a clarear o cabelo de Carly.

— Você tem passado bastante tempo com elas, né?

— É, acho que sim. — Lissa passou rímel em seus cílios, o que fez com que seus olhos imediatamente parecessem maiores.

— Pensei que você não gostasse mais desse pessoal.

— Mudei de ideia.

— Eles parecem gostar muito de você agora. Quer dizer, é claro que qualquer um poderia gostar de você, mas, assim que você voltou e ficou um tempo sem falar com eles, eles pareceram não se importar e a ignoraram também. Eles não paravam de falar de você. Mas isso não era de surpreender, pois são amigos de Mia também, mas não é estranho eles passarem de repente a gostar tanto de você? Por exemplo, agora sempre vejo que eles esperam pra ver o que você quer fazer antes de planejarem qualquer coisa. E muitos deles passaram a defender Rose, o que é realmente *muito* louco. Não que eu acredite em qualquer dessas coisas que falam sobre ela, mas nunca pensei que fosse possível...

Nas entrelinhas da tagarelice de Natalie estavam as sementes da suspeita, e Lissa percebeu isso logo. Natalie provavelmente nunca nem sonharia com a ideia da compulsão, mas Lissa não podia deixar que perguntas inocentes se transformassem em algo mais do que apenas perguntas inocentes.

— Quer saber? — interrompeu. — Talvez eu apareça no quarto de Erin, sim. Aposto como não vamos demorar muito clareando o cabelo de Carly.

A aceitação do convite descarrilhou o fluxo de pensamento de Natalie.

— Vai mesmo? Ah, uau, vai ser ótimo. Ela me disse que estava muito triste por você não estar mais saindo tanto com a gente, e eu disse a ela...

E assim foi. Lissa continuou a usar a compulsão e a ir reconquistando sua popularidade. Eu assistia àquilo tudo em silêncio, sempre preocupada, apesar de os esforços dela estarem começando a reduzir os olhares e as fofocas a meu respeito.

— Esse tiro vai acabar saindo pela culatra — sussurrei para ela, na igreja, certo dia. — Alguém vai acabar desconfiando e vai começar a fazer perguntas.

— Não seja dramática. As hierarquias mudam por aqui o tempo todo.

— Mas não desse jeito.

— Você não acha possível que a minha personalidade cativante seja capaz de conquistar as pessoas sem ajuda extra?

— É claro que eu acho, mas se Christian percebeu de imediato, então alguma outra pessoa também vai acabar...

Minhas palavras foram interrompidas quando dois garotos sentados um pouco mais adiante no banco explodiram em risadinhas. Levantei o olhar e me dei conta de que eles olhavam diretamente para mim, sem sequer se preocuparem em esconder as caras de deboche.

Desviei os olhos e tentei ignorá-los, esperando ansiosamente que o padre começasse logo a missa. Mas Lissa os encarou, e uma fúria súbita iluminou seu rosto. Ela não disse uma palavra sequer, mas a risada deles foi diminuindo progressivamente diante do olhar pesado dela.

— Peçam desculpas a ela — exigiu. — E eu quero que ela acredite que vocês estão arrependidos de verdade.

Um segundo depois, eles praticamente se dobravam sobre si mesmos me pedindo desculpas e implorando meu perdão. Não podia acreditar no que estava vendo. Ela estava usando a compulsão em público — e na igreja, ainda por cima. *E* com duas pessoas ao mesmo tempo.

Eles afinal esgotaram seus estoques de pedidos de desculpas, mas Lissa ainda não estava satisfeita.

— Isso é o *melhor* que vocês têm pra oferecer? — perguntou com rispidez.

Os dois arregalaram os olhos, alarmados. Estavam aterrorizados com a possibilidade de a terem irritado.

— Liss — interrompi, depressa, tocando seu braço —, está tudo bem. Eu... aceito as desculpas deles.

Seu semblante ainda irradiava desaprovação, mas por fim ela fez um sinal afirmativo com a cabeça. Os garotos puderam, então, relaxar os corpos, aliviados.

Céus! Nunca me senti tão aliviada com o início de uma missa. Através do laço, senti uma espécie de satisfação perversa vinda de Lissa. Não era algo característico dela, e eu não gostei nada daquilo.

Para me distrair daquele comportamento perturbador, comecei, como faço frequentemente, a observar as outras pessoas presentes. Ali por perto, Christian olhava sem disfarçar para Lissa. Havia um ar preocupado em sua fisionomia. Quando percebeu que eu o observava, fechou a cara e olhou para outro lado.

Dimitri estava sentado no banco mais atrás, como de costume, mas, dessa vez, não estava examinando cada canto, em alerta para algum perigo. Sua atenção estava voltada para dentro e sua expressão era quase de dor. Ainda não sabia por que ele frequentava a igreja. Ele sempre parecia estar lutando contra alguma coisa.

Lá na frente, o padre novamente falava sobre São Vladimir.

— Seu espírito era forte, e ele foi verdadeiramente abençoado por Deus. Quando tocava nos aleijados eles andavam e os cegos enxergavam. Por onde passava, as flores desabrochavam.

Caramba, os Moroi estavam precisando arrumar mais santos...

Curava os aleijados e os cegos?

Tinha esquecido tudo sobre São Vladimir. Mason falara sobre o dom que Vladimir tinha de trazer as pessoas mortas de volta à vida, e isso me fez lembrar de Lissa. Depois outras coisas me distraíram.

Durante algum tempo, não pensei mais no santo nem em sua guardiã, "beijada pelas sombras" — ou no laço que havia entre eles. Como pude não perceber isso? Que a professora Karp não era a única outra Moroi que podia curar, como Lissa? Que Vladimir também tivera esse poder?

— E, todo o tempo, as pessoas se reuniam ao redor dele; elas o amavam, ansiavam por seguir seus ensinamentos e por ouvi-lo proferir a palavra de Deus...

Virei a cabeça e olhei bem para Lissa. Ela me olhou intrigada.

— O que foi?

Não tive tempo de desenvolver o que passou pela minha cabeça — nem sei se eu teria conseguido pôr aquilo em palavras — porque fui içada de volta para a minha prisão assim que me levantei ao final da missa.

De volta ao meu quarto, entrei na internet para pesquisar sobre São Vladimir, mas não encontrei nada de relevante. Droga. Mason passara os olhos nos livros da biblioteca e dissera haver pouca informação lá também. E isso me deixava em que situação? Não tinha como aprender mais sobre aquele velho santo empoeirado.

Ou tinha? O que foi mesmo que Christian disse naquele primeiro encontro com Lissa?

Ali adiante temos uma velha caixa cheia dos escritos do abençoado e louco São Vladimir.

O depósito no sótão da capela. Os escritos estavam lá. Christian os mostrou. Precisava vê-los, mas como? Não podia pedir ao padre. Como ele reagiria se descobrisse que os alunos estavam subindo lá? Isso acabaria com o esconderijo de Christian. Mas talvez... talvez o próprio Christian pudesse ajudar. Era domingo, e eu só o veria na segunda-feira à tarde. E, mesmo assim, não sabia se teria oportunidade de falar com ele a sós.

Mais tarde, quando saía para o treinamento, parei na cozinha do prédio para pegar uma barra de cereais. Quando entrei, passei por Miles e Anthony, que também eram aprendizes. Miles assobiou quando me viu.

— Como vai, Rose? Se sentindo sozinha? Precisa de companhia?

Anthony riu.

— Não posso te morder, mas posso dar outra coisa que sei que você quer.

Para sair, eu tinha que passar pela porta que eles estavam bloqueando naquele momento. Mantendo o olhar fixo para a frente, forcei a passagem, mas Miles me agarrou pela cintura e suas mãos foram escorregando em direção à minha bunda.

— Tire a mão da minha bunda ou eu quebro a sua cara — disse a ele, me afastando num ímpeto. Mas, aí, esbarrei em Anthony.

— Pode vir — disse Anthony —, pensei mesmo que você ia gostar de encarar dois caras ao mesmo tempo.

Uma outra voz disse alto:

— Se vocês não forem embora agora, sou eu quem vai encarar os dois. — Era Mason. Meu herói.

— Você é tão cheio de si, Ashford — disse Miles. Ele era o maior dentre os dois e me deixou de lado para se preparar para enfrentar Mason. Anthony me largou, e ficou mais interessado em saber se haveria briga ou não. Tinha tanta testosterona no ar que eu senti como se precisasse de uma máscara de gás.

— Você tá transando com ela também? — perguntou Miles a Mason. — Não quer dividir?

— Se você disser mais uma palavra sobre ela, eu arranco a sua cabeça fora.

— Por quê? Ela é só uma prostituta de sangue barat...

Mason meteu um soco nele. Não chegou a arrancar a cabeça de Miles, não quebrou nenhum osso, nem houve sangramento, mas o golpe parecia ter doído. Miles arregalou os olhos e mergulhou na direção de Mason. O barulho de portas se abrindo no corredor fez todos congelarem. Os aprendizes se metiam em muita encrenca por causa de brigas.

— Alguns guardiões devem estar vindo. — Mason sorriu. — Você quer que eles saibam que você estava batendo numa garota?

Miles e Anthony trocaram olhares.

— Venha — disse Anthony. — Vamos embora. Não temos tempo pra isso.

Miles o seguiu relutante.

— Te pego depois, Ashford.

Quando eles foram embora eu me virei para Mason.

— Batendo numa garota?

— Disponha — disse ele simplesmente.

— Eu não precisava da sua ajuda.

— Claro. Você estava se saindo muito bem ali sozinha.

— Eles me pegaram de surpresa, só isso. Eu poderia ter acabado com os dois.

— Escute, não desconte em mim a raiva que você ficou sentindo deles.

— Eu só não gosto de ser tratada como... uma garota.

— Você *é* uma garota. E eu só queria ajudar.

Olhei para ele e vi o carinho estampado em seu rosto. A intenção era boa. Não tinha por que brigar com ele quando havia tantas outras pessoas para eu odiar ultimamente.

— Puxa... obrigada. Desculpe por toda essa grosseria.

Conversamos um pouco, e eu consegui fazer com que ele me colocasse em dia com as novidades da escola. Ele percebeu o ganho de status de Lissa, mas não parecia achar estranho. Enquanto conversávamos, percebi o ar de adoração que ele fazia sempre que estava perto de mim. Eu me sentia meio triste de ele ter esses sentimentos por mim. Ficava me sentindo um pouco culpada, até.

Não seria tão difícil, pensei, sair com ele. Mason era legal, divertido e razoavelmente bonito. Nos dávamos bem. Por que eu vivia arrumando confusão com outros caras, quando tinha bem ali, na minha frente, um cara perfeito e gentil e que gostava de mim? Por que eu não podia simplesmente corresponder aos sentimentos dele?

A resposta chegou antes mesmo que eu terminasse de me fazer a pergunta. Eu não podia ser a namorada de Mason porque quando imaginava alguém me abraçando e sussurrando coisas obscenas no meu ouvido, esse alguém tinha sotaque russo.

Mason continuava me observando com admiração, sem se dar conta do que passava pela minha cabeça. E, ao ver essa adoração, percebi de repente como podia usar isso a meu favor.

Com certo sentimento de culpa, mudei o rumo da conversa para um estilo mais próximo do flerte e vi o brilho no olhar de Mason aumentar.

Encostei ao lado dele no muro de modo a fazer com que nossos braços se tocassem, e lancei um sorriso lânguido.

— Sabe de uma coisa, eu ainda não aprovo integralmente essa sua atitude de herói, mas você assustou aqueles babacas mesmo. Isso quase fez a coisa toda valer a pena.

— Mas você não aprova?

Eu fiz meus dedos subirem ao longo do braço dele.

— Não. Quer dizer, na teoria é uma coisa excitante, mas não na prática.

Ele riu.

— Até parece que não. — Ele agarrou a minha mão e me lançou um olhar de quem sabe o que está dizendo. — Às vezes você precisa ser salva. Eu acho que de vez em quando você gosta de ser salva, e simplesmente não consegue admitir isso.

— E *eu* acho que você sente prazer em salvar as pessoas e simplesmente não consegue admitir isso.

— Acho que você não sabe o que me dá prazer. Salvar donzelas como você é apenas uma coisa honrosa a se fazer — declarou ele, cheio de pompa.

Reprimi o impulso de bater nele por ter usado a palavra donzela.

— Então prove. Faça um favor pra mim apenas porque é a coisa certa a fazer.

— Claro — respondeu imediatamente. — Pode pedir.

— Eu preciso que você leve uma mensagem para Christian Ozera.

A impetuosidade dele esmoreceu.

— Mas o quê…? Você não está falando sério.

— Tô sim. Muito sério.

— Rose… não posso falar com ele. Você sabe disso.

— Achei que você disse que queria ajudar. Achei que você disse que ajudar "donzelas" era uma coisa honrosa que devia ser feita.

— Não sei onde é que entra a honra nesse caso. — Lancei para ele o olhar mais sensual que consegui. Ele cedeu. — O que você quer que eu diga a ele?

— Diga a ele que eu preciso dos livros de São Vladimir. Dos que estão no depósito. Ele precisa dar um jeito de me entregar. Diga a ele que é por Lissa. E diga a ele… diga que eu menti na noite da recepção. — Hesitei. — Diga que peço desculpas.

— Isso tudo não faz sentido algum.

— Faz sentido, sim. Faça isso por mim, por favor… — acionei meu sorriso mais sedutor outra vez.

Com a promessa impaciente de que veria o que podia fazer, ele saiu para o almoço e eu fui para o treinamento.

QUINZE

Mason passou o recado.

Quando encontrou comigo no dia seguinte, antes das aulas, ele estava carregando uma caixa de livros.

— Consegui os livros — avisou. — Ande, pegue a caixa e guarde antes que você arrume problema por estar aqui falando comigo.

Ele me passou a caixa e resmungou um pouco. Estava pesada.

— Christian entregou os livros pra você? — perguntei.

— Entregou. Dei um jeito de falar com ele sem que ninguém percebesse. Ele tem uma espécie de arrogância, você já reparou isso nele?

— É, já reparei. — Agradeci a Mason com um sorriso que o deixou nas nuvens. — Obrigada. Isso significa muito para mim.

Carreguei, então, para o meu quarto, os livros afanados do depósito da igreja, inteiramente ciente de quão estranho era o fato de que uma pessoa que odiava estudar, como eu, estava prestes a se enterrar num amontoado de entulho empoeirado do século XIV. Quando abri o primeiro volume, porém, vi que aquelas deviam ser, provavelmente, reedições de reedições de reedições, pois qualquer coisa tão antiga assim já teria se esfacelado há muito tempo.

Ao separar com cuidado os volumes, descobri que eles podiam ser divididos em três categorias: livros escritos por pessoas que viveram depois que São Vladimir morreu, livros escritos por pessoas na época em que ele ainda estava vivo, e um diário com anotações escritas por ele. O que era mesmo que Mason tinha comentado sobre fontes primárias e fontes secundárias? Os dois últimos grupos de livros eram os que de fato estava procurando.

As reedições tinham a ortografia das palavras atualizadas, de modo que não precisei ler os livros numa linguagem arcaica. Nem em russo, como imagino que tenham sido originalmente escritos, já que São Vladimir viveu lá.

Hoje eu curei a mãe de Sava, que há muito tempo sofria de dores agudas no estômago. Seu mal agora acabou, mas Deus não me permitiu realizar esta cura com leveza. Estou fraco e tonto, e a loucura está tentando se infiltrar na minha cabeça. Agradeço a Deus todos os dias por ter ao meu lado Anna, beijada pelas sombras, pois, sem ela, eu certamente não poderia suportar.

Anna é novamente cintada. E "beijada pelas sombras". Ele fala sobre ela no meio de várias outras coisas. Muitas vezes ele escreve longos sermões semelhantes aos da igreja. Chatíssimos. Mas, em outras ocasiões, o livro em que se acham compiladas as anotações dele tomava mesmo os contornos de um diário, no qual São Vladimir ia recapitulando o que fizera ao longo de cada dia. E, se aquilo não era um monte de mentiras, ele fazia curas o tempo todo. Pessoas doentes. Pessoas feridas. Até plantas. Ele dava vida a colheitas que estavam inteiramente arruinadas, para salvar as pessoas que estavam passando fome. Às vezes, só porque dava na telha, fazia com que certas flores desabrochassem.

Continuando a leitura, descobri por que era uma boa coisa para "São Vlad" ter Anna por perto, pois ele parecia ser mesmo completamente insano. Quanto mais usava o seu poder, mais essas ações o deixavam perturbado. Ele era tomado por uma raiva e uma tristeza irracionais. Culpava os demônios e outras coisas idiotas como essa, mas era evidente que ele sofria de depressão. Numa das páginas de seu diário, ele confessa ter tentado o suicídio. E Anna o impediu.

Mais tarde, folheando o livro escrito por um sujeito que conhecera Vladimir, eu li o seguinte:

E muitos pensam ser milagroso também o poder que o abençoado Vladimir demonstra possuir sobre os outros. Moroi e dampiros se amontoam à sua volta e ouvem as suas palavras, felizes só por estarem perto dele. Alguns dizem que é a loucura que o toca e não o espírito, mas a maioria o adora e faria qualquer coisa que ele pedisse. É assim que Deus marca os seus favoritos, e, se tais momentos são seguidos de alucinações e desespero, este é um sacrifício pequeno pela liderança que exerce e pela extensão da bondade que ele é capaz de demonstrar com as pessoas.

Parecia muito com o sermão do padre, mas eu intuí que havia ali mais do que apenas uma "personalidade cativante". As pessoas o adoravam, fariam qualquer coisa que ele pedisse. É, Vladimir usava a compulsão ao se relacionar com os seus seguidores, disso eu estava certa. Muitos Moroi usavam a compulsão antes de o exercício desse dom ser banido, mas eles não o usavam com outros Moroi e nos dampiros. Não eram capazes de fazer isso. Apenas Lissa é capaz.

Fechei o livro e me recostei na cabeceira da cama. Vladimir curava plantas e animais. Ele podia usar a compulsão em grandes proporções. E, segundo todas as narrativas, foi por fazer largo uso desses poderes que acabou sendo levado à loucura e à depressão.

Além disso, o que tornava as coisas ainda mais estranhas era o fato de todo mundo descrever a guardiã dele como tendo recebido o "beijo das sombras". Aquela expressão me incomodara desde a primeira vez em que a ouvi...

*

— Você foi *beijada pelas sombras*! Você tem que tomar conta dela!

A professora Karp gritara aquelas palavras para mim, suas mãos agarravam a minha blusa e me puxavam para perto dela. Isso aconteceu certa noite, dois anos antes, quando eu me encontrava na seção principal do ensino médio para devolver um livro na biblioteca. Estava quase na hora de recolher, e os corredores estavam vazios. Ouvi uma agitação, e logo depois surgiu, repentinamente, de um dos corredores, a professora Karp, que parecia extremamente perturbada, quase fora de si.

Ela me empurrou, então, com certa violência, contra uma parede e, enquanto ainda me segurava, indagou:

— Você está entendendo?

Eu já tinha bastante conhecimento de autodefesa naquela época e poderia ter me livrado dela, mas, de tão chocada, fiquei paralisada da cabeça aos pés.

— Não.

— Eles estão vindo me buscar. Virão atrás dela também.

— Quem?

— Lissa. Você tem que protegê-la. Quanto mais ela usar essa magia, pior vai ficar. Impeça, Rose. Impeça antes que eles descubram, antes que eles descubram e a levem embora também. Tire ela daqui.

— Eu... O que a senhora está dizendo? Tirar ela... A senhora quer dizer, da Escola?

— Exatamente! Vocês precisam ir embora. Vocês têm um laço. Só depende de você. Leve a menina pra longe deste lugar.

O que ela dizia era insano. Ninguém saía da Escola. E, no entanto, enquanto ela me segurava ali, com os olhos fixos nos meus, comecei a me sentir esquisita. Um sentimento confuso turvou minha mente. O que ela me dizia subitamente pareceu bastante razoável, como se fosse a coisa mais lógica do mundo. Era isso. Eu precisava levar Lissa para longe, fugirmos dali...

Ouvi, então, passos pesados vindo em nossa direção, e um grupo de guardiões circundou o canto em que estávamos. Não os reconheci; não eram da escola. Eles a arrancaram de perto de mim, dominando-a em sua agitação desvairada. Alguém me perguntou se eu estava bem, mas eu apenas continuei com os olhos fixos na professora Karp.

— Não deixe que ela use a magia! — gritava. — Salve-a. Salve-a de si mesma!

Os guardiões me explicaram depois que a professora não estava bem e que teria que ser levada para um lugar onde poderia se recuperar. Ela ficaria segura e seria bem tratada, foi o que eles me asseguraram. Garantiram que iria se recuperar.

Só que ela não se recuperou.

De volta ao presente, olhei para os livros e tentei juntar as peças. Lissa, professora Karp, São Vladimir.

O que eu devia fazer?

Alguém bateu na minha porta, e eu fui arrancada daquelas lembranças. Ninguém me visitava desde a minha suspensão, nem funcionários da escola. Quando abri a porta, vi Mason no corredor.

— Duas vezes no mesmo dia? — perguntei. — E como foi que você conseguiu chegar aqui em cima?

Ele abriu seu sorriso reconfortante.

— Alguém deixou um fósforo aceso numa das lixeiras do banheiro. Que pena. Os funcionários estão meio... ocupados... com isso. Venha, eu estou libertando você.

Balancei a cabeça em sinal negativo. Colocar fogo parecia estar virando a mais nova manifestação de afeto. Christian tinha feito isso, e agora era a vez de Mason.

— Desculpe, Mason, mas não vai dar para você me salvar esta noite. Se eu for pega...

— Ordens de Lissa.

Diante disso, calei a boca e deixei que ele me tirasse clandestinamente do prédio. Ele me levou, então, para o dormitório dos Moroi e, como por milagre, conseguiu me colocar para dentro do prédio e me levar até o quarto de Lissa sem que eu fosse vista por ninguém. Cheguei a me perguntar se não haveria um banheiro em chamas distraindo os funcionários daquele prédio também.

Dentro do quarto dela, encontrei uma festa que já estava no auge da animação. Lissa, Camille, Carly, Aaron e alguns outros alunos da realeza estavam sentados, rindo, escutando música bem alto e passando garrafas de uísque de mão em mão. Nem Mia, nem Jesse estavam lá. Natalie, eu percebi algum tempo depois, estava meio afastada do grupo, visivelmente insegura sobre como agir diante daquelas pessoas. O constrangimento dela era bastante evidente.

Lissa tropeçava nos próprios pés, os sentimentos indistintos que me chegavam através do laço indicavam que ela já estava bebendo havia algum tempo.

— Rose! — Ela se virou para Mason com um sorriso deslumbrante. — Você a trouxe.

Ele fez uma reverência pomposa e exagerada para ela.

— Estou às suas ordens.

Tive esperança de que ele tivesse me trazido apenas pelo prazer da transgressão e não tivesse feito isso sob o efeito da compulsão. Lissa passou um braço pela minha cintura e me fez sentar com os outros.

— Junte-se à nossa celebração.

— E o que está sendo celebrado mesmo?

— Não sei. A liberdade que você conseguiu esta noite?

Algumas pessoas ergueram seus copos de plástico e brindaram a mim e a essa pequena conquista. Xander Badica encheu mais dois copos e os entregou para mim e para Mason. Peguei o meu com um sorriso, mas me sentia desconfortável com as reviravoltas causadas pela série de acontecimentos daquela noite. Há não muito tempo eu teria me jogado com alegria em uma festa como aquela e teria engolido minha bebida em trinta segundos. Mas havia muita coisa me preocupando. Como o fato de essas pessoas da realeza estarem tratando Lissa como uma espécie de deusa. Como o fato de nenhum deles parecer lembrar que pouco tempo antes eu fora acusada de ser uma prostituta de sangue. Como o fato de Lissa estar inteiramente infeliz apesar dos muitos sorrisos e gargalhadas.

— Onde vocês conseguiram tanto uísque? — perguntei.

— Com o professor Nagy — disse Aaron, que estava sentado bem perto de Lissa.

Todo mundo sabia que o professor Nagy sempre bebia depois das aulas e tinha um esconderijo de bebidas no campus. Ele vivia inventando lugares diferentes para esconder as garrafas — mas os alunos sempre descobriam os novos esconderijos.

Lissa se recostou, então, nos ombros de Aaron.

— Aaron me ajudou a entrar na sala do professor e apanhar as garrafas. Ele as escondia embaixo do armário que serve de depósito de tinta.

Os outros riram, e Aaron olhou para Lissa com total e absoluta adoração. Com satisfação eu me dei conta de que ela não precisara usar de qualquer tipo de compulsão com ele. Aaron era mesmo louco por ela. Sempre fora.

— Por que você não está bebendo? — Mason me perguntou baixinho no ouvido um pouco mais tarde.

Eu olhei para o meu copo, meio surpresa ao ver que ele ainda estava cheio.

— Não sei. Acho que os guardiões não devem beber quando estão perto daqueles a quem devem proteger.

— Ela ainda não é sua protegida! Você não está trabalhando neste momento. E não vai estar durante um bom tempo. Desde quando você é tão responsável?

Realmente não achava que estivesse me comportando de maneira tão responsável assim. Mas estava pensando no que Dimitri me dissera quanto a equilibrar diversão e obrigação. Parecia errado me deixar levar pela bebida, quando Lissa se encontrava num estado tão vulnerável nos últimos tempos. Saindo de onde estava, entre ela e Mason, atravessei o quarto e fui me sentar ao lado de Natalie.

— Oi, Nat, você está bem calada esta noite.

Ela segurava um copo tão cheio quanto o meu.

— E você também.

Eu sorri suavemente.

— É, parece que sim.

Ela inclinou a cabeça, observando Mason e os alunos da realeza atentamente, como se eles fossem algum tipo de amostra científica. Eles tinham bebido ainda mais desde que eu chegara, e o ar de bobeira parecia dominar completamente o ambiente.

— Estranho, né? Antes você era o centro das atenções. Agora é ela.

Pisquei os olhos, surpresa. Eu não tinha observado a situação por esse ponto de vista.

— É, parece que sim.

— Ei, Rose — disse Xander, quase derramando a bebida enquanto caminhava até onde eu estava. — Como era?

— Como era o quê?

— Deixar alguém beber seu sangue.

Os outros ficaram em silêncio, e uma espécie de expectativa pareceu tomar conta de todos.

— Ela não fez isso — disse Lissa, com um tom de advertência na voz. — Eu disse a você.

— Sim, sim, eu sei que não aconteceu nada do que Jesse e Ralf contaram. Mas vocês duas fizeram isso, não fizeram? Enquanto estiveram fora da escola?

— Deixe isso pra lá — disse Lissa. A compulsão funcionava melhor quando havia contato visual direto, e a atenção de Xander estava concentrada em mim, naquele momento, não nela.

— Tudo bem, não tem nada de mais, eu já sei. Vocês duas fizeram o que tinham que fazer, certo? Você não é nenhuma fornecedora. Eu só queria saber como é a sensação. Danielle Szelsky deixou que eu a mordesse uma vez. Ela disse que não sentiu barato algum.

Houve, então, uma manifestação coletiva de nojo entre as meninas. Sexo e sangue com os dampiros já era uma coisa suja; mas, em se tratando de dois Moroi, aí já virava algo próximo a uma espécie de canibalismo.

— Você é um mentiroso — disse Camille.

— Não, é sério. Foi só uma mordida pequena. Ela não ficou doidona como os fornecedores. Você ficava? — Ele passou um dos braços por sobre o meu ombro. — Você gostava?

O rosto de Lissa ficou pálido e gélido. O álcool amortecera a intensidade plena dos seus sentimentos, mas eu pude ler seu pensamento o suficiente para saber o que ela estava sentindo naquele instante. Pensamentos sombrios, amedrontados, escoaram para dentro de mim sublinhados pela raiva. Ela geralmente exercia um controle seguro sobre a própria raiva — ao contrário de mim —, mas eu já a vira explodir de ódio antes. Aconteceu certa vez numa festa bem parecida com aquela, apenas algumas semanas depois de a professora Karp ter sido levada embora.

Greg Dashkov — um primo distante de Natalie — deu uma festa em seu quarto. Os pais dele provavelmente conheciam alguém que conhecia alguém, enfim, tinham algum bom contato, porque o quarto dele era um dos maiores do dormitório. Greg era amigo do irmão de Lissa, e ficou mais do que feliz de convidar a irmã mais nova de Andre para o convívio do círculo social dele. Também ficou feliz de me convidar, e ficamos juntos durante toda aquela noite. Para uma aluna do segundo ano como eu, ficar com um Moroi do último ano era o máximo.

Bebi muito naquela festa, mas ainda assim consegui ficar de olho em Lissa. Ela sempre ficava um pouco angustiada no meio de muita gente, mas ninguém notava, pois ela conseguia interagir muito bem. Como eu estava sob o efeito da bebida, muitos dos sentimentos de Lissa não conseguiam chegar até mim, mas, desde que ela parecesse estar bem, eu não me preocupava.

Em meio aos beijos, no entanto, Greg subitamente parou e olhou, por sobre o meu ombro, para alguma coisa. Estávamos sentados na mesma cadeira, eu em seu colo. Virei o pescoço para tentar ver também.

— O que foi?

Ele balançou a cabeça numa mistura de surpresa e exasperação.

— Wade trouxe uma fornecedora.

Segui então o olhar dele até onde estava Wade Voda com o braço em torno de uma garota frágil, mais ou menos da minha idade na época. Era humana e bonita, tinha pesados cabelos loiros e pele branca como porcelana, ainda mais pálida pela perda de sangue. Alguns garotos foram para perto dela e Wade, e ficaram rindo e mexendo nos cabelos e no rosto da menina.

— Ela já forneceu sangue demais hoje — constatei, observando a coloração de sua pele e o seu olhar, que parecia inteiramente confuso.

Greg passou a mão pela minha nuca e me virou de volta para ele.

— Eles não vão machucar a menina.

Nos beijamos durante mais algum tempo e então eu senti alguém me dar um tapinha leve no ombro.

— Rose.

Eu olhei para cima, para o rosto de Lissa. A expressão de angústia dela me apanhou de surpresa, pois eu não senti as emoções que a dominavam. Tinha bebido demais. Muita cerveja. Saí do colo de Greg.

— Aonde você vai?

— Volto já. — Puxei Lissa para um canto, desejando subitamente estar sóbria. — Qual é o problema?

— Eles.

Ela apontou com a cabeça em direção aos rapazes que estavam com a fornecedora. Ainda havia um grupo que a rodeava, e quando a garota se virou para olhar para um deles, vi pequenas feridas vermelhas rasgadas em seu pescoço. Eles estavam praticando uma espécie de alimentação em grupo, mordendo-a um de cada vez enquanto faziam sugestões indecentes em alto e bom som. Drogada e absorta, ela não estava em condições de reagir.

— Eles não podem fazer isso — disse Lissa.

— Ela é uma fornecedora. Ninguém vai conseguir fazer eles pararem.

Lissa me olhou, suplicante. Os olhos dela estavam cheios de mágoa, indignação e raiva.

— *Você* vai?

Sempre fui a agressiva, e tomo conta de Lissa desde que éramos pequenas. Ela estava tão aborrecida e olhava para mim, me pedindo para consertar as coisas. Era mais do que eu podia suportar. Fiz um gesto firme com a cabeça e cambaleei em direção ao grupo.

— Está tão desesperado para conseguir se dar bem que está apelando para garotas drogadas agora, Wade? — perguntei.

Ele parou de passar os lábios pelo pescoço da menina e olhou para cima.

— Por quê? Você já terminou o assunto com Greg e está querendo mais?

Coloquei as mãos na cintura e tentei parecer firme. A verdade era que eu estava começando a me sentir um pouco enjoada por causa da cerveja.

— Não existem drogas suficientes no mundo para me fazerem desejar ficar perto de você — respondi. Alguns dos amigos dele pareceram se divertir com a resposta. — Mas talvez você possa pegar aquele abajur ali. Ele parece estar fora de si o suficiente para querer fazer até alguém como você feliz. Você não precisa mais *dela*. — Outras pessoas riram.

— Isso não é da sua conta — disse ele entre dentes. — Ela é só um lanchinho.

Referir-se aos fornecedores como refeições era talvez a única coisa pior do que chamar as dampiras de prostitutas de sangue.

— Isso não é uma sala de alimentação. Ninguém quer ficar vendo isso.

— É — concordou uma garota do último ano. — É nojento. — Algumas das amigas dela concordaram imediatamente.

Wade olhou para todas nós e com mais dureza para mim, em particular.

— Tá bom. Nenhuma de vocês precisa ver. Vamos. — Ele agarrou o braço da fornecedora e a carregou para fora. Desajeitadamente, ela foi tropeçando com ele para fora do quarto, soltando suaves gemidos de choro.

— Foi o melhor que eu pude fazer — disse à Lissa.

Ela me encarou, chocada.

— Ele vai levar a menina para o quarto dele. E vai fazer coisas ainda piores com ela por lá.

— Liss, eu também não gosto nada disso, mas não posso ir ao encalço dele ou algo assim. — Franzi a testa. — Eu poderia dar um soco nele, mas acho que, no estado em que estou, vou acabar vomitando.

A expressão de Lissa ficou ainda mais sombria, e ela mordeu o lábio.

— Ele não pode fazer isso.

— Me desculpe.

Voltei para a cadeira onde estava Greg, me sentindo meio mal com o que tinha acontecido. Eu, tanto quanto Lissa, não queria ver a fornecedora ser explorada — isso me lembrava demais do que os garotos Moroi achavam que podiam fazer com meninas dampiras. Mas eu também não estava em condições de ganhar aquela batalha. Não naquela noite.

Greg me virou de lado para ver o meu pescoço de um ângulo melhor e foi aí que eu notei que Lissa já não estava mais no quarto. Praticamente caindo, desci do colo de Greg e olhei em volta.

— Onde está Lissa?

Ele esticou o braço para me trazer de volta.

— Deve ter ido ao banheiro.

Eu não conseguia sentir nada através do laço. O álcool o anestesiara. Saí para o corredor e dei um suspiro de alívio por ter me livrado da música alta e das vozes. Estava tudo calmo ali — com exceção do barulho de coisas quebrando que ouvi a uns dois quartos à frente. A porta estava entreaberta, então eu entrei.

A garota fornecedora estava encolhida num canto, aterrorizada. Lissa estava de pé com os braços cruzados, a expressão do rosto dela era terrível, tomada de raiva. Ela encarava Wade com grande concentração, e ele a encarava de volta, enfeitiçado. Ele segurava um bastão de beisebol, e parecia já tê-lo usado, pois o quarto estava destruído: prateleiras de livros, aparelhagem de som, espelho...

— Quebre a janela também — pediu Lissa suavemente a ele. — Vamos. Não tem problema.

Hipnotizado, ele caminhou até a grande janela de vidro pintado. Eu assisti àquilo com o queixo tão caído que quase arrastava pelo chão. Ele levantou o bastão e o bateu contra o vidro, que se esfacelou, jogando cacos para todos os lados e deixando entrar a luz do início da manhã que normalmente ficava bloqueada. Quando a luz brilhou nos olhos dele, Wade se retraiu, mas não foi capaz de se afastar da janela.

— Lissa — exclamei. — Pare com isso. Faz ele parar.

— Ele que devia ter parado antes.

Mal dava para reconhecer suas feições. Nunca a vira tão alterada, e jamais a vira fazer nada parecido com aquilo. Eu sabia o que era, evidentemente. Soube assim que vi. Compulsão. Pelo que pude perceber, ela estava a segundos de fazer com que ele batesse em si mesmo com o bastão.

— Por favor, Lissa. Não faça mais isso. Por favor.

Em meio à tonteira e à confusão produzidas pelo álcool, senti um fio de sentimento escoando dela e me invadindo a mente. Era tão forte que praticamente me derrubou. Pesado. Raivoso. Impiedoso. Era surpreendente que aqueles sentimentos viessem da doce e estável Lissa. Eu a conhecia desde o jardim de infância, mas, naquele momento, não a reconhecia.

E tive medo.

— Por favor, Lissa — repeti. — Ele não vale a pena. Deixe ele em paz.

Ela não olhou para mim. Seus olhos tempestuosos estavam inteiramente concentrados em Wade. Lenta, cuidadosamente, ele levantou o bastão, e foi inclinando o braço de modo a deixar o bastão alinhado à própria cabeça.

— Liss — implorei. Meu Deus! Comecei a achar que teria que atacá-la ou fazer algo extremo para tentar detê-la. — Não faça isso.

— Ele devia ter parado — disse Lissa, afinal. O bastão parou de se mover. Estava agora na distância ideal para ganhar velocidade e potência. — Ele não devia ter feito isso com ela. As pessoas não podem tratar as outras como elas querem e bem entendem, mesmo as fornecedoras.

— Mas você está deixando ela assustada — ponderei com gentileza. — Olhe para ela.

A princípio, nada aconteceu, então Lissa olhou rapidamente para a fornecedora. A garota humana ainda estava enroscada num canto, com os braços enrolados em volta de si mesma, como quem tenta se proteger. Seus olhos azuis pareciam enormes, e a luz se refletia no seu rosto molhado de lágrimas. Ela soluçava, aterrorizada.

O rosto de Lissa permaneceu impassível. No seu interior, porém, eu pude sentir a verdadeira batalha que ela travava para se controlar. Uma parte dela não queria machucar Wade, mas a outra parte era tomada por uma raiva cega. Seu rosto se enrugou, e ela fechou os olhos, apertando-os fortemente. Sua mão direita se estendeu até o pulso esquerdo e o agarrou, as unhas cravaram fundo sua pele até a carne. Ela estremeceu com a dor, mas, através do laço, senti o choque da dor desviar sua atenção de Wade.

Ela interrompeu a compulsão, e ele largou o bastão, subitamente voltando a si e parecendo confuso. Soltei o ar que estava segurando. No corredor, ouvi passos. A porta tinha ficado aberta, e o barulho chamou a atenção. Alguns funcionários do dormitório adentraram o quarto com violência, e se detiveram ao constatar o grau de destruição que se apresentava diante deles.

— O que aconteceu?

Nós três nos entreolhamos. Wade parecia completamente perdido. Olhava para o quarto, para o bastão, para Lissa e para mim.

— Eu não sei... Eu não consigo... — Ele voltou toda a atenção dele para mim, ficando repentinamente com raiva. — Mas o quê...

Foi você! Você não ia mesmo deixar passar a nossa brincadeira com a fornecedora.

Os funcionários do dormitório olharam para mim, intrigados, e em poucos segundos eu tomei uma decisão.

Você tem que protegê-la. Quanto mais ela usar essa magia, pior vai ficar. Não deixe isso acontecer, Rose. Não deixe que ela use a magia! Se eles descobrirem, vão levar ela embora também. Tire ela daqui.

Vi o rosto da professora Karp na minha mente, implorando freneticamente. Lancei um olhar arrogante, sabendo muito bem que ninguém duvidaria de uma confissão minha e que jamais suspeitariam de Lissa.

— É, se você a tivesse deixado em paz — disse —, eu não precisaria ter feito isso.

Salve ela. Salve ela de si mesma.

Depois daquela noite, nunca mais bebi. Não queria baixar a guarda outra vez quando estivesse perto de Lissa. E, dois dias depois, quando eu estava suspensa por "destruição de propriedade", peguei Lissa e fugi da Escola.

De volta ao quarto de Lissa, com o braço de Xander em torno do meu corpo, e diante da raiva e da perturbação que tomaram o olhar dela, ainda fixo na gente, eu não sabia se ela poderia fazer alguma coisa drástica novamente. A situação, no entanto, lembrava demais aquela da festa de dois anos antes, e eu sabia que devia fazer alguma coisa para acalmar o ambiente.

— Só um pouquinho de sangue — dizia Xander. — Eu não vou tirar muito. Só quero saber qual é o gosto que uma dampira tem. Ninguém aqui se importa.

— Xander — rosnou Lissa —, deixe ela em paz.

Eu escorreguei para fora do abraço dele e sorri, procurando uma resposta engraçadinha em vez de uma que pudesse dar início a uma briga.

— Vamos lá — provoquei. — Eu tive que bater no último cara que me fez esse pedido, e você é bem mais arrumadinho do que Jesse. Seria um estrago desmanchar você todo.

— Arrumadinho? — perguntou ele. — O que você quer dizer com isso? Eu sou estonteantemente sexy, e não *arrumadinho*.

Carly riu.

— Não, você é arrumadinho, sim. Todd me contou que você compra uma espécie de gel francês pra passar no cabelo.

Xander, como a maioria dos bêbados, se distraiu facilmente com o comentário e resolveu defender a própria honra, esquecendo-se de mim. A tensão foi desaparecendo, e ele reagiu com humor à provocação.

Do outro lado do quarto, aliviada, Lissa cruzou os olhos com os meus. Ela sorriu e fez com a cabeça um sinal de agradecimento, voltando depois sua atenção para Aaron.

Dezesseis

Só no dia seguinte compreendi de fato o quanto as coisas tinham mudado desde que as mentiras de Jesse e Ralf começaram a se espalhar. Para muita gente, eu continuava sendo um eterno objeto de potenciais comentários e risadinhas. Por causa influência de Lissa, no entanto, passei a receber algumas manifestações de amizade e, ocasionalmente, palavras e gestos de apoio. De modo geral, acabei me dando conta de que, na verdade, nossos colegas de turma prestavam bem pouca atenção em mim agora. E isso se acentuou ainda mais quando a atenção de todos se voltou para algo novo que os distraiu e provocou manifestações generalizadas de interesse.

Lissa e Aaron.

De acordo com os boatos, Mia soube da festa e ficou enfurecida por Aaron ter ido sozinho. Ela deu uma bronca violenta nele e disse que, se ele queria continuar com ela, não podia andar por aí às voltas com Lissa. Aaron decidiu, então, que, na verdade, não queria ficar com ela. Terminou o namoro na manhã seguinte à festa… e seguiu em frente.

Desde então Lissa e ele passaram a andar juntos o tempo todo, e eram vistos abraçadinhos pelos corredores e na hora do almoço, sempre rindo e conversando um com o outro. Os sentimentos de Lissa, que chegavam através do laço, revelavam, no entanto, um interesse apenas moderado em Aaron, apesar de ela, ao olhar para ele, dar a impressão de que o considerava a coisa mais fascinante do planeta. Quase tudo era, sem ele saber, apenas encenação. Quanto a Aaron, parecia prestes a construir um santuário ao redor de Lissa.

E quanto a mim? Eu me sentia mal com aquilo tudo.

Meus sentimentos não eram nada, no entanto, se comparados aos de Mia. No almoço, ela procurou um lugar bem longe da gente no refeitório, olhando fixamente para a frente, e ignorando as palavras de consolo dos amigos. Suas bochechas redondas e pálidas exibiam manchas rosadas, e seus olhos estavam avermelhados. Ela nem disse nada maldoso quando eu passei. Também não fez nenhuma piada presunçosa. Não me lançou um olhar zombeteiro. Lissa conseguiu destrui-la, exatamente como Mia tinha jurado que nos destruiria.

A única pessoa ainda mais infeliz do que ela era Christian. Ao contrário de Mia, porém, ele não tinha o menor pudor de ficar encarando abertamente o feliz casal, enquanto seu rosto se deixava dominar por um olhar de ódio. Como de costume, ninguém, a não ser eu, percebeu isso.

Depois de assistir ao namoro de Lissa e Aaron pela décima vez, saí do refeitório mais cedo e fui falar com a professora Carmack, responsável pela disciplina de Controle Básico dos Elementos. Já havia algum tempo que queria perguntar uma coisa a ela.

— O seu nome é Rose, né? — Ela pareceu surpresa ao me ver, mas não manifestou aborrecimento ou irritação, como acontecia com a maioria dos professores ultimamente.

— É. Eu tenho uma pergunta para a senhora sobre… magia.

Ela ergueu uma das sobrancelhas. Os aprendizes não tinham aulas de magia.

— Claro. O que você quer saber?

— Estava ouvindo o padre falar sobre São Vladimir outro dia… A senhora sabe em que elemento ele se especializou? Digo, o santo, não o padre.

Ela franziu a testa.

— Estranho. Ele é tão famoso por aqui, e este assunto nunca é discutido. Não sou especialista em São Vladimir, mas em todas as histórias que já ouvi, ele nunca aparece fazendo nada ligado especificamente a um dos elementos. Ou é isso, ou ninguém até hoje registrou qual era a especialização dele.

— E o poder de cura que ele tinha? — perguntei, tentando obter mais alguma informação. — Existe algum elemento que faça com que a pessoa desenvolva este poder?

— Não. Não que eu saiba. — Os lábios dela se curvaram, formando um pequeno sorriso. — As pessoas que têm fé dizem que ele curava através do poder de Deus, e não usando algum tipo de magia ligada aos elementos. O fato é que há uma coisa sobre a qual as histórias não divergem. Todas elas afirmam que se tratava de alguém "repleto de espírito".

— É possível que ele não tenha se especializado?

O sorriso dela esmoreceu.

— Rose, é mesmo em São Vladimir que você está interessada? Não será em Lissa?

— Não exatamente... — gaguejei.

— Eu sei que é difícil pra ela, principalmente diante de todos os seus colegas de classe, mas ela precisa ter paciência — explicou a professora, gentilmente. — Vai acontecer. Sempre acontece.

— Mas às vezes não acontece.

— É bem raro. E não acho que ela será uma dessas exceções. Ela tem uma aptidão maior do que a média dos estudantes para todos os quatro elementos, mesmo que ainda não tenha alcançado níveis de especialização. Um deles vai sobressair a qualquer momento.

Aquilo me deu uma ideia.

— É possível se especializar em mais de um elemento?

Ela riu e balançou a cabeça.

— Não. É poder demais. Ninguém poderia dar conta de tanta magia, não sem perder a sanidade mental.

Ah, sim. Que ótimo.

— Entendi. Obrigada. — Já estava prestes a ir embora quando me lembrei de outra coisa. — Ah, a senhora se lembra da professora Karp? Ela se especializou em quê?

A professora Carmack assumiu a expressão desconfortável que outros professores faziam quando alguém mencionava a professora Karp.

— Na verdade...

— O quê?

— Acho que a professora Karp era uma dessas raras exceções que nunca se especializaram. Ela procurava apenas manter simultaneamente um controle muito sutil sobre os quatro elementos.

Passei o restante das aulas da tarde pensando nas coisas que a professora Carmack me disse, tentando juntá-las à minha teoria que interligava Lissa, Karp e Vladimir. Também observei Lissa. Havia tanta gente querendo falar com ela agora que ela mal notava o meu silêncio. De vez em quando, no entanto, eu a via olhar rapidamente para mim e sorrir, mas o olhar dela era de puro cansaço. Rir e trocar confidências o dia inteiro com pessoas das quais ela não gostava tanto assim estava cobrando um preço bem alto.

— Missão cumprida — disse a ela depois das aulas. — Podemos encerrar o projeto Lavagem Cerebral.

Nos sentamos num dos bancos do pátio, e ela ficou balançando as pernas para a frente e para trás.

— Por que você está dizendo isso?

— Você conseguiu o que queria. Impediu as pessoas de tornarem a minha vida intolerável. Você destruiu Mia. Roubou Aaron de volta. Brinque um pouco com ele por mais umas duas semanas e depois termina com ele e para de andar com esse pessoal da realeza. Você vai ficar mais feliz depois que fizer isso.

— Você acha que eu não estou feliz agora?

— Eu sei que não está. Algumas festas são divertidas, mas você odeia fingir ser amiga de gente de que não gosta, e você não gosta da maioria delas. Eu sei o quanto a atitude de Xander te deixou chateada.

— Ele é um imbecil, mas posso lidar com isso. Se eu parar de andar com eles, tudo vai voltar a ficar como estava. Mia vai se reerguer. Do jeito que as coisas estão agora, ela não tem como nos incomodar.

— Mas isso não vale a pena se todo o resto está incomodando você.

— Não tem nada me incomodando. — Ela pareceu um pouco na defensiva.

— Ah, não? — perguntei com ironia. — Então você está completamente apaixonada por Aaron? Então mal pode esperar pra transar com ele mais uma vez?

Ela olhou bem para mim.

— Já disse que você consegue ser bem má quando quer?

Ignorei o comentário.

— Só estou dizendo que você já tem problemas demais pra ainda ter que se preocupar com tudo isso também. Você está se desgastando usando toda essa compulsão com tanta gente.

— Rose! — Ela olhou em volta, nervosa. — Não fale!

— Mas é verdade. Fazer isso o tempo todo vai acabar com a sua cabeça. Vai ferrar com ela pra valer.

— Você não acha que está dando importância demais para isso?

— E a professora Karp?

A expressão de Lissa ficou gélida.

— O que tem ela?

— Você. Você é exatamente como ela.

— Não, eu não sou! — Os olhos verdes dela faiscaram de indignação.

— Ela também tinha o poder da cura.

Ela se espantou. Este assunto tem sido um peso há tanto tempo, mas quase nunca falamos sobre ele.

— Isso significa nada.

— Você acha que não? Você conhece mais alguém que tenha esse poder? Ou que possa usar a compulsão em dampiros e em Moroi?

— Ela nunca usou a compulsão desse jeito — argumentou Lissa.

— Usou, sim. Ela tentou usar a compulsão em mim na noite em que foi internada. Até funcionou no começo, mas eles a levaram antes que ela pudesse terminar.

Ou será que ela tinha terminado? Pensando bem, apenas um mês depois do incidente, Lissa e eu fugimos da Escola. Sempre pensei que a ideia tinha sido minha, mas talvez a sugestão da professora Karp tenha sido a força motriz que, na verdade, me induziu a fazer aquilo.

Lissa cruzou os braços e assumiu uma expressão desafiadora, mas seus sentimentos, entretanto, eram de desconforto.

— Está bem. E daí? Então ela era uma aberração como eu. Isso não quer dizer nada. Ela ficou louca porque... bem, porque ela já era louca mesmo. Isso não tem nada a ver com o resto.

— Mas não é só ela — disse, lentamente. — Tem mais uma pessoa como vocês. Uma descoberta que eu fiz — hesitei. — Você sabe quem. São Vladimir...

E foi aí que finalmente disse tudo a ela. Contei tudo. Sobre como ela, a professora Karp e São Vladimir podiam curar e usar uma supercompulsão. Embora isso a tenha levado a se contorcer de aflição, também comentei que os dois facilmente se deixavam perturbar com os próprios dons, chegando, inclusive, em certas ocasiões, a tentar se ferir.

— Ele tentou se matar — relatei, desviando meus olhos dos dela. — E eu costumava ver marcas na pele da professora Karp, como se ela tivesse enfiado as unhas no próprio rosto. Ela tentava esconder com o cabelo, mas eu via as cicatrizes antigas e sabia quando ela provocava novos ferimentos em si mesma.

— Isso quer dizer *nada* — insistiu Lissa. — É... é tudo coincidência.

Ela falou como se quisesse acreditar no que dizia, e algo nela realmente parecia acreditar naquilo. Mas havia outra parte, uma parte desesperada dentro dela, que há muito tempo desejava descobrir que ela não estava sozinha, que não era uma aberração. Mesmo que as notícias fossem ruins, agora, ao menos, Lissa sabia que existia mais gente como ela.

— É também uma coincidência o fato de nenhum dos três ter se especializado?

Então contei para ela toda a conversa com a professora Carmack e expliquei a minha teoria sobre a possibilidade de alguém ser capaz de se especializar em todos os quatro elementos. E ainda acrescentei ao relato os comentários da professora Carmack sobre o fato de isso acarretar um desgaste intolerável para o portador desse potencial.

Depois que terminei de contar tudo, Lissa esfregou as mãos nos olhos, borrando um pouco a maquiagem. Então lançou um sorriso frágil.

— Não sei o que é mais louco: o que você está me contando agora ou o fato de você ter se dedicado a ler alguma coisa pra descobrir isso tudo.

Abri um sorriso largo, aliviada por ela ter tido força para fazer uma piada.

— Pois é, eu sei ler.

— Eu sei que você sabe. Também sei que você demorou um ano para ler *O código Da Vinci*. — Ela riu.

— Não foi culpa minha! E não tente mudar de assunto.

— Não estou mudando de assunto. — Ela sorriu e depois suspirou. — Só não sei o que pensar sobre essas coisas todas.

— Não há nada para pensar. Apenas não faça coisas que podem te chatear. Lembra aquilo de ficar pelas beiradas? Volte a adotar essa atitude. As coisas ficam mais leves pra você.

Ela fez que não com a cabeça.

— Não posso fazer isso. Não por enquanto.

— Por que não? Já disse... — E parei, de repente, imaginando como eu não percebera antes. — Não é só Mia. Você também está fazendo isso porque acha que tem que fazer. Você ainda está tentando ser Andre.

— Meus pais gostariam que eu...

— Seus pais gostariam que você fosse feliz.

— Não é tão fácil assim, Rose. Não posso ignorar essa gente para sempre. Afinal eu sou da realeza também.

— Quase todos são uns babacas.

— E muitos vão ajudar a liderar os Moroi. Andre sabia disso. Ele não era como os outros, mas fazia o que tinha que fazer porque sabia o quanto eles eram importantes.

Eu me recostei no banco.

— Bem, talvez seja este o problema. Decidir quem é "importante" com base apenas no histórico familiar. Aí acabamos tendo que lidar com idiotas tomando as decisões por nós. É por isso que o número dos Moroi está caindo e pessoas horríveis como Tatiana se tornam rainhas. Talvez todo o sistema monárquico tenha que ser repensado.

— Espere aí, Rose. É assim que as coisas são; e têm sido assim há séculos. A gente tem que viver de acordo com o sistema.

Olhei para ela atentamente.

— Então, o que você acha disso? — continuou ela. — Você está preocupada que aconteça comigo o que aconteceu com a professora Karp e São Vladimir, não é isso? Bom, a professora disse que eu não deveria usar os poderes, porque isso deixaria tudo pior. E se eu simplesmente parasse? Com a compulsão, com a cura, tudo.

Estreitei os olhos.

— Você acha que consegue fazer isso?

Tirando que a compulsão às vezes podia ser realmente conveniente, era isso mesmo o que eu queria que ela fizesse. A depressão surgiu quando os poderes dela começaram a se manifestar, e isso foi logo depois do acidente. Eu só podia acreditar na existência de alguma ligação entre as duas coisas, principalmente com o exemplo e os avisos da professora Karp.

— Consigo.

O rosto de Lissa se mostrava perfeitamente sereno, a expressão era séria e estável. Com os cabelos loiros presos numa perfeita trança embutida e com uma jaqueta de camurça sobre o vestido, ela parecia capaz de assumir o lugar de sua família no conselho naquele exato momento.

— Você terá que desistir de tudo — avisei. — Não vai mais tentar curar coisa alguma, não importa o quanto o bicho seja bonitinho ou fofo. E chega de compulsão para seduzir os alunos da realeza.

Ela fez que sim com a cabeça seriamente.

— Consigo fazer isso. Vai fazer você se sentir melhor?

— Vai, mas eu me sentiria ainda melhor se você parasse com a magia *e* voltasse a sair com Natalie e o grupo de amigas dela.

— Eu sei, eu sei. Mas ainda não posso parar, pelo menos não *agora*.

Ela não tinha cedido quanto a isso — *ainda* —, mas saber que ela evitaria usar os poderes foi um alívio para mim.

— Combinado então — disse, apanhando a minha mochila. Estava atrasada para o treinamento. Mais uma vez. — Você pode continuar brincando com a elite mimada, contanto que mantenha as "outras coisas" sob controle. — Então hesitei. — E, sabe, você já provou o que queria com relação a Aaron e Mia. Não precisa mais namorar com ele para continuar andando com a realeza.

— Por que estou sempre com a sensação de que você não gosta mais dele?

— Gosto dele normal, e acho que você gosta dele desse mesmo jeito. E eu não acho que você precisa ficar se agarrando com pessoas que você só gosta "como amigo".

Lissa arregalou os olhos fingindo estar abismada.

— É mesmo Rose Hathaway quem está falando? Você passou por uma reforma radical? Ou será que *você* conheceu alguém que você gosta mais do que "como amigo"?

— Ei! — reagi, meio sem graça. — Só estou tomando conta de você. Só isso. E, também, eu nunca tinha percebido antes como Aaron era chato.

Ela debochou.

— Você acha todo mundo chato.

— Christian não é.

A frase escapuliu antes que eu pudesse detê-la. Lissa parou de sorrir.

— Esse sim é um *babaca*. Simplesmente um belo dia parou de falar comigo do nada. — Ela cruzou os braços. — E você não odeia ele?

— Posso continuar odiando Christian e ao mesmo tempo reconhecer que ele é um cara interessante.

Mas eu também estava começando a achar que talvez tivesse cometido um grande erro com relação a Christian. Ele tinha mesmo um jeito sombrio e assustador, e gostava de colocar fogo nas pessoas — tudo isso era verdade. Por outro lado, ele era inteligente e divertido — de um jeito esquisito, é verdade — e, de alguma maneira, era capaz de acalmar Lissa.

Mas estraguei tudo. Deixei a minha raiva e o meu ciúme me dominarem e acabei sendo diretamente responsável pela separação dos dois. Se eles tivessem se encontrado no jardim naquela noite, talvez Lissa não ficasse tão triste ou se cortasse daquela maneira. Quem sabe agora até estivessem juntos, longe de toda a politicagem da escola.

O destino devia estar pensando como eu, pois, cinco minutos depois de deixar Lissa, passei por Christian ao atravessar o pátio central. Nossos olhos se encontraram por um segundo antes de prosseguirmos cada um para um lado. Eu quase continuei andando. Quase. Mas respirei fundo e parei.

— Espere... Christian — chamei.

Droga, eu estava muito atrasada para o treinamento. Dimitri ia me matar.

Christian se virou para olhar para mim, as mãos enfiadas nos bolsos do seu casaco longo e preto, a postura curvada e indiferente.

— O quê?

— Obrigada pelos livros. — Ele não respondeu. — Os que você entregou para o Mason.

— Ah, eu pensei que você estava falando de outros livros.

Convencido.

— Você não vai perguntar para que eu precisava deles?

— É assunto seu. Achei que você estava entediada com a suspensão.

— Eu teria que estar mesmo muito entediada para chegar a esse ponto.

Ele não riu da minha piada.

— O que você quer, Rose? Tenho mais o que fazer.

Eu sabia que ele estava mentindo, mas o meu sarcasmo não parecia mais tão engraçado.

— Eu queria que você... bem, que você voltasse a sair com Lissa.

— Você está falando *sério*? — Ele me estudou de perto, muito desconfiado. — Depois do que você me disse?

— É, bem... Mason não falou para você...?

Os lábios de Christian se abriram num sorriso, zombando de mim.

— Ele disse umas coisas.

— E então?

— Não quero saber disso pelo Mason. — O sorrisinho dele se alargou no rosto quando eu o encarei. — Você mandou que ele pedisse desculpas por você. Seja corajosa e peça desculpas você mesma.

— Você é um babaca.

— Ah é? E você é uma mentirosa. Quero ver você engolir o seu orgulho.

— Estou engolindo o meu orgulho há duas semanas — resmunguei.

Ele deu de ombros, virou-se de costas e foi saindo.

— Espere! — chamei, colocando a mão no ombro dele. Ele parou e me olhou de volta. — Tudo bem, tudo bem. Eu menti sobre o que Lissa sente. Ela nunca disse nada daquilo que eu falei. Ela *gosta* de você. Inventei aquilo tudo porque *eu* não gosto de você.

— E mesmo assim você quer que eu fale com ela.

Quando as palavras seguintes saíram dos meus lábios, mal pude acreditar no que fui capaz de dizer.

— Acho que... talvez ... você faça bem a ela.

Olhamos fixamente um para o outro durante alguns longos segundos. O sorriso irônico dele se desfez um pouco. Pouca coisa o surpreendia. Isso o surpreendeu.

— Sinto muito, mas eu não ouvi bem. Será que você podia repetir o que acabou de dizer? — perguntou, finalmente.

Quase dei um soco na cara dele.

— Você quer parar com isso logo? Eu quero que você volte a sair com ela.

— Não.

— Escute, eu já disse para você, eu menti…

— Não é por isso. É *ela*. Você acha que eu posso falar com ela agora? Ela voltou a ser a princesa Lissa. — Pingava veneno das palavras dele. — Não posso chegar perto dela, não com ela rodeada de todo aquele pessoal da realeza.

— Você também é da realeza — disse, mais para mim mesma do que para ele. Eu vivia esquecendo que os Ozera eram uma das doze famílias.

— Isso não significa muito numa família cheia de Strigoi, não acha?

— Mas *você* não é… espere. É por isso que vocês dois se entenderam tão bem. — Subitamente me dei conta disso.

— Porque eu vou virar um Strigoi? — perguntou ele, sarcasticamente.

— Não… porque você também perdeu os pais. Tanto você quanto ela viram os próprios pais morrerem.

— Ela viu os dela morrerem. Eu vi os meus serem assassinados.

Estremeci.

— Eu sei. Me desculpe. Deve ter sido… Puxa, eu… eu não faço a menor ideia de como foi.

Aquelas duas bolas de cristal azuis que eram os olhos dele pareceram perder o foco.

— Foi como ver um exército da Morte invadir a minha casa.

— Você está falando… dos seus pais?

Ele fez que não com a cabeça.

— Estou falando dos guardiões que vieram matar eles. Meus pais eram assustadores, sim, mas ainda eram meus pais, um pouco mais pálidos, é verdade. E tinham os olhos mais avermelhados. Mas eles andavam e falavam do mesmo jeito. Eu não sabia que havia algo errado com eles, mas a minha tia sabia. Ela estava cuidando de mim quando eles vieram me buscar.

— Eles iam te converter também? — Tinha me esquecido da minha missão original ali, de tão presa que fiquei pela história. — Você era bem pequeno.

— Acho que eles iam esperar que eu ficasse mais velho, e só depois me transformariam. Minha tia Tasha não deixou que me levassem. Eles tentaram argumentar com ela, tentaram converter ela também, mas como ela não mudou de ideia, tentaram arrastar ela à força. Minha tia lutou contra eles, ficou muito machucada, e aí os guardiões apareceram. — Os olhos dele se voltaram para mim outra vez. Ele sorriu, mas sem nenhuma alegria. — Como eu disse, um exército da Morte. Eu acho você maluca, Rose, mas, se acabar ficando igual aos outros guardiões, vai ser capaz de causar estragos sérios no futuro. Nem eu vou querer me meter com você.

Eu me senti horrível. Ele tinha uma vida miserável, e eu tirei dele uma das poucas coisas boas que havia nela.

— Christian, desculpa por ter estragado as coisas entre vocês. Foi uma estupidez tremenda. Ela queria ficar com você. Acho que ela ainda quer. Se você pudesse apenas...

— Já disse que não posso.

— Estou preocupada com Lissa. Ela está metida com toda essa bosta de realeza para se vingar de Mia, está fazendo isso por mim.

— E você não está agradecida? — O sarcasmo voltou.

— Estou preocupada. Lissa não suporta participar dos joguinhos políticos da escola. Não é bom para ela, mas ela não me ouve. Estou precisando... precisando de ajuda.

— *Ela* está precisando de ajuda. Ei, não faz essa cara de surpreendida. Eu sei que tem alguma coisa estranha acontecendo com Lissa. E não estou falando apenas dos pulsos.

Levei um susto.

— Ela contou pra você...? — Por que não? Ela contou a ele tantas outras coisas...

— Ela não precisou contar. Eu tenho olhos. — Minha aparência devia estar patética, porque ele suspirou e passou a mão pelo cabelo. — Olha, se eu conseguir encontrar Lissa sozinha... vou tentar falar com ela. Mas, sinceramente... se você quer mesmo ajudar... Bom, sei que eu deveria ser totalmente contra as instituições, mas você conseguiria uma ajuda melhor se conversasse com alguma outra pessoa. Kirova. Esse cara, seu amigo guardião. Não sei. Alguém que saiba alguma coisa. Alguém em quem você confie.

— Lissa não ia gostar disso — ponderei. — E nem eu.

— É, bom, todos temos que fazer coisas que não gostamos. É a vida.

A minha veia irritadiça se atiçou.

— O que você é, algum aluno especial?

Um sorriso sombrio atravessou seu rosto.

— Se você não fosse tão insana, seria divertido andar com você.

— Estranho, também sinto a mesma coisa com relação a você.

Christian não disse mais nada, mas o seu sorriso foi ficando mais largo, e ele seguiu andando.

Dezessete

Alguns dias depois, Lissa veio ao meu encontro do lado de fora do refeitório e me deu uma notícia surpreendente.

— O tio Victor vai tirar Natalie do campus este final de semana para fazer compras em Missoula. Para a festa. Eles me convidaram pra ir junto.

Eu não respondi. Ela se surpreendeu com o meu silêncio.

— Não é o máximo?

— Pra *você*, pode ser. Não vejo nenhum shopping ou festa no meu futuro.

Ela sorriu entusiasmada.

— Ele disse a Natalie que ela podia levar mais duas pessoas além de mim. Eu convenci ela a convidar você e Camille.

Joguei as mãos pra cima.

— Bom... Obrigada, mas eu não estou autorizada nem a ir até a biblioteca depois das aulas. Não vão me deixar ir até Missoula de jeito algum.

— O tio Victor acha que consegue convencer a diretora Kirova a deixar você ir. Dimitri também está tentando.

— Dimitri?

— É. Ele mesmo. Porque ele tem que ir comigo se eu sair do campus. — Lissa abriu um sorriso largo, confundindo o meu interesse em Dimitri com alguma possível animação pela ida ao shopping. — Eles finalmente descobriram qual é a minha conta bancária, e eu vou ter a minha mesada de volta. Então vamos poder comprar outras coisas além dos vestidos. E, sabe como é, se eles deixarem você ir ao shopping, terão que deixar você ir à festa.

— E a gente agora frequenta festas? — perguntei. Não fazíamos nada disso antes. Eventos sociais patrocinados pela escola? Não havia a menor chance de irmos.

— É claro que não. Mas você sabe que, ao mesmo tempo, acontecem as festinhas secretas. Podemos aparecer no começo do evento e depois sair de fininho. — Ela suspirou de alegria. — Mia está com tanta inveja que mal pode suportar.

Lissa continuou falando sobre todas as lojas a que poderíamos ir, e sobre todas as coisas que poderíamos comprar. Admito que fiquei um pouco animada com a possibilidade de arranjar roupas novas, mas duvidava que aquela estonteante liberdade me fosse concedida.

— Ah, olha só — disse, entusiasmada —, você precisa ver os sapatos que Camille me emprestou. Não sabia que a gente calçava o mesmo número. Espere um pouco. — Ela abriu a mochila e começou a procurar lá dentro.

De repente ela soltou um grito e jogou a mochila no chão. Livros e sapatos foram lançados para fora. E, junto com eles, uma pomba morta.

Era uma dessas pombinhas de penas castanhas que pousam nos fios ao longo das estradas e costumam ficar sob as árvores do campus. Estava tão ensanguentada que não consegui ver onde era o ferimento. Quem poderia imaginar que um bicho tão pequeno pudesse ter tanto sangue? Seja como for, o pássaro estava indiscutivelmente morto.

Cobrindo a boca, Lissa estava vidrada e muda, com os olhos arregalados.

— Puta merda — xinguei. Sem hesitar, apanhei um graveto e afastei o pequeno corpo cheio de penas para o lado. Depois, comecei a recolocar as coisas de Lissa dentro da mochila, tentando não pensar nos possíveis micróbios do pássaro morto. — Porra, por que será que essas coisas continuam... Liss!

Saltei até ela e a puxei para longe. Ela estava ajoelhada no chão, com a mão esticada em direção à pomba. Acho que nem percebeu o que estava prestes a fazer. O instinto dela era tão forte que parecia agir por conta própria.

— Lissa — chamei, apertando as mãos dela com as minhas. Ela ainda estava se inclinando em direção ao pássaro. — Não. Não faça isso.

— Posso salvá-lo.

— Não, não pode. Você prometeu, lembra? Algumas coisas têm que continuar mortas. Deixe este bichinho ir. — Ainda sentindo a tensão que a dominava, implorei: — Por favor, Liss. Você prometeu. Prometeu que não faria mais curas. Você disse que não faria. Prometeu para mim.

Depois de mais alguns segundos, senti a mão dela relaxar e o corpo se desmontar, recostado ao meu.

— Odeio isso, Rose. Odeio tudo isso.

Natalie se dirigia ao nosso encontro, completamente alheia à visão repulsiva que a esperava.

— Ei, vocês... Ai, meu Deus! — gritou ela ao ver o pássaro. — O que é isso?

Ajudei Lissa a se levantar.

— É mais uma... brincadeira de mau gosto.

— Está... morta? — Ela enrugou o rosto, com nojo.

— Está — respondi com firmeza.

Natalie, percebendo a tensão, nos olhou curiosa.

— Aconteceu mais alguma coisa?

— Não — respondi, e entreguei a mochila a Lissa. — Foi só uma brincadeira estúpida e doente de alguém, e vou contar a Kirova para que limpem isso.

Natalie virou-se para outro lado, evitando olhar, com uma coloração verde de enjoo tomando seu rosto.

— Por que as pessoas ficam fazendo isso com você? É horrível.

Lissa e eu nos entreolhamos.

— Não faço a menor ideia — respondi eu. Enquanto caminhava em direção ao escritório de Kirova, no entanto, comecei a ponderar sobre o assunto.

Quando encontramos a raposa, Lissa sugeriu que alguém talvez soubesse sobre o episódio do corvo. Não acreditei nisso. Afinal, estávamos sozinhas no bosque naquela noite, e a professora Karp não teria contado a ninguém. Mas e se alguém tivesse visto? E se estivessem fazendo isso não para assustá-la, mas para ver se ela usaria o poder de cura novamente? O bilhete que estava com o coelho dizia algo desse tipo, né? *Eu sei o que você é.*

Não comentei nada disso com Lissa; imaginei que ela não suportaria ouvir todas as minhas teorias conspiratórias. E, além disso, quando a encontrei no dia seguinte, ela já parecia praticamente esquecida da pomba, diante de outras novidades: Kirova me concedera permissão para sair com eles naquele final de semana. A perspectiva de sair para fazer compras pode ser um meio de dar vida nova a qualquer um numa situação ruim — mesmo que esteja assombrado pelo cruel assassinato de um animal —, e eu resolvi deixar um pouco de lado, ao menos por um tempo, as minhas preocupações.

Até o momento em que descobri que a minha libertação se fazia acompanhar de algumas amarras.

— A diretora Kirova acha que você vem se saindo bem desde que voltou — me contou Dimitri.

— Apesar de ter quase começado uma briga na sala de aula do professor Nagy?

— Ela não acha que a culpa foi sua. Não inteiramente sua. Eu a convenci de que você estava precisando de uma folga... e de que poderia usar esta folga como um exercício de treinamento.

— Exercício de treinamento?

Ele me explicou brevemente do que se tratava enquanto caminhávamos para encontrar o grupo que iria conosco. Victor Dashkov, mais doente do que nunca, estava lá com seus guardiões, e Natalie voou para perto dele. Ele sorriu e a abraçou com carinho, gesto que terminou subitamente quando ele se viu acometido por um ataque de tosse. Os olhos de Natalie se arregalaram de preocupação enquanto ela esperava o pai parar de tossir.

Ele disse estar bem o suficiente para nos acompanhar. Ao mesmo tempo que admirei sua determinação, achei que era esforço demais apenas para acompanhar adolescentes numa saidinha para fazer compras.

Fizemos o percurso de duas horas de carro até Missoula numa grande van escolar. Saímos logo depois do nascer do sol. Muitos Moroi viviam inteiramente separados dos humanos, mas muitos também viviam no meio deles e, se o objetivo era fazer compras em shoppings de humanos, era preciso obedecer aos horários deles. As janelas de trás da van tinham vidros pintados para filtrar a luz e manter os vampiros longe do contato direto com ela.

Éramos um grupo de nove pessoas: Lissa, Victor, Natalie, Camille, Dimitri, eu e três outros guardiões. Dois deles, Ben e Spiridon, sempre viajavam com Victor. O terceiro era um dos guardiões da escola: Stan, o idiota que me humilhou no primeiro dia de volta à Escola.

— Camille e Natalie não têm guardiões pessoais ainda — explicou Dimitri. — Ambas estão sob a proteção dos guardiões de suas famílias. Como elas são alunas da Escola que estão saindo do campus com autorização oficial, um guardião da escola foi selecionado para elas, Stan. Eu vou porque sou o guardião designado para Lissa. A maioria das garotas da idade dela não teriam guardiões pessoais ainda, mas as circunstâncias fazem dela uma exceção.

Eu me sentei no banco de trás da van com ele e Spiridon, para que os dois pudessem dividir comigo a sua sabedoria de guardiões como parte do "exercício de treinamento" sugerido por Dimitri. Ben e Stan sentaram-se na frente, enquanto os outros se alojaram nos bancos centrais do veículo. Lissa e Victor conversaram bastante um com o outro, colocando as novidades em dia. Camille, criada para se comportar com educação quando estivesse na presença de membros da realeza mais velhos, se limitou a sorrir e concordar com a cabeça durante todo o trajeto. Natalie, por outro lado, parecia estar se sentindo meio deixada de lado e tentava incessantemente desviar a atenção de seu pai de Lissa para ela. Em vão. Pelo visto, ele aprendera a ignorar a tagarelice da filha.

Eu me virei para Dimitri.

— Ela deveria ter dois guardiões. Todos os príncipes e princesas têm.

Spiridon tinha a idade de Dimitri, o cabelo loiro espigado e uma atitude mais casual. Apesar do nome grego, ele tinha o sotaque arrastado do Sul.

— Não se preocupe, ela terá muitos quando chegar a hora. Dimitri já é um deles. É possível que você seja uma das guardiãs dela também. E é por isso que você está aqui hoje.

— O treinamento — adivinhei.

— Exatamente. Você vai ser a parceira de Dimitri.

Criou-se, então, um silêncio meio constrangedor, mas ninguém percebeu, a não ser Dimitri e eu. Nossos olhares se cruzaram.

— Parceira de trabalho — esclareceu Dimitri, desnecessariamente, como se ele também estivesse pensando em outras possibilidades de parceria.

— Exato — concordou Spiridon.

Alheio à tensão que se instalara perto dele, Spiridon continuou explicando como funcionava o trabalho em dupla entre os guardiões. Eram os procedimentos-padrão, exatamente como aqueles descritos no nosso manual, mas que ganhavam um novo significado naquele momento, pois estariam sendo postos em prática no mundo real. Em geral, os guardiões eram designados aos Moroi de acordo com a importância deles. Os guardiões costumavam trabalhar em dupla, e seria assim, em parceria, que eu provavelmente trabalharia na maior parte das vezes, ao zelar pela segurança de Lissa. Um guardião ficava mais perto do alvo, enquanto o outro se mantinha mais afastado e voltava sua atenção para o que se passava ao redor. Os guardiões que ocupavam essas posições eram chamados de guardião próximo e guardião distante — mais óbvio que isso, impossível.

— Provavelmente você vai ser sempre uma guardiã próxima — me disse Dimitri. — Você é mulher e tem a mesma idade da princesa. Pode ficar perto dela sem chamar muita atenção.

— E eu não posso nunca tirar os olhos dela — comentei. — Nem você.

Spiridon riu outra vez e deu uma cotovelada em Dimitri.

— Você tem uma aluna brilhante aqui. Já deu a ela uma estaca?

— Não. Ela ainda não está pronta.

— Eu estaria se *alguém* me ensinasse a usar uma — argumentei. Eu sabia que cada um dos guardiões que estavam na van tinha uma estaca e uma arma escondidas rente aos seus corpos.

— Mais do que apenas saber usar uma estaca — disse Dimitri incorporando seu tom de velho sábio —, você precisa saber dominar o inimigo. E você tem que estar pronta para matar um Strigoi.

— E por que eu não mataria?

— Muitos Strigoi foram Moroi que se transformaram por vontade própria. Alguns são Moroi ou dampiros que foram transformados à força. Não importa. O fato é que há grandes chances de você conhecer alguns deles. Você acha que seria capaz de matar alguém que conheceu?

Aquela viagem estava ficando cada vez menos leve.

— Acho que sim. Eu teria que matar, certo? Se for uma escolha entre eles ou Lissa...

— Ainda assim você pode hesitar — disse Dimitri. — E esta hesitação pode te matar. E a ela também.

— Então como se prevenir para não hesitar?

— Você tem que repetir para si mesma que eles não são as mesmas pessoas que conheceu. Que eles se transformaram em algo tenebroso e maligno. Em algo abominável. Você tem que se preparar para se desvencilhar do afeto e fazer o que tem que fazer. Se eles ainda conservarem algum traço de suas antigas personalidades, provavelmente ficarão gratos.

— Gratos por morrerem?

— Se alguém transformasse você numa Strigoi, o que você desejaria? — perguntou ele.

Eu não sabia como responder àquilo, então não disse nada. Sem tirar os olhos de mim, ele continuou insistindo.

— O que você iria querer se soubesse que seria convertida numa Strigoi contra a sua vontade? Se soubesse que perderia completamente os seus princípios e sua compreensão do que é certo e do que é errado? Se soubesse que viveria o resto de sua vida, de sua vida imortal, matando pessoas inocentes? O que você iria querer?

Um silêncio desconfortável tomou conta da van. Encarando Dimitri e oprimida por todas aquelas perguntas, subitamente compreendi por que havia aquela atração peculiar entre nós, para além do lado físico.

Nunca conheci outra pessoa que levasse tão a sério o ofício de guardião, que compreendesse tão bem todas as consequências da dicotomia entre vida e morte. Com certeza, ninguém da minha idade a compreendia ainda; Mason não conseguira entender por que eu não podia simplesmente relaxar e beber, como os outros, na festa. Dimitri dissera que eu entendia o meu dever melhor do que muitos guardiões mais velhos, e eu não entendera o motivo, principalmente levando em consideração que eles já tinham visto muito mais mortes e enfrentado muito mais situações de perigo do que eu. Mas, naquele momento, soube que ele estava certo, que de fato eu tinha uma noção estranha de como a vida e a morte, o bem e o mal, costumavam trabalhar juntos, funcionar um ao lado do outro.

E ele também tinha essa compreensão. Pessoas como nós podem se sentir sozinhas, às vezes. Podemos ter que adiar nossos momentos de "diversão". E talvez não pudéssemos viver a vida que gostaríamos. Mas era assim que tinha de ser. Entendíamos um ao outro, sabíamos que havia outras pessoas que dependiam da nossa proteção. Nossas vidas nunca seriam fáceis.

E tomar decisões como a que ele me desafiava agora era parte disso.

— Se eu me tornasse uma Strigoi... Eu ia querer que me matassem.

— Eu também — disse ele, calmamente. Percebi que ele se dera conta disso ao mesmo tempo que eu. Era novamente aquela ligação que havia entre nós.

— Isso me faz lembrar de Mikhail caçando Sonya — murmurou Victor, pensativo.

— Quem são Mikhail e Sonya? — perguntou Lissa.

Victor pareceu surpreso.

— Como assim? Pensei que você a conhecesse. Sonya Karp.

— Sonya Kar... Está falando da professora Karp? O que tem ela? — Lissa olhava para mim e para o tio alternadamente.

— Ela... virou uma Strigoi — respondi, evitando o olhar de Lissa. — Por vontade própria.

Sabia que Lissa descobriria algum dia. Era a peça final que faltava para completar a saga da professora Karp, um segredo que eu estava guardando comigo. Um segredo que constantemente me preocupava. A expressão de Lissa e o nosso laço registraram um choque brutal, que cresceu em intensidade quando ela percebeu que eu já sabia de tudo e nunca contara a ela.

— Mas eu não sei quem é Mikhail — acrescentei.

— Mikhail Tanner — disse Spiridon.

— Ah. O guardião Tanner. Ele estava na escola antes da nossa fuga. — Franzi a testa. — Por que ele está caçando a professora Karp?

— Para matá-la — disse Dimitri, secamente. — Eles eram amantes.

Toda aquela história de ser ou de matar Strigoi ganhou uma nova perspectiva para mim. Deparar-me durante o calor de uma luta com um Strigoi que eu conhecera era uma coisa. Caçar propositadamente alguém... alguém que eu amei... Eu não sabia se podia fazer isso, mesmo sendo, na teoria, a coisa certa a fazer.

— Talvez seja melhor conversarmos sobre outra coisa — sugeriu Victor, gentilmente. — Hoje não é um dia para nos dedicarmos a assuntos deprimentes.

Acho que todos nos sentimos aliviados quando chegamos ao shopping. Assumindo meu papel de guarda-costas, fiquei ao lado de Lissa todo o tempo enquanto perambulávamos pelas lojas, observando as novas tendências da moda. Era bom estar outra vez com ela num lugar público e fazer alguma coisa que fosse apenas *diversão* e não envolvesse os joguinhos perversos e distorcidos da realeza. Era quase como nos velhos tempos. Sentia falta de simplesmente sair. Sentia falta da minha melhor amiga.

Embora ainda estivéssemos no meio de novembro, o shopping já exibia as decorações iluminadas de Natal. Julguei que o meu trabalho era o melhor do mundo. Reconheço que senti alguma irritação ao ver os guardiões mais velhos conversando por meio de uns aparelhos de comunicação superlegais. Quando protestei pelo fato de eu não ter um, Dimitri me disse que eu aprenderia mais sem o aparelho. Se eu conseguisse proteger Lissa à moda antiga, poderia dar conta de qualquer coisa.

Victor e Spiridon ficaram por perto enquanto Dimitri e Ben se dispersaram, dando um jeito de não parecerem perseguidores medonhos andando atrás de garotas adolescentes.

— Isso aqui é totalmente a sua cara — disse Lissa na Macy's, mostrando para mim uma camiseta com um profundo decote enfeitado com renda. — Vou comprar pra você.

Olhei para a camiseta, apaixonada, já me imaginando com ela. Depois, mantendo meu contato visual regular com Dimitri, recusei com a cabeça e devolvi a camiseta.

— Está chegando o inverno. Vou sentir frio.

— Isso nunca foi um problema pra você.

Lissa deu de ombros e pendurou novamente a camiseta. Camille e ela experimentaram uma série ininterrupta de roupas, suas gordas mesadas asseguravam que preço não era um problema. Lissa se ofereceu para comprar para mim o que eu quisesse. A vida toda, sempre fomos generosas uma com a outra, e eu não hesitei em aceitar a oferta. Mas as minhas escolhas a surpreenderam.

— Você comprou três blusas de mangas compridas e um casaco com capuz — comentou ela, correndo os dedos por uma pilha de calças jeans de marca conhecida e de boa qualidade. — Você está ficando chata.

— Ei, eu também não vi você comprando blusinhas de decote cavado.

— Não era bem eu quem gostava de usar esse tipo de blusa.

— Ah, muito obrigada.

— Você sabe do que estou falando. Você está até usando o cabelo preso.

Era verdade. Tinha seguido o conselho de Dimitri e comecei a prender o cabelo num coque alto, o que me rendeu um sorriso quando ele me viu. Se eu tivesse marcas *molnija*, elas estariam aparecendo.

Lissa olhou em volta, para se certificar de que ninguém estava nos ouvindo. Os sentimentos que vinham pelo laço eram agora mais conturbados.

— Você sabia sobre a professora Karp.

— Sabia. Soube mais ou menos um mês depois que ela foi embora.

Lissa jogou um par de calças jeans bordadas sobre o braço e, sem olhar diretamente para mim, disse:

— Por que você não me contou?

— Você não precisava saber.

— Você achou que eu não aguentaria saber?

Mantive uma expressão inteiramente neutra. Minha mente voltou no tempo, para dois anos antes. Era o meu segundo dia de suspensão por confessadamente ter destruído o quarto de Wade, quando uma comitiva real viera visitar a escola. Permitiram, então, que eu fosse àquela recepção, mas eu continuava sob forte vigilância para que não pudesse "aprontar nada".

Dois guardiões me escoltaram até o refeitório e consegui ouvir a conversa deles, apesar de estarem cochichando:

— Ela matou o médico que estava tratando dela e quase carregou metade dos pacientes e enfermeiras enquanto fugia.

— E eles têm alguma ideia de para onde ela foi?

— Não, estão tentando encontrar ela... Mas, bem, você sabe como é.

— Nunca imaginei que ela pudesse fazer isso. Ela não tinha jeito de quem faria uma coisa dessas.

— É... Bom, Sonya era maluca. Você viu como ela foi ficando violenta no fim? Parecia capaz de qualquer coisa.

Eu, que estava caminhando penosamente, de repente ergui a cabeça.

— Sonya? Vocês estão falando da professora Karp? — perguntei. — Ela matou alguém?

Os dois guardiões se entreolharam. Finalmente um deles me disse, de modo sepulcral:

— Ela se transformou numa Strigoi, Rose.

Parei de andar e olhei para eles.

— A professora Karp? Não... Ela não teria...

— Infelizmente sim — respondeu o outro. — Mas... você deve guardar segredo disso. É uma tragédia. Não a transforme numa fofoca de escola.

Passei o resto da noite pasma. A professora Karp. A doida da professora Karp. Matou uma pessoa para se transformar numa Strigoi. Não podia acreditar naquilo.

Quando a recepção acabou, dei um jeito de me esquivar dos guardiões e roubar alguns minutos preciosos com Lissa. O laço já estava forte nessa ocasião, e eu não precisara ver seu rosto para saber o quanto ela estava infeliz.

— O que houve? — perguntei a ela. Estávamos num canto do hall de entrada, do lado de fora do refeitório.

Os olhos dela estavam sem expressão. Ela tivera uma dor de cabeça; a dor passara para mim através do laço.

— Eu... Eu não sei. Estou me sentindo estranha. Com a impressão de que estou sendo seguida, como se eu tivesse que tomar cuidado, sabe?

Eu não sabia o que dizer. Não achava que ela estivesse sendo seguida, mas a professora Karp costumava dizer a mesma coisa. Sempre paranoica.

— Não deve ser nada — disse, com leveza.

— Provavelmente não — concordou Lissa. O olhar dela subitamente encontrou um foco. — Mas Wade não presta. Ele não para de falar sobre o que aconteceu. Você não pode acreditar nas coisas que ele anda dizendo de você.

Na verdade, eu podia acreditar, sim, mas não me importava.

— Esqueça Wade. Ele é um nada.

— Odeio ele — disse Lissa. Sua voz, geralmente suave, estava estranhamente estridente. — Somos do mesmo comitê para arrecadar fundos, e eu *odeio* quando ele abre aquela boca suja todos os dias e como ele paquera qualquer mulher que passa por ele. Você não devia ser punida pelo que ele fez. Ele é que precisa pagar.

Senti a minha boca ficando seca.

— Sem problema... não me importo. Fique calma, Liss.

— Eu *me* importo — disse rispidamente, desviando a raiva para mim. — Eu queria que existisse um jeito de dar o troco. Um jeito de prejudicar ele, como ele prejudicou você. — Ela colocou as mãos às costas e andou de um lado para o outro, furiosa, com passos duros e determinados.

O ódio e a raiva ferviam dentro dela. Dava para sentir através do laço. Os sentimentos eram tempestuosos e me deixaram morta de medo. Havia ainda uma inconstância, uma instabilidade, indicando que Lissa não sabia o que fazer, mas que sentia uma ânsia desesperada de fazer algo. Qualquer coisa. Em minha mente, vi flashes da noite do bastão de beisebol. E então eu me lembrei da professora Karp. *Ela se transformou numa Strigoi, Rose.*

Aquele foi o momento mais assustador da minha vida. Mais assustador do que vê-la no quarto de Wade. Mais assustador do que vê-la curar o corvo. Mais assustador do que seria quando os guardiões me capturassem. Porque, naquele exato momento, não reconheci a minha melhor amiga. Eu não saberia dizer do que ela seria capaz. Um ano antes, eu teria achado até graça se alguém me dissesse que ela iria querer se transformar numa Strigoi. Mas, um ano antes, eu também teria achado graça se alguém me dissesse que ela cortaria os pulsos ou desejaria fazer alguém "pagar" pelo que fez.

Naquele momento, acreditei que ela poderia fazer o impossível. E eu tinha de garantir que ela não o fizesse. *Salve-a. Salve-a de si mesma.*

— Vamos embora daqui — disse, agarrando-a pelo braço e a levando para o fundo do corredor. — Agora mesmo.

A confusão substituiu momentaneamente a raiva.

— O que você está querendo dizer? Quer ir para o bosque ou para algum lugar assim?

Não respondi. Algo na minha atitude ou nas minhas palavras deve tê-la espantado, porque ela sequer me questionou quando a levei para fora do refeitório e cruzei com ela o campus em direção ao estacionamento, onde os carros dos visitantes ficavam estacionados. O lugar estava cheio de automóveis que pertenciam aos convidados da noite. Um deles era um Lincoln Town Car, e eu vi quando o motorista deu a partida no carro.

— Alguém vai embora mais cedo — disse, investigando-o por detrás de uns arbustos. Olhei para trás e não vi nada. — Eles provavelmente estarão aqui a qualquer momento.

Lissa entendeu o que estava acontecendo.

— Quando você disse "Vamos embora daqui", você estava dizendo... Não. Rose, não podemos sair da Escola. Nunca conseguiríamos passar pela vigilância e pelos postos de inspeção.

— A gente não precisa passar por eles — disse com firmeza. — É ele quem vai.

— Mas em que isso vai nos ajudar?

Respirei fundo, já me arrependendo do que eu estava prestes a dizer, mas sabendo que este era o menor dos males.

— Você sabe como forçou Wade a fazer aquelas coisas?

Ela estremeceu, mas fez que sim com a cabeça.

— Preciso que você faça a mesma coisa agora. Vá até aquele cara e peça a ele para nos esconder no porta-malas do carro.

O choque e o medo saltaram dela para mim. Ela não entendeu, e ficou assustada. Extremamente assustada. Estava assustada havia semanas: desde que curara o corvo e o seu humor mudara e ela fizera aquilo com Wade. Ela estava frágil e à beira de algo que nenhuma de nós era capaz de compreender. No meio disso tudo, no entanto, ela continuava confiando em mim. Ela acreditava que eu a manteria a salvo.

— Eu faço — concordou. Deu, então, alguns passos na direção dele, e olhou de volta para mim. — Por quê? Por que a gente está fazendo isso?

Pensei na raiva de Lissa, no seu desejo de fazer qualquer coisa para se vingar de Wade. E pensei na professora Karp... bonita, instável... virando uma Strigoi.

— Estou tomando conta de você — respondi. — Você não precisa saber de mais nada além disso.

No shopping em Missoula, de pé no meio de prateleiras de roupas de designers famosos, Lissa perguntou novamente:

— Por que você não contou pra mim?

— Você não precisava saber — repeti.

Ela se encaminhou para o provador de roupas, ainda falando baixo.

— Você tem medo de que eu perca a razão. Tem medo de que eu vire uma Strigoi também?

— Não. De jeito nenhum. Isso foi o que aconteceu com ela. Você nunca faria isso.

— Mesmo se eu enlouquecesse?

— Não — disse, tentando fazer graça. — Você apenas rasparia a cabeça e iria viver cercada de trinta gatos.

Os sentimentos de Lissa ficaram mais tristes, mas ela não disse nada. Parou bem perto do provador e tirou um vestido preto de um cabide. Então ela pareceu se animar um pouco.

— Você nasceu pra usar este vestido, Rose. Não importa se você agora virou essa pessoa prática.

Feito de tecido preto sedoso, o vestido era sem alças e descia até a altura dos joelhos. Embora ele tivesse uma pequena extravagância na altura da bainha, o resto parecia definitivamente capaz de me cair à perfeição e de realçar minhas formas. Era supersensual. A ponto, talvez, de desafiar as regras de vestuário da escola.

— Este vestido foi mesmo feito para mim — admiti. Continuei olhando para ele, com uma vontade tão grande de tê-lo que chegava a doer no meu peito. Era o tipo de vestido capaz de mudar o mundo. O tipo de vestido capaz de fundar novas religiões.

Lissa pegou um que era do meu tamanho.

— Experimente.

Eu fiz que não com a cabeça e fui colocá-lo de volta no cabide.

— Não posso. Colocaria você em risco. Um vestido não vale a terrível visão da sua morte.

— Então vamos levar sem experimentar.

Ela comprou o vestido. A tarde seguiu adiante, e eu fui ficando cansada. Estar sempre olhando em volta e de prontidão de repente foi ficando menos divertido.

Quando chegamos à nossa última parada, uma loja de joias, fiquei um pouco mais alegre.

— Aí está — disse Lissa, apontando para uma das caixas. — O colar que combina perfeitamente com o seu vestido.

Eu olhei. Era um fino cordão de ouro com um pingente, feito de ouro e diamantes em forma de rosa. Ênfase na parte dos diamantes.

— Odeio coisas em formato de rosa.

Lissa sempre adorou me dar coisas com rosas, acho que só para ver a minha reação. Quando ela viu o preço do colar, no entanto, seu sorriso se desfez.

— Ah, olha só o preço disso! Até você tem limites — provoquei. — O gasto desenfreado foi interrompido, enfim.

Ficamos esperando Victor e Natalie terminarem as compras. Ele devia estar comprando algo para ela, porque Natalie parecia prestes a ganhar asas e sair voando de tão feliz. Aquilo me alegrou. Ela tinha passado a tarde toda tentando chamar a atenção do pai. Queria que ele estivesse comprando algo ultracaro, para compensar a falta de cuidados de que ela parecia se ressentir.

O trajeto de volta foi silencioso devido ao cansaço de todos, nossos horários de dormir completamente descompensados por causa da viagem durante o dia. Sentada ao lado de Dimitri, eu me recostei contra o encosto do banco e bocejei, ciente de que nossos braços estavam encostando um no outro. A sensação de proximidade e de conexão ardia entre nós.

— Então, quer dizer que eu não vou mais poder experimentar roupas? — perguntei baixinho, sem querer acordar os outros. Victor e os guardiões estavam acordados, mas as meninas tinham caído no sono.

— Quando não estiver de serviço, vai poder, sim. Você vai poder fazer isso nas suas horas de folga.

— Não quero ter horário algum de folga. Quero estar sempre tomando conta de Lissa. — Bocejei novamente. — Você viu aquele vestido?

— Vi.

— Gostou dele?

Ele não respondeu. Tomei o seu silêncio como sinal de concordância.

— Será que vou colocar a minha reputação em risco se resolver usar um vestido daquele na festa?

Quando ele respondeu, eu já estava quase dormindo.

— Vai colocar a escola toda em risco.

Sorri e caí no sono.

Quando acordei, minha cabeça estava recostada no ombro dele. O casaco longo dele — o sobretudo — me cobria como um cobertor. A van já tinha parado; estávamos de volta à escola. Tirei o sobretudo de cima de mim e saí do carro depois dele, me sentindo subitamente bem desperta e feliz. Pena que a minha liberdade estivesse prestes a acabar.

— De volta à prisão — suspirei, caminhando ao lado de Lissa em direção ao refeitório. — Talvez, se você fingisse um ataque do coração, eu conseguiria dar uma escapada.

— Sem as suas roupas? — Ela me entregou uma sacola, e eu a balancei para lá e para cá, contente.

— Mal posso esperar para ver você usando o vestido.

— Eu também. Se me deixarem ir. Kirova ainda está decidindo se eu tenho me comportado bem o suficiente.

— Mostre a ela aquelas blusas sem graça que você comprou. Ela é capaz de entrar em coma. Eu estou a ponto de entrar.

Eu ri e subi num dos bancos de madeira, acompanhando-a por lá enquanto ela caminhava ao lado do banco. Pulei de volta para o chão quando o banco chegou ao fim.

— As blusas não são *tão* sem graça assim.

— Não sei o que pensar dessa nova Rose tão responsável.

Subi em outro banco.

— Não sou tão responsável assim.

— Ei — chamou Spiridon. Ele e o resto do grupo caminhavam logo atrás da gente. — Você continua de serviço. Não é permitida nenhuma diversão ainda.

— Sem diversão — gritei de volta, ouvindo o riso entremeado à frase dele. — Eu juro... Droga!

Eu estava andando sobre o terceiro banco, quase no final dele. Meus músculos se tensionaram, então, prontos para pular para baixo. Só que, quando tentei, meu pé não veio junto comigo. A madeira, que antes parecia sólida e firme, falseou, de repente, sob os meus pés, como se fosse da consistência de um papel. Ela pareceu se desintegrar. Meu pé atravessou a madeira, e o tornozelo ficou preso no buraco, enquanto o resto do meu corpo tentava ir na direção oposta. O banco me impediu, me levando ao chão e mantendo o meu pé preso. Meu tornozelo entortou numa posição anatomicamente inaceitável. E eu acabei caindo no chão. Ouvi um barulho de coisa quebrando, e não era a madeira. A pior dor da minha vida tomou conta do meu corpo.

Depois apaguei completamente.

Dezoito

Acordei olhando para o teto enfadonho da clínica da escola. Uma luz filtrada, particularmente confortável para os pacientes Moroi, brilhava sobre mim. Eu me senti meio estranha, um pouco desorientada, mas sem dor.

— Rose.

Aquela voz soou como seda roçando na minha pele. Gentil. Harmoniosa. Virei a cabeça e me deparei com os olhos escuros de Dimitri. Ele estava sentado numa cadeira ao lado da cama, seus cabelos castanhos, na altura dos ombros, caindo para a frente, emoldurando seu rosto.

— Oi — respondi, e minha voz saiu baixa e áspera.

— Como você está se sentindo?

— Estranha. Meio grogue.

— A doutora Olendzki te deu um remédio para a dor, você estava bem mal quando chegou aqui.

— Não me lembro direito... Quanto tempo eu fiquei fora do ar?

— Algumas horas.

— Deve ter sido grave. O meu estado ainda deve ser grave. — Alguns detalhes me voltaram à mente. O banco. Meu tornozelo preso. Não consegui me lembrar de muito mais coisas além disso. Uma sensação de calor e depois de frio e depois de calor novamente.

Experimentei mover os dedos do pé que não estava machucado. — Não estou sentindo dor.

Ele balançou a cabeça negativamente.

— Nem é pra sentir. Os ferimentos não foram muito graves.

Lembrei-me do som do tornozelo quebrando.

— Tem certeza? Eu me lembro… o jeito como o torci. Não. Algum osso deve ter quebrado. — Sentei-me na cama, então, para poder examinar meu próprio tornozelo. — Ou pelo menos se deslocado.

Ele se inclinou para a frente para me impedir.

— Cuidado. Seu tornozelo pode estar bem melhor, mas você provavelmente ainda está sob o efeito dos analgésicos.

Eu me movimentei cuidadosamente para a beira da cama e olhei para baixo. As pernas da calça jeans estavam enroladas para cima. O tornozelo parecia um pouco vermelho, mas não tinha qualquer contusão ou ferimento grave.

— Meu Deus, que sorte eu tive. Se ele estivesse machucado, teria que ficar sem treinamento por um bom tempo.

Sorrindo, ele voltou para a cadeira.

— Eu sei. Você não parava de dizer isso enquanto te carregava até aqui. Você ficou muito aborrecida.

— Você… Você me trouxe até aqui carregada?

— Depois de quebrarmos o banco para podermos arrancar o seu pé de lá.

Caramba. Perdi muita coisa do que aconteceu. Melhor do que imaginar Dimitri me carregando nos braços só mesmo imaginá-lo sem camisa, me carregando nos braços.

Mas logo me dei conta do que fora tudo aquilo.

— Tomei nocaute de um banco — gemi.

— O quê?

— Sobrevivi o dia inteiro como guardiã, e vocês me disseram que eu me saí muito bem. Depois, volto pra escola e a minha falha se dá sob a ação de um banco. — Que loucura! — Você tem noção do quanto isso é constrangedor? E, além do mais, todo mundo me viu.

— Não foi culpa sua — disse ele. — Ninguém sabia que o banco estava podre. Ele parecia em muito bom estado.

— Mesmo assim. Eu deveria ter andado pela calçada, como uma pessoa normal. Os outros aprendizes vão me zoar muito quando eu voltar às aulas.

Os lábios dele seguraram um sorriso.

— Talvez você fique mais animada com alguns presentes.

Eu me ergui um pouco mais na cama.

— Presentes?

Ele abriu um sorriso e me entregou uma pequena caixa com um bilhete.

— Este é do príncipe Victor.

Surpresa ao saber que Victor me dera alguma coisa, resolvi ler o bilhete. Eram só algumas linhas, rascunhadas às pressas com uma caneta.

> *Rose*
>
> *Estou muito feliz de saber que você não sofreu nenhum ferimento grave em decorrência de sua queda. É um verdadeiro milagre. Você parece levar uma vida encantada, e Vasilisa tem sorte de tê-la ao seu lado.*

— Isso é muito gentil da parte dele — comentei, abrindo a caixa. Depois vi o que havia dentro. — Uau. Muito gentil mesmo.

Era o colar com o pingente em formato de rosa, aquele que Lissa quis me dar, mas era muito caro. Eu o segurei, enrolando o cordão nas mãos, deixando que o pingente brilhante, coberto de diamantes, balançasse livremente.

— Dar um presente como este como voto de melhoras parece uma generosidade meio excessiva — observei, lembrando-me do preço da joia.

— Na verdade, foi comprado pra premiar seu bom desempenho no primeiro dia como guardiã oficial. Ele viu que você e Lissa ficaram olhando o colar na vitrine da loja.

— Uau! — Foi o máximo que consegui dizer. — Não acho que tenha feito um trabalho assim tão bom.

— Eu acho.

Com um largo sorriso, coloquei o colar de volta na caixa e a coloquei na mesinha perto da cama.

— Você disse "presentes", não disse? Tem mais de um?

Ele riu às gargalhadas, e aquele som me envolveu como um abraço carinhoso. Meu Deus, como eu adorava o som do riso dele.

— Este sou eu que estou dando a você.

Ele me entregou uma sacola pequena e simples. Intrigada e ansiosa, abri o quanto antes. Era um gloss, e do tipo que eu gosto. Eu reclamei várias vezes perto dele que o meu estava acabando, mas nunca pensei que ele tivesse prestado atenção naquilo.

— Como foi que você conseguiu comprar isso lá? Eu vi você o tempo todo no shopping.

— Segredos de guardião.

— E é presente de quê? De primeiro dia como guardiã?

— Não — disse ele simplesmente. — Comprei porque achei que ia deixar você feliz.

Sem nem pensar no que estava fazendo, me inclinei para a frente e o abracei.

— Obrigada.

A julgar pela postura rígida, evidentemente ele não esperava por isso. Na verdade, eu também não esperava minha reação. Mas ele logo relaxou e, quando retribuiu o abraço, descansando as mãos na parte de baixo das minhas costas, eu pensei que ia morrer.

— Estou feliz de você ter melhorado — disse Dimitri. Enquanto falava, sua boca parecia estar quase nos meus cabelos, acima da minha orelha. — Quando eu vi você cair...

— Você pensou: *Caramba, ela é mesmo um fracasso.*

— Não foi isso que eu pensei.

Ele se afastou um pouco para me observar melhor, mas não dissemos nada. Os olhos dele eram tão profundos e escuros que eu tive vontade de mergulhar neles naquele exato instante. Olhar bem dentro dos olhos de Dimitri fez com que eu me sentisse com o corpo todo quente, como se chamas viessem em minha direção. Lentamente, com cuidado, os dedos longos dele se aproximaram e correram pelo meu rosto, traçando uma linha que ia da orelha ao queixo e depois subia pelas bochechas. No primeiro toque da pele dele na minha, senti um calafrio. Ele enrolou uma mecha do meu cabelo num de seus dedos, exatamente como fizera no ginásio.

Engolindo em seco, levantei os olhos da direção dos lábios dele. Eu vinha imaginando como seria beijá-lo. O pensamento me assustava e me excitava ao mesmo tempo, era uma coisa absurda. Eu já tinha beijado um monte de garotos sem nunca pensar muito sobre isso. Não havia por que fazer tanto drama para beijar mais um — mesmo sendo um cara mais velho. Simplesmente imaginá-lo diminuindo a distância entre nós e trazendo os lábios dele para junto dos meus fez, no entanto, com que o mundo começasse a rodar à minha volta.

Ouvi o rumor suave de uma batida na porta, e rapidamente me recostei para trás na cama. A doutora Olendzki pôs o rosto para dentro do quarto.

— Tive a impressão de ouvir sua voz. Como está se sentindo?

Ela se aproximou e me fez deitar novamente. Tocou no meu tornozelo e mexeu um pouco nele, verificando se estava muito prejudicado, e finalmente balançou a cabeça em sinal negativo quando terminou o exame.

— Você teve sorte. Fez tanto barulho quando entrou aqui que eu cheguei a pensar que seu pé tivesse sido amputado. Deve ter sido só o susto. — Ela deu um passo para trás. — Fique longe dos treinamentos amanhã, mas, fora isso, você está liberada.

Dei um suspiro de alívio. Não me lembrava de ter ficado tão histérica de dor. E era, realmente, um pouco constrangedor saber que eu fiz um escândalo. Mas eu estava certa ao imaginar os problemas que teria caso tivesse de fato quebrado ou torcido o tornozelo. Não podia me dar ao luxo de perder tempo algum na escola; eu precisava fazer as provas e me formar na primavera.

A doutora Olendzki me deu alta e depois saiu do quarto. Dimitri pegou meus sapatos e o casaco e os trouxe para mim. Olhando para ele, senti de novo uma onda de calor percorrer meu corpo inteiro, lembrando como estávamos próximos antes da médica nos interromper e entrar no quarto.

Ele me acompanhou com os olhos enquanto eu calçava um dos sapatos.

— Você tem um anjo da guarda.

— Não acredito em anjos — retruquei. — Acredito em mim, no que eu posso fazer por mim.

— Bem, então você tem um corpo surpreendente. — Eu olhei para ele sem entender bem o que ele estava querendo dizer. — Capaz de alcançar a cura com uma rapidez surpreendente, é isso que eu quero dizer. Eu ouvi falar do acidente…

Ele não especificou de que acidente estava falando, mas só podia ser um. Falar sobre isso era algo que normalmente me incomodava, mas, com ele, eu me senti à vontade para conversar.

— Todo mundo disse que era inacreditável eu ter sobrevivido — expliquei. — Pela posição em que eu estava no carro e pela maneira como ele bateu contra a árvore. O lugar de Lissa era o único seguro. E, no entanto, nós duas saímos do acidente com apenas alguns arranhões.

— E você diz que não acredita em anjos, nem em milagres.

— Não mesmo. Eu…

É um verdadeiro milagre. Você parece levar uma vida encantada…

Imediatamente um milhão de pensamentos me vieram à mente com a velocidade de uma metralhadora. Talvez… talvez de fato eu tivesse um anjo da guarda, sim…

Dimitri percebeu na mesma hora a mudança do meu humor.

— O que foi?

Tentei, então, me concentrar e alcançar, dentro da minha cabeça, uma ampla visualização do que se passava com Lissa. Tratei de estreitar o laço e me desvencilhar do efeito dos analgésicos que ainda atuavam no meu organismo. Um pouco dos sentimentos de Lissa foram chegando. Angústia. Perturbação.

— Cadê Lissa? Ela esteve aqui?

— Não sei onde está agora. Ela não quis sair do seu lado enquanto vínhamos pra cá. Ficou bem perto da cama até a médica chegar. Você se acalmou assim que ela se sentou ao seu lado.

Fechei os olhos e senti como se fosse desmaiar. Fiquei mais calma quando Lissa se sentou ao meu lado porque ela eliminou a dor. Porque ela me curou...

Exatamente como fez na noite do acidente.

Tudo fez sentido de repente. Não era para eu ter sobrevivido. Todos disseram isso. Quem pode imaginar que tipos de ferimentos eu sofri? Hemorragia interna. Ossos quebrados. Não tinha a menor importância, pois Lissa me curou de tudo, exatamente como curou todo o resto. Era por isso que ela estava inclinada sobre o meu corpo quando voltei a mim.

E foi provavelmente por isso que ela desmaiou quando a levaram para o hospital. Ela ficou, durante dias, em estado de completa exaustão depois do acidente. E foi então que a depressão começou. Parecera uma reação normal depois de ela ter perdido a família inteira, mas agora eu me perguntava se não havia algo além disso, se o fato de ter me curado não a teria influenciado também.

Abri a minha mente de novo e tentei alcançá-la, precisava encontrá-la. Se Lissa me curou desta vez também, eu nem podia imaginar o estado em que ela se encontrava agora. O estado emocional dela e sua magia estavam ligados um ao outro, e essa cura foi, sem dúvida, uma manifestação de magia de grande intensidade.

O efeito da droga já estava passando, de modo que entrei na mente de Lissa num estalo. Era quase fácil para mim agora. Uma onda de emoções me nocauteou, piores do que quando os pesadelos dela me engoliam. Nunca sentira algo tão forte vindo dela antes.

Lissa estava sentada no sótão da capela, chorando. Ela também não sabia exatamente por que estava chorando. Sentia-se feliz e aliviada por eu estar fora de perigo e por ter conseguido me curar. Ao mesmo tempo, sentia-se fraca física e mentalmente. Ela queimava por dentro, como se tivesse perdido uma parte de si mesma. Preocupava-se com a possibilidade de eu me zangar por ela ter usado seus dons para me curar. Temia enfrentar mais um dia na escola, fingindo gostar de conviver com gente cujos únicos interesses eram gastar o dinheiro dos pais e debochar dos menos bonitos e menos populares. Ela também não queria ir ao evento com Aaron e vê-lo olhar o tempo todo para ela com tamanha adoração — ou ter que sentir o toque dele em seu corpo — quando tudo que ela sentia por ele era amizade.

Essas eram inquietações normais, mas que a atingiam duramente, de modo muito mais incisivo do que atingiriam uma pessoa comum, pensei. Ela não conseguia pôr os sentimentos em ordem, nem descobrir como se livrar deles.

— Tudo bem aí?

Ela olhou para cima e afastou os cabelos grudados sobre o seu rosto coberto de lágrimas. Christian estava de pé na entrada do sótão. Ela nem o ouvira subir a escada. Estava presa demais na própria aflição. Uma centelha de desejo e também de raiva faiscou dentro dela.

— Estou bem — reagiu, ríspida. Fungando, tentou conter as próprias lágrimas para que ele não visse a sua fraqueza.

Recostando-se contra a parede, Christian cruzou os braços, e o seu rosto tomou uma expressão indecifrável.

— Você... você quer conversar?

— Ah... — Ela deu uma risada irônica. — Agora você quer conversar? Depois de eu ter tentado tantas vezes...

— Não foi por minha vontade! Foi a Rose...

Ele se deteve, e eu cheguei a estremecer. Senti que seria descoberta de vez.

Lissa se ergueu e caminhou com firmeza até ele.

— *O que é que tem ela*?

— Nada. — A máscara de indiferença voltou a dominar a fisionomia dele. — Esqueça.

— *O que é que tem ela*? — Ela chegou mais perto. Em meio a toda a raiva, Lissa ainda sentia uma atração inexplicável por ele. E então compreendeu. — Ela fez você parar de falar comigo, não foi? Ela disse pra você não falar mais comigo?

Christian manteve os olhos fixos num ponto à frente dele.

— Talvez tenha sido o melhor a fazer mesmo. Eu só teria complicado as coisas pra você. Você não estaria na posição em que está agora.

— O que você está querendo dizer com isso?

— O que você acha? Caramba. As pessoas agora vivem ou morrem em obediência aos seus comandos, Sua Alteza.

— Você está exagerando um pouco.

— Estou? O dia inteiro eu ouço as pessoas falarem sobre o que você está fazendo e sobre o que está pensando e sobre o que está vestindo. Se você aprovaria tal atitude. De quem você gosta. Quem você odeia. Eles são suas marionetes.

— Não é bem assim. Além do mais, fui forçada a fazer isso. Para me vingar de Mia...

Revirando os olhos com ironia, Christian olhou para longe dela.

— Você já nem sabe mais por que exatamente está se vingando dela.

Lissa teve uma explosão de raiva.

— Foi Mia que fez Jesse e Ralf dizerem aquelas coisas sobre Rose! Eu não podia deixar que ela se safasse disso.

— Rose é forte. Ela teria superado aqueles comentários.

— Você não a viu — continuou Lissa, obstinada. — Ela até chorou.

— E daí? As pessoas choram. *Você* está chorando.

— Rose não. Ela não é assim.

Ele se virou de costas para ela, e um sorriso ambíguo se formou em seus lábios.

— Eu nunca vi uma amizade como a de vocês duas. Sempre tão preocupadas uma com a outra. Eu entendo o lance dela, algum tipo estranho de obsessão de guardião, mas você se comporta da mesma forma.

— Ela é minha amiga.

— Talvez seja simples assim. Não sei. — Ele suspirou, ficou pensativo por um momento, depois retomou o sarcasmo e disse: — Não importa. Mia. Você se vingou por causa do que ela fez com a Rose. Mas está esquecendo de se perguntar uma coisa. *Por que* ela fez aquilo?

Lissa franziu as sobrancelhas.

— Porque ela tinha ciúmes de mim com Aaron...

— Tem mais coisa aí, princesa. Por que ela teria ciúmes? Ela já estava com ele. Não precisava atacar você pra garantir o namoro. Ela poderia simplesmente ter feito do relacionamento deles um grande espetáculo. Um pouco como o que você está fazendo agora — acrescentou, com amargura.

— Pode ser. Mas o que mais tem aí, então? Por que ela quis destruir a minha vida? Eu nunca fiz nada a ela... quer dizer, antes de tudo isso.

Christian se inclinou para a frente, e seus olhos de um azul cristal pareceram se derramar para dentro dos de Lissa.

— Tem razão. Você não fez nada a ela, mas o seu irmão fez.

Lissa se afastou dele.

— Você não sabe nada sobre o meu irmão.

— Eu sei que ele fodeu com a Mia. Literalmente.

— Pare com isso, pare de mentir.

— Não estou mentindo. Juro por Deus ou pelo que mais você quiser acreditar. Eu costumava conversar com Mia de vez em quando. Isso foi no começo, quando ela ainda estava no primeiro ano. Ela não era muito popular, mas era inteligente. Ainda é. Ela trabalhava em muitos comitês com os alunos da realeza. Bailes e coisas assim. Não sei toda a história. Mas ela acabou conhecendo o seu irmão num desses comitês, e eles meio que ficaram juntos.

— Não ficaram. Eu saberia. Andre teria me contado.

— Não. Ele não contou pra ninguém. E pediu pra ela não contar também. Ele convenceu a Mia de que aquilo deveria ser uma espécie de segredo romântico entre os dois, quando, na verdade, ele tinha medo de que os amigos descobrissem que ele estava transando com uma caloura que, pra piorar, nem era da realeza.

— Se foi Mia quem contou isso a você, ela estava mentindo — exclamou Lissa.

— É? Bom, eu não achei que ela estivesse mentindo quando a vi chorando. Ele se cansou dela depois de algumas semanas e terminou tudo. Disse que ela era muito nova e que ele não poderia ter um relacionamento sério com alguém que não fosse de uma família do mesmo nível que a dele. Pelo que entendi, ele não foi nada gentil quando terminou com ela. Nem se preocupou em dizer coisas do tipo "vamos ser amigos daqui pra frente" ou algo do gênero.

Lissa ficou bem perto do rosto de Christian.

— Você nem *conheceu* Andre! Ele jamais teria feito algo assim.

— *Você* que não conhecia o seu irmão direito. Tenho certeza de que ele era legal com a irmãzinha mais nova, de que ele amava você. Mas, na escola, com os amigos dele, ele era tão babaca quanto o resto dos alunos da realeza. Eu prestava atenção nele porque presto atenção em tudo. É fácil observar as pessoas quando ninguém nota a sua presença.

Ela segurou um soluço de choro, sem saber se acreditava nele ou não.

— Então é *por isso* que Mia me odeia?

— É. Ela odeia você por causa dele. Por isso e porque você é de uma família real, e ela se sente insegura perto de toda a realeza, e foi por isso que ela se esforçou tanto para mudar de lugar na escala social e ficar amiga deles. Acho que o fato de ela ter namorado o seu ex foi apenas uma coincidência, mas, agora que vocês voltaram, isso provavelmente piorou ainda mais as coisas. Ela ficou sem o namorado e ainda teve aquelas histórias sobre os pais dela... parabéns, vocês duas escolheram as maneiras mais eficazes de fazer a menina sofrer. Bom trabalho.

Uma pequena pontada de culpa a golpeou por dentro.

— Eu ainda acho que você está mentindo.

— Eu sou muitas coisas, mas não sou mentiroso. Esse é o seu departamento. E o de Rose.

— Nós não…

— Não exageram histórias sobre as famílias das pessoas? Não dizem que me odeiam? Não fingem ser amigas de pessoas que consideram imbecis? Não namoram caras de quem não gostam?

— Eu gosto dele.

— Gosta ou *gosta*?

— Ah, e tem diferença?

— Tem. *Gostar* é quando você namora um babaca alto e loiro e ri das piadas sem graça dele.

E depois, do nada, ele se inclinou para a frente e a beijou. Foi um beijo quente, rápido e furioso, uma efusão da raiva, da paixão e do desejo que Christian trazia trancados dentro de si. Lissa nunca tinha sido beijada daquele jeito, e eu senti que ela correspondeu ao beijo, correspondeu a *ele*. Ele de fato conseguia fazer com que ela se sentisse bem mais viva do que com Aaron ou com qualquer outro.

Christian interrompeu o beijo, mas manteve o rosto próximo ao dela.

— É isso que você faz com alguém de quem você *gosta*.

O coração de Lissa bateu forte de fúria e de desejo.

— Eu não gosto nem *gosto* de você. E acho que você e Mia estão, os dois, mentindo sobre Andre. Aaron nunca inventaria uma coisa dessas.

— Claro que não. Aaron não diz nada em que precise usar palavras de mais de uma sílaba.

Ela se afastou.

— Vai embora. Sai de perto de mim.

Ele olhou em volta com um ar divertido.

— Você não pode me expulsar. Este lugar é nosso.

— Vai… embora! — gritou ela. — Odeio você!

Ele fez uma reverência.

— Como quiser, Alteza. — E, lançando um último olhar triste, ele se retirou do sótão.

Lissa caiu de joelhos, dando vazão às lágrimas que havia segurado na frente de Christian. Mal pude discernir todas as coisas que a estavam magoando. Só Deus sabia as coisas que me magoavam, como a história com Jesse, mas elas não me afetavam do mesmo jeito que atingiam Lissa. Nela, os sentimentos viravam um furacão, perturbando sua mente. As histórias sobre Andre. O ódio de Mia. O beijo de Christian. O dom da cura que aplicou em mim. Isso, sim, me dei conta, é que era uma depressão de verdade. Era isso a loucura.

Dominada por aqueles sentimentos, se afogando na própria dor, Lissa tomou a única decisão possível para ela. Fez a única coisa que podia fazer para canalizar todas aquelas emoções para fora de si. Abriu a sua bolsa e encontrou a pequena lâmina que sempre carregava...

Enojada, mas incapaz de sair de dentro da cabeça dela, percebi quando ela cortou o braço esquerdo, traçando marcas perfeitas na sua pele branca. Como sempre, ela evitou as veias, mas os cortes foram mais profundos dessa vez. Os talhos a feriram terrivelmente. Ao fazer isso, no entanto, ela se concentrava na dor física e se distraía da angústia mental, e de alguma forma sentia estar sob controle.

Gotas de sangue se espalharam pelo chão empoeirado, e o mundo dela começou a girar. Ver o próprio sangue a intrigou. Ela tirara sangue dos outros a vida toda. De mim. Dos fornecedores. Agora ele estava ali, escorrendo para fora dela. Dando um risinho nervoso, Lissa concluiu que aquilo tinha lá a sua graça. Talvez, ao deixar sair o sangue, ela o estivesse devolvendo àqueles de quem ela o privara. Ou talvez estivesse apenas se desfazendo dele, do sagrado sangue Dragomir que obcecava a todos.

Eu tinha forçado a entrada na cabeça dela e agora não achava um jeito de sair. Suas emoções tinham se transformado numa armadilha da qual eu não conseguia escapar, pois eram fortes e poderosas demais. Mas eu precisava escapar — cada pedaço do meu ser estava ciente disso. Eu precisava impedir aquilo. Ela estava enfraquecida demais por causa da cura e não podia perder tanto sangue. Estava na hora de contar a alguém.

Consegui finalmente escapar e me vi novamente na clínica. As mãos de Dimitri me sacudiam com gentileza enquanto ele repetia o meu nome, numa tentativa até então frustrada de chamar a minha atenção. A doutora Olendzki estava de pé ao meu lado, com uma expressão sombria e preocupada.

Olhei fixamente para Dimitri, e vi o quanto ele realmente se preocupava comigo e gostava de mim. Christian me dissera para procurar ajuda, para procurar alguém em quem eu confiasse e contar a respeito de Lissa. Eu ignorara o conselho dele porque não confiava em mais ninguém a não ser nela. Olhando agora para Dimitri, porém, e com aquela sensação de compreensão mútua que eu compartilhava com ele, percebi que havia, sim, mais alguém em quem eu confiava.

Senti a minha voz falhando enquanto dizia:

— Eu sei onde ela está. Lissa. Ela precisa de ajuda.

DEZENOVE

É difícil dizer o que me levou a, por fim, fazer aquilo. Guardei tantos segredos, por tanto tempo, apenas porque eu acreditava que era o melhor para Lissa, e que assim ela estaria em segurança. Esconder os cortes nos pulsos, no entanto, não a protegia em nada. Eu não conseguira fazê-la parar com a automutilação — e, para falar a verdade, agora me perguntava se, na realidade, não teria sido culpa minha ela ter começado a se cortar. Nada desse tipo jamais acontecera até ela me curar logo após o acidente. E se ela não tivesse interferido? Talvez eu até tivesse me recuperado. E talvez hoje ela estivesse bem.

Fiquei na clínica enquanto Dimitri foi buscar Alberta. Ele não hesitou um segundo sequer quando contei a ele onde Lissa estava. Disse que ela estava correndo perigo, e ele saiu imediatamente.

Tudo o que aconteceu depois disso foi como um pesadelo em câmera lenta. Os minutos se arrastavam enquanto eu permanecia na expectativa. Quando ele finalmente reapareceu, trazendo Lissa inconsciente, uma forte agitação tomou conta da clínica, e todos queriam que eu ficasse longe do tumulto. Ela perdera muito sangue. Um fornecedor era mantido à disposição ali o tempo todo, mas estava difícil fazer com que ela recuperasse a consciência a ponto de poder se reabastecer por conta própria. Foi só no meio da noite que alguém a considerou estável o bastante para que eu pudesse ficar com ela.

— É verdade? — perguntou, assim que entrei na sala. Ela estava lá, deitada, com os pulsos fortemente enfaixados. Eu sabia que eles tinham sido obrigados a realizar uma transfusão de grande quantidade de sangue em Lissa, mas ela ainda me parecia pálida. — Eles disseram que foi você. Você que contou a eles.

— Tive que contar — retruquei, temendo chegar muito perto dela. — Liss… você fez cortes mais profundos do que das outras vezes. Depois de me curar… ainda houve tudo aquilo com Christian… e você não aguentou. Você precisava de ajuda.

Ela fechou os olhos.

— Christian. Você sabe disso também. É claro que você sabe. Você sabe de tudo.

— Desculpe. Eu só quis ajudar.

— O que aconteceu com a fidelidade ao que a professora Karp recomendou? Sobre manter tudo em segredo?

— Ela estava falando de outras coisas. Não acredito que ela gostasse da ideia de você continuar se cortando.

— Você contou a eles sobre as "outras coisas"?

Fiz que não com a cabeça.

— Ainda não.

Ela se virou para mim com um olhar gélido.

— "Ainda". Quer dizer que vai contar, então.

— Eu tenho que contar. Você tem o dom de curar e isso está matando você.

— Eu curei *você*.

— Acho que o tornozelo teria se recuperado. Se é pra você sofrer desse jeito depois de uma cura, então não vale a pena fazer. E acho que sei como isso começou… Foi quando você me curou pela primeira vez…

Então expliquei a ela a revelação que eu tivera sobre o acidente e sobre o fato de todos os poderes e as depressões dela terem começado a se manifestar depois disso. Também a alertei para o fato de o nosso laço ter se formado depois do acidente, embora eu ainda não pudesse compreender inteiramente por quê.

— Não sei o que está acontecendo, mas isso vai além do que podemos suportar sozinhas. Precisamos da ajuda de alguém.

— Eles vão me levar embora — disse, apática. — Como fizeram com a professora Karp.

— Acho que vão tentar ajudar você. Estavam todos realmente preocupados. Liss, eu estou fazendo isso por você. Só quero que você fique bem.

Ela virou o rosto.

— Vai embora, Rose.

Eu fui.

Ela recebeu alta na manhã seguinte, sob a condição de que voltasse diariamente à clínica para consultas com o terapeuta. Dimitri me disse que eles também estavam pensando em medicá-la para auxiliar no tratamento da depressão. Eu não era uma grande fã de remédios, mas apoiaria qualquer coisa que ajudasse.

Infelizmente, algum estudante do segundo ano esteve na clínica com uma crise de asma. E ele a viu entrar com Dimitri e Alberta. Mesmo sem saber por que ela estava sendo internada, isso não o impediu de contar a todos do seu andar o que presenciara. Eles então contaram a outros alunos na hora do café da manhã. No almoço, todos os alunos do último ano já sabiam da passagem de Lissa pela clínica na noite anterior.

E, mais importante: todos sabiam que ela não estava mais falando comigo.

De uma hora para outra, todo o pequeno progresso social que eu fizera foi por água abaixo. Lissa não me condenou diretamente, mas seu silêncio falou por ela, e as pessoas reagiram a isso.

Vaguei pela Escola o dia inteiro como um fantasma. As pessoas me viam e de vez em quando me cumprimentavam, mas poucos esboçaram qualquer esforço maior do que esse. Eles seguiam os comandos de Lissa, e imitavam o silêncio dela. Ninguém foi explicitamente maldoso comigo — talvez tivessem medo de arriscar, caso fizéssemos as pazes. Mesmo assim, quando pensavam que eu não estava ouvindo, ouvi alguns comentários aqui e ali que me chamavam de novo de "prostituta de sangue".

Mason, de bom grado, teria me convidado para a mesa dele durante o almoço, mas alguns de seu grupo talvez não fossem tão gentis comigo quanto ele. Eu não quis ser o pivô de uma briga entre ele e os amigos. Então escolhi me sentar com Natalie.

— Ouvi dizer que Lissa tentou fugir novamente e que você não deixou — disse Natalie.

Ninguém fazia ideia do motivo que a levara à clínica. Eu tinha esperanças de que nunca descobrissem.

Tentou fugir? De onde eles tiraram essa ideia?

— Por que ela faria isso?

— Não sei. — Ela baixou o volume da voz. — Por que ela fugiu da outra vez? Foi só o boato que eu ouvi.

A história foi ganhando corpo ao longo do dia, ao lado de todas as outras especulações sobre os motivos que teriam feito Lissa ir parar na clínica no meio da noite. Teorias ligadas a gravidez e aborto eram um sucesso e sempre apareciam. Alguns cochichavam que seu organismo talvez tivesse desenvolvido a mesma doença de Victor. Ninguém chegou nem perto da verdade.

Ao sair o mais rápido que pude da nossa última aula, fiquei pasma ao ver que Mia caminhava na minha direção.

— O que você quer? — indaguei. — Não posso descer pra brincar hoje, criança.

— Você mantém essa arrogância toda mesmo sabendo que neste momento você simplesmente deixou de existir.

— Ao contrário de você? — perguntei. Lembrando-me do que Christian contara, senti um pouco de pena. Mas a culpa desapareceu assim que olhei bem para a cara de Mia. Ela pode ter sido uma vítima, mas agora era um monstro. Tinha um olhar frio e cheio de malícia, bem diferente da expressão de desespero e abatimento que exibira alguns dias antes. Ela não foi derrotada pela atitude de Andre... se é que aquilo era mesmo verdade, e eu até acreditava que fosse...

E eu também duvidava que Lissa pudesse derrotá-la inteiramente. Mia era uma sobrevivente.

— Lissa se livrou de você, e você é orgulhosa e durona demais para admitir isso. — Os olhos azuis de Mia praticamente saltaram para fora. — Você não quer se vingar dela?

— Será que você está ficando ainda mais insana? Ela é a minha melhor amiga. E por que é que você continua atrás de mim?

Mia fez um gesto de decepção.

— Ela não está agindo como se fosse sua melhor amiga. Vamos, me conta o que aconteceu na clínica. Foi alguma coisa séria, não foi? Ela está mesmo grávida? Pode me contar.

— Se liga, garota.

— Se você me contar, eu faço Jesse e Ralf desmentirem tudo o que inventaram a seu respeito.

Parei de caminhar e me virei para olhar bem para a cara dela. Assustada, ela deu alguns passos para trás. Deve ter se lembrado de algumas das minhas ameaças de violência física.

— Eu já sei que eles inventaram aquilo tudo, porque *eu não fiz* nada daquilo. E se você tentar me colocar contra Lissa mais uma vez, as histórias vão ser sobre você arrebentada e sangrando, porque eu vou cortar a sua garganta!

O tom da minha voz foi ficando mais alto a cada palavra que eu dizia, até que, no final, eu já estava praticamente gritando. Mia deu mais alguns passos para trás, com uma expressão apavorada.

— Você é mesmo louca. Não é de admirar que ela tenha largado você. — Mia deu de ombros. — Não importa. Vou descobrir o que aconteceu sem precisar da sua ajuda.

Quando chegou o dia da festa, naquele fim de semana, decidi que não queria ir. A ideia já me parecera idiota desde o começo, e eu só me interessava de fato pelas festas que costumavam acontecer depois. Sem Lissa, porém, era bem pouco provável que eu conseguisse permissão para entrar nelas. Então fiquei enfiada no quarto tentando fazer os meus deveres escolares — e fracassando nesse propósito. Através do laço, senti todo tipo de emoção que vinha de Lissa, principalmente angústia e excitação. Era difícil passar uma noite inteira com um cara que ela não gostava de verdade.

Uns dez minutos depois da hora marcada para o início do evento, decidi guardar todos os livros e cadernos e tomar um banho. Quando saí do banheiro e fui caminhando pelo corredor, com uma toalha enrolada na cabeça, vi Mason de pé do lado de fora do meu quarto. Ele não estava propriamente arrumado, mas também não estava usando jeans. Já era um começo.

— Aí está você, garota festeira. Já estava desistindo.

— Você pôs fogo em alguma coisa outra vez? Não é permitida a entrada de garotos neste andar.

— Até parece. Como se isso fizesse alguma diferença. — Era verdade. A Escola podia até ser capaz de manter os Strigoi a distância, mas não se saía nada bem quando o assunto era manter os alunos afastados uns dos outros. — Me deixa entrar. Você precisa se aprontar.

Demorei ainda um instante para me dar conta do que ele estava dizendo.

— Não, eu não vou.

— Ah, vamos, vai — implorou, me seguindo para dentro do quarto. — É porque você brigou com Lissa? Vocês vão fazer logo as pazes. Não tem por que você ficar aqui dentro a noite toda. Se você não quiser estar no mesmo lugar que ela, Eddie vai reunir um grupo no quarto dele mais tarde.

Meu velho espírito de garota que gosta de um bom divertimento pareceu se reerguer um pouquinho. Lissa não estaria lá. E provavelmente nenhum outro aluno da realeza também.

— É mesmo?

Vendo que estava começando a me convencer, Mason abriu um sorriso largo. Olhei em seus olhos e vi, mais uma vez, quanto ele gostava de mim. E, mais uma vez, pensei comigo mesma: por que eu não podia simplesmente ter um namorado normal? Por que eu queria justo o meu instrutor, tão sedutor e mais velho — instrutor por cuja demissão eu acabaria sendo responsável?

— Só os aprendizes vão estar lá — continuou Mason, ignorando o que passava pela minha cabeça. — E, quando chegarmos lá, eu tenho uma surpresa para você.

— E essa surpresa não estará por acaso dentro de uma garrafa? — Se Lissa queria me ignorar, eu não tinha por que ficar sóbria naquela noite.

— Não, mas isso, com certeza, a festinha no quarto de Eddie vai ter. Vai, se arruma logo. Eu sei que você não vai vestida assim.

Olhei então para os meus próprios trajes, para minha calça jeans desfiada e para a camiseta da Universidade de Oregon que eu estava usando. É, definitivamente eu não sairia vestida daquele jeito.

Quinze minutos depois, atravessamos o pátio quadrangular em direção ao refeitório nos divertindo com a lembrança de como um colega nosso, especialmente desajeitado, havia ganhado um olho roxo na aula naquela semana. Não era fácil andar rápido pelo chão congelado usando um par de sapatos de salto alto, e volta e meia Mason me segurava pelo braço para evitar que eu caísse, quase me arrastando pelo caminho. E isso nos fez rir ainda mais. Um sentimento de alegria começou a crescer dentro de mim — eu não me livrara completamente da dor por Lissa não estar falando comigo, mas aquela animação já era um começo. Talvez eu não pudesse estar com ela e com os amigos dela, mas eu tinha os meus próprios amigos. Era bem provável também que eu tomasse um porre daqueles durante a noite, o que, se não era a melhor maneira de resolver os meus problemas, ao menos me divertiria. É isso aí. Minha vida podia ser bem pior.

Foi então que nos deparamos com Dimitri e Alberta.

Eles estavam indo para outro lugar, cuidando de seus afazeres de guardiões. Alberta sorriu quando nos viu, e nos lançou aquele olhar benevolente que as pessoas mais velhas sempre lançam para jovens que parecem estar se divertindo e agindo de modo tolo. Como se nos achasse bonitinhos. Eis uma coisa que me irrita bastante. Demos uma freada brusca, e Mason colocou a mão no meu braço para me estabilizar.

— Senhor Ashford, senhorita Hathaway. Estou surpresa de vocês ainda não estarem no refeitório.

Mason armou para ela um sorriso angelical de aluno queridinho do professor.

— A gente se atrasou, guardiã Petrov. Sabe como são as garotas. Têm sempre que estar perfeitas. A senhora, mais do que qualquer outra pessoa, deve saber como é isso.

Normalmente eu teria dado uma cotovelada nele por dizer uma coisa tão idiota, só que, naquele momento, eu olhava fixamente para Dimitri e perdera totalmente a fala. Mas o mais importante era que Dimitri também não tirava os olhos de mim.

Eu estava com o vestido preto, e o efeito que ele causava era precisamente o que eu esperara. Na verdade, foi um verdadeiro milagre Alberta não ter chamado ali mesmo a minha atenção para as regras de vestimenta da escola. O tecido se colava perfeitamente ao meu corpo, e nenhuma garota Moroi teria seios capazes de sustentar aquele vestido. A rosa que Victor me dera estava pendurada no meu pescoço, e eu fizera uma bela escova no cabelo, deixando-o solto, exatamente como eu sabia que Dimitri gostava. Não estava usando meias finas, porque ninguém mais usava meias com vestidos como aqueles, então os meus pés congelavam em cima dos saltos. Tudo pelo *look* perfeito.

E eu tinha certeza de que estava mesmo maravilhosa, embora o rosto de Dimitri não manifestasse qualquer admiração. Ele apenas olhava para mim — olhava, olhava e não parava de olhar. Talvez isso, na verdade, dissesse alguma coisa sobre a minha aparência. Lembrando-me de que Mason estava meio que segurando a minha mão, me afastei um pouco dele. Mason e Alberta terminaram os comentários brincalhões, e seguimos por caminhos opostos.

A música estava alta quando chegamos ao refeitório. Havia pequenas luzes brancas como as que se usam no Natal, e um globo espelhado (credo) distribuía a única luz que iluminava a sala escura. Corpos rodopiavam, os de quase todos os alunos do primeiro e do segundo anos, enchendo a pista de dança. Os mais velhos, da nossa idade, se aglomeravam em pequenos grupos com ar de gente que se considerava importante demais para estar ali, e que, nos cantos da sala, esperava o momento oportuno para escapulir. Um grande e variado grupo de inspetores, guardiões e professores Moroi patrulhava tudo, separando, às vezes, os casais que cometiam certos excessos na pista de dança.

Avistei Kirova com um vestido xadrez sem mangas, me virei para Mason e perguntei:

— Você tem certeza de que ainda não podemos atacar as bebidas mais fortes?

Ele riu e me pegou pela mão novamente.

— Venha, está na hora da surpresa.

Deixando que ele me guiasse, atravessamos a sala, passando pelo grupo de alunos do primeiro ano que subitamente pareceram jovens demais para movimentos pélvicos como aqueles. Onde estavam os inspetores quando de fato se precisava deles? Percebi então para onde Mason estava me levando e dei uma freada brusca.

— Não — disse, me mantendo imóvel enquanto ele se esforçava para me puxar pela mão.

— Vamos, vai ser ótimo.

— Você está me levando até Jesse e Ralf. A *única* maneira possível de eu ser vista perto deles é com algum objeto cortante nas mãos e mirando entre as pernas desses babacas.

Ele me puxou novamente.

— Você não precisa mais disso. Venha.

Relutante, finalmente voltei a me mover: meus piores temores pareceram se concretizar quando alguns pares de olhos se viraram em nossa direção. Ótimo. Estava tudo começando de novo. Jesse e Ralf não perceberam de cara a nossa presença, mas, quando nos viram, uma divertida sucessão de expressões desfilou pela fisionomia deles. Primeiro viram meu corpo e meu vestido. A testosterona tomou conta deles, e a lascívia masculina em estado puro se escancarou nos rostos deles. Depois se deram conta de que aquela era eu e ficaram imediatamente aterrorizados. Aquilo foi maravilhoso.

Mason deu uma cutucada brusca no peito de Jesse com a ponta do indicador.

— Vamos lá, Zeklos. Conta pra ela.

Jesse não disse nada, e Mason repetiu o gesto, só que com mais força.

— Conta pra ela, cara.

Sem me olhar nos olhos, Jesse murmurou:

— Rose, a gente sabe que nada daquilo aconteceu.

Eu quase engasguei com a minha própria gargalhada.

— Vocês *sabem*? Puxa. Que alegria ouvir isso. Porque, veja só, até você me dizer isso, eu estava mesmo achando tudo *realmente* aconteceu. Graças a Deus que vocês estão aqui pra colocar a minha cabeça no lugar e contar pra mim o que andei fazendo ou deixando de fazer!

Eles estremeceram, e a expressão brincalhona de Mason tomou um aspecto mais grave.

— Ela sabe disso — gritou. — Conte o resto.

Jesse suspirou.

— Inventamos tudo porque Mia mandou.

— E o que mais? — instigou Mason.

— E a gente quer pedir desculpas.

Mason se virou para Ralf.

— Eu quero ouvir de você também, garanhão.

Ralf também não teve coragem de me olhar nos olhos, mas resmungou alguma coisa que parecia vagamente um pedido de desculpas.

Ao vê-los derrotados, Mason se animou.

— Você ainda não ouviu a melhor parte.

Lancei um olhar enviesado para ele.

— É? Como assim? A parte em que a gente volta no tempo e nada disso acontece?

— A próxima parte é a melhor. — Mason cutucou Jesse novamente.

— Conta pra ela. Conta pra ela *por que* vocês fizeram aquilo.

Jesse levantou os olhos e trocou olhares apreensivos com Ralf.

— Olha aqui, moleques — advertiu Mason, claramente deliciado com tudo aquilo —, vocês estão deixando Hathaway e eu muito irritados. Contem logo por que vocês fizeram aquilo.

Com o olhar de quem percebe que as coisas não podiam ficar piores, Jesse finalmente me encarou e disse tudo.

— A gente fez aquilo porque ela dormiu com a gente. Com nós dois.

Vinte

Fiquei boquiaberta.

— O quê? Espere aí… Vocês estão falando de sexo?

A perplexidade não me deixou pensar numa resposta melhor. Mason achou graça. Jesse parecia querer morrer.

— É claro que estou falando de sexo. Ela disse que transaria com a gente se espalhássemos que a gente, bom… Você sabe…

Eu fiz uma expressão maldosa.

— Mas isso foi ao mesmo tempo? Tipo, vocês transaram com ela ao mesmo tempo?

— Não — disse Jesse, com nojo. Ralf fez cara de quem não teria se importado.

— Meu Deus — murmurei, tirando uma mecha de cabelo que caía no meu rosto. — Não posso acreditar que ela nos odeie a esse ponto.

— Calma aí — exclamou Jesse, percebendo o que eu estava insinuando. — O que você está querendo dizer com isso? A gente não é tão horrível assim. E você e eu… estivemos bem perto de…

— Não. A gente não chegou *nem perto* de algo assim. — Mason gargalhou novamente, e eu me dei conta de uma coisa. — Se isso… se isso aconteceu naquela época, então… ela ainda devia estar namorando Aaron quando fez esse acordo.

Todos os três fizeram que sim com a cabeça.

— Uau. Caramba.

Mia *realmente* nos odiava. De uma pobre garota ingênua, enganada pelo irmão de outra, para uma verdadeira sociopata, ela passou direto de um extremo a outro. Transou com aqueles dois e traiu o namorado que ela parecia adorar.

Jesse e Ralf aparentaram ficar inacreditavelmente aliviados quando os deixamos. Mason descansou o braço em volta dos meus ombros.

— E então? O que você achou? Eu me saí bem, não foi? Pode dizer. Não me importo em ouvir.

Eu ri.

— Como foi afinal que você descobriu isso tudo?

— Eu contava com certas coisas a meu favor. Fiz algumas ameaças. E o fato de Mia não estar em condições de revidar também ajudou.

Lembrei-me de Mia me abordando no outro dia. Não achei que ela estivesse exatamente desamparada, mas não disse isso a Mason.

— Na segunda-feira eles vão contar toda a verdade para todos — prosseguiu Mason. — Eles me prometeram. Na hora do almoço, todos já saberão.

— E por que não agora? — perguntei, zangada. — Eles transaram com uma garota. Vai doer mais pra ela do que pra eles.

— É. Você tem razão. Eles não queriam ter que lidar com isso esta noite. Mas você pode começar a contar para as pessoas, se quiser. A gente pode fazer uma faixa.

Será que podíamos fazer uma faixa com a quantidade de vezes que Mia me chamou de piranha e de prostituta? Até que não era má ideia.

— Você tem uma caneta grossa e papel...?

Minhas palavras se perderam quando eu olhei para fora do ginásio, para onde estava Lissa, rodeada de admiradores, com o braço de Aaron ao redor de sua cintura. Ela estava com um vestido cor-de-rosa lustroso colado ao corpo, num tom que nunca ficaria bem em mim, por exemplo. Seu cabelo loiro estava preso num coque enfeitado com pequenos grampos de cristal. Ela quase parecia estar usando uma coroa. Princesa Vasilisa.

Os mesmos sentimentos que eu percebera mais cedo, através do laço, vieram outra vez: angústia e excitação. Ela simplesmente não estava conseguindo se divertir.

Espreitando no escuro, observando-a do outro lado da sala, estava Christian. Ele praticamente se confundia com as sombras.

— Pare com isso — Mason me repreendeu, vendo que eu olhava para ela. — Não se preocupe com ela esta noite.

— É difícil não me preocupar.

— Isso te deixa deprimida. E você está bonita demais com esse vestido para se deixar entristecer. Vamos, olha só Eddie ali.

Ele me arrastou dali, mas eu ainda lancei um último olhar para Lissa. Nossos olhares se cruzaram rapidamente. Senti uma pontada de tristeza através do laço.

Mas eu a tirei da minha cabeça — figurativamente falando — e dei um jeito de fazer uma cara feliz quando nos juntamos a um grupo de outros aprendizes. Ganhamos muitos pontos quando contamos a eles o escândalo de Mia, e, mesquinharia ou não, ver o meu nome limpo e me vingar dela foi uma sensação boa demais. Quando o grupo se desfez e os que estavam conversando conosco se afastaram e se misturaram a outras pessoas, pude acompanhar como as novidades iam se espalhando a perder de vista. A história era tão quente que não dava mesmo para esperar até segunda-feira.

Deixei para lá. Não estava me importando. Estava realmente me divertindo. Consegui me sentir bem no meu antigo papel, alegre ao me dar conta de que não estava enferrujada demais para fazer comentários divertidos ou mesmo para paquerar. Porém, à medida que o tempo foi passando e que se aproximava a hora da festa do Eddie, comecei a sentir a inquietude de Lissa se intensificando. Franzindo o rosto, eu parei de repente de falar e comecei a percorrer a sala com os olhos, procurando por ela.

Lá estava Lissa. Ainda no meio de um grupo de pessoas, como se fosse o sol do seu pequeno sistema solar. Mas Aaron se inclinava para mais perto dela, sussurrando algo no seu ouvido. Um sorriso, que eu percebi ser falso, estava pregado ao seu rosto, e a irritação e a inquietude que me vinham dela aumentaram ainda mais.

Até que alcançaram o seu ponto mais alto. Foi quando Mia se aproximou deles.

Fosse lá o que tivesse a dizer, ela não perdeu muito tempo e saiu falando. Com os olhos dos admiradores de Lissa voltados para ela, a pequena Mia, com seu vestido vermelho, fazia gestos largos, e sua boca se mexia animadamente. Do outro lado da sala, eu não conseguia ouvir o que ela dizia, mas os sentimentos que me vinham por meio do laço foram ficando cada vez mais sombrios.

— Tenho que ir — disse a Mason.

Então eu meio que andei, meio que corri para perto de Lissa, e peguei apenas as últimas palavras de Mia. Ela gritava com Lissa, usando toda a força de sua voz e se inclinando para perto do rosto dela. Pelo que pude perceber, as notícias de que Jesse e Ralf estavam desmentindo tudo já tinham chegado aos seus ouvidos.

— ... você e a sua amiga piranha! Vou contar a todos que você é louca e por isso tiveram que trancar você na clínica, de tão maluca que é. Estão dando até remédios pra você. Foi por isso que você e Rose fugiram daqui, pra que ninguém mais descobrisse que você se cortava...

Caramba. Isso não estava nada bom. Exatamente como no nosso primeiro encontro na cantina, eu agarrei o braço de Mia e a lancei para longe.

— Olha só — ameacei. — A amiga piranha está bem aqui. Lembra do que eu disse sobre se aproximar demais de Lissa?

Mia rosnou mostrando os caninos. Como já observara antes, eu não podia sentir pena dela. Ela era perigosa. Jogou sujo para se vingar de mim. Agora, não sei como, sabia sobre os pulsos de Lissa. Sabia *mesmo*. Não estava apenas blefando. A informação que tinha agora parecia vinda do relato de algum dos guardiões que viram a cena, ou do meu próprio relato para eles da história de Lissa. E ainda parecia incluir alguma informação médica confidencial. Mia conseguira de alguma maneira meter as mãos nos registros da clínica.

Lissa também percebeu isso, e o olhar em seu rosto — apavorado e frágil, e não altivo como o de uma princesa — me fez tomar uma decisão. Não me importei com o que Kirova me dissera no outro dia, sobre me devolver a liberdade, não liguei para o fato de estar conseguindo me divertir ali, nem para a possibilidade de deixar as minhas preocupações de lado naquela noite para me esbaldar na festa. Não pensei em nada disso, pois eu estava prestes a arruinar tudo ali mesmo, naquele exato momento.

Não sou de fato boa em controlar meus impulsos.

Soquei Mia com toda a força que eu tinha — com mais força ainda do que eu teria usado para socar Jesse. Ouvi, então, um barulho de algo se quebrando quando meu punho bateu no nariz dela, e o sangue começou a jorrar. Alguém deu um grito. Mia ganiu e voou para trás, para cima de algumas garotas que também davam gritinhos por medo de sujar os próprios vestidos de sangue. Eu me atirei em cima dela e ainda acertei mais um bom soco antes que alguém me tirasse dali.

Não lutei contra a detenção como fizera quando eles me tiraram da sala de aula do professor Nagy. Eu já esperava por isso quando me preparei para dar o primeiro soco nela. Refreando todos os sinais de resistência, deixei que dois guardiões me levassem para fora da festa enquanto a diretora Kirova tentava restaurar a ordem perdida. Não me importava com o que iam fazer comigo. Castigo ou expulsão. Tanto fazia. Eu podia aguentar.

À nossa frente, em meio ao fluxo e refluxo de ondas de alunos que passavam pelas portas duplas, vi uma figura cor-de-rosa correndo para fora do salão. Minhas próprias emoções descontroladas tinham ofuscado as dela, mas agora eu as sentia me inundar outra vez. Devastação. Desespero. Todos agora sabiam o segredo dela. Lissa teria de enfrentar mais do que especulações vazias. As peças se encaixariam. E ela não podia suportar isso.

Sabendo que não podia me livrar dos guardiões, procurei freneticamente por algum jeito de ajudá-la. Uma figura sombria prendeu o meu olhar.

— Christian! — gritei. Ele observava Lissa se afastando, mas olhou na minha direção ao me ouvir chamar o seu nome.

Uma das guardiãs que me escoltavam me disse para calar a boca e agarrou meu braço.

— Quieta.

Eu a ignorei.

— Vai atrás dela — gritei para Christian. — Depressa.

Ele continuou sentado onde estava, e eu refreei um gemido.

— Vai, seu idiota!

Os guardiões me mandaram calar a boca novamente, mas alguma coisa em Christian acordou. Abandonando a própria inércia, ele se atirou na direção tomada por Lissa.

Ninguém quis resolver nada a meu respeito naquela noite. Eu podia me preparar para comer o pão que o diabo amassou no dia seguinte. Ouvi falarem de suspensão e até de expulsão. Mas Kirova tinha que se ocupar com Mia sangrando e com um bando de alunos absolutamente histéricos. Os guardiões me escoltaram até o quarto sob o olhar vigilante da inspetora do dormitório, que me informou que checaria de hora em hora para se certificar de que eu permanecia ali. Alguns guardiões também tomariam conta das entradas do dormitório. Pelo visto, eu agora representava um alto risco para a segurança. Provavelmente também arruinei a festa de Eddie, pois ele jamais conseguiria fazer entrar um grupo de pessoas no seu quarto em meio a tanta vigilância.

Sem pensar no vestido, entrei enfurecida no quarto, e me sentei com as pernas cruzadas. Concentrei-me em Lissa. Ela estava mais calma agora. Os acontecimentos da festa ainda a perturbavam terrivelmente, mas Christian, de algum modo, conseguia acalmá-la, com palavras ou algum charme eu não sabia dizer. Não importava. Desde que ela estivesse melhor e não fizesse nenhuma besteira... Voltei-me, então, para mim mesma.

Sim, as coisas ficariam bem bagunçadas agora. As acusações de Mia e de Jesse esquentariam os ânimos na escola. Provavelmente eu seria expulsa e teria que passar a viver com um grupo de dampiras vulgares. Talvez assim Lissa pelo menos se desse conta de que Aaron era um chato e de que na verdade era com Christian que ela queria ficar. Mas, ainda que esta fosse a coisa certa a fazer, isso ainda significaria...

Christian. Christian.

Christian estava arrasado.

Escorreguei, então, num estalo, para dentro da cabeça de Lissa de novo, sugada subitamente pelo terror que pulsava por todo o corpo dela. Ela estava cercada, cercada por homens e mulheres, surgidos do nada, que tinham invadido, com truculência, o sótão da capela onde ela e Christian conversavam. Christian havia saltado, e o fogo saía agora pelas pontas dos seus dedos. Um dos invasores bateu com alguma coisa pesada na cabeça dele, fazendo seu corpo desabar no chão.

Desesperada, desejei que ele estivesse bem, mas eu não podia mais desperdiçar qualquer energia me preocupando com ele. Todos os meus medos se dirigiam agora para Lissa. Eu não podia deixar que a mesma coisa acontecesse com ela. Não podia deixar que a ferissem. Precisava salvá-la, tirá-la de lá. Mas não sabia como. Ela estava longe demais, e eu, naquele momento, não conseguia escapar sequer de dentro da cabeça dela, quanto mais correr para lá e obter ajuda.

Os agressores a abordaram, a chamaram de princesa e disseram que não se preocupasse, pois eram guardiões. E eles *realmente* pareciam guardiões. Eram dampiros, com certeza. Agindo de modo preciso e eficiente. Mas eu não os reconheci como guardiões da escola. E nem Lissa. Guardiões não teriam atacado Christian. E guardiões certamente não estariam colocando uma venda nos olhos dela e amordaçando...

Alguma coisa me forçou a sair da cabeça dela, e eu franzi as sobrancelhas olhando em volta do meu próprio quarto. Eu precisava voltar para dentro da cabeça de Lissa e descobrir o que estava acontecendo. Em geral, a conexão simplesmente se extinguia aos poucos ou eu a interrompia, mas dessa vez... Dessa vez foi como se alguma coisa tivesse realmente me removido e me puxado para fora. De volta para onde eu estava.

Mas isso não fazia sentido algum. O que poderia ter me puxado de volta...? Espere.

Tive um branco.

Não conseguia sequer me lembrar do que eu estava pensando ainda há pouco. Tudo desaparecera. Como se meu cérebro tivesse paralisado. Onde eu estive? Com Lissa? O que aconteceu com Lissa?

Eu me ergui, e abracei, confusa, o meu próprio corpo, tentando compreender o que estava acontecendo. Lissa. Era alguma coisa com Lissa.

Dimitri, ordenou de repente uma voz dentro da minha cabeça. *Encontre Dimitri.*

É isso. Dimitri. Meu corpo e meu espírito subitamente queimavam por ele, e eu quis estar com ele mais do que nunca. Não podia ficar longe dele naquele momento. Dimitri saberia o que fazer. E ele me disse que eu devia procurá-lo caso alguma coisa acontecesse com Lissa. Que droga eu não estar conseguindo me lembrar do que era. Ainda assim, eu sabia que ele cuidaria de tudo.

Não foi difícil chegar até a ala onde ficavam os quartos dos funcionários, pois a preocupação deles aquela noite era exatamente me manter dentro do dormitório. Eu não sabia onde ficava o quarto de Dimitri, mas isso não importava. *Alguma coisa* me levava até ele, me impulsionava para perto dele. Um instinto me dirigiu até uma das portas, e eu bati até não poder mais.

Depois de um tempo, ele a abriu, e seus olhos castanhos se arregalaram ao me ver.

— Rose?

— Me deixe entrar. Algo está acontecendo com Lissa.

Ele me deu passagem imediatamente. Acho que já estava deitado, pois as cobertas estavam enroladas num dos lados da cama e apenas a lâmpada de um abajur de cabeceira brilhava acesa no escuro. Além disso, ele estava usando apenas as calças de um pijama de algodão; o seu peito — que eu nunca vira antes, e que, *uau*, se mostrava em excelente forma — estava nu. As pontas do cabelo escuro dele se enrolavam perto do queixo e pareciam úmidas, como se ele tivesse tomado uma chuveirada pouco tempo antes.

— O que aconteceu?

O som da voz dele me perturbou, e eu não consegui responder. Não conseguia parar de olhar para ele. A força que me empurrara até o quarto dele me empurrava agora para ele. Desejei muito que ele me tocasse, quis tanto que mal podia suportar aquela sensação. Dimitri era maravilhoso. Era inacreditavelmente lindo. Eu sabia que, em algum lugar, alguma coisa ruim estava acontecendo, mas não parecia importante naquele momento. Não agora que eu estava com ele.

Com trinta centímetros de distância entre nós, não seria fácil beijar os lábios de Dimitri sem que ele me ajudasse. Então, fui em direção ao seu peito, querendo sentir o calor, a suavidade daquela pele.

— Rose! — exclamou, dando um passo para trás. — O que você está fazendo?

— O que você acha?

Eu me aproximei dele novamente, sentindo uma urgência de tocá-lo, de beijá-lo e de mil outras coisas.

— Você está bêbada? — perguntou, fazendo um gesto de defesa com as mãos.

— Quem me dera. — Tentei me esquivar dele, depois parei, me sentindo momentaneamente insegura. — Pensei que você quisesse. Você não me acha bonita?

Desde que nos conhecemos, desde quando surgiu aquela atração, ele nunca me disse que eu era bonita. Ele deu pistas, mas não era a mesma coisa. E, apesar de todas as declarações que eu já ouvira de outros caras de que eu era a sensualidade em pessoa, eu precisava ouvir aquilo do único cara que eu realmente queria.

— Rose, eu não sei o que está acontecendo, mas você precisa voltar pro seu quarto.

Quando fui novamente na direção dele, Dimitri estendeu os braços e agarrou meus pulsos. Com esse toque, uma corrente elétrica atravessou nossos corpos, e eu o vi esquecer tudo que o preocupava segundos antes. Alguma coisa o capturou também, alguma coisa que o fez subitamente me querer tanto quanto eu o queria.

Ele então soltou os meus pulsos, e subiu as mãos pelos meus braços, escorregando-as lentamente pela minha pele. Prendendo-me ao seu olhar escuro e faminto, ele me puxou para junto de si, pressionando o meu corpo contra o dele. Uma de suas mãos subiu até a minha nuca, entrelaçando os dedos no meu cabelo e levantando meu rosto para perto do dele. Ele abaixou os lábios, quase roçando nos meus.

Engolindo em seco, eu perguntei novamente:

— Você acha que eu sou bonita?

Ele me olhou com um ar extremamente sério, como sempre fazia.

— Eu acho você linda.

— Linda?

— Você é tão linda que chega a doer, às vezes.

Os lábios dele vieram para junto dos meus, primeiro suaves, depois violentos e famintos. Fui consumida por aquele beijo. As mãos dele, que agora estavam nos meus braços, escorregaram para baixo, para os meus quadris, e mais para baixo, até a barra do meu vestido. Ele agarrou o tecido e começou a puxá-lo para cima. Eu me dissolvi nesse toque, me dissolvi no beijo dele e no jeito como aquele beijo esquentava a minha boca. Suas mãos continuaram escorregando cada vez mais para cima, até que ele tirou o vestido pela minha cabeça e o jogou no chão.

— Você... Você se livrou rápido desse vestido — disse, com a respiração pesada. — Achei que gostasse dele.

— Eu gosto — respondeu. Sua respiração estava tão pesada quanto a minha. — Eu adoro esse vestido.

E então ele me levou para a cama.

Vinte e Um

Eu nunca tinha ficado completamente nua com um cara antes. Deu um medo danado, embora tenha me excitado também. Deitados nos lençóis, grudamos um ao outro e ficamos nos beijando, e beijando, e beijando, e beijando. As mãos e os lábios dele se apossaram do meu corpo, e cada toque era como fogo se alastrando na minha pele.

Depois de desejá-lo por tanto tempo, eu mal podia acreditar que aquilo estivesse mesmo acontecendo. E não só todo o contato físico entre nós era maravilhoso, eu também gostava muito de apenas ficar perto dele. Gostava do jeito como ele me olhava, como se eu fosse a pessoa mais sedutora e mais maravilhosa do mundo. Gostava do jeito como ele dizia o meu nome em russo, murmurando-o como uma prece: *Roza, Roza...*

E, no meio disso tudo, havia, em algum lugar, a mesma voz instigante que me incitara a ir até o quarto dele, uma voz que não parecia vir de mim, mas que eu não conseguia ignorar. *Fique com ele, fique com ele. Não pense em mais nada a não ser nele. Continue tocando nele. Esqueça todo o resto.*

Eu ouvia. Não que eu precisasse de qualquer incentivo extra para me convencer a ficar com Dimitri.

As chamas no olhar dele me diziam que ele queria fazer muito mais do que o que já estávamos fazendo, mas foi indo devagar, talvez porque soubesse o quanto eu estava nervosa. Dimitri continuou vestido com as calças do pijama. Em dado momento eu mudei de posição e fiquei em cima dele, com os cabelos pendendo sobre ele. Sua cabeça se inclinava de leve para o lado, e eu vi rapidamente a sua nuca. Passei as pontas dos dedos sobre as seis pequenas marcas tatuadas ali.

— Você matou mesmo seis Strigoi? — Ele fez que sim com a cabeça. — Uau.

Ele trouxe o meu pescoço para baixo até bem perto da sua boca e me beijou. Seus dentes roçaram levemente a minha pele, de um jeito diferente de como os vampiros costumam fazer, mas toda mordida pode ser muito excitante.

— Não se preocupe. Você vai ter muito mais marcas do que eu algum dia.

— Você sente culpa?

— Hein?

— De ter matado. Você disse na viagem que essa era a coisa certa a fazer, mas isso ainda parece ser um incômodo pra você. É por isso que você frequenta a igreja, né? Eu vejo você lá, mas você não presta muita atenção à missa.

Ele sorriu, surpreso e divertido com o fato de eu ter descoberto outro segredo.

— Como você sabe essas coisas? Não sinto culpa, exatamente... É mais uma tristeza casual. Todos eles algum dia foram humanos, ou dampiros, ou Moroi. É uma sensação de perda, só isso; mas, como eu disse antes, é uma coisa que eu tenho que fazer. Uma coisa que todos nós precisamos fazer. Às vezes isso me incomoda, e a capela é um bom lugar pra pensar sobre isso. Às vezes eu encontro alguma paz lá, mas é raro. Sinto uma sensação bem maior de paz quando estou com você.

Então ele me fez rolar, me tirando de cima dele, e se posicionou em cima de mim novamente. Voltamos a nos beijar, dessa vez com mais paixão. Com mais urgência. *Ai, meu Deus*, pensei. *Finalmente vai acontecer. É agora. Estou sentindo.*

Ele deve ter visto a decisão no meu olhar. Sorrindo, escorregou as mãos por trás do meu pescoço e abriu o colar que Victor me dera e o colocou sobre a mesinha de cabeceira. Assim que a corrente saiu das mãos dele, eu senti como se tivesse levado um tapa na cara. Pisquei os olhos, surpresa.

Dimitri deve ter sentido a mesma coisa.

— O que foi? — perguntou.

— Eu... Eu não sei. — Eu sentia como se estivesse tentando acordar, como se estivesse dormindo há dois dias. Precisava me lembrar de alguma coisa.

Lissa. Alguma coisa relacionada com Lissa.

Senti algo estranho dentro da minha cabeça. Não era dor, nem tontura, mas... a voz, e repentinamente me dei conta. A voz que me impelia em direção a Dimitri sumira. Isso não significava que eu não o quisesse mais, porque, falando sério, ele só com aquela calça de pijama sensual, com o cabelo castanho caindo de um lado do rosto — aquilo estava bom demais. Mas sumira o estímulo externo que me empurrava implacavelmente para ele. Estranho.

Ele franziu a testa, dominando a si mesmo. Depois de algum tempo pensando, estendeu o braço e apanhou outra vez o colar. No instante em que seus dedos tocaram na joia, eu vi o desejo tomar conta do corpo dele com a mesma violência de antes. Ele passou a outra mão nos meus quadris, e, subitamente, aquela atração incontrolável me invadiu como se eu tivesse sido atingida por um tiro. Senti um desconforto no estômago, enquanto um arrepio me percorria o corpo e a pele toda ardia intensamente de desejo outra vez. Minha respiração ficou pesada. Os lábios dele vieram mais uma vez ao encontro dos meus.

Alguma coisa bem dentro de mim, no entanto, lutou contra aquilo.

— Lissa — sussurrei, apertando os meus olhos fechados. — Eu tenho que contar a você alguma coisa sobre Lissa. Mas eu não consigo... me lembrar... Estou me sentindo muito estranha...

— Eu sei. — Ainda junto de mim, ele descansou o rosto na minha testa. — Tem alguma coisa... alguma coisa aqui... — Ele se afastou, e eu abri os olhos. — Este colar. Este é o colar que o príncipe Victor te deu?

Fiz que sim com a cabeça e acompanhei, refletido em seus olhos, todo o movimento de um pensamento que se formava lentamente na mente dele e o fazia tomar consciência da situação. Respirando fundo, ele tirou a mão do meu quadril e conseguiu se afastar.

— O que você está fazendo? — exclamei. — Volta...

Ele parecia querer voltar — queria muito mesmo —, mas, em vez disso, o que fez foi descer da cama. Ele e o colar se afastaram de mim. Senti como se tivessem arrancado um pedaço de mim, mas, ao mesmo tempo, fui tomada pela sensação surpreendente de um despertar. E me vi em condições de pensar com clareza novamente sem que meu corpo tomasse todas as decisões por mim.

Ao mesmo tempo, Dimitri continuava com aquele olhar dominado por intenso desejo, parecendo realizar um esforço sobre-humano para se afastar e atravessar o quarto. Ele chegou, então, até a janela e conseguiu abri-la com apenas uma das mãos. Uma lufada de ar frio adentrou o ambiente, e eu tive que esfregar as mãos nos braços para me aquecer.

— O que você vai...? — A resposta veio como um tapa, e eu me levantei correndo da cama, bem no momento em que o colar era lançado pela janela. — Não! Você sabe quanto isso deve ter custado...?

O colar desapareceu, e eu não me senti mais como se estivesse *acordando*. Eu estava *acordada*. Dolorosa, surpreendentemente acordada.

Foi então que tomei plena consciência da minha situação. No quarto de Dimitri. Nua. A cama desarrumada.

Mas isso tudo não era nada se comparado ao que me aconteceu logo em seguida.

— Lissa! — disse, sem fôlego.

Tudo voltou, as lembranças e os sentimentos. E, de fato, as emoções ocultas dela subitamente caíram dentro de mim, em níveis arrasadores. Mais terror. Um terror intenso. Aqueles sentimentos queriam me sugar para dentro do corpo dela, mas eu não podia deixar que fizessem isso. Ainda não. Lutei contra ela, pois eu precisava me manter onde estava. Com as palavras saindo de mim numa torrente, contei a Dimitri tudo o que aconteceu.

Antes mesmo de eu terminar, ele já estava em ação, vestindo-se rapidamente, e, a cada novo gesto, mais parecia um deus. Mandou, em seguida, que eu me vestisse também, e me jogou um blusão estampado com algumas palavras em alfabeto cirílico para que eu o pusesse sobre os meus trajes insuficientes.

Passei maus momentos tentando segui-lo escada abaixo, pois dessa vez ele não diminuiu o ritmo para me acompanhar. Quando chegamos lá embaixo, ele deu alguns telefonemas. Ordens foram dadas aos gritos. Não demorou muito tempo e eu já estava no escritório principal dos guardiões com ele. Kirova e outros professores estavam lá também; e quase todos os guardiões do campus. Todos pareciam falar simultaneamente. E o tempo todo eu sentia o medo que Lissa estava sentindo, sentia que, naquele momento, ela se dirigia para cada vez mais longe.

Gritei pedindo que eles se apressassem e fizessem logo alguma coisa, mas ninguém, com exceção de Dimitri, acreditou na minha história de que ela fora sequestrada até encontrarem Christian na capela e se certificarem, em seguida, de que Lissa realmente não estava no campus.

Christian entrou cambaleante, amparado por dois guardiões. A doutora Olendzki apareceu pouco depois, o examinou e limpou o sangue que havia atrás da sua cabeça.

Naquele momento pensei que enfim iam tomar alguma atitude.

— Quantos Strigoi estavam lá? — me perguntou um dos guardiões.

— Como foi que eles conseguiram entrar? — murmurou outra pessoa.

— O qu…? Não havia Strigoi algum.

Vários pares de olhos me encararam.

— Quem mais a teria levado? — perguntou a diretora Kirova, com afetação. — Você não deve ter conseguido enxergar direito através… da visão.

— Não. Tenho certeza. Eram... Eles eram... guardiões.

— Ela está certa — murmurou Christian, ainda sob os cuidados da médica. Ele estremeceu quando ela realizou algum procedimento médico na parte de trás de sua cabeça. — Guardiões.

— Isso é impossível — declarou alguém.

— Não eram guardiões da Escola. — Eu esfreguei a mão na testa, lutando fortemente para não sair da conversa e entrar mais uma vez na cabeça de Lissa. A minha irritação foi se intensificando. — Será que vocês não vão fazer nada? Ela está indo para cada vez mais longe!

— Você está dizendo que um grupo de guardiões particulares profissionais foi contratado para entrar aqui e sequestrá-la? — O tom de voz de Kirova sugeria que eu só podia estar fazendo algum tipo de piada.

— É isso — respondi rangendo os dentes. — Eles...

Lenta, calmamente, fui deixando o meu freio mental escorregar e voei para o interior do corpo de Lissa. Ela estava sentada num carro, num carro caro com janelas escuras de vidro, preparadas para filtrar a luz. Era "noite" para nós, mas era dia claro para o resto do mundo. Um dos guardiões que estivera na capela dirigia o carro; e havia outro sentado ao lado dele no banco da frente. Um deles eu reconheci. Era Spiridon. No banco de trás, Lissa estava sentada com as mãos atadas, e ao lado havia um outro guardião, e do outro lado...

— Eles trabalham para Victor Dashkov — informei, ofegante, me concentrando novamente em Kirova e nos outros. — São os guardiões dele.

— O príncipe Victor Dashkov? — perguntou, bufando, um dos guardiões.

Como se existisse algum outro maldito Victor Dashkov.

— Por favor — gemi, com as mãos agarradas à minha cabeça. — Façam alguma coisa. Eles estão se afastando. Eles estão na... — Uma imagem breve, vista do lado de fora da janela do carro, cintilou na minha visão. — Na estrada 83. Em direção ao sul.

— Já na 83? Há quanto tempo eles saíram daqui? Por que você não nos avisou mais cedo?

Meus olhos se voltaram aflitos para Dimitri.

— Um feitiço de compulsão — disse ele, lentamente. — Um feitiço de compulsão foi posto num colar que Victor deu a Rose. E fez com que ela me atacasse.

— Ninguém pode usar esse tipo de compulsão — exclamou Kirova. — Há séculos que ninguém faz isso.

— Bom, alguém fez. Assim que eu a dominei e peguei o colar, já se passara muito tempo — continuou Dimitri. A expressão de seu rosto estava perfeitamente controlada. Ninguém duvidou da história.

E, finalmente, o grupo entrou em ação. Ninguém queria que eu fosse junto, mas Dimitri insistiu ao perceber que eu poderia guiá-los até Lissa. Três destacamentos de guardiões saíram em sinistros automóveis esportivos pretos. Eu fui no primeiro carro, sentada no banco da frente enquanto Dimitri dirigia. Os minutos se passavam. O único momento em que nos falamos foi quando eu dei indicações a ele sobre qual direção tomar.

— Ainda estão na 83... mas a saída da estrada está próxima. Eles não estão em alta velocidade. Não querem ser parados.

Dimitri fez um sinal afirmativo com a cabeça, sem sequer olhar para mim. Ele, ao contrário, definitivamente *estava* dirigindo em alta velocidade.

Olhando-o discretamente, eu reprisei os acontecimentos anteriores da noite. E, na minha cabeça, pude ver tudo novamente, o jeito como ele me olhou e me beijou.

Mas o que teria sido aquilo? Uma ilusão? Um truque? Enquanto caminhamos até o carro, ele me disse que realmente havia um feitiço de compulsão no colar, um feitiço ligado à luxúria. Eu nunca ouvira falar em algo assim, mas, quando pedi mais informações, ele apenas me respondeu que era um tipo de magia que aqueles que podiam manipular a terra costumavam praticar, embora já não o fizessem havia muito tempo.

— Eles estão saindo da estrada — avisei, subitamente. — Não consigo ver o nome da via que tomaram, mas vou saber qual é assim que chegarmos perto dela.

Dimitri resmungou uma confirmação de que havia entendido, e eu me afundei ainda mais no meu assento.

O que significou aquilo tudo? Será que significou alguma coisa para ele? Para mim certamente sim, muito.

— Lá — apontei, passados uns vinte minutos, indicando a estrada esburacada em que o carro de Victor entrara. Era uma estrada de pedregulhos, sem asfalto, e nosso carro levaria vantagem contra o modelo de luxo.

Seguimos em silêncio, o único som que ouvíamos era o que vinha dos pedregulhos sob os pneus do carro. Do lado de fora das janelas, a poeira levantava, rodopiando à nossa volta.

— Estão saindo novamente da estrada.

Eles tomavam cada vez mais distância das vias principais, e nós os seguíamos o tempo todo, guiados pelas minhas instruções. Finalmente senti que o carro de Victor parara.

— Eles estão do lado de fora de uma pequena cabana — avisei. — Estão levando ela...

— Por que você está fazendo isso? O que está acontecendo?

Lissa. Esquivando-se e com medo. Seus sentimentos tinham me arrastado para dentro dela.

— Venha, criança — disse Victor, enquanto entrava na cabana, apoiando-se de modo instável na bengala. Um dos guardiões dele manteve a porta aberta. Outro empurrou Lissa para dentro e a sentou numa cadeira perto de uma pequena mesa. Estava frio lá dentro, principalmente para Lissa, que continuava com o vestido rosa da festa. Victor sentou-se de frente para ela. Quando ela começou a se levantar, um guardião lançou imediatamente um olhar de advertência. — Você acha mesmo que eu quero te machucar?

— O que foi que você fez com Christian? — Ela chorava, ignorando a pergunta dele. — Ele está morto?

— O garoto da família Ozera? Eu não queria que aquilo acontecesse. Não esperávamos que ele estivesse lá. Achamos que você estaria sozinha, e que seria possível convencer os outros de que você tinha fugido novamente. Tomamos providências para que os rumores sobre a sua nova fuga já começassem a circular.

Nós? Eu me lembrei de como essas histórias tinham voltado à tona naquela semana... Natalie tinha voltado ao assunto.

— E agora? — Ele suspirou, abrindo as mãos e esticando os braços, num gesto de impotência. — Não sei dizer. Duvido que alguém faça alguma relação entre nós e o seu sumiço, mesmo que não acreditem que você fugiu outra vez. Rose era a nossa maior ameaça. Pensamos em... dar um jeito nela, e deixar que os outros pensassem que ela também tivesse fugido. Mas o espetáculo que ela deu na festa tornou isso impossível, e eu tinha outra carta na manga, capaz de me garantir que ela ficaria entretida com outra coisa durante algum tempo... provavelmente até amanhã. Mas teremos que enfrentá-la mais tarde.

Ele não contava com a possibilidade de Dimitri descobrir o feitiço. Imaginou que nos manteríamos ocupados demais, transando a noite inteira.

— Por quê? — perguntou Lissa. — Por que você está fazendo tudo isso?

Os olhos verdes dele se arregalaram, o que a fez lembrar dos olhos de seu pai. Eram parentes distantes, mas a cor verde-jade estava no sangue tanto dos Dragomir quanto dos Dashkov.

— Estou surpreso de você me perguntar, meu bem. Eu preciso de você. Preciso que você me cure.

VINTE E DOIS

— *Curar?*

Curar? Meus pensamentos ecoaram as palavras dela.

— Você é a minha única chance — explicou, paciente. — A minha única chance de cura para esta doença. Eu venho observando você há anos, esperando até ter certeza.

Lissa balançou a cabeça em sinal negativo.

— Eu não posso... Não. Não tenho este poder.

— Os seus poderes de cura são extraordinários. Ninguém faz ideia do quanto eles são eficazes.

— Não sei do que você está falando.

— Deixe de fingir, Vasilisa. Eu sei do episódio com o corvo. Natalie viu o que você fez com o pássaro. Ela já te seguia naquela época. E eu sei que você curou Rose.

Ela percebeu que era inútil negar.

— Aquilo... foi diferente. Rose não estava tão machucada assim. Mas você... Eu não posso curar a síndrome de Sandovsky.

— Não estava *tão* machucada *assim*? — Ele soltou uma gargalhada. — Não estou falando do tornozelo. Aliás, aquilo também foi bastante impressionante. Estou falando do acidente de carro. Sim, porque você afinal não deixa de estar com a razão, sabe? Rose não estava "tão machucada assim". Ela estava *morta*.

Ele deixou que aquelas palavras entrassem na cabeça dela.

— Isso é… Não. Ela sobreviveu. — Lissa finalmente conseguira dizer alguma coisa.

— Não. Quer dizer, claro, ela sobreviveu. Mas eu li todos os relatórios. Não havia *forma* de ela sobreviver, especialmente depois de todos os ferimentos que sofreu. Você a curou. Você a trouxe de volta. — Ele suspirou, pensativo e fatigado. — Eu suspeitei por muito tempo que você tivesse a capacidade de fazer isso, e tentei muito fazer com que repetisse a façanha… para ver o quanto você era capaz de controlar conscientemente o seu potencial…

Lissa compreendeu o que ele estava dizendo e engasgou.

— Os *animais*. Foi você.

— Com a ajuda de Natalie.

— Por que você fez isso? Como pôde?

— Porque eu precisava saber. Tenho poucas semanas de vida, Vasilisa. Se você pode mesmo trazer os mortos de volta à vida, então pode curar a síndrome de Sandovsky. Antes de tirá-la da escola, eu precisava saber se você podia curar por vontade própria e não apenas em momentos de pânico.

— Por que me tirar de lá? — Uma fagulha de raiva se acendeu dentro dela. — Você é como se fosse meu tio. Se queria que eu fizesse isso, se você realmente acha que eu sou capaz… — A voz de Lissa e os seus sentimentos me transmitiam a impressão de que ela na verdade não acreditava ser inteiramente capaz de curá-lo. — Então por que me sequestrar? Por que simplesmente não me pediu para fazer isso?

— Porque não é algo que você poderá fazer de uma só vez. Levei muito tempo para descobrir o que você é, mas consegui tomar conhecimento de algumas velhas histórias… alguns pergaminhos que não estavam nos museus Moroi. Quando eu li sobre como funciona o domínio sobre o espírito…

— Domínio sobre o quê?

— Sobre o espírito. Foi nisso que você se especializou.

— Eu não me especializei em nada! Você é louco.

— De onde mais você pensa que vêm esses seus poderes? O espírito é outro elemento, um elemento que poucas pessoas dominam hoje em dia.

A mente de Lissa ainda estava processando o fato de ter sido raptada e a possibilidade de ser verdadeira aquela história de ela ter me trazido de volta à vida.

— Isso não faz sentido. Mesmo sendo raro, ainda assim eu deveria ter aprendido alguma coisa sobre esse outro elemento! Ou ter ouvido falar de alguém que tivesse esse dom.

— Ninguém mais conhece o espírito hoje em dia. Caiu no esquecimento total. Quando as pessoas se especializam nele, ninguém se dá conta. Pensam simplesmente que a pessoa não se especializou.

— Olhe aqui, se você estiver tentando fazer com que eu me sinta... — Ela se interrompeu de repente. Estava com raiva e com medo, mas, por trás daqueles sentimentos, seu raciocínio mais aguçado estivera processando o que ele dissera sobre os usuários do espírito e sobre essa especialidade. Foi então que ela juntou as peças. — Meu Deus. Vladimir e a professora Karp.

Ele lançou para ela um olhar de conhecedor do assunto.

— Você já sabia disso o tempo todo.

— Não! Eu juro que não. É só uma coisa que Rose andou pesquisando... Ela me disse que eles eram como eu...

O estado emocional de Lissa começava a mudar. Se estivera um pouco assustada, agora começava a ficar extremamente assustada. As revelações eram chocantes demais.

— Eles *são* como você. Os livros até dizem que Vladimir era "cheio de espírito".

Victor pareceu achar graça nisso. Ao ver aquele sorriso estampado em seu rosto, senti vontade de dar um tapa nele.

— Eu pensei... — Lissa ainda queria que ele pudesse estar enganado. A ideia de não se especializar parecia mais segura do que a de se especializar num elemento excêntrico. — Eu pensei que isso significasse o Espírito Santo.

— É o que todas as pessoas pensam, mas não é nada disso. É algo inteiramente diferente. É um elemento que está dentro de todos nós. Um elemento superior que pode dar a você controle indireto sobre os outros.

Então a minha teoria sobre ela ter se especializado em todos os elementos não estava tão errada assim.

Ela se esforçou bravamente para aguentar o impacto dessas revelações e para recuperar o autocontrole.

— Isso não responde à minha pergunta. Não importa se eu tenho ou não essa história de espírito. Você não precisava ter me sequestrado.

— O espírito, como você já percebeu, pode curar feridas físicas. Infelizmente, no entanto, só é eficaz quando se trata de ferimentos repentinos. Coisas que acontecem uma só vez. Como o tornozelo de Rose. Ou as feridas causadas pelo acidente. Quando se trata de uma doença crônica... uma doença genética, por exemplo, como a síndrome de Sandovsky... é preciso um tratamento contínuo de cura. Do contrário, a doença continuará a se manifestar. Aconteceria isso comigo. Eu preciso de você, Vasilisa. Preciso que me ajude a lutar contra a doença e para ela ficar longe de mim. Para que eu possa viver.

— Isso ainda não explica por que você me sequestrou — argumentou Lissa. — Eu o teria ajudado se tivesse me pedido.

— Eles nunca a deixariam fazer isso. A escola. O conselho. Depois que superassem o choque de encontrar um manipulador do espírito, eles teriam se agarrado à ética. Afinal, como escolher quem será curado? Eles diriam que não seria justo. Que seria como brincar de Deus. E, mais, eles se preocupariam com as consequências disso para você.

Ela estremeceu, sabendo exatamente a que consequências ele estava se referindo.

Ao ver a expressão dela, Victor fez um sinal afirmativo com a cabeça.

— Sim, não vou mentir para você. Vai ser difícil. Vai consumi-la física e psicologicamente. Mas eu preciso fazer isso. Sinto *muito*. Você terá fornecedores e outros entretenimentos à sua disposição.

Ela se levantou de um salto da cadeira onde estava sentada. Um dos guardiões se postou imediatamente à sua frente e a forçou a sentar-se outra vez.

— E aí, o que vai acontecer? Você vai simplesmente me manter prisioneira aqui? Como se eu fosse sua enfermeira particular?

Ele fez mais uma vez aquele gesto irritante com as mãos abertas.

— Sinto muito. Não tenho escolha.

Uma raiva ardente suplantou o medo dentro dela. E ela falou com a voz baixa.

— Exatamente. *Você* não tem direito a escolha mesmo, porque é de *mim* que estamos falando.

— Será melhor pra você. Você sabe o que aconteceu com os outros. Sabe que Vladimir passou os últimos dias dele completamente louco. E que Sonya Karp precisou ser internada. O trauma que você vivenciou desde o acidente não se deve somente à perda de sua família. Está ligado também ao uso do espírito. O acidente despertou o espírito em você; seu medo ao ver Rose morta fez com que ele emergisse, dando a você a possibilidade de fazer a cura. Isso forjou o laço que há entre vocês duas. E, uma vez que o espírito emergiu em você, não tem como voltar atrás. É um elemento poderoso, mas também perigoso. Os usuários da terra tiram o seu poder da própria terra, os do ar o tiram do ar. Mas os do espírito? De onde você acha que vem o seu poder?

Ela olhou fixo.

— Vem de você mesma, da sua própria essência. Pra curar algum outro ser, você precisa dar parte de si. Quanto mais fizer isso, mais isso vai te destruir. Você já deve ter percebido. Eu vi o quanto certas coisas te deixam nervosa, vi o quanto você é frágil.

— Não sou frágil — retrucou Lissa, rispidamente. — E não vou enlouquecer. Vou parar de usar o espírito antes que as coisas piorem.

Ele sorriu.

— Parar de usar o espírito? É o mesmo que parar de respirar. O espírito age segundo seus próprios desígnios... Você sempre sentirá o impulso de ajudar e curar. Faz parte de quem você é. Você resistiu aos animais, mas não pensou duas vezes antes de curar Rose. Você nem consegue evitar o uso da compulsão, e é também o espírito que dá a você um poder especial para usar esse dom. E é assim que vai ser sempre. Você não pode evitar o espírito. É melhor ficar aqui, isolada, longe de outras fontes possíveis de desgaste. Na Escola, ou você se sentiria cada vez mais instável, ou receberia medicamentos que a fariam se sentir melhor, mas que enfraqueceriam o seu poder.

Um calmo âmago de confiança tomou-a, então, por dentro, uma confiança muito diferente de tudo que eu já tinha visto nela ao longo dos últimos anos.

— Eu amo você, tio Victor, mas sou eu quem deve lidar com isso e decidir o que fazer. Não você. Você está querendo fazer com que eu dê a minha vida pela sua. E isso não é justo.

— É uma questão apenas de compreender qual é a vida que tem mais importância. Eu amo você também. Amo muito. Mas os Moroi estão desmoronando. Estamos em menor número, enquanto deixamos que os Strigoi nos usem como alimento. Antigamente, nós os caçávamos de maneira mais ativa. Agora Tatiana e os outros líderes se escondem. Mantêm você e seus colegas isolados. Nos velhos tempos, vocês eram treinados para lutar ao lado de seus guardiões! Eram ensinados a usar a magia como arma. Não é mais assim. Hoje apenas ficamos parados, esperando. Somos *vítimas*. — E, enquanto ele olhava fixo para o vazio, Lissa e eu pudemos perceber o quanto estava tomado pelo entusiasmo. — Eu mudaria isso se fosse rei. Incitaria uma revolução de proporções nunca antes vistas pelos Moroi e pelos Strigoi. Eu deveria ser o herdeiro de Tatiana. Ela estava pronta para me nomear quando descobriram a minha doença, e então ela teve que mudar sua escolha. Se eu me curasse... Se eu me curasse, tomaria o lugar que me pertence por direito...

As palavras dele acionaram alguma força dentro de Lissa, uma súbita preocupação com a situação dos Moroi. Ela nunca pensara naquilo, em como as coisas seriam diferentes se os Moroi e seus guardiões lutassem juntos para livrar o mundo dos Strigoi e do mal que eles causavam. Isso a fez lembrar-se de Christian e do que ele dissera sobre usar a magia de forma ofensiva. Mas mesmo vendo a relevância das convicções de Victor, nenhuma de nós pensava que isso valia o que ele queria que ela fizesse.

— Sinto muito — sussurrou. — Sinto muito por você. Mas, por favor, não me obrigue a fazer isso.

— Mas é o que será feito.

Ela olhou bem dentro dos olhos dele.

— Eu não vou fazer o que você quer.

Ele inclinou a cabeça, e alguém que estava num canto se aproximou. Era um outro Moroi. Alguém que eu não conhecia. Ele se encaminhou para trás da cadeira de Lissa e desatou as mãos dela.

— Este é o Kenneth. — Victor estendeu as mãos em direção às dela, que agora estavam soltas. — Por favor, Vasilisa. Pegue minhas mãos. Passe sua magia através de mim, exatamente como você fez com Rose.

Ela fez um sinal negativo com a cabeça.

— Não.

A voz dele soou menos gentil quando pediu novamente.

— Por favor. De um jeito ou de outro, você vai me curar. Eu preferia que fosse do seu jeito e não do nosso.

Ela balançou a cabeça outra vez. Victor fez um pequeno gesto na direção de Kenneth.

E foi aí que a dor começou. Lissa gritou. Eu gritei.

Dentro do carro, as mãos de Dimitri, agarradas ao volante, se contraíram com o susto, e o carro deu uma guinada. Lançando-me um olhar preocupado, ele começou a encostar o carro.

— Não, não! Continue andando! — Pressionei a cabeça com a palma das mãos. — Temos que chegar lá!

Do banco de trás do carro, Alberta esticou o braço e colocou a mão em meu ombro.

— Rose, o que está acontecendo?

Eu pisquei, segurando as lágrimas.

— Ela está sendo torturada... com ar. Um cara... Kenneth... está fazendo o ar produzir pressão contra Lissa... e para dentro da cabeça dela. A pressão é enlouquecedora. Parece que o meu... que o crânio dela vai explodir. — Comecei a soluçar.

Dimitri olhou com o canto dos olhos para mim e pisou mais fundo no acelerador do carro.

Kenneth não se limitou a usar a força física do ar contra ela. Ele também fez com que aquela magia afetasse a respiração de Lissa. Às vezes a insuflava com ar demais, outras vezes tirava todo o ar e a deixava sem fôlego. Depois de suportar a primeira fase daquela tortura, a segunda fase foi bem pior —, tive a certeza de que eu, pelo menos, faria tudo o que eles quisessem.

E ela cedeu.

Sentindo dor e exausta, Lissa tomou as mãos de Victor. Nunca estive na cabeça dela enquanto ela exercia seu dom e não sabia pelo que esperar. No início, não senti nada. Apenas um estado de concentração. Depois... foi como... Nem sei como descrever. Cor, e luz, e música, e vida, e alegria, e amor... tantas coisas maravilhosas, todas as coisas lindas que enchiam o mundo e que faziam com que a vida valesse a pena.

Lissa concentrou todas essas coisas juntas, tantas quanto pôde reunir, e as mandou para Victor. A magia fluiu através de nós duas, radiante e fértil. Era uma coisa viva. Era a vida dela. E, na medida exata da maravilha que era tudo aquilo que ela enviava, ao mesmo tempo que se operava aquele fluxo, ela ia progressivamente perdendo a força. Por outro lado, enquanto aqueles componentes — unidos pelo misterioso elemento que era o espírito — escorriam para dentro de Victor, ele ia ficando cada vez mais forte.

A mudança era surpreendente. A pele dele ficou mais lisa, sem rugas ou pústulas. O cabelo, grisalho e ralo, voltou a ficar cheio, preto e sedoso. Os olhos verdes — ainda cor de jade — reluziram novamente, tornando-se vivos e alertas.

Ele voltou a ser o Victor de que ela se lembrava da sua infância. Exaurida, Lissa desmaiou.

Tentei relatar o que estava acontecendo. A expressão do rosto de Dimitri foi ficando cada vez mais sombria, e aquilo desencadeou nele uma profusão de xingamentos em russo cujo significado ele *ainda* não me tinha me ensinado.

Quando estávamos a uns quatrocentos metros de distância da cabana, Alberta fez um telefonema do celular dela, e todo o nosso comboio estacionou. Todos os guardiões — mais de uma dúzia — saíram e se reuniram para planejar a estratégia de resgate. Um deles se adiantou para fazer um reconhecimento do terreno e voltou com um relatório sobre o número de pessoas que havia dentro e fora da choupana. Quando o grupo pareceu pronto para se dispersar, me insinuei para fora do carro. Dimitri me impediu.

— Não, Roza. Você fica aqui.

— Não fico aqui de jeito nenhum. Eu tenho que ir e ajudar.

Ele segurou o meu queixo com a mão, olhando bem nos meus olhos.

— Você já ajudou. Já fez a sua parte. E se saiu muito bem. Mas este não é lugar pra você. Ela e eu precisamos que você fique a salvo.

A compreensão de que discutir seria uma coisa que só serviria para atrasar a operação de resgate foi suficiente para me manter quieta. Engoli qualquer protesto, e fiz um sinal afirmativo. Ele sinalizou de volta com a cabeça e se juntou aos outros. Todos se embrenharam na floresta, misturando-se às árvores.

Suspirando, inclinei o banco da frente do carro e me recostei nele. Estava muito cansada. Mesmo que o sol estivesse entrando pelo para-brisa, para mim era noite. E eu estivera acordada a noite toda, e muita coisa acontecera nesse período. Sentir a minha própria adrenalina e simultaneamente compartilhar com Lissa sua dor poderia ter me levado a desmaiar como ela.

Mas, naquele exato momento, ela estava acordada.

Lentamente, as sensações dela foram dominando as minhas outra vez. Ela estava deitada num sofá no interior da choupana. Um dos aliados de Victor deve tê-la carregado até lá depois que ela desmaiou. O próprio Victor — vivo e agora bem-disposto, graças aos abusos que praticara em Lissa — estava na cozinha e conversava em voz baixa com seus comparsas sobre seus planos. Só um dos guardiões que o acompanhava ficou perto de Lissa, mantendo a vigilância. Seria fácil derrotá-lo quando Dimitri e a sua superequipe entrassem no local.

Lissa estudou o guardião solitário e vislumbrou, em seguida, uma janela ao lado do sofá. Ainda tonta por causa da cura que operara, ela conseguiu se sentar. O guardião se voltou para ela, observando-a cuidadosamente. Ela olhou para ele e sorriu.

— Você vai ficar quietinho, sem se importar com o que eu fizer — explicou ela. — Não vai pedir ajuda ou dizer nada a ninguém depois que eu sair, está bem?

O transe da compulsão foi tomando conta dele suavemente. Ele concordou com a cabeça.

Ela se dirigiu, então, à janela, destrancou-a e levantou o vidro. Enquanto fazia isso, algumas considerações passaram pela cabeça dela. Ela estava fraca. Não sabia a que distância estava da Escola — ou, na verdade, de qualquer outro lugar. Não fazia ideia de até onde conseguiria chegar antes que alguém notasse sua ausência.

Mas sabia também que talvez não tivesse outra oportunidade de fuga. E não tinha qualquer intenção de passar o resto da vida naquela cabana no meio da floresta.

Em qualquer outro momento eu teria apoiado a audácia dela, mas não dessa vez. Não quando todos os guardiões estavam prestes a salvá-la. Ela precisava ficar onde estava. Infelizmente, ela não podia ouvir o meu conselho.

Lissa saiu pela janela, e eu xinguei alto e bom som.

— O quê? O que foi que você viu? — perguntou uma voz atrás de mim.

Eu me levantei, assustada, da minha posição reclinada no carro, e bati com a cabeça no teto. Olhei para trás e dei de cara com Christian surgindo do porta-malas que havia atrás do último banco.

— O que você está fazendo aqui? — perguntei.

— O que você acha? Estou bancando o passageiro clandestino.

— Você não estava com uma lesão na cabeça?

Ele deu de ombros, como se isso não fosse importante. Que belo par ele e Lissa formavam. Nenhum dos dois temia se meter nas façanhas mais insensatas enquanto ainda estavam gravemente feridos. Mas, se Kirova tivesse tentado me forçar a ficar para trás, na escola, eu provavelmente estaria agora ao lado dele no porta-malas do carro.

— O que está acontecendo? — perguntou ele. — Você viu alguma coisa nova acontecendo?

Contei a ele rapidamente o que vira. E fui saindo do carro enquanto falava. Ele me seguiu.

— Ela não sabe que os nossos guardiões já estão se preparando para o resgate dela. Vou buscá-la antes que ela se mate com o esforço.

— E os guardiões? Os da Escola, quero dizer. Você vai contar pra eles que ela fugiu?

Eu balancei a cabeça em sinal negativo.

— A essa altura, eles já devem estar derrubando a porta e entrando. Vou atrás dela. — Lissa estava em algum lugar perto do lado direito da cabana. Eu poderia ir nessa direção, mas só conseguiria localizá-la com precisão até conseguir chegar bem mais perto. Mesmo assim, não tinha importância. Era preciso encontrá-la. Olhei para o rosto de Christian, não resisti e lancei um sorriso implicante. — Tudo bem, já entendi. Já sei que você vai comigo.

Vinte e três

Foi a primeira vez que senti dificuldade em me manter fora da cabeça de Lissa, mas jamais havíamos passado por uma experiência sequer parecida com aquela. A força dos pensamentos e dos sentimentos dela continuava tentando me puxar enquanto eu procurava acelerar ao máximo os meus passos no meio da floresta.

Correndo pelo mato, Christian e eu nos afastávamos cada vez mais da cabana. Caramba, como eu queria que Lissa tivesse ficado lá dentro. Eu teria adorado assistir à invasão pelos olhos dela. Mas isso agora já ficara para trás, e, enquanto avançava, pude comprovar que os exercícios envolvendo muita corrida — aqueles que Dimitri me obrigou a fazer para ganhar resistência — se mostraram mesmo de grande utilidade. Lissa não parecia estar correndo muito rápido, e eu sentia a distância diminuindo entre nós, o que me permitia ir definindo de modo mais preciso sua localização. Christian, no entanto, não conseguia acompanhar a minha velocidade. Comecei a diminuir o ritmo para não deixá-lo para trás, mas logo percebi a tolice que seria fazer isso.

Ele pensou o mesmo.

— Vai indo na frente — disse, ofegante, acenando para que eu seguisse.

Quando cheguei a um ponto em que me julguei próxima de Lissa o suficiente para imaginar que ela poderia ouvir a minha voz, gritei seu nome, na esperança de que desse meia-volta. Em vez disso, a única resposta que eu obtive foi uma espécie de coro de uivos — um longo latido de cães.

Eram cães de caça paranormais. É claro. Victor contou já haver caçado com eles, sabia controlar aquelas feras. Compreendi de repente por que ninguém na escola se lembrava de ter enviado perseguidores como aqueles atrás de mim e de Lissa em Chicago. Não foi a Escola que os mandou, foi Victor.

Um instante depois, cheguei a uma clareira e encontrei Lissa encolhida, encostada ao tronco de uma árvore. Pela sua aparência debilitada e por meio do nosso laço, pude perceber que ela já poderia ter desfalecido há bastante tempo. Era o pouco que lhe sobrara de força, ao lado de uma grande tenacidade, que ainda a mantinham acordada. Pálida e com os olhos arregalados, ela olhava apavorada para os quatro animais que a cercavam. Percebendo que a luz solar naquele momento nos atingia em cheio, me ocorreu que ela e Christian tinham mais este obstáculo para enfrentar ali fora.

— Aqui — gritei para os cães, tentando desviar a atenção deles para mim. Victor deve ter ordenado a eles que a encurralassem, mas eu tinha esperança de que eles percebessem a minha presença e reagissem a outra ameaça, a presença de um dampiro. Cães de caça paranormais gostavam tão pouco de nós quanto qualquer outro animal.

E, de fato, como imaginei, eles acabaram se virando para mim, mostrando os dentes e babando, enraivecidos. Pareciam lobos, só que tinham pelo marrom e um brilho laranja cor de fogo que parecia saltar de seus olhos. Victor provavelmente tinha ordenado que não a machucassem, mas, com relação a mim, sem dúvida não havia qualquer restrição dessa ordem.

Lobos. Exatamente como na aula de Ciências. O que foi mesmo que a professora Meissner nos ensinou? Que muitas vezes o que mais conta nos confrontos é a força de vontade? Com isso em mente, tentei passar uma imagem "alfa" de grande determinação, mas acho que eles não se deixaram enganar por isso. Eram todos bem mais fortes do que eu. Ah, sim, e estavam em maior número. Não, eles não tinham mesmo nada a temer.

Tentando fingir que se tratava apenas de mais um exercício de vale-tudo com Dimitri, apanhei do chão um galho do mesmo tamanho e tão pesado quanto um bastão de beisebol. Mal o agarrei e o posicionei na frente do meu corpo, dois dos cães pularam sobre mim. As unhas e os dentes deles rasgaram a minha pele, mas eu me saí surpreendentemente bem, tentando lembrar tudo que aprendera nos últimos dois meses sobre as estratégias de luta contra adversários maiores e mais fortes.

Não gostei de machucá-los. Eram parecidos demais com cachorros domésticos. Mas eram eles ou eu, e os meus instintos de sobrevivência falaram mais alto. Consegui derrubar um deles no chão usando apenas o galho, nem sei se caíra morto ou se estava apenas inconsciente. O outro se mantinha em cima de mim, me atacando com agilidade e fúria. Seus companheiros pareciam prontos a se juntar a ele, mas, nesse exato momento, um novo rival meio que… entrou em cena. Christian.

— Vá embora daqui — gritei para ele, sacudindo a perna e tentando me livrar do cão cujas garras estavam cravadas na pele nua da minha perna, quase me derrubando no chão. Eu ainda usava o vestido da festa, embora já tivesse tirado os sapatos de salto havia algum tempo.

Mas Christian, como qualquer outro rapaz completamente cego de paixão, não me deu ouvidos. Apanhou outro galho no chão e o balançou, chamando a atenção de um dos cães. Chamas incendiaram o galho. O cão se afastou, e, embora ainda se mostrasse empenhado em obedecer às ordens de Victor, exibia, ao mesmo tempo, um medo evidente do fogo.

O quarto cão deu uma volta, distanciando-se da tocha, e veio caminhando sorrateiramente por trás de Christian. Espertinho filho da mãe. O animal pulou, então, sobre ele, atacando-o primeiro pelas costas. O galho voou de suas mãos, e o fogo logo se extinguiu. Os dois cães se projetaram juntos sobre o corpo caído de Christian. Eu consegui derrotar o cão que me atacava — me sentindo mal pelo que fora obrigada a fazer para dominá-lo — e caminhei em direção aos outros dois, imaginando se ainda teria forças para lutar.

Mas não precisei fazer isso. Alberta vinha em nosso socorro, e surgiu, de repente, em meio às árvores.

Trazendo um revólver nas mãos, ela atirou nos cães sem hesitar. Uma arma idiota e completamente inútil se usada contra um Strigoi, diante de outros alvos os revólveres eram armas já testadas e de eficácia mais do que comprovada. Os cães pararam de se mover na mesma hora e caíram ao lado do corpo de Christian.

E o corpo de Christian...

Nós três fomos até ele — Lissa e eu praticamente nos arrastando. Quando o vi, precisei desviar os olhos. Meu estômago ficou embrulhado, e eu tive que fazer um esforço tremendo para não vomitar. Ele ainda não estava morto, mas a minha impressão era de que não teria mais muito tempo de vida.

Os olhos de Lissa, arregalados e demonstrando grande perturbação, o observaram ansiosamente. Num esforço vão, ela estendeu os braços em direção a Christian e depois deixou as mãos penderem.

— Não consigo — disse, com um fio de voz. — Não tenho mais forças.

Alberta, com expressão firme, severa, mas demonstrando ao mesmo tempo sua compaixão, gentilmente a puxou pelo braço.

— Venha, princesa. Precisamos sair daqui. Vamos mandar socorro.

Voltando-me para Christian, me forcei a olhar para ele e me permiti sentir o quanto Lissa gostava dele.

— Liss — disse, hesitante. Ela olhou para mim, como se tivesse esquecido completamente que eu também estava ali. Sem dizer uma palavra sequer, afastei os cabelos que cobriam meu pescoço e o inclinei para ela.

A princípio, ela apenas olhou para mim por um momento, sem que sua fisionomia deixasse transparecer qualquer expressão, mas, pouco depois, a compreensão do meu gesto brilhou em seus olhos.

Aqueles caninos, escondidos por trás de seu belo sorriso, morderam meu pescoço, e deixei escapar um pequeno gemido. Eu não me dera conta do quanto sentira falta daquilo, daquela dor doce e maravilhosa seguida de um glorioso arrebatamento. O êxtase tomou conta de mim. Estonteante. Jubiloso. Era como estar num sonho.

Não me recordo bem de quanto tempo Lissa permaneceu bebendo o meu sangue. Provavelmente não muito. Ela nunca, jamais, consideraria a possibilidade de beber a quantidade necessária para matar uma pessoa e se transformar numa Strigoi. Ela, por fim, terminou, e Alberta me amparou quando comecei a cambalear.

Tonta, observei Lissa se inclinar sobre Christian e descansar as mãos sobre ele. Ouvi, ao longe, o barulho dos outros guardiões na floresta.

A cura não foi acompanhada de brilhos ou fogos de artifício. Tudo aconteceu sem o menor estardalhaço, era algo apenas entre Christian e ela. Mesmo com a endorfina que acompanhava a mordida atenuando um pouco minha ligação com ela, me lembrei de como se dera a cura de Victor e pensei na maravilha de cores e de música que Lissa devia estar ativando naquele momento.

Um milagre se realizou diante dos meus olhos, e Alberta chegou a ficar sem fôlego. Vimos as feridas de Christian se fecharem e o sangue que escorria dele secar por completo. As cores — tantas quanto um Moroi jamais teve — voltaram à sua face. Suas pálpebras vibraram, e seus olhos ganharam vida novamente. Olhando para Lissa, ele sorriu. Foi como assistir a um filme da Disney.

Acho que desmaiei depois disso, pois não me lembro de mais nada.

Acordei, mais tarde, na clínica da Escola, onde fui tratada com soro e glicose por dois dias inteiros. Lissa ficou ao meu lado quase todo o tempo, e, lentamente, os fatos do sequestro foram sendo revelados.

Tivemos de contar a Kirova e a alguns poucos, escolhidos a dedo, sobre os poderes de Lissa, sobre ela ter curado Victor e Christian e, é claro, a mim também. As notícias eram perturbadoras, mas os administradores da instituição concordaram em mantê-las em segredo para o restante da escola. Ninguém sequer considerou a hipótese de levar Lissa para longe de lá como tinham feito com a professora Karp.

Basicamente, o que todos os outros alunos ficaram sabendo foi que Victor Dashkov sequestrara Lissa Dragomir. Não tomaram conhecimento dos motivos. Alguns dos guardiões dele morreram quando a equipe de Dimitri os atacou — uma grande perda, quando já era tão reduzido o número de guardiões. Victor estava sendo mantido na escola, sob regime de segurança máxima, e vigiado durante vinte e quatro horas todos os dias da semana, à espera de um regimento de guardiões da realeza que o levaria embora. Os governantes Moroi podem até constituir apenas um poder simbólico dentro de outro governo maior, responsável por todo um país, mas eles possuem sistemas de justiça próprios, e eu já ouvira falar das prisões Moroi. E elas definitivamente não eram lugares nos quais eu gostaria de estar.

Quanto a Natalie... essa foi uma questão problemática. Ela ainda era menor de idade, mas conspirara junto com o pai. Natalie colocara os animais mortos no caminho de Lissa e vigiara o comportamento dela ao vê-los — até mesmo antes da nossa fuga. Especializada no elemento terra, como o pai, ela também tinha provocado o apodrecimento do banco para que eu quebrasse meu tornozelo. Depois que Natalie me viu impedir Lissa de se aproximar da pomba, ela e Victor perceberam que tinham de me ferir para conseguir as confirmações que desejavam. Era a única forma que tinham de fazer com que Lissa tentasse realizar uma cura mais uma vez. Natalie apenas esperara uma boa oportunidade. Ela ainda não estava presa, nem nada do gênero, e os responsáveis pela Escola estavam, na verdade, sem saber direito o que fazer com ela até receberem ordens reais.

Senti pena de Natalie. Ela sempre foi muito desajeitada e acanhada. Qualquer um seria capaz de manipulá-la, ainda mais o próprio pai, a quem ela amava tanto e de quem tentava tão desesperadamente chamar a atenção. Ela teria feito qualquer coisa para agradá-lo. Corriam rumores de que ela ficara gritando do lado de fora do centro de detenção, implorando que a deixassem vê-lo. Mas eles não permitiram e a tiraram de lá à força.

Enquanto isso, Lissa e eu voltamos a ser as melhores amigas de sempre, como se nada tivesse acontecido. No mundo à nossa volta, porém, muita coisa mudara. Depois de tanta excitação e de tanto drama, Lissa se mostrava mais ciente do que realmente importava para ela. Terminou o namoro com Aaron. Tenho certeza de que foi bastante gentil com ele, mas, ainda assim, deve ter sido um duro golpe para ele. Era a segunda vez que ela terminava o relacionamento com ele. O fato de a namorada anterior tê-lo traído é algo que também não deve ter contribuído em nada para melhorar a autoestima dele.

E, sem hesitar um segundo sequer, Lissa começou a namorar Christian, não se importando com as consequências que isso poderia trazer à sua reputação. Quando os vi juntos, de mãos dadas, em público, sem esconder o namoro, demorei um pouco para me dar conta do que se passava. Ele mesmo parecia não acreditar no que estava acontecendo. Nossos colegas se mostravam pasmos demais para compreender aquilo. Eles mal conseguiam admitir a existência de Christian, quanto mais o fato de estar namorando alguém como Lissa.

Quanto à minha situação amorosa, o prognóstico parecia bem menos otimista do que o de Lissa — se é que se podia *chamar* o que eu estava vivendo de uma situação amorosa. Dimitri não me visitou durante todo o período em que eu estive em recuperação, e os nossos treinamentos foram suspensos por tempo indeterminado. Só no quarto dia depois do sequestro de Lissa esbarrei com ele no ginásio. Estávamos só nós dois.

Eu tinha voltado para buscar a minha mochila e fiquei petrificada quando o vi, cheguei mesmo a perder a fala. Ele foi saindo, passou por mim, e então, de repente, parou.

— Rose... — disse ele, depois de alguns momentos constrangedores. — Você precisa informar a escola sobre o que aconteceu. Sobre o que houve entre nós.

Eu estava esperando havia muito tempo para conversar com ele, mas não era essa a conversa que eu estava imaginando.

— Não posso fazer isso. Eles vão despedir você. Ou vão fazer coisa ainda pior.

— Eu mereço ser despedido. O que eu fiz foi errado.

— Você não teve culpa. Era um feitiço...

— Não importa. Foi errado. E uma estupidez.

Errado? Uma estupidez? Mordi os lábios e lágrimas ameaçaram encher os meus olhos. Rapidamente tentei recuperar a compostura.

— Escute, não foi nada tão grave.

— Foi, *sim*, uma coisa grave! Eu me aproveitei de você.

— Não — respondi com calma. — Você não fez isso.

Alguma coisa em minha voz deve ter revelado os meus sentimentos, pois ele olhou bem dentro dos meus olhos com uma intensidade profunda e séria.

— Rose, sou sete anos mais velho do que você. Daqui a dez anos isso não vai significar muita coisa, mas agora ainda é uma diferença grande. Já sou um adulto. Você é uma criança.

Estremeci. Teria sido menos dolorido se ele tivesse me dado um soco.

— Você não parecia achar que eu era uma criança quando estava na cama comigo.

Dessa vez foi ele que estremeceu.

— Só porque o seu corpo... Bom, não é só isso que faz de você uma mulher adulta. Estamos em momentos diferentes. Eu já estou no mundo. Vivendo por minha própria conta. Eu já matei, Rose... *pessoas*, não animais. E você... você está só começando a viver. A sua vida gira em torno de deveres de casa, roupas e festas.

— Você acha que eu só me preocupo com essas coisas?

— Não, é claro que não. Não totalmente. Mas essas coisas fazem parte do seu mundo. Você ainda está crescendo e tentando compreender quem você é e o que é importante. Você precisa continuar nesse caminho. Precisa da companhia de rapazes da sua idade.

Eu não queria rapazes da minha idade. Mas não disse isso. Não disse nada.

— Mesmo que você opte por não contar a ninguém, você precisa entender que *aquilo foi um erro*. E que nunca mais vai voltar a acontecer — acrescentou.

— Por que você é muito velho para mim? Por que seria uma irresponsabilidade da sua parte?

A expressão dele era fria.

— Não. Porque não estou interessado em você desse jeito.

Segurei meu olhar. A mensagem dele — a rejeição — veio em alto e bom som. Tudo o que aconteceu naquela noite, tudo o que eu acreditei ser tão lindo e cheio de sentido, foi se transformando em pó bem diante dos meus olhos.

— Só aconteceu por causa do feitiço. Você compreende?

Humilhada e com raiva, me recusei a fazer papel de boba, a discutir com ele ou a implorar. Então apenas dei de ombros.

— Está certo. Compreendo.

Passei o resto do dia aborrecida, ignorando as tentativas tanto de Lissa quanto de Mason de me tirar do quarto. Era até irônico querer ficar lá dentro. Kirova ficara tão impressionada com o meu desempenho no resgate que resolvera encerrar definitivamente a minha prisão domiciliar.

Antes das aulas, no dia seguinte, fui até o local onde Victor estava preso. A Escola tinha celas bastante seguras, trancadas com grades de ferro. E dois guardiões ficavam de vigia no corredor de entrada. Precisei trapacear um pouco para que me deixassem entrar e falar com o prisioneiro. Nem Natalie conseguiu permissão para entrar. Mas um dos guardiões estava no mesmo carro que eu durante o resgate de

Lissa e acompanhou quando senti que Lissa estava sendo torturada. Disse a ele que precisava fazer algumas perguntas a Victor sobre o que ele fizera. Era mentira, mas os guardiões acreditaram e se apiedaram de mim. Concederam-me então cinco minutos e mantiveram certa distância no corredor, de modo que pudessem me ver, mas não ouvir a nossa conversa.

De pé em frente à cela de Victor, não pude acreditar que cheguei a sentir pena dele em algum momento. Ver seu corpo renovado e saudável me deu ódio. Ele estava lendo, sentado de pernas cruzadas numa cama estreita. Quando ouviu os meus passos se aproximando, no entanto, tirou os olhos do livro.

— Ora, Rose, que bela surpresa. Sua engenhosidade sempre me impressiona. Não imaginava que eles permitiriam qualquer visita.

Cruzei os braços, tentando armar uma expressão de guardiã impetuosa.

— Eu quero que você desfaça o feitiço. Acabe com ele.

— Do que você está falando?

— Do feitiço que você colocou em mim e em Dimitri.

— Aquele feitiço já acabou. Já se desfez.

Fiz um sinal negativo com a cabeça.

— Não. Continuo pensando nele. Continuo querendo...

Ele sorriu, sabendo o que eu ia dizer quando me interrompi.

— Minha querida, isso já existia antes, muito antes de eu preparar o feitiço.

— Não era assim. Não era tão forte.

— Talvez não fosse consciente. Mas todo o resto... a atração, física e pessoal, já havia em você. E nele. Não teria funcionado se não houvesse. O feitiço não acrescentou nada novo, ele apenas removeu a inibição e intensificou os sentimentos que vocês já tinham um pelo outro.

— Você está mentindo. Ele disse que não sente nada por mim.

— Então *ele* está mentindo. Estou dizendo, o feitiço não teria funcionado se já não houvesse a atração e, honestamente, ele deveria ter se controlado. Ele não tinha o direito de se deixar levar pelos sentimentos. Você pode ser perdoada por sentir uma paixão de menina de escola. Mas ele? Ele deveria ter demonstrado um controle maior sobre si mesmo. Foi Natalie que percebeu e me contou. Eu mesmo, depois de observar um pouco, vi que a atração entre vocês era evidente. E isso me deu uma oportunidade perfeita para saber como tirar a atenção de vocês de Lissa. O encantamento do colar foi feito para vocês dois, e vocês se encarregaram do resto.

— Você é um doente, filho da mãe, por fazer isso com a gente. E com Lissa.

— Não me arrependo do que fiz com ela — declarou ele, recostando-se contra a parede. — Faria de novo se pudesse. Acredite você no que quiser, mas eu amo o meu povo. O que eu fiz foi pensando nele, no interesse dele. E agora? Difícil dizer o que vai acontecer. Ele não tem nenhum líder, nenhum líder verdadeiro. Não há realmente ninguém que mereça. — Ele ergueu a cabeça na minha direção, com o rosto pensativo. — Vasilisa de fato poderia ser uma líder, mas para isso precisaria acreditar em alguma coisa e conseguir dominar a influência do espírito. É irônico, realmente. O espírito pode formar um líder e ao mesmo tempo esmagar a sua habilidade de liderança. O medo, a depressão e a incerteza podem tomar conta de Lissa, e manter a sua verdadeira força enterrada bem dentro dela. Mesmo assim, ela tem o sangue dos Dragomir, o que não é pouca coisa. E, é claro, ela tem você, uma guardiã beijada pelas sombras. Quem sabe? Pode ser que ela ainda nos surpreenda.

— Beijada pelas sombras? — Novamente aquela expressão, exatamente a mesma que a professora Karp falou para mim.

— Você foi beijada pelas sombras. Você atravessou a fronteira da Morte, passou para o outro lado, e retornou. Você acha que uma coisa como essa não deixa marcas na alma? Você tem uma extraordinária noção da vida e do mundo, mais extraordinária até do que a que eu tenho, mesmo que você não se dê plenamente conta disso. Era pra você estar morta. Vasilisa afastou a Morte para te trazer de volta e agora você está ligada a ela para sempre. Você esteve de fato nos braços da Morte, e alguma parte sua sempre se recordará disso, sempre lutará para se agarrar à vida e experimentar tudo o que ela tem pra oferecer. É por isso que você é tão impetuosa nas coisas que faz. Você não reprime seus sentimentos, suas paixões, suas raivas. Isso faz com que você seja extraordinária. Faz com que seja perigosa.

Fiquei sem saber o que dizer. Meu silêncio pareceu diverti-lo.

— E foi isso que criou o laço entre vocês. Os sentimentos de Lissa sempre criam uma pressão para fora dela, e para dentro dos outros. A maior parte das pessoas não tem condições de capturar esses sentimentos, a não ser que Lissa esteja de fato direcionando os pensamentos para elas por meio da compulsão. Você, no entanto, tem a mente sensível a forças extrassensoriais, sensível às dela principalmente. — Ele suspirou, quase feliz, e eu me lembrei de ter lido que Vladimir salvara Anna da morte. Isso deve ter forjado o laço entre eles também. — É, essa Escola tola não faz ideia do que tem tanto em você quanto nela. Se não fosse pelo fato de ter que matar você, eu a faria uma das minhas guardiãs reais quando você ficasse mais velha.

— Você jamais teria guardiões reais. Você não acha que as pessoas estranhariam o fato de você ter se recuperado desse jeito? E, mesmo que ninguém descobrisse sobre o dom de Lissa, Tatiana jamais o faria rei.

— Pode ser que você esteja certa, mas isso não importa. Existem outras maneiras de assumir o poder. Às vezes é preciso se desviar dos meios convencionais. Você pensa que Kenneth é o único Moroi que me segue? As maiores e mais poderosas revoluções frequentemente começam em silêncio, escondidas nas sombras. — Ele olhou nos meus olhos. — Lembre-se disso.

Ruídos estranhos chegaram a nossos ouvidos, vindos da entrada do centro de detenção, e olhei na direção da porta. Os guardiões que haviam me deixado entrar não estavam mais lá. Escutei grunhidos e pancadas vindos do corredor. Franzi a testa e estiquei o pescoço para tentar observar o que se passava de um melhor ângulo.

Victor se levantou.

— Finalmente.

O medo me arrepiou a espinha — até que eu vi Natalie virar a esquina do corredor.

Um misto de raiva e compaixão me tomou rapidamente, mas eu forcei um sorriso gentil. Talvez ela nunca mais visse o pai depois que o levassem. Vilão ou não, Victor tinha o direito de se despedir da filha.

— Oi — cumprimentei enquanto ela dava passos largos na minha direção. Havia uma determinação incomum nos seus movimentos, e algo em mim disse que aquele não era um bom sinal. — Achei que você não podia entrar. — É evidente que eles também não deveriam ter deixado que eu entrasse.

Ela veio direto na minha direção e — sem exagero — me lançou contra uma parede distante. Meu corpo bateu com força, e pontinhos pretos cintilantes dançaram na frente dos meus olhos.

— Mas o que...? — Coloquei a mão na testa e tentei me levantar. Sem se preocupar comigo, Natalie destrancou a cela de Victor com um molho de chaves que eu vira no cinto de um dos guardiões. Consegui ficar de pé e me aproximei dela.

— O que você está fazendo?

Ela olhou para mim, e foi aí que eu vi. O ligeiro anel vermelho ao redor das suas pupilas. A pele pálida demais, mesmo para uma Moroi. E uma mancha de sangue em volta da boca. O que mais a denunciava, porém, era o olhar. Um olhar tão frio e maligno que o meu coração quase parou. Aquele olhar denunciava que ela já não se encontrava mais entre os vivos — era um olhar que dizia que Natalie era agora uma Strigoi.

VINTE E QUATRO

Apesar de tudo o que aprendi nos treinamentos, de todas as aulas sobre os hábitos dos Strigoi e sobre como me defender deles, jamais tinha visto um de verdade. Era bem mais tenebroso do que eu poderia imaginar.

Ao menos, quando ela disparou na minha direção, eu já estava pronta. Quer dizer, mais ou menos pronta. Consegui desviar o corpo para trás, me livrando do risco imediato do golpe, e ponderei sobre as minhas chances de escapar. Lembrei-me, então, da brincadeira de Dimitri sobre encontrar um Strigoi no shopping. Lá estava eu, sem uma estaca de prata. Sem dispor de uma arma capaz de cortar a cabeça dela fora. Sem qualquer instrumento para produzir fogo. Correr parecia a melhor opção, mas ela estava bloqueando a saída.

Sentindo-me impotente, fui simplesmente recuando para o fundo do corredor enquanto ela avançava para cima de mim, com movimentos que eram, sem dúvida, muito mais graciosos do que qualquer outro que fez em sua vida anterior.

Também usando uma agilidade que ela jamais tivera em vida, Natalie logo em seguida deu um salto, me agarrou e deu com a minha cabeça contra a parede. A dor explodiu no meu crânio, e eu tive certeza de que o gosto que senti no fundo da boca era de sangue. Então lutei furiosamente contra ela, tentando armar algum tipo de defesa, mas era como me imaginar lutando contra Dimitri, só que completamente dopada.

— Querida — murmurou Victor. — Tente não matar a Rose, se possível. Talvez ela seja útil pra gente em algum momento.

Natalie interrompeu por um instante os golpes, o que me deu tempo de tomar distância, mas ela não tirou o olhar frio de cima de mim.

— Vou tentar. — Havia um tom cético em sua voz. — Agora vá. Irei ao seu encontro assim que tiver terminado aqui.

— Não posso acreditar nisso! — gritei para ele. — Você fez com que sua própria filha se transformasse numa Strigoi?

— Foi um último recurso. Um sacrifício necessário em prol de um bem maior. Natalie compreende. — Ele saiu.

— Você compreende? — Tive esperança de conseguir adiar os ataques engatando uma conversa, exatamente como se costuma ver nos filmes. Também tive esperança de que as minhas perguntas disfarçassem o quanto eu estava completa e absolutamente apavorada. — Você compreende? Meu Deus, Natalie. Você... Você se transformou. Só porque ele mandou?

— Meu pai é um grande homem — respondeu ela. — Ele vai salvar os Moroi dos Strigoi.

— Você está louca? — gritei. Comecei a recuar e de repente me vi encostada na parede atrás de mim. Cravei as unhas nela, como se pudesse cavar ali um buraco para escapar. — Você *é* uma Strigoi.

Ela deu de ombros, de um jeito que quase a fazia parecer a antiga Natalie.

— Precisei fazer isso, pra ele sair daqui antes que os outros chegassem. Uma Strigoi em ação para que todos os Moroi possam ser salvos. Foi por uma causa justa. Valeu a pena. Valeu a pena abrir mão da magia e do sol.

— Mas você vai querer matar os Moroi! Você não vai conseguir se controlar.

— Meu pai vai me ajudar a manter o controle. Mas, se eu não conseguir, então eles terão que me matar. — Ela esticou os braços e me agarrou pelos ombros. Senti um arrepio com a forma casual com que ela se referia à própria morte. Era quase tão casual quanto o jeito com que ela sem dúvida ponderava naquele exato instante a respeito da minha morte.

— Você *está* louca. Não pode amar aquele cara tanto assim. Você não pode realmente...

Ela me atirou contra a parede mais uma vez, e, enquanto o meu corpo desmoronava no chão, senti que dessa vez não conseguiria mais me levantar. Victor dissera a ela para não me matar... mas havia algo nos olhos de Natalie, uma expressão que me dizia que era isso que ela queria fazer. Ela queria se alimentar do meu sangue; a fome estava estampada em seu rosto. Era assim que os Strigoi agiam. Eu me dei conta de que não deveria ter falado com ela. Eu hesitara, exatamente como Dimitri tinha me alertado que poderia acontecer.

E então, de repente, ele estava lá, se aproximando pelo outro lado do corredor como se fosse a própria Morte chegando vestida com um sobretudo de caubói.

Natalie deu meia-volta. Ela era rápida, muito rápida. Mas Dimitri era rápido também e evitou o ataque. Em sua fisionomia, havia uma expressão de pura energia e força. Com sinistro fascínio, eu observava os movimentos dos dois, um cercando o outro, como se fossem parceiros de uma dança mortal. Ela era mais forte do que ele, mas tratava-se de uma Strigoi recém-transformada. Ganhar poderes superiores não significa que você esteja plenamente apto a usá-los.

Dimitri, no entanto, sabia como usar os que ele tinha. Depois de ambos se atingirem violentamente, ele encontrou uma oportunidade para infligir à Natalie o golpe fatal. A estaca de prata brilhou em sua mão como um raio, depois ele deu um bote para a frente — e adentrou o coração de Natalie de modo certeiro. Arrancou a estaca do corpo dela e recuou, seu rosto ainda impassível enquanto Natalie gritava e caía no chão. Depois de alguns tenebrosos instantes, ela parou de se mover.

Com a mesma agilidade, ele se inclinou sobre mim e deslizou os braços sob o meu corpo. Levantou-se, então, me carregando nos braços, exatamente como fez quando machuquei o tornozelo.

— Ei, camarada — murmurei, e minha própria voz soou bastante enfraquecida. — Você estava certo sobre os Strigoi. — O mundo começou então a escurecer, e as minhas pálpebras se fecharam.

— Rose. *Roza*. Abra os olhos. — Eu nunca ouvira a voz dele tão tensa, tão desnorteada. — Não faça isso comigo, não durma. Ainda não.

Consegui abrir um pouco os olhos enquanto ele me carregava para dentro do prédio, praticamente correndo em direção à clínica.

— Ele estava certo?

— Quem?

— Victor... Ele disse que não teria funcionado. O colar.

Eu comecei a apagar novamente, perdida na escuridão da minha mente, mas Dimitri me trouxe de volta à consciência.

— O que você está tentando dizer?

— O feitiço. Victor disse que você tinha que me querer... tinha que gostar de mim... para que funcionasse.

Ele não respondeu, e, então, tentei agarrar a camisa dele, mas os meus dedos estavam fracos demais para isso.

— Você me queria? Você me desejava?

As palavras dele saíram carregadas de intensidade.

— Sim, *Roza*. Eu te desejava. Ainda desejo. Eu gostaria... que pudéssemos ficar juntos.

— Então por que você mentiu para mim?

Chegamos à clínica, e ele deu um jeito de abrir a porta, ainda me carregando no colo. Assim que entrou, começou a gritar por socorro.

— Por que você mentiu? — murmurei novamente.

Ainda comigo nos braços, ele olhou para mim. Pude ouvir o rumor de vozes e passos que se aproximavam.

— Porque a gente não pode ficar junto.

— É a diferença de idade, é isso? — perguntei. — É porque você é o meu instrutor?

As pontas dos dedos dele gentilmente enxugaram uma lágrima que descia pelo meu rosto.

— É em parte por isso — respondeu. — Mas é também... bom. É porque, um dia, seremos os guardiões de Lissa. Minha missão será protegê-la a qualquer custo. Digamos que um bando de Strigoi apareça, aí terei de ficar entre eles e Lissa.

— Eu sei disso. É claro que, como guardião, é o que você tem que fazer.

Pontinhos pretos cintilantes voltaram a dançar na frente dos meus olhos. Eu estava quase apagando.

— Não. Se eu me permitir amar você, não vou me colocar como escudo na frente dela. Vou querer proteger você.

A equipe médica chegou e me tirou dos braços dele.

E foi assim que, apenas dois dias depois de ter sido liberada, fui parar mais uma vez na clínica. Foi a minha terceira internação em dois meses desde que voltáramos à Escola. Devo ter batido algum recorde. Tive sem dúvida uma concussão e provavelmente algum tipo de hemorragia interna, mas, na verdade, nunca soubemos ao certo. Quando a sua melhor amiga se especializa em curar as pessoas, você nem precisa se preocupar tanto com essas coisas.

Ainda assim, tive que ficar lá por uns dois dias, mas Lissa — e Christian, seu novo companheiro de todas as horas —, quando não estava em aula, quase nunca saía do meu lado. Por meio deles, fiquei sabendo um pouco do que aconteceu no mundo fora da clínica. Dimitri se dera conta da presença de um Strigoi no campus quando a vítima de Natalie foi encontrada morta e sem sangue algum: entre todas as pessoas da escola, ela escolhera justamente o professor Nagy. Uma escolha de certo modo surpreendente; todavia, por ele ser um homem mais velho, na certa não conseguira oferecer muita resistência a ela. Acabaram-se, dessa forma, as aulas de Arte Eslava. Os guardiões do centro de detenção ficaram feridos, mas nenhum deles morreu. Ela apenas os atirara contra a parede como fizera comigo.

Victor foi encontrado quando tentava fugir do campus e recapturado. Fiquei feliz com isso, apesar de a captura dele significar que o sacrifício de Natalie não serviu mesmo para nada. Corriam rumores de que Victor não pareceu sentir medo algum quando os guardas da rainha chegaram e o levaram embora. Ele teria apenas sorrido, como se guardasse algum segredo ao qual ninguém mais tivesse acesso.

Na medida do possível, a vida voltou ao normal depois disso. Lissa não cortou mais os pulsos. O médico receitou alguma coisa — um antidepressivo ou ansiolítico, não sei bem qual o tipo de medicamento — que fez com que ela se sentisse melhor. Não sabia nada sobre esses remédios. Imaginava que deixassem as pessoas abobadas e alegres demais. Mas eram medicações como quaisquer outras, usadas para tratar determinadas condições, e o resultado, com relação a Lissa, foi sobretudo mantê-la estável e equilibrada.

E isso era uma coisa boa — pois Lissa tinha outras questões com as quais se preocupar. Como Andre, por exemplo. Ela finalmente acreditou na história que Christian contou, e se permitiu aceitar que o irmão talvez não fosse o herói que ela sempre imaginou. Foi difícil, mas ela ficou em paz consigo mesma, por fim, aceitando que ele podia ter um lado bom e um lado ruim, como qualquer pessoa. O que ele fizera com Mia a deixou triste, mas isso não mudava em nada o fato de ele ter sido um bom irmão que a amara muito. E, o mais importante, isso finalmente a libertou da sensação de que precisava ser como ele para que a família se orgulhasse dela. Lissa pôde então ser ela mesma — coisa que experimentava diariamente em seu relacionamento com Christian.

A escola ainda não conseguira superar esse trauma. Mas Lissa não se importava. Ao contrário, ela se divertia com isso, e ignorava os olhares chocados e o desdém dos alunos da realeza, que não podiam acreditar que ela estivesse namorando alguém cuja família era tão desqualificada. Nem todos, no entanto, se comportavam assim. Aqueles que a conheceram durante a sua breve, porém intensa, incursão na vida social da escola ficaram de fato gostando dela, sem que tivesse sido necessário qualquer tipo de compulsão. Eles gostavam da sua franqueza e da sua honestidade, e preferiam isso aos joguinhos a que a maioria dos alunos da realeza costumava se dedicar.

Muitos desses alunos a ignoravam, é claro, e falavam mal dela pelas costas. O mais surpreendente foi que Mia, apesar de publicamente humilhada, conseguiu angariar uma vez mais a simpatia de alguns deles. Isso comprovou a minha teoria a respeito dela. A de que não ficaria por baixo por muito tempo. E, de fato, eu pude sentir os primeiros sinais de sua vingança e ressurreição social quando passei por ela certo dia, a caminho da sala de aula. Ela estava no meio de um grupo e falava alto, de propósito, querendo que eu a escutasse.

— ... casalzinho perfeito. Os dois são de famílias inteiramente desonradas e rejeitadas.

Trinquei os dentes e continuei andando, seguindo o olhar dela, que se dirigia para Lissa e Christian. Eles estavam perdidos em seu mundo particular e formavam um belo quadro, ela, loira e suave, ele, com seus olhos azuis e o cabelo escuro. Não consegui me conter e também fiquei olhando para os dois. Mia estava certa. As famílias dos dois foram desonradas. Tatiana condenou Lissa publicamente, e, apesar de ninguém ter "culpado" os Ozera pelo que aconteceu com os pais de Christian, as outras famílias que compunham a realeza Moroi continuaram mantendo cautelosa distância deles.

Mia estava igualmente certa, porém, quanto ao outro comentário que fez sobre eles. De algum modo, Lissa e Christian eram perfeitos um para o outro. Talvez estivessem temporariamente excluídos da sociedade, mas os Dragomir e os Ozera já haviam estado entre os mais poderosos líderes Moroi. E, em pouquíssimo tempo de convivência, Lissa e Christian aprendiam um com o outro e assim criavam condições para recolocá-los no lugar altivo que seus respectivos ancestrais haviam ocupado. Ele assimilava dela um pouco de seu refinamento e de suas habilidades sociais, enquanto ela aprendia com ele a defender melhor as próprias convicções. Quanto mais os observava, mais eu percebia a energia e a confiança mútua que irradiavam em torno deles.

Eles, com certeza, também não ficariam por baixo durante muito tempo. E acho que foi isso, ao lado da gentileza de Lissa, o que atraiu as pessoas para junto dela. Nosso círculo social começou, então, a crescer de modo estável. Mason se juntou a nós, é claro, e não escondeu o interesse em mim. Lissa me provocava com isso, e eu continuava sem saber o que fazer. Parte de mim pensava que talvez fosse o momento de dar uma chance a Mason e de tentar seriamente namorar com ele, embora todo o resto de mim ansiasse por Dimitri.

De maneira geral, Dimitri me tratava como se esperaria que um instrutor tratasse seus alunos. Era eficiente. Afetuoso. Rigoroso. Compreensivo. Não havia nada fora do comum, nada que pudesse levantar suspeitas do que se passara entre nós — à exceção de certos momentos em que nossos olhares ocasionalmente se cruzavam. E, depois que consegui superar minha primeira reação emocional, compreendi que ele — tecnicamente — estava certo quanto a nós dois. A diferença de idade era um problema, sim, especialmente enquanto eu ainda fosse aluna da Escola. A outra coisa que ele disse... nunca entrara inteiramente na minha cabeça. Mas devia ter entrado. Uma relação amorosa entre dois guardiões poderia, sim, distraí-los de sua função, fazendo com que se descuidassem do Moroi que deveriam proteger. Não podíamos deixar que isso acontecesse, não podíamos arriscar a vida de Lissa a favor dos nossos desejos. Do contrário, estaríamos agindo como o guardião dos Badica, que fugira. Certa vez disse a Dimitri que os meus próprios sentimentos eram irrelevantes. Que o que importava eram os dela. Que Lissa tinha prioridade.

E só esperava conseguir provar isso.

— É uma pena essa história da cura — disse Lissa.

— O quê?

Estávamos sentadas no quarto dela, fingindo estudar, mas a minha cabeça estava longe, pensando em Dimitri. Eu a repreendi diversas vezes por guardar segredos de mim, mas não contei nada sobre ele nem sobre o quanto eu estive perto de perder a virgindade. Por alguma razão, não consegui contar.

Ela largou o livro que estava segurando.

— É uma pena eu ser obrigada a abrir mão da cura. E da compulsão — disse, franzindo a sobrancelha. O poder da cura foi considerado um dom extraordinário que precisava ser estudado com mais atenção; a compulsão foi objeto de sérias repreensões por parte de Kirova e da professora Carmack. — Quer dizer, me sinto feliz. Eu deveria ter procurado ajuda há muito tempo, você estava certa quanto a isso. Estou satisfeita por estar tomando os remédios. Mas Victor também estava certo. Não posso mais usar o espírito. E, no entanto, ainda posso senti-lo... Sinto falta de me aproximar mais dele.

Não soube ao certo o que dizer. Gostava mais de vê-la assim como estava agora. Depois de afastada a ameaça da loucura, ela voltou a ser ela mesma, mais confiante e sociável, como a Lissa de sempre que eu conhecia e amava. Olhando para ela agora, era fácil acreditar no que Victor dissera sobre a possibilidade de ela ser uma liderança. Ela me fazia lembrar de seus próprios pais e de Andre — de como eles costumavam inspirar devoção naqueles que os conheciam.

— E tem outra coisa — continuou ela. — Victor disse que eu não poderia abdicar totalmente da magia. Ele estava certo. Chega a doer quando não a uso. Sinto uma vontade absurda às vezes de fazer isso.

— Eu sei — disse. Eu conseguia sentir aquela dor de que ela falava, vinda de dentro dela. Os comprimidos tinham enfraquecido a magia, mas não o nosso laço.

— E eu não paro de pensar em todas as coisas que eu poderia fazer, em todas as pessoas que eu poderia ajudar. — Ela parecia pesarosa.

— Você precisa ajudar a si mesma primeiro — disse a ela com firmeza. — Não quero que você se machuque novamente. Não vou deixar que isso aconteça.

— Eu sei. Christian me diz a mesma coisa. — Lá estava novamente aquele sorriso tolo que aparecia no rosto de Lissa sempre que pensava nele. Se eu soubesse que ficariam tão abobados um com o outro só por estarem apaixonados, não teria ficado tão empolgada quando os ajudei a se reconciliarem. — Acho que vocês dois estão certos. É melhor ficar com o desejo de fazer a magia, sem poder de fato exercitá-la, e me manter sã, do que fazer uso do meu dom e enlouquecer completamente. Não há meio-termo para isso.

— Não — concordei. — Não há meio-termo.

De repente, do nada, um pensamento me invadiu a cabeça. Havia, sim, *um meio-termo*. As palavras de Natalie me lembraram disso. *Valeu a pena. Valeu a pena abrir mão da magia e do sol.*

A magia.

A professora Karp não virou uma Strigoi simplesmente porque enlouqueceu. Ela se transformou para se manter sã. Ao virar Strigoi, a pessoa se desvencilha inteiramente da magia. Quando fez isso, a professora Karp não pôde mais usar nem sentir sua magia. Ela não pôde mais sentir o desejo de usar o seu dom. Olhando para Lissa, senti um nó de preocupação se formando dentro de mim. E se ela se desse conta disso? Será que ela poderia desejar se transformar numa Strigoi também? Não, pensei imediatamente. Lissa jamais faria isso. Ela era uma pessoa de caráter muito forte, de princípios firmes. E, se ela continuasse tomando a medicação, sua capacidade de ponderar racionalmente sobre as coisas a impediria de fazer algo tão drástico.

Mesmo assim, a simples possibilidade de uma coisa dessas me incitou a tentar descobrir uma última coisa. Na manhã seguinte, fui até a capela e esperei, sentada num dos bancos, até o padre aparecer.

— Olá, Rosemarie — disse ele, visivelmente surpreso. — Posso ajudar em alguma coisa?

Eu me levantei.

— Preciso saber mais sobre São Vladimir. Eu li aquele livro que o senhor me deu e mais alguns outros. — Achei melhor não contar a ele sobre o roubo dos que estavam no sótão. — Mas nenhum dos livros menciona como ele morreu. Como foi? Como foi que a vida dele terminou? Ele sofreu algum tipo de martírio?

As sobrancelhas grossas do padre se ergueram.

— Não. Ele morreu de velhice. E em paz.

— O senhor tem certeza? Ele não virou um Strigoi nem se matou?

— Não, é claro que não. Por que você imaginou uma coisa dessas?

— Bem... ele era santo e tudo o mais, mas também era meio louco, não era? Eu li sobre isso. Pensei que ele talvez pudesse, não sei... ter resolvido se entregar à loucura.

A expressão do rosto do padre ficou bem séria.

— É verdade que ele lutou contra os demônios que o perturbavam, a insanidade, ao longo de toda a sua vida. Era uma batalha constante, e ele realmente quis morrer algumas vezes. Mas ele superou isso. Não deixou que isso o derrotasse.

Olhei para o padre, maravilhada com o que estava ouvindo. Vladimir não tomou remédios e continuou a usar a magia.

— Como? Como foi que ele conseguiu vencer essa batalha?

— Graças à determinação dele, eu creio. Bem... — Ele fez uma pausa.

— Isso e Anna.

— Anna, beijada pelas sombras — murmurei. — A guardiã dele.

O padre acenou afirmativamente com a cabeça.

— Ela se manteve sempre ao lado de Vladimir. Quando ele enfraquecia, era ela quem o mantinha no prumo. Ela o incitava a se manter forte e a nunca se entregar à loucura.

Saí da capela maravilhada. Anna foi a responsável. Anna guiou Vladimir para uma espécie de meio-termo e o ajudou a operar os milagres sem que isso o levasse a um final terrível. A professora Karp não teve a mesma sorte. Ela não formou um laço com seu guardião. Ela não teve ninguém que a ajudasse a se manter no prumo.

Lissa *tinha*.

Sorrindo, atravessei o pátio quadrangular em direção ao refeitório. Há muito tempo não me sentia tão bem com relação à vida. Nós também podíamos vencer, Lissa e eu. Podíamos fazer isso juntas.

Foi nesse exato momento que eu vi, com o canto dos olhos, um vulto escuro. Ele passou por mim num mergulho e em seguida pousou numa árvore próxima. Parei de andar. Era um corvo enorme, dotado de olhos impetuosos e brilhantes penas pretas.

Um instante depois, me dei conta de que não se tratava de um corvo qualquer; aquele era *o* corvo. Aquele que Lissa curara. Nenhum outro pássaro teria pousado tão perto de um dampiro. E nenhum outro pássaro estaria me encarando com um olhar tão inteligente e familiar. Era inacreditável que ele ainda estivesse circulando por ali. Um calafrio me subiu pela espinha, e comecei a recuar. Foi então que a verdade me veio como um tapa.

— Você tem um laço com ela também, é isso? — perguntei, consciente de que, se alguém me visse naquele momento, pensaria que estava louca. — Ela trouxe você de volta. Você também foi beijado pelas sombras.

Aquilo era, na verdade, impressionante. Ergui, então, o braço para o corvo, esperando que, num gesto dramático, cinematográfico, ele pousasse em mim. Mas o que ele fez foi apenas me observar, como se me julgasse tola, e, em seguida, abrir as asas e voar para longe.

Fiquei observando enquanto ele voava para dentro do crepúsculo. Depois, dei meia-volta e fui procurar por Lissa. Bem ao longe, nesse momento, eu ouvi o grasnar de uma ave, e aquilo me pareceu quase como uma gargalhada.

Vire a página para histórias nunca antes lançadas com Rose, Lissa, Dimitri e todos os seus personagens favoritos de ACADEMIA DE VAMPIROS, direto do acervo da autora!

A TRANSFORMAÇÃO E A CHAMA

Tasha Ozera não gostava de vestidos. Nem de sapatos de salto alto. Nem de conversas sem sentido. Na verdade, ela não gostava de nada relacionado a festas chiques. Ela sabia, no entanto, que havia um jogo a ser jogado, e aprendera a jogá-lo havia muito tempo.

— Tasha, por favor, pare de fazer bico. Vai ficar com rugas.

Quem disse isso, previsivelmente, foi a cunhada de Tasha, Moira. Moira Ozera — anteriormente Moira Szelsky — fora uma beldade celebrada em sua época. Ela ainda era bonita. Tasha nunca se esqueceria do casamento de Moira e Lucas e de como todos no salão de baile haviam prendido a respiração ao mesmo tempo enquanto os dois rodopiavam pela pista de dança. Tasha, com apenas sete anos, assistira à cena junto aos outros convidados maravilhados e tivera certeza de que nunca existiria um casal mais encantador do que o irmão dela e sua noiva.

Tasha atravessou a sala de estar pisando forte com os pés descalços, sem se importar que a bainha de seu vestido brilhante se arrastasse pelo chão, e se jogou no sofá.

— Eu não estou fazendo bico. Só estou pensando.

Moira parou em frente a um espelho antigo com moldura de videiras de cobre. Ela ajeitou uma mecha do cabelo castanho avermelhado e franziu os lábios para verificar se deveria retocar o batom. Decidiu que sim.

Observando-a, Tasha não pôde deixar de reparar que ela não dedicara nem metade do cuidado com sua aparência que Moira dedicara à dela. E Moira nem iria a uma festa. Ela, Lucas e Christian simplesmente viajariam de volta à casa de campo deles à noite.

— Bem, irmãzinha, então eu espero que você esteja pensando em como será a estrela da festa hoje à noite. — A frase veio de Lucas, entrando com longas passadas e um sorriso tranquilo. Ele repousou a mala no chão e beijou a bochecha da esposa. — Eu me lembro de quando fomos à Festa de Verão. Você não acreditaria em quantos de nós seguimos Moira para todo lado, dispostos a qualquer coisa só por um sorriso. Ou mesmo um segundo olhar.

Tasha conseguia acreditar, porque já ouvira aquela história diversas vezes, mas sorriu mesmo assim. Fazia algum tempo que não via Lucas tão animado, e gostou da mudança.

— Não acho que isso acontecerá comigo hoje à noite — respondeu ela. — Mas tentarei não envergonhar o nome da família.

Lucas deu uma piscadela.

— É só o que esperamos.

— Não — disse Moira, desviando o olhar do espelho. — *Não* é só o que esperamos. Esperamos que ela arrume um noivo. Ou, no mínimo, que algum jovem de uma família de prestígio faça uma visita de vez em quando, em vez daqueles boêmios que vivem aparecendo por aqui. E por que você não está de sapatos, Tasha?

Os dois guardiões da família entraram bem nesse momento, carregando o restante da bagagem. Tasha não gostava de vê-los relegados a meros empregados, mas sabia que ambos prefeririam morrer antes de proferir uma palavra de reclamação.

— Tudo pronto — disse Nolan. — O carro está aí na frente, então nos encontraremos com o guardião Locke e o carro dele no portão. Seu fornecedor também aguarda lá.

— Não sei por que precisamos de dois carros ou de um guardião emprestado — disse Moira. — Parece um desperdício.

Lucas também franziu a testa.

— De verdade, não precisa. Mande Locke para outro lugar.

— Estamos apenas cuidando da sua segurança, lady Moira — respondeu Vinh de seu modo baixo e respeitoso. — Viagens noturnas são perigosas, e o guardião Locke por acaso tem uma incumbência por perto. Ele permanecerá com vocês na casa até que lady Tasha e eu possamos encontrá-los amanhã.

— Você vai ficar aqui no lugar de Nolan? — perguntou Lucas, com o tom brando. Um leve franzir em suas sobrancelhas era o único sinal de desagrado.

Tasha se levantou depressa e disse:

— Se está tão preocupada, Moira, basta esperar até amanhã. Então podemos partir todos juntos. — Como esperava, isso desviou a conversa de Vinh.

— Dirigir à luz do dia é sempre mais seguro — adicionou Nolan diplomaticamente. — Não seria difícil mudarmos os planos.

— Não, não — respondeu Moira, com mais insistência do que Tasha julgava necessária. — Nada de mudanças. Quero estar de volta em casa hoje à noite. Estou cansada da Corte.

— Partiremos hoje à noite, então. — Lucas relanceou ao redor. — Onde está Christian?

Moira suspirou.

— Por que ele vive se esgueirando por aí? E por que ninguém nunca sabe onde ele está?

O rosto de Vihn permaneceu neutro, mas Tasha notou o brilho de diversão em seus olhos.

— Vou encontrá-lo.

Alguns minutos depois, Vihn voltou com Christian. Aos nove anos, o garoto era uma versão em miniatura do pai, ostentando o cabelo preto e olhos azul-claros encontrados em tantos membros da família Ozera, inclusive Tasha. Normalmente quieto e introspectivo, o rosto de Christian estava iluminado de alegria ao se segurar às costas do alto guardião, que o carregava de cavalinho e o depositou suavemente ao lado dos pais. Vinh se endireitou imediatamente e voltou à sua versão composta.

— Não quero ir para a casa — disse Christian. — É chato. Quero voltar para a escola. Ou ficar aqui com a tia Tasha e ver a festa. Vai ter fogos de artifício no final!

Tasha deu um sorrisinho.

— Quer ser meu acompanhante? Você será a melhor companhia da noite.

— Tasha, você precisa levar tudo isso mais a sério — repreendeu Moira. — Juventude e beleza são efêmeras. Você não dá valor a elas agora, mas um dia desejará poder se agarrar a elas para sempre.

Lucas passou um braço ao redor do ombro da esposa e guiou-a para a porta.

— Deixe-a em paz, querida. Não importa agora. Precisamos ir; e sim, Christian, isso inclui você. À casa de campo. Não à festa.

Tasha deu um abraço de despedida no sobrinho, rindo quando ele reclamou que os cristais do vestido dela o pinicavam. Moira já entrava no carro, orientando os guardiões sobre onde colocar a bagagem e se certificando de que o fornecedor fosse no carro com ela. Lucas abraçou Tasha, e eles trocaram um olhar afetuoso e pesaroso.

— Podemos conversar melhor sobre St. Croix quando nos encontrarmos amanhã? — perguntou ela, ansiosa.

Ele hesitou.

— Ah, claro. Até lá... tente se divertir, irmãzinha. E espero... espero que no futuro, quando pense nesta noite, você se lembre do quando eu te amo. Do quanto todos nós te amamos.

— É só outra festa, Luke — disse ela, confusa com a mudança de atitude. Mas, pensando bem, Lucas vinha agindo de maneira estranha nos últimos meses, exibindo um humor sombrio sem aviso. Dois de seus antigos colegas de classe haviam morrido inesperadamente, um por Strigoi e outro num acidente de esqui. As duas mortes tiveram causas opostas, mas haviam abalado profundamente seu irmão. Ela o encontrava com frequência olhando fotos antigas e se embrenhando em discussões filosóficas sobre a mortalidade. Ela se preocupava e esperava que ele se beneficiasse de um tempo relaxante no campo.

Quando o carro partiu, Tasha calçou relutantemente os sapatos altos prateados e trancou a porta da casa da família. A Festa de Verão aconteceria no outro extremo da Corte, mas mesmo com os sapatos desconfortáveis Tasha não se incomodou em caminhar numa noite tão morna e com brisa. Ela e Vinh andavam no mesmo ritmo, ambos quietos e relaxados na companhia um do outro enquanto avançam pelos muitos caminhos arborizados que ziguezagueavam por entre as construções da ampla Corte Real. Com sua arquitetura respeitável e pátios verdes, o terreno lembrava mais uma universidade do que um santuário para vampiros vivos, mas era exatamente como os Moroi queriam. Atraía menos atenção externa.

— Acho que vai chover mais tarde — disse Tasha. Havia outros Moroi e dampiros fora de casa naquela noite, e não era apropriado para uma jovem da realeza falar de maneira minimamente informal com seu guardião.

Vinh olhou para cima e observou as nuvens esparsas deslizando por cima das estrelas e da lua.

— Acho que tem razão, mas talvez ela espere até o final da festa. Se não, eu volto para buscar um guarda-chuva.

— Não precisa pegar chuva por minha causa. Ninguém vai te responsabilizar se eu me molhar um pouco. Não vai me incomodar tanto assim.

— Eu me responsabilizaria se qualquer coisa a incomodasse o mínimo que fosse.

Ela sentiu uma onda de calor pelo corpo e mexeu na pulseira para não precisar responder. Isso vivia acontecendo quando ela estava com ele. Bastavam algumas palavras ou um breve olhar para ela ficar espetacularmente corada. Antes, ela ficava constrangida. Tentava ignorar. Afinal, uma Moroi do nível dela não deveria pensar num dampiro dessa forma, ainda mais agora que eles estavam fora da escola e no mundo real. No entanto... De tempos em tempos ela o notava observando-a de uma maneira que a fazia pensar que ela não era a única com dificuldade de deixar o passado deles para trás.

A Festa de Verão acontecia no palácio, uma construção que combinava com as outras da Corte, mas continha todo o esplendor e a decadência da gloriosa história dos Moroi. Era em parte isso que tornava esse evento tão grandioso. A própria rainha era a anfitriã, e apenas a realeza era convidada. Teoricamente, servia para celebrar o fim do verão e a chegada do outono, que trazia noites mais longas e dias mais curtos. Todos sabiam, no entanto, que se tratava de uma oportunidade para membros jovens e solteiros da realeza desfilarem na frente um do outro. O evento era frequentemente seguido por noivados.

Vinh estendeu a mão para Tasha quando eles chegaram aos degraus de entrada do palácio. Ela a aceitou e ergueu a saia com a outra mão. Este pequeno toque de seus dedos era o único contato que eles tinham agora, mas significava tudo para Tasha.

— Obrigada, Vinh — disse ela ao soltar a mão dele.

Do lado de dentro, o salão de baile fora transformado numa terra da fantasia de cores e flores. Plantas e árvores verdadeiras preenchiam o espaço, e luzes brilhantes em formato de estrela no teto lançavam padrões de arco-íris na festa abaixo. Os próprios convidados competiam com a decoração suntuosa, parecendo tentar superar um ao outro. O vestido azul e prata de corte simples de Tasha era um dos mais modestos.

Nas laterais do salão, misturados ao esplendor tropical, guardiões observavam com atenção, imóveis e idênticos em ternos pretos e camisas brancas. Eles se camuflavam entre si e com o ambiente, como era a intenção. Mas não Vinh. Tasha sabia exatamente onde ele estava, não importa aonde ela fosse.

Muitos dos membros da realeza com quem ela se formara em São Vladimir estavam ali, assim como Moroi de outras escolas ou aqueles que haviam sido educados na Corte. Todos se avaliavam, aferindo tanto prováveis pares quanto possíveis rivais.

Apesar de sua irreverência mais cedo com Lucas, Tasha não era imune ao papel que desempenhava na família. Os Ozera eram uma das doze casas reais, com linhagem e história honrada por todo o mundo Moroi. Ninguém de sua família a forçaria a fazer nada que não quisesse, mas ela sabia que suas amizades e seus romances poderiam afetar a reputação da família e a maneira como eles navegavam pelo complexo campo de batalha da política Moroi. Ela queria fazer a coisa certa, de verdade. Fazia rondas pela festa, falando com o máximo de pessoas importantes que conseguia, dançando com rapazes que poderiam ser pretendentes vantajosos. Sorria. Participava de todas as conversas da maneira agradável e modesta esperada de uma moça da realeza.

Mas sentia-se vazia. Não se conectava de verdade com ninguém, e suas palavras não eram verdadeiras. Isso devia transparecer para os outros porque, uma vez, ao passar por um grupo de Moroi mais velhos que haviam vindo observar a "moçada", ela entreouvira um homem dizer: "Já viram a promissora garota Ozera? Filha de David, que Deus o tenha. Faz tempo que não fazem uma beldade dessas; e olha que são uma bela família. Mas ela é tão... estranha."

Tasha começou a sorrir, então sentiu-se culpada. Precisava se esforçar mais. Precisava parar de ser estranha, fosse lá o que isso significasse.

— Tasha? Por onde você tem andado?

Jacob Zeklos, outro ex-aluno da São Vladimir, pôs-se no caminho dela e lhe entregou uma taça de champanhe.

— Hoje à noite? — perguntou ela.

— Não. Durante o verão inteiro. Deveria ser nosso momento de festejar e relaxar antes de começarmos a vida de adulto.

— Estive aqui algumas vezes. Outras vezes na nossa propriedade. — Ela deu de ombros. — Passando tempo com minha família.

— Você pode ficar com eles a qualquer momento. Mas isso? O auge das nossas vidas? — Ele ergueu a própria taça, derramando seu conteúdo, e ela se perguntou quanto champanhe ele tomara naquela noite. — Isso não vai durar. Ninguém permanece jovem para sempre, e nós deveríamos aproveitar. Minha família vai a Bucareste mês que vem. Venha conosco.

Tasha ficou momentaneamente interessada. Ela era criança em sua última visita à Romênia, e tinha curiosidade de ver o país com um olhar mais maduro.

— Algum motivo? Ou só para admirar as galerias e os castelos?

— Apenas um castelo; não precisamos sair para nada. Um dos meus primos vai se casar e organizou uma semana inteira de comemorações. Uma festa atrás da outra. Luxo do Velho Mundo. Decadência indescritível. — Ele deu um sorrisinho, confirmando os rumores que ela ouvira sobre ele ter lixado os caninos para ter pontas mais afiadas. Tinha ficado ridículo. — Você não acreditaria no que eles conseguem que os fornecedores façam.

— Obrigada, mas não posso. Estou tentando convencer Lucas a me deixar ir mergulhar em St. Croix no mês que vem.

— St. Croix? Tipo, no Caribe? — Ele franziu o nariz com desprezo. — Mas é tão ensolarado lá.

O sol era um dos motivos pelos quais Lucas estava sendo teimoso, assim como o fato de que o grupo não era da realeza. Ele era formado por alguns dos amigos "boêmios" de Tasha que Moira considerava tão indignos. Tasha não precisava da permissão do irmão, mas precisava do dinheiro dele, já que era ele quem cuidava da herança dos dois.

— Vale a pena — disse ela. — A vida marinha e os recifes de lá são incríveis.

Jacob ainda parecia perplexo.

— Você quer ser bióloga marinha ou algo assim?

— Não. Só quero ver.

— Por quê?

— Porque existe. Porque é algo no mundo que eu ainda não vivenciei. — Era óbvio que essa conversa não chegaria a lugar algum, e Tasha buscou uma fuga. — Com licença... preciso dar oi para meu tio. Bom falar com você.

Ela saiu apressada antes que Jacob pudesse impedi-la e acenou para cumprimentar Ronald Ozera. Ele não era tio dela de verdade, mas era um dos integrantes mais velhos e respeitados do clã Ozera. Era um costume informal entre os membros da realeza chamar os parentes mais velhos de “tia” e “tio”, assim como pessoas da mesma posição muitas vezes se chamavam de “prima” ou “primo”.

— Tasha. — Ronald lhe deu um beijo na bochecha. — Você está deslumbrante. Ouvi elogios sobre você a noite toda. Por acaso acabei de vê-la conversando com Jacob Zeklos?

Um brilho astuto se acendeu nos olhos do velho. Ele era tão ruim quanto Moira.

— Sim.

— Ele é um rapaz bem-apessoado, não é? E o pai dele está ganhando muita influência entre os Zeklos.

— Não precisa tentar me arranjar com ninguém. Não quero tomar nenhuma decisão precipitada.

Não era segredo no clã dos Ozera — ou provavelmente em nenhum outro — que Ronald estava de olho no trono. O assento não ficaria vago tão cedo, mas ele acreditava em construir conexões e alianças bem antes do complicado processo de seleção enfrentado pelos monarcas. Ela poderia ser apenas sua prima distante, mas continuava sendo uma Ozera e, portanto, tinha utilidade. *Como uma ferramenta*, pensou ela.

— É claro, é claro — disse Ronald. — Na verdade, pode ser uma boa ideia que você espere um pouco para se casar. Talvez... muitos anos.

Tasha não confiava no tom despreocupado dele.

— Tio, o que o senhor está insinuando?

— Nadinha. Só estou tentando ajudá-la. Já notou que Eric Dragomir está aqui hoje?

Tasha seguiu a direção do aceno de cabeça de Ronald até um grupo de pessoas falando com a rainha Tatiana. Era fácil identificar Eric. A família dele, assim como os Ozera, tendiam a ter traços marcantes; para os Dragomir, era cabelo platinado e olhos verdes.

— Ele não sai muito — observou ela.

— É verdade. Ele mantém a família por perto, o que é compreensível.

Era mesmo. Eric e seus dois filhos eram os únicos Dragomir que restavam, o que era impressionante em comparação à confusão de primos em todas as outras casas. Havia dezenas e dezenas de Ozera.

— Ele é casado — comentou ela, sem saber onde Ronald queria chegar.

— Sim, mas o filho dele não é.

Ela se virou para ele, incrédula.

— O filho dele tem doze anos!

— E foi por isso que eu disse que você deveria esperar vários anos. Quando ele se tornar um rapaz, tenho certeza de que vocês se dariam espetacularmente bem, e quem não ficaria encantado pela sua beleza? Rhea Dragomir é metade Ozera, e nós temos parentes Dragomir em nossa árvore genealógica. Eles adorariam firmar um compromisso que pudesse fortalecer a linhagem deles.

Tasha balançou a cabeça com perplexidade e pensou numa resposta educada. Afinal, um integrante mais velho da família merecia respeito.

— Que... sugestão interessante.

— É uma sugestão muito razoável. A influência de Eric é impressionante. Ele não precisa ter o consenso da casa dele para empurrar suas opiniões para o conselho, já que ele *é* a casa dele. Ele é seu membro do conselho *de facto*. — Ronald fez uma pausa e franziu a testa. Também era fato conhecido que ele esperava ser eleito como representante dos Ozera no conselho. Atualmente, outro membro da família ocupava a posição. — Ele seria um aliado poderoso para qualquer um interessado no trono, que, é claro, esperamos que continue ocupado pela rainha Tatiana por muito, muito tempo.

— Provavelmente pelo resto das nossas vidas. Ela não parece ter intenção de ir a lugar algum... jamais.

— Bem, espero que não vá mesmo. De verdade. Mas ela *é* muito mais velha do que eu, e não faz sentido ficar de braços cruzados enquanto espero pelo fim. Agora, vamos lá dar um oi, apenas para que Eric a note.

Tasha sentiu uma fúria ardente com o tom presunçoso de Ronald. Simplesmente assim, ele esperava que ela obedecesse aos seus comandos, que cumprisse um papel em sua intricada busca por poder. Ele podia chamá-la de deslumbrante e enaltecer sua beleza o quanto quisesse, mas o real valor dela estava no que ela poderia lhe oferecer. Tasha queria repreender seu egoísmo e deixar bem explícito quanto ficara insultada com o tratamento dele, mas não se agia dessa forma com os mais velhos e respeitados. Ela respirou fundo e engoliu a raiva.

— Tio, o senhor está... sempre pensando.

— De fato. Não se pode deixar nenhuma oportunidade escapar. Venha comigo. — Ele apoiou uma das mãos em seu ombro. — Eu e você podemos estar em galhos distantes na árvore da família, mas *somos* todos uma só família. Somos Ozera. Precisamos cuidar uns dos outros.

Tasha acompanhou-o e se consolou com o pensamento de que isso seria mais divertido do que conversar com qualquer outro dos seus colegas de classe. Ela e Ronald esperaram educadamente à margem do círculo de Tatiana — formado só por homens da idade dele ou mais velhos — até que os olhos da rainha recaíram sobre os dois. Eles ofereceram as reverências apropriadas e foram recompensados com um aceno de cabeça em aprovação.

— Majestade, a festa está magnífica. Ainda mais grandiosa do que a do ano passado — comentou Ronald ao se reerguer. — A senhora deve se lembrar de Natasha, filha de David e Blanche.

— Sim, é claro. — A rainha Tatiana era uma mulher impressionante, mesmo quando não estava enfeitada com um vestido de brocado e uma coroa pesada com diamantes e rubis. Ela possuía uma presença que obliterava a de todos ao redor, e seus olhos nunca deixavam nada passar. — Notei que seu irmão não está conosco esta noite.

— Não, Majestade — respondeu Tasha. — Ele partiu com Moira e Christian para nossa casa de campo. Eu me juntarei a eles amanhã.

Tatiana não franziu a testa, mas deixou sua desaprovação muito clara.

— Que estranho, perder uma das maiores celebrações do ano. Eles poderiam ter esperado até amanhã.

Tasha pensara a mesma coisa, mas agora se sentia na obrigação de defender Lucas.

— Moira estava ansiosa para ir para casa. Acho que anda muito cansada.

— Não é de se espantar. Lembro de como ela sempre foi uma criaturinha enjoada. Um tanto vaidosa também.

Mais uma vez, Tasha concordou secretamente, mas se recusou a proferir qualquer palavra que depreciasse sua família em público. Outros no círculo, esperando ganhar aprovação da rainha, se apressaram a entrar na conversa.

— Fazer uma viagem dessas a essa hora da noite é irresponsável — comentou Nathan Ivanshkov. — Especialmente em vista do que acabou de acontecer.

— Uma família em St. Louis foi emboscada por Strigoi na semana passada — explicou Eric Dragomir para Tasha e Ronald.

— Que terrível — disse Ronald. — Os guardiões deles foram subjugados?

— Não havia guardiões. Eles não eram da realeza — falou Eric.

— Não há dúvida de que também foram descuidados. — Nathan olhou de relance para Tasha e Ronald, lembrando a todos do comportamento de Lucas Ozera. — É uma pena que não haja guardiões o bastante para todos, mas isso só significa que é preciso ser ainda mais diligente.

— Mas parece que deveria haver alguns guardiões disponíveis para não membros da realeza — opinou Tasha. Ela gesticulou ao redor. — Minha família está dividida esta noite, mas tenho certeza de que a maior parte da realeza está com sua cota inteira de braços cruzados.

Para que acumulá-los? A Corte já é protegida o suficiente. Qualquer membro da realeza que sabe que ficará aqui por um longo período deveria permitir que seus guardiões aceitassem tarefas temporárias em outros lugares. Ainda não haveria o suficiente para todos os Moroi, é claro, mas poderia ajudar qualquer não membro da realeza em situações potencialmente perigosas.

Todos a encararam. Ronald parecia ter se arrependido amargamente de fazer qualquer um notá-la.

A rainha sorriu, mas sua expressão era fria.

— Natasha, posso conversar a sós com você?

Normalmente, quem faz essa pergunta se afasta em seguida. Em vez disso, todo o resto do círculo imediatamente dispersou para dar espaço a Tatiana e Tasha.

Tasha tentou não engolir em seco.

— Sim, Majestade?

— Eu gosto de você — disse Tatiana, num tom que expressava o exato oposto. — E gostava muito dos seus pais. Gostaria de vê-la se saindo bem esta noite. Gostaria de vê-la se saindo bem de maneira geral. Como rainha, meu amor se estende a todas as famílias reais, não apenas aos Ivashkov. Quando meu povo está feliz, eu estou feliz. Dessa forma, vou lhe dar um conselho que deixará nós duas mais felizes.

Tasha assentiu bruscamente, petrificada.

Tatiana se aproximou mais.

— Você só está aqui para ser bonita, querida. Não para expressar opiniões. Não se esqueça disso.

Havia um milhão de respostas possíveis, mas apenas uma que Tasha tinha permissão de dar.

— O-obrigada, Majestade.

Ninguém ouvira o que Tatiana dissera, mas os participantes da conversa anterior sabiam que Tasha fora repreendida. Ela voltou a se misturar à multidão e desapareceu com todo o prazer, mas Ronald a alcançou mais tarde.

— O que você estava pensando? — perguntou ele em tom exigente.

— Desculpe, tio. Eu só dei minha opinião.

— Compartilhar nossos guardiões com não membros da realeza é sua opinião?

— Bem... — Ele não estava exatamente bravo, mas sua desaprovação a perturbava. Ainda assim, ela reuniu coragem. — Na verdade, sim. Existem diversas maneiras de distribuir melhor os guardiões sem prejudicar nossa proteção e...

Ronald grunhiu.

— Tasha, pare. Esta noite, não. Não na frente de pessoas respeitáveis. Você sabe que esse é um assunto controverso. Ninguém da realeza quer ouvir sobre reduzir nossos guardiões. Se quiser agradar, comece a dar ideias de como *aumentar* a proteção da realeza.

Tasha quase sugeriu uma ideia imediatamente. Fazia tempo que ela achava que os Moroi se beneficiariam de aprender a se defender, mas o rosto de Ronald lhe comunicou que aquele não era o momento. Na verdade, talvez nunca fosse o momento. Ninguém queria ouvir falar de mudança. O mundo avançava, mas os Moroi ficavam presos no passado. E moças que compareciam à Festa de Verão, aquelas que queriam passar uma boa impressão, não questionavam o status quo.

— Desculpe, tio. Espero não ter lhe causado nenhum problema. — As palavras deixaram um gosto ruim na boca de Tasha, mas o tom contrito dela pareceu amansá-lo.

— Provavelmente não. Todos já beberam tanto champanhe que ninguém nem vai se lembrar.

Foi um alívio quando a festa se encerrou e os convidados saíram do salão de baile em direção ao gigantesco pátio do palácio a fim de assistir aos fogos de artifício. Tasha se manteve distante dos outros e encontrou um banco de ferro forjado escondido num canto dos velhos muros de pedra, cercado de madressilvas que preenchiam o ar úmido com seu perfume. Ela logo sentiu uma presença familiar às suas costas.

— Nada de chuva ainda — disse ela sem se virar.

— Não mesmo, lady Tasha — respondeu Vinh em voz baixa. Depois que se formou e foi nomeado para a família dela, ele começara a usar aquele título. Mesmo ali, sozinhos nas sombras, ele nunca quebrava o protocolo. Ela era lady Ozera em público e lady Tasha em particular. Nunca nada mais familiar. A única concessão que ele fazia era usar *Tasha* em vez de *Natasha*.

Ela encarou os grupos de convidados, rindo e bebendo ao olharem para o céu, esperando o espetáculo começar. Sentia como se estivesse a um milhão de quilômetros deles.

— Acho que não me saí muito bem esta noite, Vinh.

— O que a senhorita estava tentando...

Ela ouviu-o se mexer atrás dela, então um farfalhar de folhas e um grito de surpresa. Tasha se virou bem a tempo de ver Vinh erguer Christian, se contorcendo, de um arbusto de hortênsias. Tasha se levantou num pulo.

— Christian! O que você está fazendo? Seus pais estão aqui? — Ela olhou ao redor, quase esperando que Lucas e Moira também emergissem do arbusto.

Christian balançou a cabeça enquanto Vinh o colocava de pé.

— Nã-não. Eles já devem ter chegado em casa.

— E você não está com eles porque...?

Ele sabia que estava encrencado, mas mesmo assim encarou-a com coragem.

— Meus pais queriam que o fornecedor viajasse com eles e Nolan. Acho que mamãe estava com fome, porque ela não parava de repetir isso. Enfim, o carro estava lotado, então eu disse a eles que viajaria no outro carro, com o guardião Locke, aquele emprestado dos Badica. Só que eu disse para *ele* que viajaria no outro carro com meus pais. Então ninguém soube que eu tinha fugido. E aqui estou.

— Para assistir aos fogos de artifício — supôs Tasha. — Você não deveria ficar tão convencido. Sua mãe vai ter um ataque de pânico. Se é que já não teve.

Antes que Christian pudesse responder, uma explosão de estrelas vermelhas e douradas irrompeu no céu escuro e se precipitou numa cachoeira de faíscas brilhantes. Os olhos do menino se arregalaram, e Tasha desistiu de brigar com ele. Ela se inclinou na direção de Vinh.

— Dê a notícia para Nolan, ok? Talvez possamos ao menos minimizar a fúria de Moira.

Vinh fez um breve aceno de cabeça e desapareceu na escuridão. Tasha voltou a se sentar e chamou Christian para se juntar a ela. Ele apoiou a cabeça nela, e Tasha se sentiu mais feliz do que se sentira a noite toda enquanto passava um braço ao redor do sobrinho.

— Isso tudo é magia de fogo? — perguntou ele.

— Neste espetáculo, sim. Às vezes eles misturam. Usam fogos de artifícios convencionais e manipuladores de fogo para realçá-los.

Flores azuis enormes cintilaram acima deles, tornaram-se prateadas, então desapareceram em faíscas.

— Você consegue fazer isso?

— Não — disse ela. — Mas nunca tentei. Talvez nós possamos tentar juntos um dia.

Ele se virou e olhou para ela, esperançoso.

— Você acha que eu também vou ser um manipulador de fogo?

— Acho. É o seu melhor elemento, e o fato de estar se manifestando tão cedo significa que você será muito poderoso.

Ele se recostou de novo nela.

— Talvez eu possa usar meu poder para fazer fogos de artifício.

— Espero que o use para mais do que isso — falou ela, mas ele estava fascinado demais para escutá-la.

A volta silenciosa de Vinh informou-a de que ele reportara a inesperada mudança de itinerário. Mais tarde, quando os três caminhavam de volta para casa, ele explicou:

— Nolan não atendeu, mas deixei uma mensagem sobre o que aconteceu. Falei que levaríamos lorde Christian conosco amanhã.

Christian bocejou, andando mais devagar. O céu a leste estava arroxeando.

— Tia Tasha, acha que podemos praticar fogos de artifício quando voltarmos para casa?

Ela deu uma risada e bagunçou o cabelo dele.

— Você já não aprontou o suficiente com a sua mãe hoje?

Uma gota de chuva caiu na bochecha de Tasha. Então outra, e mais uma. De repente, a chuva prevista caiu sobre eles com toda a força.

— Sem tempo para guarda-chuvas — exclamou ela para Vinh ao tirar os sapatos. — Pegue Christian e vamos!

Vinh ergueu Christian nas costas, e os dois avançaram em meio ao dilúvio. Vinh acompanhou o ritmo dela, mesmo que Tasha soubesse que ele poderia facilmente ultrapassá-la. Eles chegaram à casa encharcados, mas rindo. Tasha encontrou toalhas para todos e tentou enxugar o vestido de seda. Ele colava nela feito uma segunda pele, com a bainha coberta de lama. Alguns cristais haviam se soltado.

— Vamos todos nos encrencar. Espero que eu consiga alguém para consertar isso amanhã.

— Vá se trocar — disse Vinh a ela. — Eu cuido dele.

Agradecida, Tasha foi para seu quarto, mas logo descobriu que os ganchinhos nas costas do vestido encharcado eram impossíveis de segurar quando molhados. Ela espiou o corredor e viu Vinh saindo do quarto de Christian. Ele levou um dedo aos lábios, então ergueu uma sobrancelha de surpresa quando ela gesticulou para que ele se aproximasse.

— Me ajuda? — perguntou ela, se virando.

Silêncio. Imobilidade. Então, cuidadosamente, os dedos dele roçaram a nuca dela e começaram a descer pela coluna enquanto, sem esforço, abriam os ganchos. Ela prendeu a respiração e não conseguiu evitar lembrar ironicamente que ele nunca teve dificuldade para tirar as roupas dela. Nos velhos tempos, ele não teria parado quando os ganchos terminassem, abaixo dos ombros. Certamente não teria se afastado tão depressa. Tasha pressionou uma das mãos contra o peito para impedir o vestido de cair, apesar de não parecer que ele fosse sair do lugar do jeito que estava colado. Quando ela se virou, teve um breve vislumbre dos olhos dele percorrendo o corpo dela antes de desviá-los educadamente.

— Precisa de mais alguma coisa, lady Tasha?

Todo tipo de coisa, pensou ela. E se perguntou o que ele faria se ela lhe pedisse ajuda para tirar o resto do vestido. O que ele faria se ela mesma o tirasse e o mandasse assistir?

Ela soltou a respiração.

— Não, Vinh. Encontro você lá embaixo.

Por respeito a ele, ela vestiu o pijama mais modesto que tinha. Quando se esgueirou silenciosamente pela escada mais tarde, viu que ele acendera o pequeno abajur do aparador, fornecendo apenas luz o suficiente para os olhos de Moroi e dampiros enxergarem. Ele notou a escolha de vestimenta de Tasha, e ela não conseguiu distinguir se ele sentiu alívio ou decepção.

— Lorde Christian adormeceu antes mesmo de eu terminar de abotoar seu pijama. — Um sorriso raro e tranquilo se abriu no rosto de Vinh. — Espero que não seja um problema que eu o tenha botado direto para dormir. Não me dei ao trabalho de secar o cabelo dele nem nada.

O cabelo preto de Vinh, sempre cortado curto, já começava a secar. O de Tasha continuava escorrido e pingando, e ela o empurrou para trás.

— Nem eu. Sabe, alguém disse que eu tinha uma "beleza natural" hoje à noite. Eu me pergunto o que ele diria agora. Estou bem natural.

Vinh cruzou os braços e se apoiou na parede, atento mas ainda relaxado.

— Ele não diria uma palavra. Estaria encantado demais pela sua versão verdadeira, despida de toda maquiagem e joias e glamour. Nada para distrair. Apenas a chama pura e estável de quem você é. — Ele conseguia controlar o contato físico deles, mas às vezes, em particular, usava as palavras sem defesas.

Tasha abriu um breve sorriso para o guerreiro-transformado-em--poeta, mas o calor de seu toque recente já se dissipara agora que ela refletia sobre os acontecimentos da noite. Ela encarou a chuva que batia contra a janela da sala de estar.

— Eu não sei que chama é essa. Quem é a minha versão verdadeira. Fico tentando ser quem Natasha Ozera deveria ser. Vou a todos os lugares onde deveria ir. Digo o que deveria dizer... bem, na maior parte do tempo. Faço todas as coisas que devo... mas não pareço fazer nenhuma delas certo. Talvez porque eu não *sinta* de verdade que elas sejam certas.

— Talvez você precise de uma nova definição do que é "certo".

— É difícil fazer qualquer coisa nova por aqui. Você devia ter visto a cara de todo mundo hoje, inclusive a da rainha, quando eu sugeri uma forma de relocar os guardiões para servir os Moroi reais e não reais. E isso é só o começo! Acho que todo os Moroi deveriam aprender o básico de luta. Quase falei isso. Mas desisti. Fiquei intimidada demais. As regras, as tradições, o julgamento... ninguém consegue lutar contra isso.

— Talvez porque ninguém nunca tenha tentado.

Ela olhou para cima e não conseguiu reprimir outro sorriso.

— Você está bem rebelde esta noite.

— Eu, não. Meu papel está definido, e eu não me importo em seguir as regras. Combina comigo. Mas você? Acho que você é diferente. Acho que seu papel, seja lá qual for, ainda precisa ser descoberto. Você é mais do que a "beleza natural" que diz as coisas certas... que não são certas de verdade.

Apesar da brincadeira nas últimas palavras, seu rosto permaneceu completa e intensamente sério. Ela se sentiu presa em seu olhar, sem nenhum desejo de se libertar.

— Eu nem saberia por onde começar — disse ela.

— Comece aos poucos. Não se preocupe em fazer todos os Moroi aprenderem a se defender. Aprenda *você* primeiro.

Tasha riu abertamente da sugestão.

— Se eu fosse até o escritório dos guardiões neste momento, você acha que alguém me ensinaria? Você faria isso?

Ele hesitou, preso nas próprias palavras.

— Você não precisa aprender com os guardiões. Vá a qualquer cidade e encontrará incontáveis opções. Ande pela rua e entre no primeiro lugar que encontrar que possa ensiná-la qualquer coisa semelhante à autodefesa. Um dojô. Uma academia de jiu-jitsu. Uma aula de kickboxing. Não importa o que seja. Comece com algo e parta daí. Continue até ser invencível.

— Você quer que eu ande sozinha entre humanos?

— Eu nunca disse sozinha. Eu sou guardião da sua família. Estou a seu serviço agora. Você não precisa da permissão de ninguém para sair, e, se ordenar que eu vá com você e a proteja, eu vou, e nenhuma regra será quebrada.

— Fácil assim, hein? — Ela observou a chuva de novo, então lançou um olhar de soslaio para ele. — E se eu exigir que você me chame só de Tasha em vez de lady Tasha?

— Seria quebrar uma regra. E eu não posso fazer isso. — Novamente, hesitação. — Mesmo que quisesse.

Nós fazemos as coisas certas também, mas não as fazemos da maneira certa, pensou ela. Durante essa breve conversa, eles já tinham se aproximado mais um do outro sem nem perceber. Isso sempre acontecia durante essas conversas raras e clandestinas deles, quando Tasha finalmente podia tirar a máscara que o resto do mundo esperava que ela usasse e dizer o que realmente habitava seu coração. Bem, não tudo. Senão ela lhe diria como ficar perto dele ainda a deixava nervosa e empolgada, assim como acontecia quando os dois se encontravam às escondidas na São Vladimir. Ela lhe diria como agora, privada daqueles beijos roubados, ela vivia pelos toques breves e casuais que eram tudo o que eles ainda podiam trocar. Ela lhe diria que não existia outra pessoa que a fizesse sentir tão valorizada. Tão *real.* Ela lhe diria que amava como ele também era real, com nada da pompa e do ego que estorvava o resto do mundo. E ela lhe diria também que o amava.

Em vez disso, ela disse:

— Queria que você não fosse tão bom no seu trabalho.

Por alguns fugazes segundos, a expressão estoica de guardião dele vacilou, e ela viu um desejo equivalente ao dela.

— Eu também, lady Tasha.

Ela não conseguia encará-lo por muito tempo, não quando ele estava com aquele olhar. Não era justo que dampiros fossem forçados a servir os Moroi a qualquer custo. Não era justo que a sociedade deles não legitimasse relacionamentos entre Moroi e dampiros, independentemente das indiscrições que aconteciam por baixo dos panos. O próprio nascimento dele acontecera desse jeito, quando um membro da realeza de férias no Vietnã se enamorara pela mãe dampira de Vinh. Ele a persuadira a ter um breve caso, então nunca mais falou com ela, nem mesmo quando ela mandou a notícia sobre o filho deles.

Os olhos de Tasha se desviaram para a janela novamente, onde a chuva diminuíra e escorria pelo vidro em longas listras, feito as lágrimas que ela se recusava a derramar.

Ela viu a figura sombria se movendo do lado de fora apenas um segundo antes do vidro se estilhaçar. Uma segunda janela teve o mesmo destino, então três guardiões dispararam pela porta da frente. Tasha gritou quando todos os cinco se espalharam ao redor dela e de Vinh, portando armas e estacas de prata. Tasha deu um passo para trás e bateu numa parede.

— Você sabe onde eles estão? — perguntou um dos guardiões em tom exigente.

— Sei onde quem está? — Tasha ergueu as mãos, mesmo que ninguém tivesse pedido para ela o fazer. Parecia a atitude certa.

— Você sabia o que eles tinham planejado? Vai se juntar a eles?

Vinh enfrentou um momento de indecisão, dividido entre a responsabilidade por Tasha e a obediência à ordem dos guardiões. Ele a escolheu. Não portava nenhuma arma, não num serviço doméstico na Corte, mas se posicionou destemidamente entre ela e os cinco guardiões.

— O que está havendo? — exclamou ele. — Como ousam invadir esta casa e falar com ela deste jeito? Ela é herdeira da Casa Ozera! Ela e seu irmão...

— Ela não tem irmão — disse o guardião principal bruscamente. — Ele se foi.

— S-se foi? — gaguejou ela. — Se quer dizer esta noite, eles foram para...

— Quero dizer, lady Ozera, que ele não está mais entre os vivos.

A sala começou a girar ao redor de Tasha, e seus joelhos cederam sob seu peso. Vinh correu e passou um braço ao seu redor para apoiá-la.

— Lucas está... morto? — Ela mal conseguia ouvir a própria voz.

— Não morto de verdade — respondeu outro guardião. — Transformado. Ele e a esposa viraram Strigoi.

— Não... não! Isso é... Não. É impossível! — Ou não? Eles haviam sido alertados sobre os perigos de viajar à noite. Tasha se recostou mais em Vinh e tentou voltar a colocar a sala em foco. — Onde eles foram atacados? Na estrada? Na nossa casa?

Ambos pareciam improváveis. Um carro em movimento não era um alvo fácil, e a casa era cercada por fortes proteções.

— Eles não foram atacados — disse o primeiro guardião. — Eles escolheram se tornar Strigoi.

O momento de fraqueza de Tasha desapareceu, e ela endireitou as costas, subitamente recarregada pela fúria. Não havia pecado maior no mundo Moroi do que escolher deliberadamente o caminho sombrio, morto-vivo dos Strigoi, renunciar à própria alma e moral em troca de poder e imortalidade. Fazer tal sugestão sobre Lucas e Moira insultava Tasha, sua família e todo o nome dos Ozera.

Ela avançou na direção dos guardiões com os punhos cerrados e desprovida de medo.

— Você está mentindo. Eles não fariam isso.

O guardião que falou não moveu um músculo sob o olhar dela.

— A evidência é muito clara. Não há indício de nenhum ataque por Strigoi externos. Encontramos um dos carros deles abandonado na beira da estrada. Um deles tinha drenado seu fornecedor. O outro quebrou o pescoço de Nolan Orr e o drenou.

Tasha ouviu Vinh arquejar. Ele e Nolan haviam se tornado amigos íntimos no ano em que trabalharam juntos. Nolan a protegera desde que ela era criança.

— Havia outro guardião — disse ela. — Locke. Um que era...

— Ele também está morto, lady Ozera. Encontramos o corpo dele jogado num arbusto próximo. Os Strigoi levaram o segundo carro.

Não havia palavras para descrever o que Tasha sentiu naquele momento. Nada que pudesse descrever. Nada que pudesse sequer pensar. Ela começou a tremer. Ao ver que a notícia tinha finalmente sido absorvida, o guardião principal perguntou:

— Você faz alguma ideia de aonde eles poderiam ir? Chegaram a dizer alguma coisa? Eles não estão na casa... ela continua protegida.

— Por favor, lady Ozera — disse outro. — Sei que deve ser difícil, mas precisamos agir enquanto ainda podemos rastreá-los. Strigoi novos são descuidados.

Precisamos agir enquanto ainda podemos rastreá-los.

Rastreá-los para matá-los. Porque era a única coisa a ser feita a esse ponto.

— Não. — A palavra mal saiu. Tasha engoliu em seco e tentou de novo. — *Não*. Eu não faço a menor ideia de onde eles podem estar. Eles só disseram que iriam para casa hoje à noite. Eu me juntaria a eles amanhã. Hoje. — Já era madrugada, afinal.

Ela não sabia onde eles estavam, mas deveria ter imaginado que eles planejavam alguma coisa. Não isso, é claro... mas algo. Eles haviam insistido tanto em partir ontem à noite, apesar dos riscos. A escuridão, longe da segurança da Corte, era ideal para Strigoi; e aparentemente para sua criação também. Nenhum dos dois queria o guardião extra. E Moira quisera manter o fornecedor por perto, uma vítima fácil para drenar e dar início à transformação.

Tente se divertir, irmãzinha. E espero... espero que no futuro, quando pensar nesta noite, você se lembre do quando eu te amo. Do quanto todos nós te amamos.

Tasha não percebeu que estava ficando tonta de novo até Vinh voltar para o lado dela.

— Respira — murmurou ele. — Só respira.

— Sinto muito, lady Ozera. — O guardião principal, agora mais calmo, parecia sincero. — Eu acredito que a senhorita não soubesse de nada. Mas ainda precisamos interrogá-la na nossa sede, só para garantir que não haja algum detalhe que a senhorita não perceba que é importante.

Novamente, ela não tinha palavras. Como teria? Não quando...

— Tia Tasha?

Ela deu um giro e viu Christian espiando pelo corrimão no topo da escada, seu rosto infantil tenso e ansioso.

— Christian! Volte para a cama. Está tudo... — Tasha sentiu a voz embargar. — Vai ficar tudo bem...

Mas nada estava bem. Nada nunca mais ficaria bem.

Christian saiu das sombras, se revelando por completo. Ele olhou para além de Tasha, para o grupo de guardiões. Hesitante, ele fixou o olhar em Vinh.

— Você precisa caçar meus pais, não precisa?

Vinh não piscou, mas Tasha sabia que o coração dele estava se partindo, assim como o dela.

— Sim, lorde Christian.

— Porque você precisa matá-los.

Tasha virou de costas e afundou o rosto nas mãos, sem querer ouvir o resto. E ela sabia que Christian se dirigia a Vinh porque Vinh sempre o tratara como adulto e sempre lhe diria a verdade.

— Sim, lorde Christian.

*

A notícia se espalhou depressa pela Corte. Isso geralmente acontecia com fofocas, e esse era o tipo de horror sobre o qual as pessoas especulavam, mas nunca esperavam acontecer. Tasha e Christian tiveram permissão para se lavar e trocar de roupa, e, quando os guardiões enfim escoltaram os dois para serem interrogados, espectadores curiosos já haviam se reunido em frente tanto da casa quanto do escritório dos guardiões.

Só que quase todo mundo se esforçava muito para não parecer um espectador. Eles agiam como se estivessem de bobeira por ali, como se por acaso estivessem passando pelo local ao meio-dia — quando a maioria dos Moroi está dormindo. Alguns até mesmo tentaram fingir que não tinham notado Tasha e Christian. Outros não tiveram tal cuidado. Mas Tasha sentiu o peso de todos os olhares. Ela os viu aproximando as cabeças para cochichar disfarçadamente. Ouviu os sussurros.

— Tia Tasha, todas essas pessoas estão nos olhando.

Tasha segurou a mão de Christian com mais força e apressou o passo.

— Eles não importam. Nenhum deles importa para nós.

Foi um alívio chegar à sede dos guardiões, não que o interrogatório tenha sido muito melhor. Um grupo de guardiões interrogou Tasha por quase duas horas, e ela teve dificuldade de dar respostas coerentes, visto que ela própria ainda estava com dificuldade de aceitar o que acontecera. Parecia um sonho. Ou como se estivesse acontecendo com outra pessoa, e ela simplesmente assistisse de fora.

Eles interrogaram Christian em seguida, e por mais que a tenham alertado a não dizer nada, ao menos permitiram que ela ficasse na sala. Conforme a tarde passava, algo novo lhe ocorreu enquanto analisava tanto o rumo do questionamento quanto a atitude dos curiosos. Havia mais por trás disso do que apenas o choque do crime de Lucas e Moira.

— Eles acham que nós podemos nos transformar também, não acham? — perguntou a Vinh ao fim dos interrogatórios. — Ou ao menos que eu vou.

Assim como não pôde mentir para Christian, ele não podia mentir para ela.

— A maioria dos Moroi que se transforma por escolha age sozinha. São mentalmente perturbados. Ou desesperados. Ou egoístas demais para ter laços com outros. Quando pares ou grupos se transformam... sim, às vezes há uma conspiração maior de entes queridos agindo em conjunto.

— E algumas pessoas acham que está no sangue — completou ela. — Que há algo inerentemente maligno em todos nós.

O silêncio dele bastou como confirmação. Quando estavam prestes a sair do prédio, Tasha avistou dois guardiões entrando numa sala de reunião. Quando as portas se abriram, ela viu mais guardiões do lado de dentro, reunidos na frente de uma tela enorme. Os rostos estavam tensos. Não se tratava de uma reunião de patrulha comum.

Ela parou de repente.

— É ali que eles estão fazendo os planos, não é? De como rastrear Lucas e Moira?

Vinh tocou delicadamente seu braço, mas ela estava distraída demais para sentir qualquer indício da antiga empolgação.

— Lady Tasha, a senhorita deveria ir para casa.

— Eu quero ver. — Ela se afastou. — Tenho direito de ver, não tenho?

— Sim — respondeu ele depois de pensar por um momento. — Vou com você. Mas ele não. Vou pedir a outro guardião para levá-lo de volta para casa.

Tasha baixou o olhar para Christian e sentiu a dor dentro dela se intensificar. Como alguém tão jovem sequer começa a assimilar algo assim?

— Não. Ele não vai voltar para lá sem mim, não enquanto aqueles abutres ainda estiverem circulando. Ele pode esperar no corredor... — Mas hesitou, sem saber se queria deixá-lo sozinho ali também.

— Lady Ozera? Eu posso esperar com ele enquanto a senhorita se reúne com os outros. Vou me certificar de que ninguém o incomode.

Quem falou foi um dampiro um pouco mais novo do que ela, com um forte sotaque russo. Ele era ainda mais alto que Vinh, com o tipo de rosto que provavelmente fazia as mulheres desmaiarem, e cada pedacinho dele era composto e respeitoso.

— Este é Dimitri Belikov — anunciou Vinh. — Ele faz parte de um grupo de aprendizes de visita na Corte. Pode confiar nele.

Eram poucos os que Tasha acreditava que ainda podia verdadeiramente confiar, mas, se Vinh confiava naquele aprendiz, então ela também confiaria. Ela se ajoelhou e deu um beijo leve na testa de Christian.

— Já volto. Preciso... conferir uma coisa.

Os olhos azul-gelo de Christian — iguais aos de Lucas e aos dela — a avaliaram em silêncio. Ele não era burro. Sabia o que estava acontecendo.

A reunião dos guardiões já começara quando ela e Vinh entraram. Todos pararam ao notá-la, e a guardiã que ocupava o pódio — uma ruiva baixa e intrépida — limpou a garganta.

— Lady Ozera, ficamos honrados com sua presença, mas talvez... este não seja o melhor lugar para a senhorita estar agora.

Quanto mais pessoas a encaravam naquele dia, mais fácil se tornava para Tasha ignorá-los.

— Obrigada, mas este é exatamente o lugar onde eu deveria estar agora, guardiã...

— Hathaway — murmurou Vinh. — Janine Hathaway.

— Guardiã Hathaway — repetiu Tasha. — Por favor, prossiga.

Janine estudou Tasha por mais um segundo, então assentiu brevemente antes de apontar para a tela. Ela mostrava um mapa da área sul de Poconos e da Corte.

— O primeiro carro foi encontrado aqui. Com base no horário estimado da transformação, podemos calcular precisamente o mais longe que eles podem ter ido antes do nascer do sol. Continua sendo uma área grande, mas ao menos é limitada. Por enquanto. Quando a noite chegar, o raio vai crescer cada vez mais, então sairá do nosso controle. Estudando as estradas, também podemos fazer suposições embasadas sobre a direção em que eles seguiram e começar a mandar grupos de busca. Strigoi novos normalmente se mantêm longe de áreas de Moroi para evitar se deparar com guardiões. No entanto, eles têm menos controle sobre sua sede de sangue do que Strigoi experientes. Podemos contar que eles matem pelo menos um humano esta noite, e isso nos ajudará a definir a direção em que eles seguiram, talvez até sua localização.

Novamente, Tasha teve aquela estranha sensação de desconexão ao ouvir mais sobre o plano. Era tudo tão lógico, tão estratégico. Os guardiões tratavam o problema com total indiferença, e Tasha quase — *quase* — esqueceu que quem estava sendo caçado eram Lucas e Moira, e não outro monstro qualquer.

Lucas. Meu irmão mais velho. Quase como um pai por causa da diferença de idade, especialmente depois que nosso próprio pai faleceu. Ele costumava me girar até que eu estivesse tonta demais para ficar de pé. Ele não zombou de mim quando eu tinha onze anos e fiz aquele corte de cabelo horrível em mim mesma. Ele amava rolinhos de canela. Ele maratonava séries antigas de TV e ria sem parar das piadas mais idiotas...

Mas Lucas não vinha rindo muito nos últimos dias, não depois da morte de seus amigos. Sabendo o que sabia agora, Tasha se repreendeu por não ter percebido que, quando ele ficava quieto e com o olhar perdido, não estava revivendo lembranças antigas. Ele estava temendo pelo futuro e pelo inevitável fim da vida. Como a imortalidade poderia não ser atrativa? Especialmente com sua esposa vaidosa constantemente apavorada pela perda da juventude e beleza...

— Vamos — disse ela para Vinh quando os guardas dispersaram. — Vou encontrar um caminho de volta mais discreto.

— Não para a nossa casa da cidade. — Ela espiou ao redor do corredor e viu Dimitri falando com Christian. O menino sorria, mas seu sorriso tinha um quê de atormentado. — Quero sair da Corte, Vinh. Preciso sair daqui. Não quero mais Christian rodeado por isso... pelo julgamento. Pela condenação.

— Os guardiões não vão querer que vocês vão para longe — alertou Vinh. — E vão querer um lugar bem protegido.

— Para me proteger de mim mesma, sem dúvidas.

Mas ela não tinha para onde ir. A casa de campo estava fora de questão. As estatísticas apontavam que Lucas e Moira não voltariam para lá, mas era suspeito mesmo assim. Sem opções, ela caminhou até a casa de Ronald na Corte. Ele arregalou os olhos ao encontrar Tasha e Christian em sua porta.

— Tio, eu quero ir à sua propriedade em Poughkeepsie.

— Veja bem, Tasha, não façamos nada que...

— Não há tempo para seus esquemas ou bajulações! Eu fui vista vindo para cá. Você não tem como evitar. Entregue a chave e nos deixe ficar por lá até a poeira baixar.

Parte do choque de Ronald se dissipou.

— Até a poeira baixar? Você entende o que foi feito? Tasha, a poeira nunca vai baixar! Esta mancha vai permanecer na sua família para sempre.

— *Nossa* família — retrucou ela. — Lembra do que me disse ontem à noite? Sobre como todos os Ozera cuidam um do outro?

Ele se encolheu de novo. Será que pensava que ela se transformaria em Strigoi bem diante dos olhos dele? Ou estava apenas despreparado para vê-la finalmente enfrentando-o?

— Tasha, por favor. Tente entender minha posição. Não é tarde demais para mim. Se eu conseguir me distanciar dessa... tragédia, minha carreira política ainda tem uma chance.

Tasha deu um passo para a frente e viu o guardião de Ronald ficar tenso em sua visão periférica.

— Sua carreira política terá mais chances se você chegar ao conselho. E adivinha só. *Eu* sou o integrante com poder de voto na minha parte da família. E se você quiser se agarrar a qualquer esperança de ser eleito ao assento do conselho dos Ozera, me entregará essas chaves agora.

Uma hora depois, ela estava na estrada com Vinh, Christian e outro guardião emprestado, Jonas. Oficialmente, ele os acompanhara para que ela e Christian pudessem ter um guardião cada. Na realidade, ela sabia que era para vigiá-la em dobro. Christian era jovem demais para drenar alguém e se tornar Strigoi, mas ela ainda era suspeita. E nenhum fornecedor foi permitido durante a viagem.

Ronald não visitava sua outra casa havia um tempo. A poeira se acumulara, e boa parte da mobília permanecia coberta. Ainda assim, a propriedade era maior e mais luxuosa do que a de Lucas, por mais que não tivesse sido decorada com a visão de Moira para detalhes. Tasha se perguntou quanto de uma pessoa desaparecia junto da alma quando ela se tornava Strigoi. Mesmo sendo uma criatura da noite sedenta por sangue, será que Moira ainda era consumida pelas últimas modas?

Eles chegaram algumas horas antes do pôr do sol, o melhor horário para os Moroi, mas sua rotina estava toda bagunçada por não terem dormido no dia anterior. Depois de um jantar leve, Tasha deixou Christian correr para o enorme cinema da casa. Jonas, incerto sobre o status da vigilância, patrulhou o perímetro. Tasha descobriu um sofá e desabou nele, exausta demais para fazer qualquer outra coisa. Ela não pretendia dormir, mas, quando viu, estava bocejando e piscando para a paisagem de jardim pintada no teto abobadado de Ronald. Vinh estava sentado em outro sofá à sua frente.

Ela se levantou num pulo.

— Onde está Christian?

— Ele está bem. Escondido.

— Escondido?

— Não se preocupe. Eu sei onde ele está. Encontrei-o no andar de cima, mas fingi que não vi. — Vinh abriu um breve sorriso. — Ele parecia querer ficar sozinho. Acho... que tem muito para processar.

— Ele e eu. — Tasha esfregou os olhos e notou as janelas escuras. — Eu dormi por quanto tempo?

— Não o bastante. Descanse mais se quiser.

— Não posso. — Ela bocejou de novo e afastou o cabelo do rosto. — Tenho medo do que verei. Tenho medo de que, toda vez que eu fechar os olhos, verei Lucas... como um daqueles monstros.

— Mas não será ele de verdade — lembrou Vinh. — Ele se foi.

— Foi mesmo? Se ele tivesse morrido, ou mesmo sido transformado à força, haveria uma fila de enlutados em frente à nossa casa, oferecendo pêsames, levando flores. Mas não há nada. Nem uma palavra de reconhecimento. Mesmo enquanto nos encaravam... era como se não existíssemos.

— Isso mudará com o tempo.

Tasha se debruçou para a frente, descansando o rosto nas mãos.

— Vai mesmo, Vinh? Você ouviu o que Ronald disse.

Ele atravessou a sala de estar e se sentou ao lado dela, depois de colocar a arma e a estaca de prata numa mesa próxima.

— Ronald Ozera é um homem mesquinho que não consegue enxergar além da própria ambição. O irmão nem é dele e ele está pronto para desmoronar. Já você? Você vai sobreviver. Vai doer, mas a deixará mais forte. Tanto você quanto o lorde Christian.

— Jura? — Ela descobriu o rosto e esticou as costas. — Não sinto que tenho praticamente nada sobrando em mim, muito menos força.

— Eu sinto a sua força. — Ele colocou a mão sobre a dela. — Ela brilha ao seu redor. Eu a sinto sempre que estou perto de você. Desde o momento em que nos conhecemos, na nossa aula de história do primeiro ano.

Ela olhou nos olhos dele e viu aquela emoção elusiva e preciosa que ele geralmente mantinha escondida. O calor da mão dele fluiu para a dela, e não havia qualquer motivo obrigatório ou utilitário para aquele toque. Quando ela entrelaçou os dedos nos dele, ele não se afastou.

— Você me seguirá mesmo se eu fugir?

— Lady Tasha, eu... — Ele tocou a bochecha dela com a outra mão, e ela ficou surpresa ao senti-lo tremer. — Eu a seguirei para todo lugar.

Tasha estava nadando na escuridão dos olhos dele, derretendo diante da proximidade do corpo dele. Momentos depois, uma forte compreensão a atingiu com um solavanco, e a euforia foi substituída pela amargura.

— Porque é sua obrigação. Porque ordenaram.

Ele balançou a cabeça.

— Não. Eu tive sorte quando me formei. Pude escolher entre algumas famílias, e pedi pela sua.

— Pediu? Mas eu sei... eu sei como tem sido difícil para você. Eu vejo. Como coloca sua disciplina em teste. Sempre pensei... — Ela baixou o olhar. — Eu sempre pensei que ser nomeado para nós, para mim, lhe causasse sofrimento. Por que você escolheu isso?

— Porque... porque eu não consigo ficar longe de você.

Seus dedos se curvaram na bochecha de Tasha, inclinando o rosto dela para cima enquanto aproximava a boca da dela. Ela ficou tensa, quase se perguntando se estava sonhando, então se entregou ao beijo. Os lábios dele eram os mesmos das lembranças dela, macios e carnudos, mas a maneira como eles se moviam sobre os dela tinha mudado. Ele a saboreava. Ele a devorava. Uma nova intensidade se acendeu entre eles, quase um desespero. Ambos eram mais velhos agora, tinham passado do estágio das provocações e experimentações. Isso era uma conexão entre almas.

Mas, nossa, também era desejo. Ele sempre dizia que ela tinha uma chama dentro de si, e bem ali, ela acreditou. Cada carícia dos seus lábios, cada toque ousado de suas mãos em seu corpo... tudo a inflamava. E, de repente, havia calor e vida num mundo que ela achou que seria preenchido eternamente por frieza e morte. O mundo ainda parecia perigoso e solitário, mas se ele a amava o bastante para finalmente quebrar os tabus que afirmavam que a conexão entre eles era errada, então talvez — apenas talvez — ainda houvesse esperança no mundo. Talvez ela pudesse mudá-lo.

Ela o envolveu com o corpo, pronta para se libertar de inibição e medo e propriedade. As mãos dela deslizaram por baixo da camisa dele, ambiciosa para possuí-lo como fazia antigamente. Ele também sucumbiu e começou a empurrar as alças da regata dela para baixo.

Então eles ouviram um grito.

Eles se separaram imediatamente, e, num piscar de olhos, a luxúria dentro dela foi obliterada pelo medo. O som viera do lado de fora e, apesar da distância, não havia como se enganar sobre o completo e quase primitivo terror contido nele. Vinh se levantou num pulo, com a estaca de prata e arma de volta às mãos. Quando houve silêncio — quase mais sinistro do que o grito —, ele examinou a sala atentamente, se demorando nas janelas e no portal que levava a um corredor conectado ao saguão de entrada e à cozinha.

Ele entregou a arma sem olhar para ela.

— Fique com isso. Vá para o andar de cima.

Tasha começou a dizer que não sabia usar uma arma, mas quando viu o irmão aparecer na porta da sala de estar, o mundo inteiro desacelerou. Sua boca não conseguia formar palavras. Seu corpo não conseguia se mexer. Ela não conseguia respirar.

Vinh se pôs na frente dela, murmurando ao passar:

— Ele não é seu irmão. *Vá.*

Tasha, ainda paralisada, tentou clara e verdadeiramente analisar Lucas. *Ele não é seu irmão.* Mas se parecia com ele. O cabelo era o mesmo, igual ao dela e ao de Christian. As feições eram as mesmas, até uma pequena pinta perto da orelha esquerda. Até suas roupas eram as mesmas que ele usava da última vez que ela o vira.

Mas os olhos... aqueles não eram os olhos dos Ozera. Não eram iguais aos dela ou aos de Christian. O azul cristalino sumira, obscurecido pelo círculo vermelho-sangue em volta das pupilas. E ele não tinha mais a pele clara de um Moroi. A dele ultrapassava o claro, o pálido. Ultrapassava a vida. Lucas tinha a palidez de alguém já na cova.

Mesmo que a cor de seus olhos e cabelo não tivessem mudado, Tasha saberia que o irmão dela se fora simplesmente pela maneira como ele os observava. Aquela malevolência, aquela completa dissociação de qualquer tipo de compaixão ou empatia... *Ele não é seu irmão*. Ela estava olhando para outra entidade usando a pele de Lucas.

Tasha sentiu o olhar dele passar por ela, mas Vinh, se aproximando com a estaca, permaneceu o principal foco de Lucas.

— Você foi o sortudo — disse ele para Vinh. Novamente, era surreal. A voz de Lucas... só que não. — Você ganhou mais um dia de vida. Mais um dia na companhia da minha irmãzinha.

Vinh não falou enquanto avançava, concentrado no adversário. Ele se movia num ângulo, em vez de em linha reta, intencionalmente atraindo a atenção para longe de Tasha e da escada que fornecia uma rota de fuga. A tensão estalava entre os dois homens, seus corpos preparados e esperando que o outro atacasse. Lucas ainda era magro e esguio, mas ela sabia que agora ele possuía uma força que ultrapassava a deles. *Ele quebrou o pescoço de Nolan*. Seria Vinh páreo para ele? Ele fora treinado para tal, e novos Strigoi, na teoria, deveriam ser menos letais do que os mais experientes... mas ainda muito, muito letais.

Há uma chance, pensou ela. Talvez Vinh conseguisse resistir a um Strigoi recém-transformado. Ele poderia cravar a estaca nele. Cravar a estaca no irmão dela.

Aquela coisa não é meu irmão.

A janela atrás deles se estilhaçou, e Moira saltou através dela, aterrissando na sala com muito mais agilidade do que jamais demonstrara em vida. Ela parou para espanar o vidro da jaqueta de marca, mas se essa natureza meticulosa realmente resistira à morte, era uma das poucas coisas que o fizera. Assim como Lucas, não havia dúvida de que essa criatura que se parecia tanto com Moira Ozera não continha nada além de maldade.

Vinh percebeu que era o fim segundos antes de Tasha. Os dois Strigoi saltaram para cima dele ao mesmo tempo, e o guardião baixou a estaca sobre Lucas, gritando: "*Tasha, saia daqui!*" Então ela mal conseguiu vê-lo, porque Lucas e Moira o derrubaram no chão. Tasha ouviu os gritos, viu suas pernas balançando, então finalmente voltou a si.

Sentindo-se traidora e covarde, ela deu as costas para a cena macabra e correu escada acima, percebendo só então que não sabia onde Christian se escondera. *Não se preocupe, eu sei onde ele está,* dissera Vinh. Mas Vinh não podia mais ajudá-la. Por um momento desesperado, ela pensou que talvez fosse melhor se Christian continuasse escondido, mas era tolice. Se um guardião o encontrara, dois Strigoi com sentidos aguçados também conseguiriam. Ele precisava dela.

— Christian! — gritou ela, olhando ao redor do grande corredor e dos quartos adjacentes. — Christian, cadê você?

Os gritos tinham parado no andar de baixo, e ela não aguentava pensar no que isso significava. De uma entrada escurecida no terceiro andar, Christian colocou a cabeça para fora, seus olhos cheios de terror.

— O que está havendo? Eles estão aqui, não estão?

Tasha disparou pelo restante da escada. Ela o empurrou de volta para o cômodo e bateu a porta pesada de madeira antes de acender a luz. Eles estavam numa sala de jogos cheia de fliperamas antigos e vários esportes de mesa. Não havia nenhuma janela de verdade, só um par de portas francesas que levavam a uma sacada. Outra porta, fechada, parecia ser de um armário.

— Me ajuda — exclamou ela, agarrando uma mesa de sinuca.

Ela pretendia bloquear a porta para ganhar tempo, mas não havia tempo. Não havia tempo para nada. Ela não conseguira mover a mesa nem um centímetro quando Moira e Lucas arrombaram a porta com um chute. Tasha pegou a mão de Christian e o puxou consigo enquanto andava para trás em direção à sacada.

— Eles não são seus pais — disse para Christian, assim como Vinh dissera para ela.

Ela falara baixo, mas os Strigoi tinham audição superior.

— É claro que somos — falou Moira. — E queremos ficar com nosso filho.

Tasha abriu as portas francesas com os ombros. Elas não serviam exatamente como rota de fuga, não ali no terceiro andar de uma casa com pé direito alto, mas ainda permitiam que ela ganhasse alguns centímetros de distância dos dois.

— Vou morrer antes de deixar que o matem — afirmou ela.

Lucas se aproximou, como um animal caçando.

— Não queremos matá-lo. Queremos que ele se junte a nós. Você também pode, mas a escolha é sua. Não faz diferença para nós. Com ou sem seu consentimento, vamos levar Christian.

— Vocês querem transformá-lo? Mantê-lo com nove anos para sempre? — exclamou Tasha.

— Queremos ficar com ele — esclareceu Moira. — Ficar com ele até sua maioridade. *Então* despertá-lo.

Despertar. A palavra que os Strigoi usavam para *transformar*, fazendo soar como um ato sagrado. Por mais terrível que fosse imaginar Christian ser transformado eternamente num Strigoi de nove anos, a ideia de ele ser mantido como refém por Strigoi até sua "maioridade" revirava o estômago de Tasha com a mesma intensidade.

— Você não tem para onde ir — disse Lucas. Ele tinha razão. Mais um passo e ela estaria do lado de fora, na sacada, e encurralada. Ele e Moira estavam tão perto agora que ela conseguia ver suas presas, mais afiadas e maiores do que as de um Moroi.

Moira se ajoelhou e sorriu para Christian. Uma mancha de sangue brilhava em sua jaqueta, sangue que não estava ali quando ela entrou pela janela. *Sangue de Vinh*.

— Christian, você não quer vir com a gente? Não quer que a gente vá para uma nova casa juntos? Fala para tia Tasha parar de ser egoísta.

Tasha não precisou relembrar Christian de que aqueles não eram seus pais. Ele se encolheu contra ela, cravando as unhas na palma dela. Tasha ergueu a arma que vinha segurando na outra mão.

— Não falem com ele. Não cheguem mais perto. Talvez as balas de prata não matem vocês, mas vão machucar.

Lucas deu uma risada.

— Desde quando você sabe usar uma arma? Você não vai machucar ninguém com a trava de segurança ativada.

Ela estava ativada? Tasha não tinha certeza. E ela não sabia como desativá-la se estivesse. Ela jogou a arma no chão e puxou Christian para fora até que suas costas batessem no parapeito da sacada.

— Vou nos jogar lá embaixo! — gritou ela. — Morreremos antes que vocês consigam transformar qualquer um.

Isso interrompeu os Strigoi, que pararam de avançar. A morte de Christian era o único poder que ela tinha porque frustrava o plano deles. Mas não era um poder que ela quisesse ter. Ela não queria que Christian morresse. *Ela* não queria morrer. Mas se fosse uma questão de morrer ou deixar que eles...

Antes que ela conseguisse completar o pensamento, Lucas atacou, e independentemente de quantas histórias ela ouvira sobre a velocidade dos Strigoi, mesmo depois de ver os dois saltarem sobre Vinh, Tasha ainda não estava preparada para a rapidez do ataque. Lucas avançou pela porta e afastou-a de Christian, a forçando a soltá-lo. Sem uma pausa, Lucas se abaixou e afundou os dentes na lateral do rosto de Tasha. O grito dela se perdeu em meio ao sangue e à pressão do corpo dele sobre o dela quando ele a imobilizava contra o batente. Uma onda de dor transpassou seu corpo, tão loucamente intensa que ela quase perdeu a consciência. Outro grito — de Christian — forçou-a a se manter agarrada ao presente, apesar do sofrimento. Moira o arrastara para dentro do cômodo.

Desesperada por qualquer arma, Tasha mandou uma explosão de magia de fogo na direção de Lucas. Não foi muito. Ela raramente praticava e não era nenhuma criadora de fogos de artifício. Conseguia fazer todos os truques engraçadinhos que a maioria dos manipuladores de fogo conseguiam, como acender velas. Até mesmo flambara cerejas numa festa uma vez. O que ela fez agora não teve muita força, e nenhuma precisão, mas foi o bastante. Labaredas subiram pela manga de Lucas, que a largou e cambaleou de volta para dentro enquanto tentava tirar a jaqueta.

Pressionando a bochecha com a mão, Tasha se apoiou numa das portas francesas e observou enquanto Moira soltava Christian. Ela correu para ajudar Lucas a tirar a jaqueta, tomando cuidado para não chegar muito perto das chamas. Um fogo grande o bastante poderia matar um Strigoi. Os dois bloquearam o caminho de Tasha até a saída principal do cômodo, mas Christian estava com a passagem livre. Tasha tentou falar para ele correr, mas sua boca e mandíbula não funcionavam mais direito. O sobrinho dela a encarou com olhos arregalados enquanto ela gesticulava freneticamente, e ela apenas podia imaginar o que o menino pensava de sua aparência medonha. Mas então, em vez de se virar e correr para longe, ele saltou para a frente e se agarrou à perna dela.

— Não vou deixar você — afirmou ele bravamente.

A jaqueta de Lucas agora encontrava-se no chão, o fogo pisoteado e apagado. Tasha se viu exatamente na mesma situação de antes: presa entre os Strigoi e a sacada. Bem, não exatamente a mesma situação. Agora, metade do rosto dela estava destruído. Mas a jaqueta chamuscada lhe deu uma faísca de esperança. Se ela conseguisse usar sua magia para criar uma chama maior, poderia destruir um deles, ou ao menos dar a ela e Christian uma última chance de escapar.

Lutando contra a dor, o medo e tantas outras coisas, Tasha evocou todo o poder que conseguiu e o direcionou para Moira, se empenhando para criar o maior fogo que jamais criara. E ele *foi* grande. Mas, apesar de superar sua última tentativa fraca, foi uma magia descuidada. Tasha errou a mira e acabou incendiando o grande tapete persa do cômodo. Ele se inflamou depressa, a chama se alastrando rápida e amplamente; e Tasha não tinha forças para controlá-la.

Ela sentiu faíscas de magia de fogo ao seu lado, e as chamas no tapete mudaram levemente de direção, formando uma barreira entre os Strigoi e a varanda. Tasha baixou os olhos para Christian com surpresa.

— Desculpe — disse ele, com o rosto tenso de pânico e exaustão. — Não consigo controlar.

Tasha deu um tapinha no ombro dele com a mão livre e assistiu à frustração de Lucas e Moira ao ver as chamas crescerem e a fumaça preencher o cômodo. Os Strigoi não conseguiriam passar pelo fogo para chegar à sacada, e precisariam admitir a derrota logo se quisessem escapar.

Nós também não conseguiremos passar pelo fogo, pensou Tasha. *Teremos que pular. Mas ao menos morreremos com a alma intacta.*

Christian tossiu e começou a cobrir a boca com a mão. De repente, ele ficou tenso e apontou. Já estava difícil enxergar direito no cômodo enfumaçado, mas ela logo viu o que ele notara. Outras pessoas entravam no cômodo. Muitas pessoas. Guardiões. Janine Hathaway os guiava, e todos carregavam estacas de prata.

Lucas e Moira viraram de costas para Tasha e Christian e se prepararam para lutar. Mas, quando os guardiões atacaram, Tasha soube que não havia dúvida sobre como a luta terminaria. Ela deu uma última olhada no monstro usando o rosto do seu irmão, então virou Christian de costas para que ele não precisasse assistir à segunda morte dos pais.

Eles se agarraram um ao outro, escutando gritos e berros e estalos de madeira queimando. A fumaça irritava os olhos de Tasha, mas ela tinha certeza de que estaria chorando se não fosse isso. A dor no rosto dela era insuportável, mas não tão forte quanto a dor em seu coração, e ela sentiu aquele impulso anterior de fechar os olhos e dormir para sempre.

— Lady Ozera!

Tasha abriu os olhos, pensando que imaginara a voz. Christian puxou-a para mais perto da beira da sacada, e eles viram um guardião acenando lá embaixo. Mais longe, no outro extremo da vasta propriedade, mais guardiões vinham correndo de uma garagem usada por trabalhadores de manutenção — eles carregavam uma escada gigantesca.

— Aguente firme — gritou o guardião embaixo da sacada. — Vai tudo acabar em breve.

Mas nunca acabaria.

Tasha sabia disso naquele momento. Ela sabia disso no dia seguinte e na semana seguinte. Ela sabia até mesmo dois meses depois, no dia em que decidiu se mudar da Corte. Enquanto ela acordasse todas as manhãs repassando os acontecimentos daquela noite sombria, nada nunca acabaria.

O título dela garantia que ela sempre seria bem-vinda na Corte e receberia alojamento quando visitasse. Mas, quando um membro da realeza formalmente renunciava à residência permanente na Corte, o costume ditava que um adeus oficial fosse dirigido ao monarca. Então, depois de se certificar de que os últimos pertences da casa haviam sido transportados ou descartados, Tasha entregou as chaves para o administrador das terras reais e caminhou pelo vasto e belo terreno da Corte mais uma vez.

O outono chegara, e os jardineiros não conseguiam acompanhar o ritmo com que as folhas vermelhas e douradas caíam pelas trilhas. Nuvens cinza assomavam no céu, mas Tasha não levara um guarda--chuva. Tampouco planejava voltar para buscar um. Não havia filas de espectadores hoje. Ninguém sabia seus planos exatos ou sequer que ela sairia de casa. Mas aqueles que a reconheciam ao passar ainda olhavam duas vezes, encarando disfarçadamente.

Os outros que esperavam na antessala para serem recebidos por Tatiana também encararam, com expressões mistas de curiosidade e choque. Tasha se perguntou o quanto da reação deles ainda vinha da especulação sobre a possibilidade do resto dos parentes de Lucas se transformarem.

Ela teve um vislumbre do próprio rosto num vaso de prata polido e encarou o reflexo sem hesitação. Depois de tratamentos e cirurgias, ela tivera permissão para parar de usar curativos havia uma semana, por mais que um médico tenha educadamente dito que entendia se ela quisesse manter a bochecha coberta. Ela não queria. Vergões vermelhos e inflamados ainda eram visíveis na lateral do rosto dela, alguns da mordida original e outros da cirurgia reconstrutiva. A pele que cobria tudo era irregular — repuxada ou enrugada demais —, o que também era um resultado da reconstrução. Seria um processo contínuo. Futuras cirurgias conseguiriam consertar boa parte, mas todos os médicos haviam reiterado que o rosto dela nunca seria o mesmo. Ela sempre teria alguma cicatriz.

Uma beleza natural, pensou Tasha.

— Lady Natasha Ozera.

Tasha entrou ao som do nome dela. A rainha Tatiana estava recebendo visitas na sala do trono hoje, o que era uma raridade. A Corte, não importava onde estivesse no mundo, sempre mantinha uma sala do trono para o monarca atuante, e antigamente, esta sala seria o principal local para todas as recepções reais. Nos tempos modernos, a rainha recebia seus convidados em salas de visitas menos luxuosas, mas ainda muito dignas.

Tasha fora alertada esta manhã sobre a mudança de local, com a mensagem sutil de que ela deveria se vestir de forma apropriada. Mas Tasha foi com as mesmas roupas que planejava usar para o aeroporto em duas horas: calça jeans, camiseta, jaqueta de camurça. Um rabo de cavalo mantinha seu longo cabelo afastado do rosto. Cortesãos sussurraram quando ela passou pela ostentosa sala vermelha e dourada, e ela se deu conta de que nem sabia mais que tipo específico de fofoca ela provocava.

A rainha Tatiana estava sentada no trono intricadamente entalhado que havia honrado gerações de monarcas antes dela. Ao menos ele estava posicionado apenas um pouco acima do nível do chão hoje. Para ocasiões realmente formais, o trono ficava no alto de uma plataforma que exigia uma escada. Mesmo assim, a rainha se vestira para impressionar, com um vestido de veludo em tons de vermelho e ferrugem que Tasha achava mais apropriado para algo como a Festa de Verão do que uma reunião de negócios com seus súditos. A rainha manteve a expressão serena, mas Tasha sentiu a reprovação da mulher.

Tasha se curvou, incapaz de realizar a mesura feminina de calça jeans.

— Natasha. Nós ficamos satisfeitos em vê-la no palácio. Você não tem saído de casa esses dias. Está se sentindo melhor? — Tatiana, empregando o *nós* da realeza, falava como se Tasha estivesse se recuperando de um resfriado.

— Sim, obrigada, Majestade. Vim para solicitar oficialmente sua permissão para partir. Estou renunciando à residência da minha família e me mudando. — A solicitação era uma formalidade nos tempos atuais. Tatiana não podia impedi-la.

— Compreensível. Para onde se mudará?

— Minneapolis.

O rosto de Tatiana foi tomado por surpresa.

— Não há nenhuma fortaleza Moroi lá. Só um punhado de fornecedores.

— Correto, Majestade.

Moroi tendiam a sobreviver se aglomerando com grupos de seus guardiões ou buscando isolamento (mas ainda bem protegidos), como Ronald tentara com sua propriedade agora queimada pela metade. Minneapolis não seguia nenhum desses critérios. Era parte do motivo para Tasha ter escolhido a cidade como seu novo lar. Se ela apenas precisasse se preocupar consigo mesma, na verdade teria corrido o mais longe e mais rápido que pudesse até o outro lado do mundo. Mas ela tinha que se manter perto de Christian, agora de volta à escola em Montana, e da Corte também. Ela não deixaria que o restante da realeza a esquecesse ou pensasse que a tinham feito fugir. Estava partindo por escolha.

— Você provavelmente quer um guardião para acompanhá-la, então.

— Não, Majestade.

— Não está com medo?

Tasha deu uma risada, chocando todos na sala.

— Majestade, meu próprio irmão virou Strigoi e matou alguém de quem eu gostava bem diante dos meus olhos. Então ele tentou me matar. — Ela se virou e apontou, se certificando de que a rainha tivesse uma boa visão da bochecha dela. — Depois disso, tive que me decidir entre queimar até a morte com meu sobrinho ou só nos matar de vez com um pulo suicida.

Quando Tasha parou de falar, Tatiana fez um gesto de expectativa.

— Seu argumento?

— Meu argumento, Majestade, é que eu não tenho muito mais o que temer. Não agora. Outros Moroi? Eles têm medo e se colocam ainda mais em perigo ao escolherem ser indefesos e depender de guardiões para defendê-los. Se eu conhecesse métodos convencionais de luta, se eu tivesse um controle melhor sobre minha magia... — A resolução de Tasha vacilou apenas por um momento. Ela poderia ter ajudo Vinh a derrotar Lucas e Moira se soubesse mais? Teria sido o bastante? — Bem, Majestade, as coisas teriam terminado de forma diferente. Não cometerei o erro da ignorância de novo, e não vou tirar um guardião de alguém que precisa mais do que eu. Não dependerei de outra pessoa para minha segurança. Assumirei a responsabilidade pela minha própria segurança. Você me disse uma vez que eu só precisava ser bonita e guardar minhas opiniões para mim, mas como parece que nenhum dos dois é possível agora, eu vou dar minha opinião sobre o que acho que deve ser feito. Acho que outros Moroi deveriam começar a se posicionar e exigir ferramentas e treinamento para lutar contra os Strigoi. E acho que o conselho e a coroa também deveriam facilitar tais coisas.

Até aquele momento, Tasha nunca pensara muito sobre como o silêncio tinha um som. Mas ele tinha. Era pesado e alto, e preenchia o cômodo. Tatiana a analisou sem piscar, e Tasha encarou aquele olhar de aço com nem um pouco do medo que sentira na festa. Como dissera, ela não tinha muito mais o que temer.

— Sua opinião está dada — disse a rainha. — E tem permissão para partir. A Corte vai, é claro, manter um lugar para seu sobrinho voltar durante as férias escolares.

— Por que ele faria isso?

— Porque ele precisará ir para algum lugar. Ele é menor de idade. Não há dúvida de que sua outra família cuidará...

— *Eu* sou a família dele — afirmou Tasha, provocando arquejos pela imprudência de interromper a rainha. — E *eu* vou cuidar dele.

Ou ele ficará comigo em Minneapolis durante as férias, ou eu irei até ele e ficarei na São Vladimir.

Mandar Christian de volta para a escola fora uma das decisões mais difíceis que Tasha já precisara tomar. Ela poderia tê-lo educado em casa, o que não era incomum para Moroi em isolamento. Ou poderia ter ficado na Corte e o mandado a uma de suas escolas, onde ela poderia observá-lo mais de perto. No fim das contas, fora ele quem escolhera.

Tudo bem, tia Tasha. Eu vou voltar. Consigo lidar com seja lá o que aconteça.

Ela acreditava nele, mas desejava que ele não precisasse enfrentar essa batalha. Os olhos dele — maduros demais para alguém tão jovem — lhe disseram que ele sabia o que esperar. Seria como a reação na Corte, exceto que adultos tinham mais tato do que crianças. Geralmente.

— Você corre muitos riscos — disse a rainha Tatiana. — Mas que seja. Há outros Ozera de sobra. Se querem jogar sua vida fora e perambular pelo mundo, indefesos, eu não vou proibir.

— Indefesos, não — respondeu Tasha. — Os Ozera nunca mais serão indefesos, não os Ozera de verdade. Eu e meu sobrinho. Todos os outros? Eles só compartilham do mesmo nome.

Tatiana sorriu, um sorriso de lábios finos e tensos, tão calorosa quanto um busto de mármore.

— Tenho certeza de que Ronald ficará muito feliz em ouvir isso. E tenho certeza de que o departamento dos guardiões ficará satisfeito em não precisar relocar guardiões para você depois de desperdiçar cinco com a sua família.

— Quatro, Majestade. Quatro foram mortos.

— É mesmo? Perdi a conta. Ainda assim, que alívio. É um a menos que precisaremos substituir.

— Vinh Duy Khuc. Nolan Orr. Jonas Nowicki. Ira Locke.

Tatiane franziu a testa.

— Perdão?

— Aqueles que você precisa "substituir". Esses são os nomes deles. — Tasha respondeu ao sorriso gélido da rainha com um parecido. — Posso escrevê-los para Vossa Majestade se for ajudá-la a lembrar.

— Não será necessário. Mais alguma solicitação antes de partir, Natasha?

— Não, Majestade.

— Então é melhor não se atrasar para sua viagem. Tenho certeza de que muitos... sentirão sua falta. — O tom de Tatiana deixou claro que ela não era uma dessas pessoas.

— Ah, não se preocupe. Eu voltarei para visitar. Como falei, não guardarei mais minhas opiniões para mim mesma, e imagino que terei muito a dizer. Espero que não seja um problema, Majestade.

— Natasha, querida, você pode fazer quanta pose quiser, mas há pouquíssimo que possa dizer ou fazer que representaria verdadeiramente um problema para mim. Vá. — A rainha fez um aceno de dispensa, possivelmente até de tédio. — Vá fundo em qualquer que seja a jornada que acha que vai fazê-la se sentir melhor.

Tasha foi embora com a cabeça erguida, sorrindo para os espectadores escandalizados. Quando chegou à antecâmara, um rapaz segurou a porta para ela. Ela ergueu o olhar e reconheceu o aprendiz russo de visita que ficara com Christian.

— Lady Ozera.

— Sr. Belikov.

— A senhorita se lembra do meu nome — disse ele, surpreso. — Assim como se lembrou dos outros.

— É claro.

— A senhorita... disse algumas coisas bem corajosas lá dentro. — Ele falou com diplomacia, cautela, bem ciente dos perigos de apoiar abertamente visões controversas, mas algo em seus olhos castanhos lhe dizia que ele concordava com ela. *Igual ao Vinh*, pensou. *Tão controlado e tão bom em seu dever. Tão bom em reprimir os sentimentos.*

— Eu disse o que precisava ser dito, sr. Belikov. Vai ficar por mais quanto tempo na Corte?

— Mais uma semana.

— Bem, boa viagem de volta. Espero que nossos caminhos se cruzem novamente.

Ele curvou a cabeça respeitosamente.

— Eu também, lady Ozera.

— Não há necessidade disso. Você não trabalha para mim. Pode me chamar de Tasha.

Seu rosto se iluminou de surpresa, e as beiradas de sua boca se curvaram com diversão.

— Então me chame de Dimitri... Tasha.

Nem um pouco igual ao Vinh. Apesar de toda a sua insistência para ele não usar o título, Vinh tinha obstinadamente se atido ao protocolo... até as últimas palavras que direcionara a ela.

Tasha, saia daqui!

Lágrimas arderam em seus olhos, e a ferida da perda dele — ainda em carne-viva, ainda sangrando — corroeu-a por dentro. *Num momento nós estávamos nos braços um do outro, finalmente prontos para deixar de lado todas essas regras idiotas e arcaicas. No seguinte, ele se fora. Simples assim.* A dor da perda a seguia para todo lugar. Era sua nova companhia, que a fazia sonhar com o rosto de Vinh quando os Strigoi atacaram e os gritos que se seguiram. Tasha não conseguia imaginar que esse buraco no coração dela — não, esse buraco na vida dela — algum dia se curaria, mas, se por algum milagre ele se curasse, ela fizera uma promessa para si mesma. *Eu nunca mais vou suportar esse tipo de dor. Se um dia for capaz de amar outra pessoa, farei o que for preciso para não perdê-la. A qualquer custo.*

Ao perceber que Dimitri a encarava com curiosidade, Tasha piscou algumas vezes e tentou forjar um tom e uma expressão agradável ao retornar ao presente.

— Adeus, Dimitri.

*

O voo dela chegou a Minneapolis tarde demais para ela fazer muito além de ir dormir e tentar se ajustar a um horário humano. Mas se levantou junto do sol, pronta para o dia enquanto o resto da cidade abria para negócios e começava seu dia. Ela tinha planos de procurar apartamento à tarde, mas antes tinha uma tarefa mais importante.

Café em mãos, Tasha parou na entrada principal do hotel e observou ambas as direções da rua agitada do centro da cidade diante de si. Aleatoriamente, ela escolheu seguir pela esquerda e caminhou por duas quadras antes de encontrar o que buscava.

Você não precisa aprender com os guardiões. Vá a qualquer cidade e encontrará incontáveis opções.

— Olá? — exclamou ela ao empurrar uma porta de vidro. A sala vazia era escura e empoeirada e cheirava a suor velho. Havia sacos de pancada e pesos distribuídos ao longo das paredes, e um ringue improvisado ocupava o centro. Depois de alguns momentos, um homem humano de meia-idade emergiu dos fundos.

— Posso ajudá-la? — Ele era mais baixo do que ela, mas seus bíceps pareciam maiores do que a cintura dela.

— Você ensina boxe?

— É o que diz o letreiro.

Ande pela rua e entre no primeiro lugar que encontrar que possa ensiná-la qualquer coisa semelhante à autodefesa.

— Pode me ensinar? — perguntou ela.

O homem inclinou a cabeça para um lado e coçou o pescoço.

— Posso ensinar qualquer um. Mas você é uma criaturinha magrela. Teríamos que passar metade do nosso tempo só te fortalecendo. Está disposta a isso?

Comece com algo e parta daí. Continue até ser invencível.

— Estou disposta a qualquer coisa — disse ela.

Do diário de Vasilisa Dragomir

11 DE JANEIRO

Está começando a acontecer com mais frequência. Rose tenta esconder de mim, mas está ficando intenso demais, mesmo para ela. Ontem, depois da escola, eu encontrei algumas fotos antigas minhas com Andre. Elas me derrubaram. Passei a maior parte da noite chorando. Odiando a vida. Odiando ter sobrevivido. No café da manhã do dia seguinte, Rose se aproximou correndo e me abraçou. "Vai ficar tudo bem", disse ela. "Você sobreviveu por um motivo." Eu me afastei e exigi que me dissesse como sabia o que eu estava pensando ontem à noite. Ela alegou que conseguia ver no meu rosto como eu estava triste... mas eu sabia que estava mentindo. Ela está na minha cabeça de alguma forma. Mais e mais a cada dia. E nenhuma de nós gosta disso.

15 DE JANEIRO

Um mês desde o acidente. Não parece real. Fico pensando que, assim que chegarem nossas próximas férias escolares, todos eles vão aparecer para uma visita. É como se só estivessem viajando, talvez pela Europa. Ninguém fala muito mais sobre eles, e por que deveriam?

Ninguém mais perdeu a família inteira num instante. Rose sabia que hoje completava um mês, é claro. Eu não preciso estar na mente dela para saber como aquela noite a assombra. Está nos olhos dela, por mais que ela finja que não se importa muito com nada. Ela está indo a mais festas do que antigamente. Tento não repreender a Rose. Não sou responsável por ela, mas estou preocupada.

Tio Victor também sabia que dia era hoje. Ele me mandou um cartão gentil em que dizia estar pensando em mim.

16 DE JANEIRO

Alguém disse "princesa Dragomir" hoje e eu olhei ao redor, esperando ver minha mãe. Então me dei conta de que estavam falando comigo. Eu sou a princesa agora. Sou a mais velha da família Dragomir. Eu sou a família Dragomir.

17 DE JANEIRO

Venho me sentindo cada vez pior. Tão mal que até parei para conversar com uma terapeuta depois das aulas. Ela disse que era normal se sentir triste, especialmente com o acidente completando um mês essa semana. Tentei explicar para ela que era mais do que tristeza. Mais do que depressão. É como uma criatura morando dentro de mim e tentando tomar o controle. Rose também consegue sentir, mas não tanto quanto eu. Acho que é mais como um eco nela. Ou talvez ela consiga bloquear isso com todas as loucuras que vem fazendo. Ontem à noite, ela e alguns outros aprendizes fizeram uma festa no mato com uma garrafa roubada de vodca. Eles começaram a escalar árvores altas e desafiar uns aos outros a pular lá de cima. Rose se pegou com alguém mas não lembra quem.

18 DE JANEIRO

Tá difícil hoje.

19 DE JANEIRO

Finalmente surtei ontem. Aquele desespero horrível e faminto aqui dentro ficou forte demais. Eu tinha que expulsar isso de mim, mas não sabia como. Então, antes que me desse conta, estava arranhando meus próprios braços. Ferindo minha própria pele. A única coisa que saiu foi sangue, mas eu me senti melhor esta manhã. E isso me assusta.

21 DE JANEIRO

Durante todo aquele período sombrio da semana passada, eu me esqueci completamente de um trabalho que tinha que fazer para o sr. Nagy. Ele não é muito tolerante sobre esse tipo de coisa, nem mesmo com garotas recém-órfãs. Permaneci na sala depois que a aula terminou para defender minha causa e ao menos tentar um crédito parcial... e ele não me repreendeu nem um pouco. Ele sorriu e assentiu enquanto eu gaguejava uma desculpa esfarrapada sobre uma dor de cabeça que durou a semana toda. Ele disse que entendia e me deu uma semana a mais para entregar o trabalho com crédito integral. Ele adicionou que, se eu precisasse de mais tempo, não seria um problema. Eu disse que uma semana estava bom e saí correndo da sala. Eu deveria ter ficado feliz, mas o incidente todo foi tão estranho que me deixou apreensiva.

27 DE JANEIRO

Não ando muito a fim de escrever. Sinto que só estou me arrastando pelos dias, fingindo levar uma vida normal enquanto desmorono por dentro. Rose sabe, mas ela não sabe o que fazer por mim, e isso a está enlouquecendo. Ela não está acostumada a se sentir inútil. Sempre tem algum plano; talvez nenhum muito bem-planejado, mas é melhor do que nada. Ela me observa. Sente minha emoções. Diz que vai ficar tudo bem, mas nem ela acredita nisso.

31 DE JANEIRO

Rose foi pega me visitando depois do horário pelo recepcionista, e consegui convencer ele a não passar nenhum castigo quase sem esforço. Foi bem parecido com a situação do sr. Nagy, e agora percebo que usei compulsão neles. Mas eu nem estava tentando! Eu nunca faria isso de propósito. Ninguém deveria forçar sua vontade em outra pessoa. Eu já vi outros alunos fazerem isso de vez em quando para coisas pequenas, como fugir de punição e dever de casa mesmo. Mas nenhum deles conseguiu ser bem-sucedido como eu fui.

9 DE FEVEREIRO

Parece que teremos uma festa de Dia dos Namorados em breve. Aaron disse que nós temos que ir. Perguntei a ele por que e ele respondeu “porque sim”. Meu Deus, como ele está ficando irritante.

14 DE FEVEREIRO

Fui à festa esta noite. Usei um dos vestidos novos que comprei com minha mãe logo antes do acidente. Ele é longo e lilás e tem cristaizinhos no corpete. Todo mundo ficava me dizendo que eu estava bonita. Aaron não conseguia parar de olhar para meu decote. E, durante todo o tempo, eu só ia ficando mais e mais irritada. Ainda não sei direito por quê. Era aquela coisa dentro de mim, a escuridão crescente erguendo sua cabeça feia de novo. Pensei na mamãe escolhendo o vestido. Pensei em como amanhã fazia dois meses desde o acidente. Quando a festa terminou e Aaron disse que deveríamos ir ao *after* da Camille, eu explodi. Falei que estava cansada de escutar ele falar o que deveríamos fazer. Falei que estava cansada de ouvir ele falar, ponto. Ele fez uma cara como se eu tivesse dado um tapa. Voltei para meu quarto, pronta para explodir... então fiz aquilo de novo. Deixei a dor mental sair fisicamente. Mas, dessa vez, não usei minhas unhas. Usei uma lâmina para me cortar. Apenas o bastante para doer. Apenas o bastante para me distrair do que acontecia na minha cabeça. Rose apareceu na mesma hora e gritou comigo. Acho que isso nunca tinha acontecido. Ela ficou falando sem parar sobre como eu nunca deveria fazer isso de novo e como eu deveria pedir ajuda para ela. Mas Rose não estava irritada. Estava assustada. E eu também acho que isso nunca tinha acontecido.

15 DE FEVEREIRO
Dois meses.

19 DE FEVEREIRO
Teste de elementos com a sra. Carmack hoje. Olha que surpresa: nenhum sinal de que vou me especializar. O estranho é que eu de fato melhorei um pouco em todos os elementos. Consigo trabalhar com todos mais ou menos no mesmo nível. Meu controle sobre cada um deles é melhor do que o de qualquer Moroi especializado sobre seus elementos não dominantes, mas ainda está longe de uma especialização de verdade. A sra. Carmack foi diplomática. Ela mandou o velho papo sobre como isso leva tempo mesmo e como não é surpreendente depois de tudo pelo que eu passei. Mais tarde, eu a ouvi dizendo à diretora Kirova que está preocupada. Pelo visto, isso é bem estranho, na verdade. Bem-vindos à minha vida.

21 DE FEVEREIRO
Não entendo o que aconteceu hoje. Acho que é melhor eu começar pelo começo.

Ainda não chegou a primavera de fato, mas o tempo esquentou bastante. Rose insistiu para sairmos. Ela anda preocupada comigo desde a festa, e fica fazendo de tudo para encontrar coisas divertidas para fazermos. Ela arrumou uma garrafa de licor de pêssego com Abby Badica de alguma maneira, e saímos escondidas para beber. E, na verdade, foi divertido... a princípio. Éramos só nós duas, rindo e bebendo. Como nos velhos tempos.

Então fomos pegas pela sra. Karp. Ela agiu do jeito estranho de sempre, mas até que foi bem legal e não denunciou a gente. Enquanto andávamos de volta para a escola, encontramos um corvo no chão. Estava morto. Mas... eu não aguentei ficar longe dele. Sempre amei animais, mas não era isso que me atraía. Talvez fosse aquela outra presença em mim. Rose fez um estardalhaço sobre como o corvo devia ter alguma doença, mas não consegui me controlar. Eu o toquei, e de repente... ele não estava mais morto. Ele começou a se mexer. E saiu voando.

Sei que parece loucura. Eu poderia ter me questionado se ele estava morto de verdade se não fosse pelo fato de que, quando eu o toquei, eu me senti... incrível. Como o total e completo oposto daquela escuridão que me arrasta para baixo. Eu me senti energizada, leve. Como uma deusa. Como se eu pudesse fazer qualquer coisa.

A sra. Karp surtou. Ela me segurou e começou a tagarelar sobre como nada tinha acontecido. Mas, ao mesmo tempo, também ficava dizendo que não podíamos dizer a ninguém o que tinha acontecido, que eles começariam a me procurar, mas não disse quem "eles" eram. Sempre achei a sra. Karp estranha, mas, pela primeira vez, pensei que ela pudesse ser maluca. Ainda assim, quem sou eu para julgar? Depois do que vi — ou acho que vi —, talvez eu também seja.

22 DE FEVEREIRO

Eu e Rose não falamos sobre o corvo. Eu ainda me sentia extasiada e gloriosa, mas também cansada. Fui aos fornecedores, mesmo que eu tivesse ido lá logo antes das aulas. Então fiquei exausta. Dormi pesado e quase perdi minha primeira aula de hoje. E não me sinto mais maravilhosa. Voltei para aquele buraco. Rose percebeu e não quis sair do meu lado o dia todo. Está com medo de eu me machucar de novo. Eu também estou, então tento resistir. É um pouco mais fácil com ela por perto. Ela faz com que eu me sinta mais forte.

28 DE FEVEREIRO

Sinto como se estivesse sendo observada.

2 DE MARÇO

Estou cansada das pessoas. Estou cansada de sorrir e lidar com o drama e as expectativas ao meu redor. Sinto como se não conseguisse respirar mais na São Vladimir. É simplesmente demais. Tudo é demais.

5 DE MARÇO

A sra. Karp sumiu, e ninguém quer nos dizer por quê. Temos um novo professor de Biologia, e todos os outros professores agem como se a sra. Karp nunca tivesse existido.

8 DE MARÇO

Tio Victor veio visitar Natalie hoje e passou um tempo comigo. Ele não parava de querer saber como eu estava. Perguntava isso de maneiras diferentes — como minhas notas estavam, como Aaron estava, como eu estava lidando com o fato de ser a única Dragomir. Eu venho tentando esconder como me sinto estranha ultimamente, mas me pergunto se alguém notou e contou para ele. Eu me sinto mal por isso. Ele já tem tantos problemas para resolver, e não quero que ele se preocupe comigo também.

15 DE MARÇO

Faz três meses.

17 DE MARÇO

Surtei de novo. Só que, dessa vez, surtei em público. É meio que um borrão. Eu e Rose fomos a uma festa ontem à noite. Wade levou uma fornecedora, e ela estava bem fora de si, ainda mais do que um fornecedor normal. E ele queria fazer coisas com ela... coisas que não deveria fazer... e eu não permiti. Ele tinha que parar. E fui eu quem o fiz parar. Eu o fiz sofrer. Eu o fiz quebrar uma janela. Eu o fiz se machucar. Parte de mim sabia que aquilo era horrível. Eu odeio violência. Mas, ao mesmo tempo, eu sabia que ele merecia. Ele precisava ser punido, e aquela estranha euforia ardeu dentro de mim o tempo todo. Eu me perdi, e Rose teve que me trazer de volta.

Depois que a festa foi interrompida por causa da comoção, ninguém soube explicar direito o que acontecera. Estavam todos bêbados e provavelmente achavam que estavam imaginando coisas. Rose assumiu a culpa pelos danos, e eu percebo que algo mudou nela.

18 DE MARÇO

Rose está assustada de novo, mas dessa vez é diferente. Ela não está tentando se distrair do sentimento. Ela não está tentando me distrair. Está quieta e pensativa. Não faz piadas. Consigo ver em seus olhos que ela está planejando algo, sem me dizer o quê. Queria poder ler seus pensamentos.

19 DE MARÇO

Um bando de membros do conselho veio da Corte nos visitar mais cedo, então nós tivemos uma recepção especial com a escola toda em sua honra. Até Rose pôde ir, mesmo em detenção. Ainda estou com raiva por ela ter que pagar pelo que Wade fez. Pelo que eu fiz. Isso vem me corroendo por dentro, e, depois da recepção, eu meio que comecei a tagarelar sobre isso para Rose e sobre como eu odiava Wade e a atitude esnobe dele. Não achei que estava agindo de maneira tão estranha, mas, quanto mais eu falava, mais Rose parecia nem me reconhecer.

Antes que eu percebesse, ela estava me guiando para fora da escola, em direção ao estacionamento. Ela disse que iríamos embora da São Vladimir naquele momento. Que precisávamos ir. O motorista de um dos membros do conselho estava preparando o carro, e Rose me convenceu a usar a compulsão para ele nos esconder no porta-malas. Descobrimos que ele trabalha para o pai de Maisie Lazar e que eles só partiriam ao amanhecer, então eu e Rose tivemos tempo de voltar correndo aos nossos respectivos dormitórios e juntar alguns itens essenciais. Estou esperando por ela agora perto do estacionamento, e ainda não entendi realmente o que está acontecendo. Quando perguntei a ela por que estávamos indo embora, ela só disse: "Estou tomando conta de você. Você não precisa saber mais nada".

20 DE MARÇO

Nós conseguimos. Fomos embora ontem à noite.

Depois que eu e Rose nos reencontramos no estacionamento, fiz o motorista nos deixar entrar no porta-malas, então esquecer que tinha nos visto. Eu me senti culpada por essa compulsão, mas ofuscar a memória dele não foi nem de longe tão ruim quanto forçar Wade a fazer todas aquelas coisas horríveis. O sr. Lazar chegou ao amanhecer, e nós pegamos a estrada. Foi uma viagem terrível. O porta-malas estava quente e abafado e fedia a gasolina. Eu deveria ter exigido respostas de Rose. Eu deveria ter dito a ela que era uma loucura ir embora e que precisávamos voltar. Mas eu não o fiz porque, de alguma forma, sabia que estávamos fazendo a coisa certa. Precisávamos sair da São Vladimir.

Em Missoula, eu e Rose saímos da mala do carro quando o sr. Lazar parou para comer. O primeiro lugar aonde fomos foi o banco no qual sempre ficaram as contas da minha família. Parte da minha herança está congelada até eu fazer dezoito anos, mas eu ainda tenho uma reserva enorme de onde posso sacar conforme necessário. Rose me disse para esvaziá-la. Ela até mesmo levara uma bolsa especificamente para carregar o dinheiro. Parecia um assalto a banco de filme. Depois, fomos direto para a estação de ônibus e entramos no primeiro ônibus de partida. "Todo mundo continua dormindo na escola", ficava repetindo Rose. "Precisamos ir para longe antes que eles percebam que fomos embora. E precisamos ficar mudando de lugar."

Aquele primeiro ônibus nos levou para Billings. Então pegamos outro para Rapid City. Foi aí que Rose ficou tensa de verdade. "Eles já descobriram que nós fomos embora a essa altura. Vão checar todas as estações de transporte público no raio de um dia e divulgar descrições de nós." Agora, estamos num ônibus noturno para Milwaukee. Mal consigo pensar. Não estou nem num horário humano nem Moroi, só estou exausta. Vou tentar descansar um pouco. Rose parece que poderia ficar acordada para sempre.

21 DE MARÇO

Chegamos a Milwaukee esta manhã, e Rose conseguiu imediatamente uma carona até Madison com uns universitários. Ela não tirou os olhos deles nem por um minuto. Não confia nesse negócio de pegar carona, mas será mais difícil nos rastrear se nos afastarmos das estações de ônibus. Chegamos a Madison sem nenhum incidente. Eu nunca estive em Wisconsin. É bem plano. Pretendemos morar perto de grandes universidades. Fica mais fácil de nos misturarmos, e ninguém questiona duas garotas sozinhas, ou que pagam o aluguel com dinheiro vivo. Muitos estudantes procuram colegas de quarto e sublocatários, e já arrumamos um quarto numa casa com mais cinco pessoas esta tarde. Nosso quarto pertencera a alguém que estudara na França no semestre passado e acabara ficando em Paris com um artista que conheceu.

Pedimos uma pizza para jantar e, enquanto comíamos, me dei conta de que hoje é aniversário de Rose. Dezesseis anos. Ainda me sinto péssima por ter esquecido. "Eu não tenho um presente para você", disse para ela. Ela respondeu: "Você está viva. É só disso que eu preciso".

22 DE MARÇO

Fomos fazer compras hoje. Nosso quarto veio com um beliche, e o resto da casa tem móveis e utensílios de cozinha, mas nós não temos nenhum item pessoal, como lençóis e toalhas. Rose ficou paranoica durante todo o tempo que passamos na rua. Ela não parava de espiar ao redor de esquinas e prateleiras de lojas, e olhava feio para qualquer um que se aproximasse. Encontrei uns lençóis de unicórnio em promoção, mas, quando os peguei, ela disse, sem nem olhar para mim: "Nem pensar, Liss. Só porque estou de olho nos guardiões não significa que vou deixar você comprar besteira".

23 DE MARÇO

Cozinhamos nossa primeira refeição hoje. Não sabia que era possível queimar espaguete.

25 DE MARÇO

Aparentemente, não se pode colocar papel-alumínio dentro do micro-ondas. Teremos que sair mais uma vez para comprar um novo para a casa.

27 DE MARÇO

Acho que me ajustei a um horário humano, por mais que nunca vá parecer normal ir deitar quando está escuro. Não sei que tipo de horário Rose está seguindo. Ela está preocupada com Strigoi, não apenas guardiões, então passa boa parte da noite acordada e cochila quase a manhã toda.

29 DE MARÇO

Rose continua paranoica, mas estou começando a relaxar. É tão mais fácil aqui do que na São Vladimir. Eu não preciso lidar com todas aquelas pessoas me observando ou esperando coisas de mim. Não sou constantemente lembrada de que sou a última da minha família. Eu só me misturo com todos os outros alunos. Eu e Rose fazemos questão de sair de casa todo dia para que as pessoas com quem moramos pensem que estamos tendo aulas. Às vezes nós de fato vamos a aulas. É fácil entrar de fininho em auditórios enormes e escutar. Encontrei uma aula de Ciências Políticas que gostei de verdade. Rose normalmente passa a aula dormindo. Outras vezes, saímos para caminhar ou até mesmo saímos do campus para explorar a cidade. Essa vida nova parece manter a escuridão à distância, mas eu me sinto cansada o tempo todo. Vou me deitar cada vez mais cedo.

30 DE MARÇO

Eu estava tão cansada hoje que não quis sair para nada. Passei quase o dia todo no sofá assistindo a programas de auditório.

31 DE MARÇO

Começamos a acreditar que talvez tenhamos sido bem-sucedidas em nossa fuga. Mas temos um novo problema: sangue. É por isso que estou sempre tão acabada. Nunca fiquei tanto tempo sem sangue, e estou começando até a sonhar com isso. Quando nossos colegas de casa fizeram churrasco ontem à noite, eu pedi para me fazerem um hambúrguer extra malpassado. Eu e Rose não sabemos o que fazer. Nós sabemos que fornecedores são recrutados do submundo da sociedade humana, e quando ela planejou nossa fuga, Rose pensou que, de alguma maneira, nós esbarraríamos em voluntários dispostos. Pelo visto, não é assim que funciona.

1º DE ABRIL

Acordei me sentindo tão péssima que mal consegui sair da cama. Quando consegui, vomitei. Um dos nossos colegas de casa está convencido de que eu estou grávida. Rose me disse que eu preciso tomar o sangue dela. E, é claro, respondi que nem eu sou tão louca assim. Moroi podem sobreviver de sangue de dampiro, mas é errado fazer isso. Mais do que errado. Eu ainda não acredito que ela sugeriu isso. Dampiros nos protegem. Eles não nos alimentam. E nem pensar que eu vou correr o risco de deixar Rose viciada em mordidas.

2 DE ABRIL

Ainda doente.

3 DE ABRIL

Cedi. Eu não queria. Jurei que não faria. Mas eu estava tão mal hoje que mal sabia meu nome ou minha localização. E, quando Rose me ofereceu o pescoço dela, eu não hesitei. Sinto que estou muito melhor agora, apesar de ainda não estar totalmente recuperada depois de tanta privação. Bebi mais dela do que deveria, e poderia facilmente ter bebido mais. Ela está dormindo agora. Observando ela dormir, eu não sei como vou viver com a culpa. Não posso fazer isso de novo. Precisamos encontrar outra solução.

4 DE ABRIL

Rose diz que ela é nossa solução. Ela diz que beber o sangue dela não é simplesmente conveniente, mas ajuda a manter nossa presença em Madison um segredo. E se encontrarmos um fornecedor que também alimenta outros Moroi? E se essa pessoa fornecer nossas descrições? Parece improvável, mas Rose está determinada. Ela jura que dar sangue não a incomoda e que ela só precisa de comida e um descansinho. Finalmente cedi, mas negociei com ela o dia todo até chegarmos a um entendimento de como lidaríamos com as coisas de agora em diante. Beberei dela o suficiente para me manter forte, mas com muito menos frequência do que eu beberia de um fornecedor normal. Consigo lidar com um pouco de letargia. Levei um tempo para convencer Rose. Ela quer que eu fique o mais forte possível, mas eu disse que ela também precisa se manter forte para nos proteger. Ela não pôde argumentar contra isso, então acho que essa é nossa vida agora.

9 DE ABRIL

Rose fez panquecas esta manhã sem queimá-las como das últimas cinco vezes que tentou. Ela passou o dia desfilando por aí, orgulhosa. Seria de pensar que matou seu primeiro Strigoi.

15 DE ABRIL

Quatro meses.

29 DE ABRIL

Não acredito que não escrevo há duas semanas. Ainda me sinto bem. Encontramos um museu infantil em busca de voluntários, e depois de me escutar implorar por duas semanas, Rose finalmente concordou que eu poderia trabalhar algumas horas por semana. Me dá um propósito. Ela vai comigo, é claro, e sempre dá uma volta no prédio antes do meu turno começar. Então me espera do lado de fora, e tenho certeza de que não tira os olhos da porta por um minuto. Eu disse que ela deveria encontrar algum hobby e que não deveria sempre basear a vida dela ao redor da minha. Ela só respondeu: "Eu sou uma guardiã".

2 DE MAIO

Rose arrumou um hobby. Alguns dos nossos colegas de casa pertencem a um time de ultimate frisbee e precisavam de mais um jogador ontem. Rose entrou como substituta e, adivinha só, ela é muito boa; tão boa que precisou segurar a onda para não atrair atenção com suas habilidades de dampiro. Pediram para ela entrar no time oficialmente, e ela aceitou. Em particular, ela alega que é uma vergonha que alguém do seu "status profissional" participe de um esporte tão bobo, mas os olhos dela se iluminaram quando ela viu o calendário de jogos. Ela precisava de algo desse tipo mais do que percebe. Entendo por que ela precisa ser tão séria e sempre de guarda, mas sinto falta da Rose despreocupada de antigamente.

11 DE MAIO

As aulas do semestre acabaram e o clima nos arredores do campus mudou completamente. Haverá uma pausa este mês, então os cursos de verão começam. Estou empolgada. Um monte de aulas novas vai começar, e vou poder entrar de fininho e assisti-las desde o começo. Depois de olhar a programação de verão, encontrei as duas que eu quero. Uma é sobre ética na política. A outra é a história da Europa Oriental depois da Segunda Guerra Mundial. Mostrei as descrições a Rose, e ela disse que estava ansiosa para ter um tempo extra para recuperar o sono perdido.

14 DE MAIO

Nossos colegas de casa vêm tentando nos animar para os jogos de futebol americano, por mais que eles só comecem na primavera. Acho que é meio que um esporte importante por aqui. Eu não entendo, mas Rose está obcecada. Acho que está com abstinência de todos socos e golpes do treinamento para guardião. Um dos caras da casa é tão obcecado que grava jogos antigos e os analisa. Rose começou a assistir com ele, e às vezes eu a ouço gritando para a TV: "O que está fazendo? Ele jogou bem para você!" Fico feliz por nós duas estarmos encontrando nosso rumo por aqui. Acho que essa vida vai ser boa para nós.

15 DE MAIO

Cinco meses.

20 DE MAIO

Estraguei tudo.

5 DE JUNHO

Só estou escrevendo hoje porque Rose me obrigou. Ela diz que botar para fora vai me fazer sentir melhor. Perguntei como ela sabia, e ela disse que viu num programa de auditório. Mas não há muito para contar. Passei a última semana de cama, não porque estou cansada, mas porque sou uma inútil. Estraguei tudo.

9 DE JUNHO

Vou tentar de novo.

Não estamos mais em Madison. Estamos bem perto de Chicago agora, morando no campus na Northwestern University. Um dia, quando eu estava trabalhando como voluntária no museu infantil em

Madison, um homem Moroi e sua filhinha apareceram. É claro que eles notaram que eu era Moroi, mas a menininha estava entretida demais com uma das atividades para se importar. O homem, não. Ele ficou tentando puxar papo dizendo que eu tinha uma aparência familiar, mesmo que eu tenha deixado bem claro que estava ocupada. Finalmente, ele disse que eu o lembrava dos Dragomir. Era mais um jogo de adivinhação para ele, não era como se estivesse me caçando. Ele parecia amigável e só estava aproveitando as férias. Provavelmente nada teria acontecido, mas eu surtei. Usei a compulsão — de propósito — para que ele esquecesse que me vira. Ordenei que levasse a filha para tomar sorvete do lado de fora, então saísse de Madison e nunca mais voltasse. E foi exatamente o que ele fez. Bem, eu não vi a parte do sorvete ou sua partida de Madison, mas ele deu meia-volta assim que eu o libertei e levou a filha para fora do museu. Não consigo explicar como sei que a compulsão funcionou, mas funcionou.

Assim que Rose ouviu o que acontecera, ela começou a planejar nossa partida. Voltamos para casa e guardamos nossos pertences essenciais. Deixamos um envelope com o aluguel do próximo mês para um de nossos colegas de casa, então pegamos um ônibus. Rose já tinha um plano B havia um tempo, então já sabia aonde ir.

Fiquei atônita por todo o tempo. Se eu não tivesse insistido tanto para trabalhar como voluntária e ser "útil", eu nunca teria esbarrado com aquele Moroi. Rose disse que minha lógica era idiota e que nós poderíamos ter encontrado com ele em qualquer outro lugar da cidade, a não ser que nunca saíssemos do nosso quarto. Mas, nesse caso, nossos colegas de casa poderiam achar nosso comportamento estranho e nos denunciar também. Ela não parava de reafirmar que eu não fizera nada de errado, que o risco era pequeno, e que era só por garantia.

Mas é claro que eu fizera algo errado. Estávamos bem em Madison. Nós duas estávamos. E eu estraguei tudo. Não só isso, mas eu usei compulsão em alguém; uma compulsão forte. Dar uma série de ordens desse jeito e fazer com que a pessoa as siga muito tempo depois de recebê-las é quase impossível para um Moroi, especialmente direcionada a outro Moroi. Ninguém consegue fazer isso. Exceto talvez Strigoi. Mas eu fiz, e sei que funcionou. Rose disse que eu não deveria me sentir culpada e que eu precisava fazer o que pudesse para sobreviver. "Se ele se esquecer de você, que bom. E o que tem de tão errado em fazer um cara levar a filha para tomar sorvete? Até onde sabemos, ele pode ser um daqueles loucos por comida saudável que só a deixa comer aipo."

Mas ninguém deveria ser capaz de fazer o que eu fiz. Ninguém deveria ser capaz de brincar de Deus. A pior parte é que foi tão bom. Eu senti aquele êxtase incrível correndo pelo corpo, assim como da vez em que encostei no corvo. Mas a sensação não durou. Assim que arranjamos uma nova casa num novo campus em Chicago, eu desabei. Eu me enfurnei no quarto, afundada naquela escuridão. Rose a sentia e sabia o quanto eu queria me cortar. Passamos dias e dias assim, e esse é o primeiro em que eu finalmente consegui fazer mais do que só me sentir perdida. Queria saber o que há de errado comigo.

15 DE JUNHO
Seis meses.

21 DE JUNHO
Estou começando a me sentir esperançosa de novo. A escuridão finalmente está se dissipando. Eu me sinto estúpida por ficar oscilando entre esses extremos o tempo todo, mas ficar remoendo não vai ajudar. Preciso olhar para o futuro. Estamos começando a construir uma vida aqui. Nosso quarto atual é maior do que o último, o que é legal, apesar de Rose dizer que talvez ela conceda que tenhamos cada uma seu próprio quarto da próxima vez que nos mudarmos. Fiquei surpresa em ouvir ela falar sobre mudança. Quando disse para Rose que não estragaria tudo de novo, ela disse que não era isso o que queria dizer. Ela alega que se mudar regularmente é uma estratégia inteligente. Precisamos

ficar escondidas até eu fazer dezoito anos, então ninguém poderá me obrigar a ir aonde eu não quiser. Mas ainda faltam dois anos.

27 DE JUNHO

Encontrei mais aulas de verão para assistir. Tinha outra de Ciências Políticas que eu queria fazer, mas então eu descobri uma aula no mesmo horário sobre armas e artigos bélicos na Grécia Antiga. Não é nem um pouco a minha praia, mas achei que Rose poderia curtir. E como ela curtiu! Tenho certeza de que nunca a vi prestar tanta atenção a uma aula de História antes. A de ontem foi sobre uma lança espartana chamada dory, e agora Rose está tentando descobrir como arrumar uma para si.

30 DE JUNHO

Nós moramos só com meninas, mas uma deles tem um irmão chamado Jeff que também é estudante. Ele aparece de vez em quando e está apaixonado pela Rose. Ele nem fica mais com a irmã dele e só vive tentando chamar Rose para sair. Eu a provoco dizendo que ela deveria aceitar o convite e se divertir um pouco, mesmo que ele seja humano. Ela disse que, se eu pudesse ler os pensamentos dela, saberia que ele estava longe de ser o tipo dela. Eu perguntei qual era o tipo dela, e ela só conseguiu responder "muito, muito alto".

4 DE JULHO

Teve um churrasco na nossa casa hoje, e Jeff acendeu fogos de artifício no nosso quintal. Foi divertido, mas fiquei pensando naquele verão em que minha família ficou no Lago Tahoe e Andre tentou contrabandear fogos de artifício para casa sem a mamãe saber. É claro que ela descobriu e lhe disse para se livrar deles. Ele decidiu destruir os fogos com magia de fogo, e quase incendiou nossa casa. Foi um espetáculo bem incrível, mesmo que ele tenha ficado um mês de castigo depois. Lembrar isso foi me deixando cada vez mais triste, e eu fui embora da festa mais cedo. Esbarrei em Jeff na cozinha. Ele tinha queimado a mão. Eu o ajudei a fazer um curativo. Quando sua irmã descobriu, ela lhe deu um sermão sobre segurança. Ele jurou que o machucado não tinha sido tão ruim e até tirou o curativo para mostrar a ela. E realmente não estava tão ruim. Não havia praticamente nada, comparado ao que eu vira antes. Juro, às vezes eu acho que não posso confiar nos meus olhos. Quanto eu estou imaginando ultimamente?

10 DE JULHO

Faço dezesseis anos hoje. É difícil acreditar. Para comemorar, eu e Rose fomos ao centro de Chicago e ultrapassamos nosso orçamento normal fazendo compras. Depois, comemos num restaurante chique, e Rose pediu tudo da bandeja de sobremesa. Nem ela conseguiu comer tudo. Pedimos para embrulhar para viagem, e agora nossa geladeira está cheia de resto de crème brûlée e tiramisu.

14 DE JULHO

Arrumei outro trabalho voluntário, dessa vez numa casa de repouso, então estou lidando com o outro extremo do espectro da idade. Eu estava nervosa depois do que aconteceu da última vez, mas Rose me encorajou a aceitar o trabalho e até se ofereceu para trabalhar comigo. Ela não é muito do tipo que gosta de se voluntariar, mas a função dela é "entretenimento", então ela passa um tempo por lá e joga pôquer com os residentes. Eles até apostam dinheiro quando os enfermeiros e cuidadores não estão olhando.

15 DE JULHO

Sete meses desde que perdi todos eles.

22 DE JULHO

Tem tanta coisa acontecendo agora, e está tudo bem. Estou feliz de novo. Rose também está, apesar de ela nunca baixar a guarda. Não sei o que eu faria sem ela. Ela encontrou algumas pessoas que jogam vôlei no Lago Michigan nos fins de semana, então nós passamos a fazer isso. Ela implica comigo dizendo que, se vai fazer boas ações como eu faço na casa de repouso, preciso recompensá-la dando uma chance para os esportes. Eu juro que daria, não fosse pelo sol. Eu fico na sombra enquanto ela joga. Ela ama o sol, mas, como sempre, precisa esconder suas habilidades.

29 DE JULHO

Não ando muito a fim de escrever, mas é basicamente por estar tão contente e distraída com outras coisas. Não há muito para contar, e sinceramente? Eu meio que amo que esteja assim.

6 DE AGOSTO

Venho praticando os elementos no meu tempo livre. Fico torcendo para a sra. Carmack ter razão e que fosse só o trauma do acidente que estivesse me atrasando, mas nada mudou. Tenho controle limitado de todos os quatro, mas nada extraordinário. Quando contei isso a Rose, ela disse que eu era extra, extra extraordinária, e que minha magia era tosca demais para sequer tentar me acompanhar.

16 DE AGOSTO

Esqueci a data do acidente ontem. Eu e Rose passamos a maior parte do dia num festival de cinema que foi muito estranho, mas muito divertido. Eu estava tão distraída que a data passou despercebida. Rose diz que isso significa que estou seguindo com a minha vida, mas não parece justo, já que meus pais e Andre nunca tiveram essa chance.

13 DE SETEMBRO

Um novo semestre começou em Northwestern, e parece haver mais um milhão de pessoas no campus. Rose gosta disso porque fica mais fácil de nos misturarmos na multidão. Além disso, a temporada de futebol americano está de volta, e ela está tão empolgada quanto ficava assistindo àqueles jogos antigos em Madison. Todo mundo da casa está assim. Agora sei como Rose deve ter se sentido durante aquelas aulas de Ciências Políticas. Uma das aulas que estou assistindo esse semestre é sobre teatro americano, então decidi que os jogos de sábado são o momento perfeito para adiantar minhas leituras de peças. Eu me sento com todo mundo ao redor da TV, então leio Arthur Miller e Tennessee Williams. Ninguém nem nota, desde que eu comemore nos momentos certos.

14 DE SETEMBRO
Tem uma aula sobre antigos artigos bélicos chineses. Adivinha quem quer assistir?

18 DE SETEMBRO
Esqueci a data de novo.

20 DE SETEMBRO
Jeff finalmente convenceu Rose a sair com ele oferecendo algo ao qual ela não pôde resistir: ingressos para um jogo de futebol americano. E, é claro, se Rose sairia com ele eu teria que ir junto, já que ela não me deixaria sozinha. Jeff levou um amigo também, então foi meio que um encontro duplo. Jeff achou que eu fosse gostar do cara — Cal — porque ele é "meio artista e politizado e não gosta de futebol". Era meio verdade. Nenhum de nós dois prestou atenção ao jogo, mas ele só sabia falar de como tudo tinha que ser feito de cânhamo e como uma banda indie qualquer da qual ele gostava não é mais boa porque se vendeu.

24 DE SETEMBRO
Jeff fica querendo sair de novo com Rose. Nenhum dos encontros que ele oferece envolvem ingressos para jogos de futebol americano, então ela está se perguntando como dispensá-lo gentilmente.

1º DE OUTUBRO

Fomos a um restaurante mexicano algumas noites atrás com as meninas da nossa casa. Jeff se convidou para ir junto e pareceu pensar que descolara um encontro com Rose. Ele se sentou ao lado dela e não parou de elogiar. Então a comida chegou, e ele observou com horror enquanto ela colocava ketchup nos tacos. Eu tive anos para me acostumar com isso, desde aquela vez que acabou o molho do refeitório, mas acho que foi meio que um choque para ele. Ele mal conseguiu dizer uma palavra pelo restante da refeição. Agora ele parou de ligar.

9 DE OUTUBRO

Rose teve que desistir de se juntar a ligas de esporte amadoras. Ela estava jogando basquete ontem à noite e não se controlou o suficiente. Ela fez uma manobra louca, disparando pela quadra e fazendo uma cesta impossível. A treinadora do time feminino da universidade viu e nos abordou ao fim do jogo. Ela achou que Rose fosse uma aluna e tentou pegar o nome dela para marcar uma reunião. Conseguimos escapar sem responder a nenhuma pergunta. Rose diz que não é nada de mais, mas sei que ela está triste por parar de jogar. É difícil para um dampiro ficar parado.

15 DE OUTUBRO

Dez meses desde o acidente. Passei o dia triste, mas não fiquei o tempo todo deitada na cama. Eu e Rose ficamos um tempão relembrando bons momentos com minha família. Parece clichê, mas eu ri e chorei. Ainda sofro com a perda deles, mas sinto que consigo seguir com minha vida agora.

20 DE OUTUBRO

Estou gripada. Moroi não pegam doenças humanas com muita frequência, mas acho que ficar cercada por tantos teve seu preço. Precisei de mais sangue, e é claro que Rose se disponibilizou para dá-lo.

O resultado é que ambas estamos ficando em casa e dormindo muito mais. Além disso, ela começou a se oferecer demais, então eu menti hoje e disse para ela que estou me sentindo melhor, por mais que não esteja. Ela não está nem perto do nível de vício dos fornecedores, mas eu reconheço um pouco daquela avidez nos olhos dela. Preciso cuidar dela, assim como ela cuida de mim.

31 DE OUTUBRO

Dia das Bruxas. Tem um monte de festas e eventos rolando pelo campus, mas Rose não gosta que a gente fique na rua até muito tarde. Então fizemos nossa própria festa. Ficamos em casa e nos fantasiamos de melindrosas. Rose ama boás de pena. Também assistimos a um monte de filmes de vampiros "assustadores". Foi hilário.

12 DE NOVEMBRO

Allison, uma das nossas colegas de casa, tem um ex-namorado bizarro que não para de incomodá-la. Ela até trocou de número porque ele não parava de ligar. Ontem à noite, ele apareceu na nossa casa e não queria ir embora. Quando ele tentou empurrar a Allison para passar e chegar à porta da frente, Rose apareceu e o socou com tanta força que ele saiu voando da varanda e aterrissou no quintal.

18 DE NOVEMBRO

O namorado de Allison não a incomoda mais, e ela não para de falar sobre como Rose apareceu para salvá-la. Normalmente, Rose amaria esse tipo de elogio, mas agora odeia, já que estamos tentando nos manter discretas. Se camuflar dá muito trabalho.

23 DE NOVEMBRO

Todas as nossas colegas de casa foram passar o Dia de Ação de Graças com a família, então nós decidimos comemorar sozinhas e assar um peru. Não deu certo.

30 DE NOVEMBRO

Uma das nossas colegas de casa participou de uma peça ontem. Fomos assistir, e depois um bando de garotos bêbados de fraternidades começou a dar em cima da gente. Um deles me segurou, e eu surtei. Nem sei explicar o que senti. Primeiro pânico, então aquela escuridão, então aquele êxtase. E juro, ele foi lançado para trás como se eu o tivesse socado, mesmo que eu não tenha encostado nele. Então Rose de fato socou um dos outros caras. Um monte de gente viu, mas não acho que ninguém tenha entendido o que aconteceu com o cara que me segurou. Nem eu entendo, e voltei a questionar minha própria sanidade. Eu já vi manipuladores de ar empurrarem pessoas sem tocá-las, mas aquilo não foi magia de ar. Talvez ele estivesse mais bêbado do que parecia e tenha caído sozinho. Rose também não prestou muita atenção. Ela está mais preocupada que nós tenhamos chamado atenção. Eu perguntei se ela achava que alguém que ia assistir a uma peça universitária nos denunciaria para os guardiões. Ela disse que não, não diretamente, mas que as pessoas comentavam coisas com outras pessoas, que então as mencionavam para outras pessoas. Agora ela está com aquela expressão focada e séria de novo. Passou o dia pesquisando cidades da Costa Oeste na internet.

8 DE DEZEMBRO

É semana de provas. Todo mundo está estudando, então temos ficado em casa e fingido estudar também. Basicamente ficamos no quarto jogando jogos de tabuleiro. Rose é obcecada por Detetive. Ela também me contou que, pela primeira vez na vida, queria poder fazer uma prova, porque tem certeza de que gabaritaria a sobre artigos bélicos chineses.

13 DE DEZEMBRO

As provas acabaram, e a maioria das nossas colegas está voltando para casa. Só Ellen vai ficar no campus durante as férias. O namorado dela vive aqui, e eles basicamente passam o dia inteiro no quarto dela.

15 DE DEZEMBRO

Outro dia quinze. Mas não qualquer um. O aniversário. Um ano desde que meus pais e Andre me deixaram. Um ano desde que minha vida parou. Exceto que ela não parou. Não consigo acreditar em como as coisas mudaram. Rose lendo meus pensamentos. As esquisitas alterações de humor. Nós fugindo da São Vladimir. Morando com humanos. É tão estranho... mas não tanto quanto não ter minha família por perto. Sinto tanta saudade deles. Sinto falta das piadas bobas de Andre. Da minha mãe trançando meu cabelo. Do meu pai me chamando de "rainhazinha" porque ele sempre disse que eu mandava na família. Não deveria acontecer dessa forma. Somos ensinados a temer Strigoi desde que nascemos. É esta a morte que assombra a todos. Não uma estrada congelada.

24 DE DEZEMBRO

Nada como fazer compras de última hora. Não sei por que esperamos tanto. Eu e Rose fomos ao centro hoje mais cedo para comprar presentes de Natal uma para a outra; o que foi meio difícil, já que nunca nos afastamos muito. Então nós entrávamos em lojas e uma das duas tinha que virar de costas e não olhar enquanto a outra comprava. O que tornava a situação especialmente ridícula era que, às vezes, Rose conseguia "ver" de qualquer maneira o que eu estava comprando para ela com a mente.

Estava mais tarde do que Rose gostaria quando fomos embora. Ela ficou tensa durante todo o tempo em que esperávamos pelo trem, constantemente olhando ao redor. Era difícil afirmar com todas as pessoas e os barulhos da cidade, mas ela jura ter ouvido um cão de caça paranormal. Eu ouvi um uivo à distância também, mas me pareceu vir de um cachorro normal. Tentei acalmá-la, mas agora ela está em pânico. Diz que há uns dois anos, numa de suas aulas de aprendiz, ela visitara um treinador de cães de caça paranormais, e que reconhecia o uivo. Eu só sei o básico sobre esses cães, tipo que eles foram criados por Moroi na Sibéria há séculos e obedecem a

Moroi com fortes habilidades de compulsão. Às vezes são usados para rastrear, mas é bem raro que guardiões os usem, já que é um Moroi que precisa controlá-los. Rose provavelmente estava com os nervos à flor da pele porque estava muito tarde.

25 DE DEZEMBRO

Natal. Depois do incidente do Dia de Ação de Graças, nós não nos aventuramos a fazer nenhuma refeição elaborada. Em vez disso, comemos pizza congelada e torta de cereja. Rose me deu um cachecol felpudo cor-de-rosa com um unicórnio bordado porque alega que sempre desejo ter podido comprar aqueles lençóis de unicórnio lá em Madison. Eu lhe dei um abridor de cartas em formato de lança espartana. Ela não tem nenhuma carta para abrir, mas amou o presente. Não consigo deixar de pensar que ela está escondendo alguma coisa de mim, no entanto. Não sei por quê. É só uma sensação. Eu a questionei esta tarde, mas ela só disse: "É Natal, Liss. Não é a hora para assuntos sérios".

26 DE DEZEMBRO

Hoje, aparentemente, era a hora para assuntos sérios. Enquanto comíamos resto de torta de cereja de café da manhã, Rose me disse que vamos nos mudar de novo. Ela ainda acha que ouviu cães de caça paranormais naquela noite. No mínimo, disse ela, têm Moroi na área. No pior caso, tem alguém nos procurando. Então lá vamos nós de novo. Fazer as malas, nos mudar.

27 DE DEZEMBRO

Estamos seguindo para oeste. Rose não quer seguir mais para leste porque estamos perto demais da Corte para o gosto dela. Então pegamos um trem hoje em direção a Portland, Oregon. É uma longa viagem, mas pelo menos é mais confortável do que um ônibus. Rose está meio tensa em ficar a apenas alguns estados de distância de Montana, mas, se fôssemos para o sul, poderia ser ensolarado demais para mim. Não há escolas Moroi ou comunidades conhecidas em Portland, então estamos otimistas. Sei que o melhor é ter cautela, mas vou sentir falta de Chicago.

30 DE DEZEMBRO

Portland é muito mais quente do que Chicago ou Montana. Não tropical, é claro. Mas não neva, e tem uma atmosfera amigável e excêntrica. Ficamos num hotel enquanto procurávamos uma casa e agora temos uma com alguns estudantes na Portland State University. Pelo visto, outra pessoa aparecera logo antes da gente com intenção de alugar, mas usei um pouco de compulsão para convencer o senhorio a nos escolher. Gosto daqui, mas aquela escuridão fica se esgueirando sobre mim. É exaustivo, às vezes, pensar em como ainda temos meses e meses olhando por cima do ombro e nos mudando de cidade em cidade pela frente. Às vezes eu ainda nem sei direito por que fugimos da primeira vez.

31 DE DEZEMBRO

Um nos nossos colegas de casa tem um gato chamado Oscar. Ele parece me amar, e eu também o amo. Rose não compartilha do meu afeto, para dizer o mínimo.

1º DE JANEIRO

O começo de um novo ano. Estou me sentindo para cima de novo. Quanto mais exploramos Portland, mais eu descubro coisas legais. Oscar me visita o tempo todo, o que me alegra. Rose revira os olhos para ele, mas percebo que ela também está feliz. Nós nos sentimos seguras aqui. Rose até me disse hoje de manhã: “Portland é o lugar, Liss. Ainda temos que ficar de olho, mas tenho um pressentimento de que não vamos a lugar algum por um bom tempo. Nenhum guardião pensaria em nos procurar numa cidade hipster como essa”.

O ENCONTRO

— Dimitri!

Eu me virei na mesma hora ao ouvir meu nome, lançando um olhar feio ao guardião que se aproximava na escuridão. O que ele estava pensando? Todo mundo ali naquela noite sabia como o sigilo era essencial. Não importava que ele fosse jovem e estivesse empolgado com sua primeira grande missão. Não tínhamos espaço para erro, não quando essa era a primeira pista que tínhamos em mais de um ano. Percebendo seu erro, ele pareceu arrependido, apesar de nem de longe tanto quanto deveria.

— Desculpe. — Ele baixou a voz para um sussurro e deu tapinhas na orelha. — O fone não está funcionando. Verificamos a casa, e elas já foram embora. Devem ter sido alertadas, talvez por um perímetro de espiões nas ruas. — Sua empolgação voltou, e o jovem guardião, Laurence, começou a falar depressa. — Eu estava pensando nisso. Elas têm toda uma rede de pessoas trabalhando para elas! Faz sentido, não faz? De que outras formas têm conseguido ficar à nossa frente por tanto tempo? Não dá para saber a extensão dessa conspiração! Podemos enfrentar um exército essa noite!

Não falei nem transpareci nada enquanto pensava em suas palavras. Era mesmo um mistério como duas adolescentes tinham conseguido permanecer escondidas por dois anos, especialmente quando uma delas era uma princesa Moroi privilegiada e a outra era uma dampira delinquente com uma ficha de problemas disciplinares tão longa que quebrara os recordes da escola. Quando passei a fazer parte da equipe de professores da São Vladimir no ano passado e fui informado sobre o caso da princesa, fiquei surpreso que as meninas não tivessem cometido um deslize antes. Um conluio com outras pessoas poderia explicar como elas haviam se mantido escondidas... ainda assim, em toda a informação que coletamos, nunca encontramos qualquer indício de que elas tivessem um cúmplice, quanto mais "toda uma rede" ou "um exército".

Meu silêncio deixou Laurence nervoso, e ele parou de sorrir.

— É irrelevante agora — falei para ele. — E não há motivo para chegar a conclusões precipitadas quando...

— Dimitri? — Uma voz feminina estalou no meu ouvido. — Elas foram avistadas. Estão se aproximando do cruzamento da Brown e Boudreaux, vindo do norte.

Sem mais uma palavra para Laurence, eu me virei e segui para as ruas indicadas. Eu o ouvi correndo atrás de mim, mas seus passos eram mais curtos e ele não conseguia acompanhar direito. Tentei me forçar a ficar calmo enquanto meu batimento se acelerava, mas era difícil. Era isso. Era isso. Nós finalmente a pegamos: Vasilisa Dragomir, a princesa desaparecida, última de sua linhagem. Por mais que eu soubesse que todo trabalho de guardião era honrável — inclusive o ensino de futuro guardiões —, parte de mim desejava algo mais na São Vladimir. Quando soube da princesa Dragomir e como ela fugira da escola, tornei meu projeto pessoal encontrá-la, persistindo em pistas que outras pessoas julgavam dar em um beco sem saída.

Eu? Eu não acreditava em becos sem saída.

Desacelerei o passo ao me aproximar do cruzamento, permitindo que Laurence me alcançasse. Uma rápida olhada revelou as silhuetas escuras dos outros guardiões espreitando nas sombras e atrás de objetos. Fora esse o lugar que eles escolheram para a intercepção. Rapidamente, eu saí da rua e me escondi atrás de uma árvore, apressando Laurence para fazer o mesmo com um movimento brusco de cabeça. Não precisamos esperar muito. Quando espiei pela lateral da árvore, vi duas figuras femininas se aproximando, uma praticamente arrastando a outra consigo. A princípio, presumi que fosse a dampira mais forte ajudando a princesa, mas, quando elas chegaram mais perto, sua altura e compleição revelaram que era o oposto.

Eu não tinha tempo para pensar nessa estranheza. Quando elas estavam a uns dois metros de mim, dei um passo ágil para longe da árvore e bloqueei o caminho. Elas pararam na mesma hora, e qualquer fraqueza que a dampira estivesse sentindo desapareceu. Ela segurou a princesa bruscamente pelo braço e a puxou com força para trás, usando o próprio corpo como escudo para me manter afastado. Ao nosso redor, outros guardiões se espalharam, assumindo posições defensivas mas sem avançar antes do meu comando. Os olhos escuros da dampira os notaram, mas ela manteve a atenção focada diretamente em mim.

Eu não sabia bem o que esperar dela, talvez que fosse tentar fugir ou implorar por sua liberdade. Em vez disso, ela assumiu uma posição ainda mais defensiva na frente da princesa e falou numa voz que mal passava de um rosnado:

— Deixe-a em paz. Não encoste nela.

A garota estava irremediavelmente encurralada, mas continuava desafiadora, como se fosse eu quem estivesse em desvantagem. Em momentos como esse, eu ficava satisfeito por meus antigos instrutores na Rússia terem me cobrado tanto a aprender a esconder os sentimentos, porque eu estava surpreso. Muito surpreso. Ao analisar essa dampira, eu subitamente entendi com perfeita clareza como elas haviam escapado de nós por tanto tempo. Uma rede de cúmplices? Um exército? Laurence era um tolo. A princesa não precisava de uma rede ou de um exército, não quando tinha essa protetora.

Rose Hathaway.

Ela irradiava ardor e intensidade, quase de maneira palpável. Seu corpo inteiro se tensionou enquanto ela me observava, me desafiando a fazer um movimento. Ela possuía uma ferocidade que eu não esperava; ninguém esperava, pensei, em grande parte por não conseguirem ver além do histórico delinquente dela. Mas havia uma expressão nos seus olhos naquele momento que dizia que ela não estava brincando, que morreria mil vezes antes de deixar qualquer um machucar a princesa às suas costas. Ela parecia um gato selvagem encurralado, esguio e belo, mas totalmente capaz de enfiar as garras no seu rosto se provocado.

E sim, mesmo na luz fraca, eu podia ver que ela era bela — de uma forma letal —, o que me surpreendeu também. As fotos não haviam feito jus a ela. Cabelo longo e escuro enquadravam um rosto repleto do tipo de beleza incisiva que poderia facilmente partir o coração de um homem. Os olhos dela, apesar de cheios de ódio por mim, ainda conseguiam ser sedutores — o que só a tornava mais perigosa. Ela poderia estar desarmada, mas Rose Hathaway possuía muitas armas.

Eu não queria lutar contra ela, então ergui minhas mãos num gesto apaziguante enquanto dava um passo para a frente.

— Eu não vou...

Ela atacou.

Eu percebi o movimento e não fui surpreendido pela ação em si, mas pelo fato de que ela tentara atacar mesmo com probabilidades tão baixas de vencer. Isso deveria ter me surpreendido? Provavelmente não. Como eu já observara, era óbvio que Rose estava disposta a fazer qualquer coisa e lutar com qualquer um para proteger a amiga. Eu admirava essa atitude — e muito —, mas isso não me impediu de bloqueá-la. A princesa continuava sendo minha missão da noite. E, por mais que Rose pudesse ter ardor e valentia, o ataque dela foi desajeitado e fácil de defender. Ela passara tempo demais sem treinamento formal. Ela não se recuperou bem e começou a cair, e eu lembrei de como ela cambaleara mais cedo. Por instinto, estendi a mão e a segurei antes que ela atingisse o chão, mantendo-a de pé. O longo e maravilhoso cabelo dela escorregou do rosto, revelando duas marcas sangrentas na lateral do pescoço. Outra surpresa, que explicava seu cansaço e palidez.

Aparentemente, sua devoção à princesa ultrapassava apenas a proteção. Notando que eu observava, Rose empurrou uma mecha do cabelo embaraçado para a frente a fim de cobrir o pescoço. Ela se afastou, e eu não a impedi.

Apesar da situação desesperançosa, notei o gracioso corpo dela se preparando para outro ataque. Tensionei em resposta, mesmo que não quisesse que essa garota corajosa, linda e indômita fosse minha inimiga. Eu queria que ela fosse... o quê? Eu não sabia ao certo. Algo mais do que um confronto desigual numa rua de Portland. Havia potencial demais ali. Essa garota poderia ser invencível se seus talentos fossem cultivados apropriadamente. Eu queria ajudá-la.

Mas lutaria contra ela se precisasse.

De repente, a princesa Vasilisa segurou a mão da amiga.

— Rose. Não.

Por um momento, nada aconteceu, e todos ficamos paralisados. Então, lentamente, a tensão e hostilidade se dissiparam do corpo de Rose. Bem, não toda a hostilidade. Ainda havia um brilho perigoso nos olhos dela que me mantinha atento. O resto da linguagem corporal dela dizia que, por mais que não tivesse exatamente admitido a derrota, ela admitia uma trégua — desde que eu não oferecesse nenhum motivo para alarme.

Eu não planejava fazê-lo. *Também não planejo subestimá-la de novo, garota indômita*, pensei, trocando um olhar momentâneo com ela. *E vou me certificar de que ninguém mais a subestime também.*

Satisfeito que ela estivesse apaziguada — pelo menos por enquanto —, me forcei a desviar dos olhos escuros dela e focar na princesa. Afinal, fugitiva ou não, Vasilisa Dragomir era a última de uma linhagem real, e certos protocolos precisavam ser seguidos. Eu me curvei diante dela.

— Meu nome é Dimitri Belikov. Vim para levá-la de volta à Escola São Vladimir, princesa.

Olá, meu nome é Rose Hathaway

Eu sabia que aconteceria. Só não esperava que fosse acontecer tão rápido.

— Ei, Rose, você gostaria de...

— Não.

— Rose, você viu que a caça...

— Não.

— Não sei se alguém já te perguntou....

— Não.

— Rose, você vai participar com a gente, não vai?

A última pergunta viera de Mason Ashford, então, por respeito a nossa amizade e seus olhinhos de cachorro abandonado, eu até o deixei terminar a pergunta antes de recusar.

— Não.

Ele sincronizou os passos com os meus enquanto eu continuava a caminhar para nossa primeira aula de guardião do dia.

— Por que não? Já entrou no time de outra pessoa?

— Eu não entrei em time nenhum — falei. — Não vou participar esse ano.

— Sério? Por que não? Já viu o que está em jogo?

Parei abruptamente no meio do campo, girando para encará-lo. Eu tinha perdido o café da manhã, e açúcar baixo no sangue sempre me deixava mal-humorada.

— Não, e não me importo. Como você pode sequer pensar que eu participaria?

Mason pareceu tão profundamente confuso que foi quase fofo.

— Porque você participou em todos os outros anos. Tipo, antes de ir embora.

— É, mas isso também foi antes de eu entrar para a lista de inimigos de Kirova e me enredar num esquema ferrado envolvendo um louco com ambição por poder que torturou minha melhor amiga e convenceu a filha a se transformar em Strigoi! Dá para entender por que talvez, apenas talvez, eu não queira chamar atenção por um tempo?

— Dá, mas... — Ele enfiou a mão na mochila e tirou um papel dobrado em quatro. — Olha só os prêmios.

Arranquei o papel da mão dele e li enquanto continuávamos a andar.

— Filmes piratas. Senha para tempo extra de internet. Trufas de chocolate amargo com bacon? Isso nem existe.

— Você não terminou de ler — disse ele quando devolvi o papel. — Também tem vinho na lista.

— Que tipo?

— Parkland.

— Eca. É a marca genérica tosca do mercado. Não vou correr o risco de me meter em problema por causa disso.

Chegamos ao prédio onde aconteciam as aulas dos aprendizes, e ele abriu a porta para mim.

— Vai ser divertido. Eu, você e Eddie. E daí que você não liga para os prêmios? Achei que fosse participar pela emoção. Você não perdeu sua ousadia, perdeu?

Golpeei o peito dele com o dedo.

— Eu não perdi nada, Ashford. Só tenho coisas melhores para fazer hoje à noite do que me esgueirar por aí e correr o risco de arrumar uma detenção. Olha, desculpa. Se eu fosse participar, seria com vocês. De verdade. Mas estou tentando andar na linha. Você precisa respeitar isso.

— Eu respeito muito — resmungou ele. — Só também gostaria de ganhar vinho tosco de caixa.

— Ainda vem numa caixa? Pelo amor.

Mason não foi o último a me procurar naquele dia. Acho que eu deveria me sentir lisonjeada por tantas pessoas me quererem no time delas, mas eu não tinha certeza se era tanto por gostarem de mim quanto por acharem que minha reputação de maluca e inconsequente seria uma boa adição ao time.

A caça ao tesouro do Dia de Santa Varvara era uma tradição na nossa escola; uma tradição não oficial. Todo ano, a Escola São Vladimir montava quermesses enormes tanto para os campi do primário quanto do secundário em celebração a uma santa Moroi que supostamente lutara contra fantasmas séculos atrás. Atualmente, ninguém do mundo Moroi acreditava naquilo de fantasmas. Praticamente ninguém celebrava a data, e quem a celebrava nos Estados Unidos a tinha tornado um segundo Dia das Bruxas. Na verdade, acontecia um pouco menos de um mês depois do Dia das Bruxas, então era uma maneira prática de reutilizar decorações e fantasias. Se o tempo estivesse decente — o que, para Montana no final de novembro, significava menos de um metro e meio de neve —, os professores montavam as quermesses para os ensinos primário e secundário ao ar livre. As quermesses basicamente contavam com todas as atividades clichês do Dia das Bruxas imagináveis: pescar maçãs com a boca, competição de fantasia e até mesmo esculpir abóboras. Elas também eram lotadas de guloseimas. E, por trás de toda essa felicidade, a caça ao tesouro acontecia secretamente no campus do secundário.

Os alunos que organizavam a caça mudavam a cada ano. O grupo normalmente consistia em um misto de Moroi e dampiros que reuniam um conjunto de prêmios que ou eram difíceis de arrumar na escola ou simplesmente banidos. Os participantes formavam trios e competiam correndo pelo campus por duas horas, coletando o máximo que conseguissem de uma lista de itens ilícitos. Obter tais itens variava em dificuldade, mas roubar qualquer um deles causaria sérios problemas a quem fosse pego. Bens pessoais dos professores eram uma escolha popular, assim como materiais das salas de aula e objetos expostos nos corredores. Cada item tinha uma pontuação baseada no nível de esforço exigido para pegá-lo. Da última vez que participei, um dos objetivos da lista era uma bandeja do refeitório. Não era um objeto de risco alto, e valia poucos pontos visto que havia muitos à disposição. Naquele mesmo ano, o pôster do Monte Athos do sr. Nagy estivera na lista — um item único. Não apenas era difícil invadir a sala dele, como você também corria o risco de chegar lá e descobrir que outro time chegara antes de você.

Eu senti que já tinha rejeitado todos os aprendizes do campus quando fui almoçar, e torci para que não houvesse mais ninguém para me encher. Então foi um completo choque quando Lissa se sentou na minha frente, sustentando um par de asas de anjo, e perguntou:

— Você vai participar da caça ao tesouro, não vai?

Por meio segundo, pensei que talvez ela tivesse ouvido sobre todas as minhas recusas e só quisesse implicar comigo. Agora que ela tomava remédios regularmente para manter o espírito sob controle, eu não conseguia ler os pensamentos dela com tanta clareza quanto antes. Mas, naquele momento, o entusiasmo e empolgação dela transpareciam em alto e bom som.

— Por que as pessoas não param de me perguntar isso? Você, de todas as pessoas, deveria entender por que eu preciso ficar longe de problemas agora.

Ela tamborilou na mesa com as unhas.

— Bem... você só vai ter problemas se for pega.

— Liss, eu espero isso de todos os outros. Não de você. Você é a rainha da sensatez. — Apontei para as asas. — Você está até vestida de anjo hoje, caramba. Não aguenta não ser boazinha.

— É, eu sei. E normalmente sou contra algo assim. É idiota. E infantil. E mesmo que tudo seja devolvido, eu acho errado roubar e invadir salas. Só que...

Nervosismo e determinação na mistura agora. Eu poderia ter investigado mais a fundo e descoberto o que a impelia, mas decidi esperar que ela falasse.

— Só que...? — incentivei.

— Só que... — Ela respirou fundo. — Um dos prêmios é trufas de chocolate amargo com bacon.

Eu ouvira errado? Não. Não era como se fosse possível confundir isso com qualquer outra coisa.

— Desde quando você gosta de trufas de chocolate amargo com bacon, Liss? Esquece, eu sei a resposta. Você não gosta.

— Não... mas Christian gosta.

— Eca. — Larguei meu sanduíche e comecei a me levantar. — É essa a questão? Acho que acabei de perder o apetite, e incrivelmente não é só porque algum cientista maluco decidiu colocar bacon em trufas.

Lissa segurou meu braço e me puxou de volta para baixo.

— Para de ser melodramática.

— Eu não sou! Não estava nos planos de Deus que chocolate e bacon fossem misturados. Mas estou zero surpresa que, se alguém fosse gostar de comer isso, esse alguém seria Christian.

— Rose, me escuta. — Ela apoiou os cotovelos na mesa e se inclinou para a frente. — Ela ama essas trufas. Sério. E é a marca favorita dele! Haberlin. É importado da Suíça.

— Tem bacon da Suíça?

— Por que não teria? Olha, o aniversário dele é na semana que vem, e não tem a menor chance de eu conseguir que esse chocolate seja entregue a tempo. É a solução perfeita. Por favor?

— Liss...

— Por favor? — Aqueles grandes olhos cor de jade miraram os meus em súplica. Nenhuma compulsão era necessária. — É um grande marco na nossa relação. O primeiro aniversário desde que viramos um casal. E olha tudo pelo que ele já passou na vida. Perdeu os pais da pior forma possível. Quase foi morto tentando me salvar de Victor. Você não acha que, depois de tudo isso, o universo quer recompensá-lo? Quer dizer, quais são as chances de...

— Tá bom, tá bom. — Afundei o rosto nas mãos, incapaz de suportar mais, porque, honestamente, eu estava começando a me sentir mal por Christian. — Se você quer participar da caça ao tesouro, eu participo com você.

— Ah. Bem. Eu não posso participar.

Ergui a cabeça.

— O quê?

— Eu e Christian nos voluntariamos para ajudar com a quermesse das crianças do primário. Eu vou pintar rostos e ele vai fazer animais de balão.

— Alguém realmente vai deixar Christian... deixa pra lá. Deixa eu ver se entendi direito. Você quer que eu vá, sozinha, arriscar minha reputação recém-recuperada para ganhar uma abominação nojenta em forma de chocolate como presente de aniversário para o seu namorado, que eu não suporto.

— Isso não é verdade. Você gosta dele mais do que admite. E secretamente gosta do risco também. — Um sorriso travesso se abriu no rosto de Lissa. Ela sabia que me convencera. — E, mais importante, você é minha melhor amiga e uma boa pessoa.

Uma boa pessoa? Às vezes eu não tinha certeza disso. Mas eu era a melhor amiga de Lissa, e tinha dificuldade de dizer não para ela, especialmente quando conseguia ler seus sentimentos. Ela estava tão cheia de esperança, para não mencionar o puro e simples afeto por mim... e por Christian. E quem poderia rejeitar aquele rosto angelical? As asas passavam do limite.

— Tá bom. Eu vou vencer essa caça ao tesouro idiota por você. Mas talvez precise fazer isso sozinha, visto que eu basicamente já arruinei qualquer chance de conseguir um time.

Eddie passou bem nessa hora, quase como se o universo realmente achasse que devia um ato de bondade a Christian.

— Ei! — chamei. — Você e Mason já tem um terceiro integrante?

Eddie parou e inclinou a cabeça para a direita.

— Ele está convidando Charlie Hunt neste momento.

De fato, Mason estava do outro lado do cômodo, a cinco passos da mesa de Charlie. Eu me levantei num pulo e disparei pelo refeitório, quase derrubando três pessoas no caminho. Mason chegara à mesa e estava abrindo a boca para falar quando eu segurei a manga dele e o puxei para longe com força. Ele cambaleou, e alguém que não fosse um dampiro ágil teria derrubado a bandeja.

— Mason, preciso entrar no seu time — falei depressa.

Ele me encarou, a princípio perplexo, então lentamente começou a abrir um sorrisinho.

— Sabia que você não tinha perdido sua ousadia.

Quando as aulas acabaram e a hora da quermesse se aproximou, eu tinha duas tarefas. Uma era não pensar demais em que tipo de maluquice eu teria que caçar essa noite. Os organizadores não liberariam a lista até que a quermesse começasse, para dificultar. Ninguém teria o dia todo para planejar estratégias ou até surrupiar um dos itens das salas de aulas enquanto a escola ainda estava aberta.

Meu outro trabalho era inventar uma fantasia.

Eu não planejara usar uma essa noite, por mais que pretendesse ir à quermesse. Quer dizer, as pessoas já haviam dito as coisas mais absurdas sobre mim, mas só um tolo pensaria que eu dispensaria um bando de doces de graça. Eu queria só chegar de fininho, jogar alguns jogos, então me esgueirar de volta para meu quarto, mas agora precisava parecer empenhada. A maioria dos professores estaria ocupada supervisionando e coordenando a quermesse, mas todos eles sabiam que a caça ao tesouro estaria acontecendo. Alguns teriam a função específica de encontrar jogadores, e todos estariam atentos. Eu precisava me misturar ao resto dos alunos inocentes em busca de diversão.

Uma busca na internet por "fantasias meia-boca" me rendeu um belo resultado em uns cinco minutos. Vesti uma calça jeans skinny preta e uma gola rolê preta, então cogitei vestir uma jaqueta. Estava bem mais quente que o comum para a estação, com temperaturas na casa dos dez graus e sem neve. Ainda assim, minhas roupas eram justas e finas. A escolha me daria mais mobilidade em feitos ousados, então dispensei o casaco e continuei a preparar o resto da fantasia. Isso envolvia roubar uma caneta permanente e um bando de etiquetas de nomes para visitantes ao sair do dormitório. Quando cheguei ao pátio central — onde a quermesse da escola secundária acontecia —, eu estava coberta de adesivos de OLÁ, MEU NOME É... com todo tipo de nomes diferentes escritos neles.

Christian me analisou, confuso, quando eu me encontrei com ele e Lissa.

— Qual deveria ser a sua fantasia?

Ela estava com a fantasia completa de anjo agora, uma visão em prata e branco. Christian, nada original, estava vestido de um demônio que gostava muito de poliéster. Eles nunca me fariam admitir, mas, na verdade, estavam bem fofos.

— Sou uma ladra de identidades — expliquei, apontando para as etiquetas diferentes. — Entendeu?

— Você inventou isso há cinco minutos? — perguntou ele.

— Deu mais trabalho do que parece — argumentei. — Precisei pensar em um monte de nomes.

Christian se inclinou para a frente para ler.

— Vladimir. Mitzy. Amelia Earhart. Kip. Gandhi. Mary Sue.

Eddie se aproximou suavemente, vestido de Batman. Uma figura enrolada num lençol com buracos no lugar dos olhos andava ao seu lado.

— Caramba, Mason — falei. — E eu acabei de ser acusada de inventar uma fantasia de última hora.

Mason puxou o lençol por cima da cabeça. Ele também usava roupas escuras por baixo.

— Está brincando? Eu estou planejando isso há semanas.

Diga o que quiser sobre a São Vlad, mas a escola às vezes tentava compensar por ser no meio do nada, em Montana. A quermesse era um assunto bem sério, e percebi que fora meio desanimada em dispensá-la com tanta facilidade. Eles haviam trazido máquinas de Skee-Ball e Whac-A-Mole. As barracas tinham todo tipo de jogos, desde jogo de argolas a estoura balão e arco e flecha. O sr. Colfax estava adivinhando o peso das pessoas. Já havia alunos enfileirados em frente a um tanque de Tombo Legal, e o guardião Kolobkov subia a escada com uma resignação sombria. Havia um pavilhão inteiro com materiais e espaço para entalhar abóboras, e todo mundo que quisesse entrar para a competição de fantasia precisava ser fotografado. Lamparinas laranjas tinham sido penduradas acima das barracas, e tendas emitiam um brilho mágico. Aquecedores infravermelhos cercavam a área, aumentando a temperatura amena. Havia até música ao vivo, apesar de, infelizmente, vir só da banda cover de merda do Jesse Zeklos, Presa de Adaga. Que diabos isso deveria significar, por sinal?

E a comida... tinha comida para todo lado. Algodão doce e bolo de funil. Batata-frita e enroladinho de salsicha. Doces como prêmios. Doces distribuídos por professores de passagem. Sinceramente, por que alguém sequer gostaria de competir pelo contrabando da caça do tesouro? A quermesse estava lotada de todo tipo de delícia.

Mas nenhuma trufa de chocolate amargo com bacon. Lissa me observou intensamente, e o laço vibrou enquanto ela se perguntava se eu cumpriria com a minha promessa. Eu assenti brevemente para ela e me voltei para os outros dampiros.

— Bem, é melhor começarmos a nos inscrever para entalhar abóboras. Não é, gente?

— E eu e Christian temos que ir para o campus do primário — anunciou Lissa.

Eu tinha me esquecido que ela se voluntariara para trabalhar na quermesse dos alunos mais novos. Algumas das atividades eram iguais.

Outras, não. Eles não podiam ter dardos ou arco e flecha, por exemplo, mas tinham passeios de pônei, o que eu achava totalmente injusto.

— Tente não corromper ninguém — exclamei enquanto Lissa e Christian se afastavam de mãos dadas.

Mason se virou com uma avidez febril assim que eles foram embora.

— As listas vão sair em quinze minutos. Precisamos estar prontos para trabalhar na estratégia.

— Quinze minutos parece tempo o suficiente para bolo de funil — falei.

Pelo visto, todo mundo também achava que estava na hora de comer bolo de funil, porque havia vinte pessoas na fila. Eddie mudava o peso de um pé para o outro com inquietude até não conseguir aguentar mais.

— Não quero perder. Vou pegar a lista com Camille e encontro vocês aqui. Guardem um pouco para mim.

— Ele está bem empolgado — observei. — Deve realmente querer aquele vinho vagabundo.

Mason riu.

— Não, ele quer *Raptorbot*.

— O quê?

— Um dos filmes piratas. Acho que já saiu há um tempo, mas ele nunca conseguiu assistir porque... bem, você sabe. Porque estamos aqui. Enfim, ele quer ver antes da sequência sair. Essa é a que chama *Rampaging* alguma coisa, eu acho.

— Hum. — O aroma delicioso de bolo de funil era intoxicante. Só havia duas pessoas na nossa frente agora. — Nunca pensei que Eddie fosse cinéfilo.

— Acho que é uma daquelas coisas tão-ruins-que-são-boas. Se quiser dar uma conferida, podemos combinar uma sessão secreta essa semana depois de ganharmos.

Percebi a insinuação na voz dele.

— Com Eddie?

— Só nós dois. Quando a caça acabar esta noite, nós já vamos ter nos esgueirado por todos os cantos do campus. Encontrar uma sala escura e silenciosa depois disso vai ser fácil como comer bolo.

— Ah, olha. Por falar em bolo... parece que chegou a nossa vez.

Dei um passo à frente para não precisar ver a reação dele à minha evasão. Não era a primeira vez que Mason lançava uma dessas para mim. Ele gostava de mim e não se envergonhava disso. Já eu? Eu gostava dele também. Muito. Na verdade, eu gostava mais dele do que de qualquer outro garoto da minha sala. O problema era que, quando eu pensava numa sessão de cinema particular numa sala escura, não era com ninguém da minha sala que eu queria me enroscar.

— Bela fantasia de fantasma, sr. Ashford. E srta. Hathaway... pode me elucidar?

Numa imagem que eu nunca conseguiria apagar da minha mente, Alberta — capitã dos guardiões do campus — sorriu para nós de detrás da bancada de bolos de funil. Ela usava um avental e um chapéu de chef e tinha manchas de açúcar de confeiteiro no rosto. Precisei piscar algumas vezes e me lembrar de que essa era a mesma mulher letal que enfrentara dois cães de caça paranormais.

— Sou uma ladra de identidades.

— Ah. Entendi. "Zeus". "Marilyn Monroe". Quem é "Chet"?

— Só um nome aleatório no qual pensei. Não podem ser só celebridades. — Eu me virei e apontei para as minhas costas. — Você está aqui também.

— Fico lisonjeada. Espero que só pretenda roubar identidades esta noite.

O sorriso dela permaneceu no rosto, mas os olhos assumiram um ar sagaz. Ela pode ter sido nomeada para a barraca do bolo de funil, mas não era boba. Ela sabia o que rolava durante a quermesse, e também sabia que dampiros participavam muito mais da caça ao tesouro do que os Moroi. Quem poderia nos culpar? Nós éramos literalmente treinados para procurar perigo. Até onde eu sabia, os guardiões do campus tinham reunido todo tipo de informação sobre as personalidades dos alunos e análises de caças passadas para calcular os participantes mais prováveis deste ano. E, sim, estatisticamente, não era nenhuma surpresa que meu nome estivesse no topo da lista.

— Guardiã Petrov, as únicas coisas que pretendemos roubar são corações e mentes dos juízes da competição de fantasia — disse Mason a ela.

— E umas porções extra de bolo de funil — adicionei. — Vamos dividir com uns amigos. Tipo, um monte de amigos.

Quer ela tenha acreditado ou não, Alberta nos deu uma pilha de delícia frita.

— Vocês deveriam ir tirar a foto agora — avisou ela quando começamos a nos afastar. — Está sem fila.

— Foto? — perguntei.

Ela apontou.

— Para a competição de fantasia.

— Certo. Corações e cérebros.

— Corações e mentes — corrigiu Mason. — Vamos lá agora mesmo, senhora. Obrigada pela dica, e por compartilhar suas extraordinárias habilidades na cozinha.

— Puxa-saco — falei para ele quando já estávamos longe o bastante.

— Viu a cara dela? Ela não confia na gente. Deve ter um dispositivo de rastreamento frito embaixo de todo esse açúcar de confeiteiro que estamos prestes a engolir. Além disso, eu quero mesmo entrar na competição.

— Você acha que pode ganhar com um lençol?

— É retrô.

Deixamos Abby Badica tirar nossa foto, e depois de dar mais uma explicação sobre a minha fantasia, finalmente seguimos para uma área gramada do pátio logo depois de algumas barracas de jogos. Mal tínhamos nos sentado quanto Eddie veio correndo com um papel. Depois de conferirmos se não havia espiões por perto, nós nos amontoamos por cima do papel para ler enquanto devorávamos o bolo.

20 – UM PAR DE LUVAS DE BOXE

5 – CAIXA DE PUDIM DE CHOCOLATE

25 – RETRATO DE UM EX-DIRETOR

25 – JAQUETA DE GUARDIÃO

20 – ROBE FORMAL DE PROFESSOR

15 – UM VOLUME DA COLEÇÃO DE ENCICLOPÉDIAS SOBRE CULTURA ESLAVA

35 – UMA DAS GRAVATAS DO SR. DWIGHT

5 – MÁSCARA DE SNORKEL

50 – BRINCOS DE GATINHOS DA DIRETORA KIROVA*

5 – PERUCA DO DEPARTAMENTO DE TEATRO

5 – UMA MARACA

40 – UM DOS CDS DO GUARDIÃO BELIKOV

30 – CÓPIA DO PRÓXIMO TESTE DE ÁLGEBRA DA SRTA. FEDIN

45 – MENSAGEM DE BÊNÇÃO DA RAINHA TATIANA*

45 – COLÔNIA DO GUARDIÃO COJOCARU*

Eddie soltou um assovio baixo.

— Eles não estão de brincadeira esse ano.

— Está brincando? — perguntei entre mordidas. — Aparentemente, hoje é a noite dos amadores. Deveríamos deixar Lissa e Christian levarem isso para o campus do primário para as crianças fazerem.

Do meu lado, Mason riu de desdém.

— Então tá, Capitã Confiança. Qual é sua estratégia?

— Os de cinco pontos não valem nosso tempo. Os brincos são impossíveis (ouvi dizer que Kirova ficou em casa hoje à noite), então eles estão fora de cogitação. Os outros marcados como únicos são nosso objetivo. Vamos pegar esses e uns dois de nível médio, e pronto. Os retratos dos diretores ficam perto da bênção da rainha, então podemos pegar um desses na saída. Vai levar uma hora, no máximo. Só precisamos chegar antes de todo mundo. — Terminei um pedaço enorme de bolo de funil e limpei o açúcar de confeiteiro das mãos. — Então podemos voltar e comer um pouco mais.

Mason tirou um chaveiro do bolso. Veteranos nesse jogo geralmente tentavam conseguir chaves e cartões de acesso antes da lista sair. Isso resultava numa mudança de fechaduras do campus inteiro no dia seguinte.

— Talvez a colônia também esteja fora de cogitação. Consegui o prédio principal, o centro recreativo e o prédio dos guardiões. Foi mal, nenhum cartão de acesso.

Era uma pena. Cartões permitiriam nosso acesso a mais salas dentro dos prédios.

— Ei, estou impressionada por você ter conseguido o prédio dos guardiões — falei. Não era uma chave fácil de roubar.

— É, mas tirar qualquer coisa de lá é quase tão impossível quanto da casa de Kirova — observou Eddie. — Os guardiões estão todos para lá e para cá esta noite, de patrulha.

— Não precisamos tanto desses itens — falei. — Vou voltar ao nosso dormitório e pegar a colônia. Talvez Cojocaru guarde a jaqueta lá dentro também.

Mason balançou a cabeça.

— Como você vai conseguir fazer isso? O quarto dele fica bem ao lado da recepção.

— Já está duvidando da minha ousadia? Deixe que eu me preocupo com Cojocaru. Vocês vão para o prédio principal antes que todo mundo esteja lá e fique difícil demais de se esconder. Você sabe que eles estarão patrulhando a área. Peguem a bênção e um retrato, ou o teste ou a gravata. O que for mais rápido. Encontro vocês na capela para vermos o que conseguimos.

Corri de volta pelo campi até a acomodação dos dampiros. Nós éramos minoria nos campus, e os funcionários e estudantes dampiros compartilhavam o mesmo alojamento. Quando entrei no prédio, encontrei o mesmo recepcionista que estava em serviço mais cedo. Ele me avaliou e estreitou os olhos.

— Você pegou essas etiquetas de nomes daqui? As minhas sumiram.

— Não — menti. — É do meu estoque pessoal. Mas um bando de gente queria copiar minha fantasia maneira, então talvez eles tenham pegado.

— Sua fantasia é de quê?

A voz veio de trás de mim e eu pulei ao virar e vir Mason. Bem, parecia Mason à primeira vista, considerando que a figura parada no canto usava um lençol com buracos no lugar dos olhos. Mas não tinha como Mason ter chegado antes de mim aqui. Além disso, ele não tinha voz de mulher.

A sentinela fantasmagórica ergueu o lençol e revelou ser a guardiã Mertens.

— Sou só eu.

— Credo — falei. — Sem ofensas, guardiã, mas é bem bizarro ficar parada aí desse jeito. Está esperando alguém?

— Só passando o tempo. Vendo as fantasias. — Ela manteve o tom e a postura tranquilos, mas eu sabia qual era a dela. Ela estava de olho nos participantes da caça ao tesouro, e a posição dela a deixava bem entre o saguão e o corredor dos professores. Eu até conseguia ver a porta do guardião Cojocaru daqui, o que significava que ela também conseguia.

Sorri de volta.

— Bem, boa sorte em achar uma melhor do que a minha. Sou uma ladra de identidades.

— Está escrito "Jesus" naquela etiqueta?

— É espanhol. — Eu me voltei novamente para a escada. — Esqueci um negócio no quarto. Te vejo por aí. Divirta-se assustando as pessoas.

Relanceei para trás quando cheguei à escada e vi que ela voltara a se cobrir com o lençol. Eu não conseguia enxergar os olhos dela, mas tinha certeza de que ela estava me observando.

A presença dela era uma complicação, mas não significava que o plano fosse um fracasso. Eu esperava roubar um cartão mestre da mesa da recepção, mas mesmo que eu tivesse sido bem-sucedida, dificilmente conseguiria entrar no quarto do guardião Cojocaru com a guardiã Mertens bem ali. As janelas do térreo são bem impenetráveis pelo lado de fora, algo que aprendi numa experiência passada. Eu sempre poderia quebrar o vidro, mas uma coisa que a caça ao tesouro normalmente conseguia era causar caos sem muitos danos permanentes. Se isso um dia mudasse, eles pegariam muito mais pesado com a segurança em futuras quermesses. A escola poderia até cancelá-las, o que seria uma pena, já que não era como se eu fosse encontrar bolo de funil em qualquer outro lugar no meio do mato.

Eu queria fazer tudo na surdina esta noite, mas parecia que a surdina não adiantaria.

Cheguei ao andar seguinte, andei até o outro extremo do prédio, então desci por uma escada nos fundos. Ao virar a esquina, uma porta rotulada SAÍDA EXCLUSIVA PARA EMERGÊNCIAS assomou à minha frente. Eu a encarei, fiz alguns cálculos, então abri-a com um chute. O alarme tocou imediatamente. Prendi a porta o mais rápido que pude e corri de volta ao segundo andar. Enquanto corria para a escada principal, imaginei a guardiã Mertens disparando na direção oposta abaixo de mim. Torci para que o recepcionista a seguisse. Todo mundo estava assustadiço esta noite.

Desci dois degraus por vez e encontrei o saguão vazio. *Rose Hathaway triunfa novamente*, pensei. Pulei por cima do balcão de recepção e espiei ao redor em busca de prováveis locais de cartões de acesso. Eles tinham um estoque à mão para qualquer um que ficasse preso do lado de fora. Vasculhei ao redor e encontrei uma gaveta suspeitamente trancada, bem na hora em que o alarme silenciou. Bosta.

Não... calma. Havia um pequeno molho de chaves de metal perto da caneca de café do recepcionista. O cara não o levara consigo. A gaveta misteriosa se abriu com a terceira chave que eu tentei, me recompensando com um envelope intitulado MESTRAS. Peguei um dos cartões de acesso de dentro dele, devolvi tudo ao seu lugar original, então corri para a porta do guardião Cojocaru. O cartão permitiu minha entrada, e eu me esgueirei para dentro antes que alguém voltasse.

Mesmo que o nome dele não estivesse na porta, eu saberia que estava no lugar certo só pelo cheiro. Todo guardião sabia que deveria emanar o cheiro menos identificável possível quando se estava numa situação de possível confronto com um Strigoi. Era uma lição de jardim de infância para aprendizes. E sabíamos por fontes confiáveis que, quando trabalhava em campo, o guardião Cojocaru de fato não sentia a necessidade de torturar todo mundo com odores ofensivos. Na segurança da escola, enquanto lecionava teoria dos guardiões, ele aparentemente não precisava seguir tais protocolos.

Segui meu olfato até o banheiro e encontrei o culpado bem no meio da bancada dele. A colônia vinha num frasco preto de estilo *art deco* e se chamava Estupor.

— Está mais para "Pavor" — murmurei. Sinceramente, como ele não percebia como aquele negócio fedia? Será que estava propositalmente tentando evitar qualquer chance de um dia conseguir um encontro? A colônia cheirava a lustra-móveis e baixa autoestima.

Coloquei-a num saco de papel que encontrei, então enfiei a cabeça no armário dele. Ali dentro, passada com capricho e pendurada, estava sua jaqueta preta formal, a que os guardiões usavam em ocasiões especiais e missões oficiais. O serviço de lavanderia da escola guardava essas jaquetas, mas ele ficara com a dele. O universo estava realmente do lado de Christian.

Com a jaqueta e a colônia em mãos, pressionei o ouvido contra a porta e ouvi vozes no saguão. Felizmente, sair era mais fácil do entrar. Destranquei a janela do quarto e tirei a tela para poder me esgueirar para fora. Depois de passar, quase fechei o vidro de volta, mas então decidi que era melhor não. Aquele quarto precisava de um pouco de ar.

Depois disso, era só uma questão de me certificar de que ninguém notasse meu roubo enquanto eu seguia até a capela. O ar estava tomado por risadas e música da quermesse, e eu lancei um olhar desejoso para o pátio central iluminado ao passar. Não conseguia sentir cheiro de nenhuma comida, graças ao Estupor.

— Daqui a pouco nos veremos, algodão doce — murmurei. — Daqui a pouco.

Encontrei um lugar reservado perto da capela, imprensado entre uma estátua e uma árvore. Acomodei-me nas sombras, apoiei as costas contra o tronco e fiquei à espera de Mason e Eddie. Esperava que eles chegassem logo. A temperatura estava caindo conforme a noite avançava, e eu tremi em minha fantasia fina.

Enquanto aguardava, deixei que o laço me puxasse até Lissa. A ligação estava fraca, mas eu pude ver que ela estava sentada a uma mesa no campus do primário, focada em pintar uma borboleta na bochecha de uma garotinha Moroi que olhava para a princesa Dragomir com admiração. Nem Christian nem a caça ao tesouro estavam na mente de Lissa nesse momento. Ela brilhava de felicidade, seus sentimentos voltados com afeto para as crianças diante dela enquanto seus pequenos atos lhes proporcionavam tanta alegria.

Um anjo de fato. O contentamento dela ecoou de volta para mim, e fiquei feliz em ter assumido essa tarefa por ela esta noite. Meus sentimentos por Christian — cuja voz eu ouvia perto de Lissa, dizendo a uma criança que era impossível fazer um peixe-boi de balão — nem entravam em questão.

Pisquei para voltar aos meus arredores e vi duas Moroi vestidas de bruxa passando por perto dando risadinhas. Nada de Mason ou Eddie ainda. Comecei a me preocupar. Se tudo tivesse dado certo, eles deveriam ter conseguido entrar e sair do prédio principal depressa. Essa era toda a razão para chegar lá antes de todo mundo.

E se as coisas não tivessem dado certo? E se eles tivessem sido pegos? Muitas detenções e outras punições sempre seguiam a caça ao tesouro. Fazia parte do jogo.

— Rose?

Eu me virei na direção do sussurro e acenei.

— Aqui.

Mason e Eddie se materializaram das sombras, cheios de objetos nos braços. Ao menos eu achava que os de Mason estivessem cheios. Ele estava coberto com o lençol.

— Eu conseguia sentir seu cheiro, mas não ver você — disse Eddie, agachando. — Você conseguiu.

— Consegui. Isso é uma das enciclopédias? Elas só valem quinze pontos. Vocês deveriam pegar só os itens grandes.

— É, bem, nem todos estavam à disposição — respondeu Mason, afastando o lençol. O cabelo ruivo dele estava espetado em ângulos estranhos. Ele ergueu um retrato emoldurado de um Moroi enrugado com monocelha. Uma plaquinha o identificava como Gerard Trotter, diretor da São Vladimir de 1977 a 1981. — Conseguimos isso, mas a bênção da rainha já tinha sumido.

— O quê? Quem chegou antes da gente?

— O time de Shane. Ele está com Andy Brewer e Charlene Conta.

— Manipulador de ar — falei. — Que sorte.

— Isso é só uma parte da sorte deles. — Mason tirou o lençol por completo e se deitou na grama. — Na verdade, a gente estava na frente deles quando o guardião Kier parou para nos interrogar do lado de fora. Eu vi Shane e Charlene passarem bem atrás dele e entrarem diretamente no prédio, graças à nossa distração. Quando entramos, eles já tinham pegado a bênção e um retrato e seguiam para o andar de cima. Pensamos em pegar a gravata e o teste para compensar e basicamente os acompanhamos.

Olhei para baixo.

— Vejo uma gravata, mas nenhum teste.

— A impressora da srta. Fedin ficou sem tinta logo que eles terminaram de imprimir o deles — contou Eddie. — Até Shane ficou surpreso. Ele chegou a ficar com pena da gente e começou a dizer onde ficava o estoque de tinta quando ouvimos um monte de barulhos. Um dos outros times foi pego, e tivemos que sair de lá antes que os guardiões nos encontrassem também. Levamos um tempo para achar uma saída livre, e fizemos um desvio pela biblioteca para pegar uma enciclopédia. Pensei que deveríamos pelo menos arrumar mais uma coisa.

Olhei para o céu e fiz algumas contas.

— Bem, peguei uma jaqueta do quarto de Cojocaru, então isso ajuda.

— Mais ou menos. Os robes da srta. Fedin estavam na sala dela, então Shane também pegou um desses — disse Eddie, quase como se pedisse desculpas. — Ponto fácil.

— Que saco! — exclamei. — Lissa estava errada. O universo odeia Christian. Vamos entregar essas coisas e ver a pontuação. Então pensar num plano B.

Ninguém queria ficar carregando seus objetos roubados durante a caça, então os organizadores determinavam um ponto de coleta secreto para recolher os itens e acompanhar o placar dos times. Também era uma forma de registrar os pontos dos nossos itens, caso não conseguíssemos voltar na marca de duas horas. Encontramos o ponto de coleta na floresta, à margem do campus principal. Camille Conta registrou nossas conquistas e entregou-as para Otto Sterling, um aprendiz do nosso ano, para transportá-las para outro lugar. Eles também não queriam ser pegos com um bando de objetos roubados. Ela ligou uma lanterninha e nos deixou olhar o placar até então.

Mason se afastou com desgosto e começou a andar de um lado para o outro.

— É claro. Eles também pegaram uma enciclopédia na saída.

Estávamos em segundo, com um total de 25 pontos atrás do time de Shane. O terceiro lugar tinha uma diferença ainda maior de pontos em relação ao nosso. Outros times ainda não tinham se apresentado, mas parecia improvável que qualquer outro pudesse entrar na disputa com base no que ainda sobrava.

— Acho que o segundo lugar leva uma caixa menor de vinho — observou Eddie.

— Eu não quero uma caixa menor de vinho. Quero a merda da caixa grande. Eu vou conseguir aquelas trufas de bacon, e você vai conseguir seu filme de réptil.

— Raptor — corrigiu ele.

Camille, nos escutando, perguntou:

— Você gosta daquelas trufas? Pena que eu não sabia. Fui eu quem as doei como prêmio. Meus avôs me mandaram algumas da Suíça, e eu doei todas. Por sinal... você está fantasiada de quê, Rose?

Mais tarde, enquanto meu time caminhava de volta ao campus, Mason pressionou a mão na testa e avaliou nossa situação.

— Ainda temos uma hora. Precisamos tentar vencer com os pontinhos pequenos. A outra maior coisa da lista está no quarto de Belikov, e ninguém vai arriscar ser pego por ele.

Eu vira o nome de Dimitri na mesma hora, é claro. Notava tudo relacionado ao mentor pelo qual eu estava inconvenientemente apaixonada, fosse um fiapo de cabelo castanho escapando do seu rabo de cavalo ou um novo romance de faroeste para ele ler nos intervalos. UM DOS CDS DO GUARDIÃO BELIKOV, dizia a lista. Eu o dispensara imediatamente porque também não queria arriscar ser pega por Dimitri. E esse item não parecera necessário na versão inicial do nosso plano, quando ainda achávamos que conseguiríamos pontuar tanto no prédio principal.

— Ele não os guarda no quarto — falei, recebendo uma expressão perplexa dos meus amigos.

— Como você sabe? — perguntou Eddie.

Porque eu já estivera no quarto dele. Pelada. Beijando ele na cama.

Eu estivera sob influência de um feitiço de luxúria no momento — não que ele tenha sido totalmente necessário —, mas, ainda assim, registrei todos os detalhes do quarto dele e notei a ausência da sua infame coleção musical dos anos 1980. Eu também já o vira aparecer com os CDs bem rápido quando estávamos na área de treinamento *indoor*, longe dos alojamentos.

— Porque ele é meu mentor. — Eu não daria nenhum detalhe a esses dois. — Tenho certeza de que ele os guarda perto da sala de pesos.

Mason parou de andar.

— Isso fica perto dos equipamentos de treino. Ao lado das luvas de boxe.

— A entrada externa é protegida demais — informou Eddie. — Eles não vão correr o risco de deixar ninguém acessar as estacas. Mas dá para chegar pelo outro lado, pelos escritórios dos guardiões e salas de reuniões.

— De onde temos a chave — adicionei.

Ficamos parados ali, nos encarando. Vivas vindos da quermesse me fizeram pensar que alguém deve ter conseguido derrubar um professor no tanque do Tombo Legal.

— A chave não importa — respondeu Eddie enfim. — Há guardiões demais. Não dá para entrar lá sem ser notado.

Meu olhar recaiu sobre Mason.

— Na verdade... talvez eu consiga. Qualquer outra pessoa maluca o suficiente para ir atrás do CD vai pensar que eles ficam no quarto de Dimitri, como vocês pensaram. Se eu conseguir entrar no centro de treinamento pelos escritórios dos guardiões, eu consigo pegar o CD e as luvas de boxe. Vocês recolhem o que conseguirem do centro recreativo só por garantia. — Eu não especifiquei que "só por garantia" na verdade significava "caso eu seja pega".

Mason me olhou com admiração e afeto, e também preocupação.

— Rose, eu amo quando você é louca, mas isso pode ser demais até para você.

Eu arranquei o lençol que ele pendurara no braço.

— Não se eu tiver isso.

Numa situação ideal, eu gastaria bem mais do que cinco minutos estudando a entrada para o prédio dos guardiões antes de agir. Mas, com a hora passando, o tempo de planejamento estava limitado. Durante minha breve observação, eu vira dois guardiões saírem e um entrar. Todos de fantasia. Nenhum deles era a guardiã Mertens.

Hora do show, Rose.

Eu me cobri com o lençol e emergi do meu esconderijo. Um grupo de alunos carregando algodões doces cruzaram comigo, mas prestaram pouca atenção em mim. Estufando o peito, caminhei com passos largos em direção à entrada do prédio como se eu trabalhasse lá e entrasse por ali o tempo todo — e como se eu não fosse uma aluna tentando me passar por uma guardiã que eu esperava ainda estar de vigia no saguão do dormitório.

Usei minha chave furtada para destrancar a porta e a abri, revelando o guardião McKay vestido de duende. Paralisei, aterrorizada tanto pelo fato de que ele estendia a mão para mim quanto por sua máscara barata de borracha. Ele segurou a porta e me deu um aceno de cabeça amigável ao sair.

— Oi, Wanda.

Acenei de volta, por mais que ele provavelmente não conseguisse ver por causa do lençol. O lençol pelo menos também escondia o fato de que eu estava hiperventilando, o que era um bônus. Seguindo em frente, tentei me localizar. Eu já estivera ali algumas vezes e tinha uma noção geral de como o prédio se conectava com a academia e o centro de treinamento. Eu esperava que houvesse um corredor seguindo para a esquerda em algum ponto. Esse espaço continha escritórios para guardiões trabalharem e corrigirem trabalhos, assim como salas de reuniões. Estava tudo escuro esta noite. Um cômodo bem à frente, ao final do corredor por onde eu andava, era o mais movimentado: a sala de descanso dos guardiões.

Eu conseguia ver três guardiões lá dentro e escutar algo que lembrava canções de musicais. Dois dos guardiões papeavam ao lado da cafeteira enquanto outro esperava o micro-ondas apitar. Este acenou com a cabeça quando me avistou no corredor, e eu respondi com outro aceno oculto. Pareceria estranho se eu não entrasse e comesse um donut ou algo assim? Eu tinha a altura, a compleição e a roupa para me passar por Mertens, mas, se precisasse falar, seria o fim do jogo.

Havia um quadro branco pendurado acima da cafeteira contendo um quadro com o nome de todos os guardiões, seus postos esta noite e intervalos programados. Isso seria incrivelmente útil para os participantes da caça ao tesouro, mas, nesse momento, poderia representar outro problema sério para mim. O intervalo de Mertens seria dali a quinze minutos. Se alguém perguntasse por que ela chegara mais cedo, meu disfarce estaria arruinado. E se de alguma forma eu ainda estivesse aqui quando ela aparecesse, meu disfarce também estaria arruinado.

— Ei, calma aí!

Pulei ao ouvir a voz às minhas costas. Pega no flagra. Eu me virei lentamente em direção à entrada do prédio, pronta para enfrentar meu destino. Mas, por mais que eu estivesse sendo chamada, não era eu quem tinha sido pega no flagra. Alberta vinha em disparada pelo corredor com três alunos aterrorizados atrás de si. Um carregava um retrato de alguma antiga diretora. Minha noite teria se tornado muito mais simples se o time capturado fosse o de Shane, mas esse era um grupo de Moroi. Não era surpresa alguma que eles tivessem sido pegos. A magia dos Moroi vinha a calhar em alguns desafios, mas eram os dampiros que se destacavam em operações furtivas. Sem um de nós como guia, esse time estava fadado ao fracasso.

— Emil os pegou tentando entrar escondidos no centro recreativo. — Alberta ainda usava seu avental e tinha mais açúcar de confeiteiro no rosto do que antes. Mas exalava um cheiro incrível. — Joe deveria estar fazendo os processos, mas eu o perdi. Pode ficar com eles enquanto eu descubro aonde ele foi?

— Uhum.

Minha resposta abafada não foi questionada no estado agitado dela. Ela saiu pisando forte, e por mais que isso tenha me salvado de bater papo e beber café na sala de descanso, eu não sabia bem se ficar presa num serviço de guarda com meus competidores era muito melhor.

— Armaram para nós, guardiã — falou um dos Moroi de repente. — De verdade.

— É — disse outro. — A gente só estava, hum, segurando isso para alguém.

— Quietos. — Mudei minha voz para algo mais sério, grave e (eu esperava) assustador. — Vocês deveriam estar envergonhados e implorar à guardiã Petrov por perdão. A São Vladimir é uma instituição de educação primorosa. Esse comportamento infantil é uma desgraça para tudo o que ela e essa quermesse representam.

— A quermesse não representa doces e fantasias? — perguntou o primeiro.

— Quieto! — ordenei.

Alberta voltou apressada um minuto depois, trazendo o guardião Cojocaru consigo. Ele estava vestido de bobo da corte e tinha pegado pesado na colônia essa noite. O Estupor dele obliterava o *eau* de bolo de funil de Alberta.

— Aqui — disse ela para ele. — Dê advertências a eles e mande-os embora. São problema de Kirova. Ela pode lidar com eles amanhã. Eu fico com isso. — Ela arrancou o retrato das mãos do aluno. — Obrigada por ficar de olho neles, Wanda. Não me deixe atrasá-la para seu intervalo.

Eu me virei para a sala de descanso e mal ouvi um dos Moroi atrás de mim dizendo algo para Alberta sobre piedade. Assim que cheguei à entrada da sala de descanso, dei uma olhada rápida para confirmar que ninguém estava me observando do lado de dentro nem do corredor. Virei à esquerda, descendo por um corredor que bifurcava na direção que eu queria. Parei depois de uns dez passos, esperando para escutar se alguém me chamaria e perguntaria por que eu não estava indo tomar café. Quando ninguém me chamou, eu saí correndo.

Apenas duas salas de reunião flanqueavam este corredor, mas, como eu esperava, ele se abria para uma sala que eu reconheci: o escritório do centro de treinamento. Ele tinha duas portas, sendo que eu acabara de entrar por uma delas. A outra porta, diretamente oposta a mim, levava à sala de treinamento em si. Fora nesse escritório que eu vira Dimitri entrar quando saíra em busca de música.

O brilho que entrava pelo corredor era toda a luz que eu precisava, e comecei imediatamente a vasculhar o cômodo. Encontrei os CDs numa caixa de papelão rotulada PROPRIEDADE DE D.B. e enfiada embaixo de uma mesa. Tirei o lençol, me ajoelhei, comecei a analisar os CDs e vi que todos tinham a sigla D.B. neles, o que ajudaria a provar sua autenticidade; embora dificilmente fosse possível arrumar um CD do B-52 ou After the Fire em qualquer outro lugar do campus. Como eles estavam em ordem alfabética, eu deixei o resto intocado e escolhi um do começo. Nunca ouvira falar de uma banda chamada Animotion, mas qualquer um que olhasse a foto deles saberia imediatamente de que coleção de CDs aquilo saíra. Shane não seria páreo para isso. Agora eu só precisava pegar as luvas de boxe, e logo Christian estaria comendo trufas de bacon nojentas.

Eu me levantei, me virei e dei de cara com Dimitri.

E não apenas Dimitri. Dimitri vestido de caubói.

Veja bem, para ser justa, Dimitri meio que sempre se vestia como caubói. Quer dizer, ele usava um sobretudo de couro como parte da vestimenta diária. O louco é que ele não o estava usando agora. Ele estava com um casaco diferente, um casaco de lã cinza escuro que descia até seus joelhos e estava aberto para mostrar um colete xadrez preto e cinza abotoado por cima de uma camisa social branca bem-passada. Para completar, havia uma gravata azul estampada e, misericórdia, um relógio de bolso dourado, com a corrente pendurada por cima do colete. E, é claro, ele usava um chapéu, porque que tipo de caubói meia-tigela não usaria? Um chapéu cinza de aba larga que combinava com o casaco. Suponho que ele não fosse tanto um caubói que pastorasse gado num rancho, mas sim um xerife de olhar aguçado que patrulhava as ruas de cidades sem lei.

Era ridículo quanto ele estava maravilhoso com aquela roupa. Ninguém tinha o direito de ficar tão bonito numa fantasia de caubói. Ele estava até de cabelo solto! Se Dimitri precisasse de um voluntário para ser enlaçado ou algemado ou fosse lá o que homens da lei estilosos fizessem, eu seria a primeira a da fila. Seria mais prático usar logo uma etiqueta com OLÁ, MEU NOME É APAIXONADA.

— Rose — disse ele, me arrancando de minhas fantasias. — Você gostaria de me explicar alguma coisa?

— Claro, um monte de coisas. Começando por como baixar músicas. Ocuparia muito menos espaço, sabe.

Ele me lançou um olhar que eu conhecia bem, um híbrido de exasperação e diversão.

— Rose, você está participando da caça ao tesouro, não está?

— O que o faz dizer isso? — Quando o olhar dele recaiu sobre o CD em minhas mãos, eu adicionei: — A banda de Jesse é terrível. Você já parou para pensar que talvez eu quisesse mudar as coisas? Levar uma vibe nova para a quermesse?

— Não, é algo que eu nunca cogitaria. — Ele enfiou a mão num bolso interno do casco e puxou um papel familiar. — Além do mais, eu já vi isso.

Suspirei.

— Droga. Sempre tem algum idiota que é pego com isso. Eles precisam queimar esse troço. Ou comer. — Eu, Mason e Eddie tínhamos nos certificado de memorizar nossa cópia da lista antes de descartá-la. Quando os professores descobriam o que queríamos, a caça se tornava quase impossível.

— Isso é sério. — Dimitri assumiu sua expressão severa, que combinava lindamente com aquela roupa. — Achei que você tivesse aprendido sua lição sobre brincadeiras irresponsáveis, que pretendesse levar a sério seu dever para com Lissa de agora em diante.

— E estou levando! Estou fazendo isso por ela.

— Rose, não começa...

— Não, é sério! Um dos prêmios do vencedor é trufas de chocolate com bacon. Agora, eu sei o que você está pensando: que nojo.

— Na verdade, eu não estava pensando isso.

Fiz uma careta.

— Não diga mais nada. Se você curte esse troço, eu não quero saber. Prefiro viver na ignorância. Enfim. Christian curte muito essas trufas. Pelo visto, é o doce favorito dele. E o aniversário dele está chegando, e Lissa quer muito presenteá-lo com isso.

Dimitri me analisou por um longo momento, e foi difícil não me contorcer sob o poder daqueles olhos castanho-escuros.

— Você realmente espera que eu acredite nisso?

— Você realmente acha que eu inventaria isso? Vamos lá, camarada. Eu sei que você tem obrigação moral de seguir as leis dessa escola e tudo mais, mas não dá para me dar um desconto? Pense em tudo pelo que Christian passou. Os pais dele. Victor. Tudo o que ele quer no mundo (além de se engraçar com minha melhor amiga) é um doce que foi provavelmente criado por um acidente horrível. — Tentei meu máximo para canalizar o jeito irresistível e suplicante que Lissa usara comigo mais cedo. — Você não acha que ele merece algo de bom para variar? Não acha que está na hora do universo recompensá-lo?

— Regras são regras. Elas não podem ser manipuladas por causa da vontade de uma pessoa, e isso não é uma coisa pequena. Essa caça ao tesouro gera o pior tipo de caos. Roubos, invasões. É uma tradição horrível.

Juntei as mãos à minha frente e arregalei os olhos.

— Mais horrível do que ver seus próprios pais sendo caçados na sua frente? Mais horrível do que ser atacado por cães de caça paranormais? Mais horrível do que finalmente ter amigos com quem passar o aniversário depois de anos de solidão, apenas para ser privado do seu doce favor...

— Chega. — Dimitri virou de costas e enfiou as mãos nos bolsos. — Vá. Saia daqui. Não vou denunciá-la, mas se outro guardião a vir, não posso fazer nada.

Quase desmaiei de alívio.

— Obrigada, obrigada, obrigada. Juro, é a última vez. Só uma visitinha à Rose do passado em prol de um bem maior.

— Eu já disse que sim. Não precisa continuar me convencendo. — Apesar do tom ríspido, ele estava sorrindo. — Mas por que você precisa de dois CDs? A lista diz um.

Ergui o álbum do Animotion.

— Eu só peguei esse.

Ele agachou e puxou a caixa para fora.

— O do A-ha também sumiu. Deveria estar bem aqui no começo.

— Talvez você não tenha guardado na ordem certa.

— Eu sempre os guardo na ordem certa. Olha, dá até para ver o espaço. Um ali e outro aqui, de onde você tirou esse.

Uma conclusão gelada e terrível se apoderou de mim.

— Alguém já esteve aqui. É impossível. Não tem como entrar.

Ele me lançou um olhar expressivo.

— Não tem? Você entrou.

Ergui o lençol de fantasma que eu largara no chão mais cedo.

— Eu me disfarcei de Mertens. Como alguém poderia ter uma ideia tão boa?

— Não precisa ser tão boa. — Ele se levantou e empurrou a caixa para baixo da mesa com o pé. A bota dele era feita de couro gravado com estampas elaboradas. Onde ele encontrava essas coisas? — Só precisa ser boa o bastante para entrar aqui e pegar meu CD.

Arfei.

— Se estiveram aqui, também estiveram na sala de treinamento!

— Rose...

Eu o deixei para trás e disparei para a porta em frente àquela por onde eu entrara. A sala de treinamento continha basicamente tudo que um aprendiz de caçador de vampiros precisava para se tornar ainda mais fodão. Pesos, armas, alvos. E luvas de boxe. Escancarei o armário onde elas ficavam guardadas e encontrei doze ganchos e onze pares de luvas.

— Aah! — Bati a porta e desabei contra ela, deslizando para o chão. — Sessenta pontos! Eu entrei aqui escondida, bem debaixo do nariz de Alberta, por sessenta pontos; que agora não significam nada se tiver sido o time de Shane que pegou esses itens. E levando em conta que eles estão esculachando todo mundo hoje, parece bem provável. Não vamos conseguir cobrir esses 25 pontos com seja lá o que Mason e Eddie arrumarem no centro recreativo. Talvez haja uma chance de vencer se eu conseguir um robe de um professor, mas não é uma margem grande, e só funciona se Shane se não pegar mais nada. E eu duvido que ele tenha desistido. Aff. — Reclinei a cabeça para trás e balancei os punhos para o teto. — Universo, você é um escroto.

Dimitri parou na minha frente e desdobrou a lista.

— Não acredito que estou dizendo isso... mas não tem outras coisas que vocês podem pegar que valem mais? Os retratos dos diretores ficam bem no saguão da escola. E o sr. Dwight deixa sua coleção de gravatas à vista de todos na sala dele.

— Já pegamos os dois. E uma jaqueta de guardião. E a colônia nojenta de Cojocaru.

— Você roubou o Estupor dele? — Dimitri nunca admitiria abertamente, mas pareceu impressionado.

— A única coisa que poderia garantir nossa vitória seria os brincos de Kirova. Entrar no quarto dela é impossível em circunstâncias normais, e todo mundo sabe que ela ficou doente em casa hoje. Os brincos foram colocados na lista antes de sabermos disso. Rose Hathaway pode fazer um monte de coisas, mas isso pode real e verdadeiramente ser o meu limite.

Eu esperava que Dimitri fosse concordar comigo. Esperava que ele me dissesse que era até bom que eu não vencesse e que havia alguma lição valiosa a ser aprendida. Em vez disso, ele foi ao escritório e voltou com uma caneta e um papel. Ele se sentou ao meu lado, tão perto que nossas pernas se encostaram, e eu me esqueci momentaneamente do meu fracasso.

Desde que Dimitri me dissera que a diferença de idade e o dever compartilhado para com Lissa nunca nos permitiriam ficar juntos, nós mantivemos um contato físico mínimo. Treinávamos juntos, nos víamos todo dia... mas sempre, sempre tomávamos muito cuidado para manter uma distância mutualmente acordada entre nós. Até esse momento, conectados apenas pelos joelhos, eu não tinha percebido como essa distância me afetara. Não importava quanto fosse prudente que nos mantivéssemos afastados, não importava quanto os sentimentos dele por mim tivessem mudado — e eu realmente não acreditava que tivessem —, havia algo dentro de mim que ainda clamava por ele. E eu não achava que jamais pararia de clamar.

Será que ele compartilhava da minha reação? Difícil dizer. Ele era melhor em ocultar os sentimentos do que eu, mas, até aí, quase todo mundo era.

Ele se inclinou para a frente e desenhou um retângulo grande com um quadrado menor embutido num canto, então mais quadrados dentro dele.

— Kirova tem uma suíte maior do que os outros professores, mas todas elas têm o mesmo layout. Sala de estar, quarto, cozinha...

— Cozinha? Os professores Moroi têm as próprias cozinhas? — Eu sabia que os instrutores dampiros não tinham. Eles tinham salas de refeição coletivas, mas ainda tinham que comer a mesma comida que os alunos.

— É como as coisas são. Mas olha. Esse quarto aqui? É o quarto dela, e a parede é assim. — Ele desenhou outra linha, engrossando a parede que indicava. — É porque tem uma escada escondida lá dentro.

Ergui o olhar do esboço.

— Desde quando?

— Desde sempre. Faz parte do sistema de saídas de emergência.

Eu sabia que havia várias saídas e cômodos protegidos na escola para o improvável caso de um ataque de Strigoi, mas aquele detalhe me pegou de surpresa.

— A diretora, ou diretor, tem sua própria rota de fuga particular? Eu não tenho.

Ele deu de ombros.

— Os construtores da escola tomaram essas decisões há muito tempo. Não se perca nas questões políticas agora. Se você chegasse por um dos túneis secretos e subisse a escada, poderia entrar escondida no quarto de Kirova e pegar os brincos dela.

— Pff. É, tá bom. Se eu pudesse entrar nos túneis secretos, já teria acabado essa caça ao tesouro há eras, camarada. Todo mundo já ouviu boatos sobre essas portas. Elas nem têm fechadura, não é?

— O acesso é por digital. Todos os professores, Moroi e dampiros, têm autorização para entrar.

— Sou bem fã dessas paradas de James Bond, mas a não ser que você esteja sugerindo que eu corte fora a mão de um professor, realmente não vejo como vou conseguir uma digital autorizada.

Dimitri ficou em silêncio. Senti minha boca começar a se abrir, e a fechei com força ao entender a insinuação dele.

— Você está... você está se oferecendo para me ajudar a quebrar as regras? Regras são regras. Alguém me disse isso uma vez.

Ele me lançou aquele olhar que era sua marca registrada de novo, mas dessa vez continha muito mais exasperação do que diversão.

— Rose, você está me fazendo mudar de ideia.

— Não, não — falei depressa. — Eu estou grata. De verdade. Mas você precisa entender meu choque. Você é Dimitri Belikov. O fodão do campus. Defensor da justiça. Você está até vestido de xerife, pelo amor de Deus! É que nem Lissa vestida de anjo. A personalidade de vocês é tão forte que vocês não conseguem escapar dela nem quando se fantasiam. A gente deveria se vestir de quem gostaria de ser no Dia das Bruxas e de Santa Varvara. Não de quem já é.

— Você quer ser uma ladra de identidades.

— Nem a pau — falei, impressionada por ele ter identificado corretamente minha fantasia. — Eu sou Rose Hathaway. Por que iria querer ser qualquer outra pessoa?

Ele voltou a sorrir, e desejei poder estender o dedo e tocar a beira dos lábios dele. Fechei as mãos com força para me impedir de fazer qualquer idiotice.

— Você está ficando sem tempo, se quiser fazer isso — disse ele. — Não me diga que é arriscado demais para você.

Eu me levantei num pulo.

— Por que todo mundo duvida de mim? Você é igualzinho ao Mason.

Só que ele não era nada parecido com Mason. Mason me fazia rir com suas piadas idiotas e sempre me trazia um conforto natural quando estávamos juntos. Quando eu estava com ele... eu só existia. Mas Dimitri... Dimitri fazia minha respiração falhar e meu coração dar piruetas. Perto dele, eu queria grandeza. Eu me esforçava para ser melhor, mais esperta, mais rápida, mais sagaz. E quando eu não estava com ele, sentia como se o mundo fosse incompleto. Como se eu andasse por aí com um vazio ao meu lado.

— Por que você está fazendo isso? — perguntei ao pegar o CD e as luvas de boxe. — Nem consigo imaginar em que tipo de problemas um professor se meteria se fosse pego.

Dimitri evitou meu olhar e brincou com a corrente do relógio de bolso.

— Bem. Suponho que o universo realmente tenha uma dívida com Christian. E é bom que eu recupere meu CD intacto.

Mas, ao sairmos da sala, eu soube a verdade. Ele estava fazendo isso por mim.

Não era surpreendente que as acomodações dos guardiões tivessem múltiplos pontos de acessos ao sistema de túneis. Os painéis leitores de digitais se camuflavam perfeitamente às portas. Não era de se espantar que os alunos soubessem tão pouco sobre eles. Quando entramos, eu não pude aprender muito mais sobre esse labirinto lendário porque Dimitri insistiu em não acender as luzes.

— Tudo em relação a esses túneis é rastreado — explicou ele. — Já existe um registro de que entrei aqui hoje, mas não é o tipo de coisa que chamaria a atenção de alguém. Fazemos vistorias regulares das portas. Mas começar a acender as luzes, usar energia... isso vai gerar algumas perguntas quando os registros forem verificados.

Então seguimos pelos túneis subterrâneos na escuridão; completa escuridão, sem nada para ajudar nossos olhos de dampiro. Dimitri avançava sem esforço, como se conhecesse o caminho de cor, o que provavelmente era o caso. Ele deve ter estudado as plantas do campus por diversão. Depois que dei de cara numa parede pela terceira vez, ele pegou minha mão e começou a me guiar. Eu tinha a vaga sensação de estar cruzando o campus, mas perdera qualquer senso de direção. Quando ele nos fez parar, eu estendi o pé e bati numa escada.

— Esse é o prédio dos funcionários Moroi — informou ele. — Ela fica no último andar.

Subimos quatro lances de escada e encontramos outra barreira. Dimitri parou atrás de mim e guiou minha mão para a frente até um botãozinho. Esperei que ele explicasse o que vinha a seguir, mas, em vez disso, nós ficamos assim por vários momentos, nossos corpos próximos e a mão dele sobre a minha. Fechei os olhos e desejei poder me reclinar para trás na direção dele. Desejei poder me fundir a ele. A essa distância, o aroma dele me envolvia. Eu me senti inebriada. Nada de colônia ruim aqui. Ele cheirava a suor e couro e um corpo que poderia fazer uma garota derreter.

Dimitri finalmente respirou fundo e recuperou a voz.

— Você não precisa de digital para sair daqui, mas não aperte o botão ainda. Não sabemos se Kirova está no quarto. Vou sair daqui e fazer uma visita amigável a ela. Você terá que calcular o tempo que levarei para voltar à escada principal antes de agir.

— Pode deixar. — Eu não conseguia acreditar como eu parecia calma estando tão perto dele; e me preparando para invadir a casa da minha diretora. Meu batimento estava nas alturas. — Mas como eu saio sem a sua digital?

— Coloque alguma coisa na porta quando entrar. O sensor vai impedi-la de fechar. Quando terminar, volte para a base da escada, e eu vou te encontrar. Tem uma saída por perto.

— Entendi.

— Boa sorte, Rose. Me dê o resto dos seus itens. Vou escondê-los no arbusto de azevinho do lado oeste.

Ele se afastou, e ouvi seus passos ficarem mais baixos à medida que ele descia. Minha respiração voltou ao normal. Agora que eu conseguia pensar com clareza de novo, pude me concentrar na tarefa em questão. Eu não sabia que horas eram, mas sabia que não tinha muito mais tempo. Eu me remexi com impaciência, querendo abrir a porta e concluir as desventuras da noite, mas precisava pecar pelo excesso de cautela. Tinha certeza de que entrar no quarto de Kirova com ela lá dentro me renderia a honra de ser a primeira aluna da São Vladimir a receber detenção para a vida toda.

Quando eu estava confiante de que Dimitri já chegara à entrada principal da suíte, apertei o botão e retesei o corpo. A porta abriu silenciosamente, revelando um quarto vazio. Um quarto vazio decorado com tantas coisas de gato que eu nem sabia se conseguiria encontrar os brincos. Era um nível louco de camuflagem. Gatoflagem?

Entrei no quarto e empurrei rapidamente uma pantufa grande e felpuda de gato para a passagem. O painel começou a se fechar, mas parou quando chegou à pantufa. Isso estava resolvido. Agora estava na hora de desbravar essa bagunça. Pôsteres de gato, roupa de cama de gato, uma mesa de cabeceira em formato de gato, e mais bonequinhos de gato do que eu conseguiria contar. Ninguém acreditaria nisso. Os brincos bregas de gato de Kirova eram bem conhecidos, mas acho que ninguém imaginava o nível da obsessão da diretora. Eu teria ainda mais dificuldade de levá-la a sério.

Enquanto vasculhava os arredores, ouvi vozes do outro lado da porta do quarto. Ela não estava totalmente fechada. Espiei pela fresta e vi Kirova e Dimitri. Ela estava de costas para mim e, por incrível que pareça, o robe dela era rosa e liso, sem nenhum gato à vista. Ela prendera o cabelo grisalho num coque bagunçado, e o lugar inteiro cheirava a canja.

— ... tão gentil da sua parte vir me visitar, mas, de verdade, eu estou bem. É só um resfriado.

— Fico feliz em saber — disse Dimitri. — Todo mundo está preocupado. Vários alunos perguntaram pela senhora na quermesse.

— É mesmo? — Kirova pareceu ficar muito satisfeita ao ouvir isso, e eu me senti um pouco culpada porque não sabia bem se era verdade. — Bem, é muito gentil da parte deles também. Não sei se alguém já falou isso, mas você fica muito bem de colete. É uma pena que não os use com mais frequência. Não seria um problema para mim, sabe? Instrutores podem vestir o que quiserem, desde que sigam o código de vestimenta da escola.

— Acho que será a única vez.

— Que pena. Eu sempre pensei que a maneira como um homem fica de colete diz muito sobre ele. Não cai bem em muitos, mas você tem um peitoral excepcionalmente musculoso.

Ai, meu Deus. Ela estava dando em cima de Dimitri? Ou realmente tinha algum tipo de fascínio por coletes? Eu não queria escutar mais. Afastei-me e comecei a busca. Eu deixava minhas poucas joias espalhadas sobre a cômoda, mas não havia nada sobre a dela exceto estátuas de gatos. O armário só continha roupas, em sua maioria trajes normais de diretora que ela usava no dia a dia. Só restavam as gavetas, onde eu finalmente encontrei uma caixa de madeira decorada com gatos esmaltados na tampa. Bingo. Esta também continha basicamente joias respeitáveis, mas, bem no topo das correntinhas de ouro e relógios apropriados estavam os brincos: rostos enormes de gato em cor de vinho com olhos de strass. Coloquei-os no bolso e comecei a fechar a gaveta quando ouvi um farfalhar às minhas costas.

Eu me virei e, inacreditavelmente, me deparei com um gato de verdade.

— Ora, mas que coisa — murmurei. Kirova estava violando uma das maiores regras da escola. Quando eu estava no primeiro ano, houvera um escândalo enorme porque um aluno Moroi foi pego com uma coleção secreta de répteis. Ele alegara que era para pesquisa científica, e ela só fora descoberta quando uma das cobras escapara e fora parar no quarto de Keely Tarus. Como resultado, tivemos uma assembleia especial para a escola inteira durante a qual Kirova fizera um discurso monótono sobre como um instituto de acadêmicos excepcionais não era lugar para animais.

O gato — um tricolor — cheirou um suéter embolado no chão, então começou a atravessar o quarto. Tarde demais, eu percebi que ele estava de olho na passagem para os túneis. Apavorada com a ideia de perder o gato de Kirova no labirinto subterrâneo, eu cruzei o cômodo com um salto e chutei a pantufa para dentro da passagem bem quando o gato chegou ao painel. A porta se fechou, e, com ela, minha rota de fuga.

O gato me olhou feio. Meu coração parou. Desesperada, tentei colocar a situação em perspectiva. Certamente, depois de todos os meus quase encontros com a morte, essa não era a pior coisa a acontecer comigo, certo? Ficar presa no quarto da minha diretora, em posse de uma propriedade roubada dela? Ela não me mataria por isso. Eu esperava.

Esgueirei-me de volta para a porta e ouvi como Kirova passara a elogiar as botas de Dimitri e como suas belas estampas gravadas complementavam tão bem o colete. Eu nem consegui apreciar totalmente a estranheza incessante, não no meio da minha atual crise. Como ela estava de costas para mim, pude fazer contato visual com Dimitri e gesticular o que acontecera — omitindo o papel do gato. Kirova tinha se virado para pegar uma caneca, e ele me lançou um olhar de significado inconfundível: *Você só pode estar brincando. Era sua única função, Rose.*

Eu me perguntei se ele poderia encenar alguma distração fantástica para que eu pudesse sair correndo pela porta da frente. Talvez desabotoar um pouco o colete? Isso certamente me distrairia, quanto mais alguém com um óbvio fetiche por coletes. Mas não. Eu não era nenhuma donzela em apuros. Eu me metera nisso. Encontraria minha própria saída.

Tirei os lençóis de gato da cama de Kirova e encontrei um conjunto extra no armário. Rapidamente, amarrei-os numa espécie de corda com nós que serviriam como apoio para as mãos. Corri de volta à porta e balancei minha criação engenhosa para Dimitri a fim de mostrar que estava tudo tranquilo, então amarrei uma ponta ao pé da cama dela. Um puxão me provou que estava bem firme. Tendo aprendido com meu erro anterior, tranquei o gato no armário antes de abrir a janela. Joguei a corda de lençóis pela lateral do prédio e a observei chegar mais ou menos até metade do segundo andar.

Certo, talvez não estivesse tudo tranquilo. Mas eu me viraria. Talvez não aterrissasse graciosamente, mas esse prédio não tinha pé direito alto. Comecei a descer com facilidade, e chegara ao segundo andar quando uma voz severa abaixo de mim gritou:

— Ei, o que você está fazendo?

Reconheci a voz do guardião Kier. Não ousei me virar e correr o risco de ser identificada. Quase comecei a escalar de volta quando percebi que a tela onde eu apoiava o pé não tinha nenhum vidro por baixo. Quem deixava a janela aberta em novembro? O cheiro de sabão de lavar roupa me atingiu, e eu percebi que estava bem ao lado da lavanderia. Subi um pouco mais, então me balancei para dentro com o máximo de força que consegui. Meus pés rasgaram a tela, e eu caí no chão de azulejos.

Ouvi mais gritos do lado de fora e sabia que era só uma questão de tempo até os guardiões revistarem o prédio. Disparei para fora da lavanderia e encarei o corredor à minha frente. Tinha o mesmo layout do dormitório de Lissa, quatro corredores que se cruzavam com um elevador no meio e escadas nas alas da frente e de trás. Por trás parecia mais seguro. Corri até lá e disparei pelos degraus, então ouvi passos às minhas costas. Quando comecei a saltar três ou quatros degraus de cada vez, alguém chamou:

— Rose?

Eu me virei e vi Dimitri descendo.

— Sem tempo para conversar, camarada.

— Achei que tivesse saído pela janela. Eu ia dar a volta para te encontrar.

— Kier está lá fora. Tive que mudar os planos. Além disso, a tela da lavandeira vai precisar ser substituída.

Ele grunhiu.

— Vem, por aqui.

Nós disparamos por um corredor perpendicular. Era um dos que não davam numa escada, mas havia uma janela na metade superior da parede.

— Eu consigo passar, mas você precisa me levantar.

— Eu sei — disse ele. — O arbusto de azevinho onde eu deixei as luvas e o CD fica logo embaixo. Se tudo der certo, você vai conseguir pegá-los e ir embora.

— Mais regras quebradas. Essa noite deve ser um recorde para você.

— Já fiz pior.

Torci para que meu silêncio perplexo transmitisse meus pensamentos.

— Você está ficando sem tempo, Rose.

Ele ergueu as mãos e me impulsionou para cima, me segurando pelas pernas. Destravei a janela e a abri.

— Sabe, estou ficando especialista em entrar e sair por...

Minhas mãos escorregaram no batente da janela, me fazendo perder o equilíbrio. Eu caí, mas ele me pegou pela cintura e me segurou. Passei os braços ao redor do seu pescoço por instinto, me apertando contra ele. Esperei que ele fosse me afastar, mas não fez isso. Assim como no corredor, ele se agarrou ao momento. Algo suavizou em seus olhos enquanto me observava com uma expressão que não transparecia nem exasperação nem diversão. Seu olhar fumegava. Ansiava. Envolvia meu corpo com tanta intensidade quanto seus braços, e eu me tornei muito, muito consciente de como minhas roupas eram finas e justas.

O abraço durou apenas alguns segundos, mas para Dimitri — que vivia em função do dever e da disciplina —, aquele tempo era uma eternidade. Meus nervos vibravam com eletricidade, e eu me maravilhei com a quantidade de oportunidades que tive de tocá-lo naquela noite. Talvez o universo também achasse que me devia um favor.

Dimitri passou a mão pelo meu cabelo, alisando mechas rebeldes, então a recolheu depressa ao ouvir gritos distantes vindo do saguão do prédio. Que nada. O universo me odiava.

Sem mais uma palavra, ele me ergueu de novo. Agarrei a beirada da janela e me puxei para fora, mergulhando de cabeça. Fiquei satisfeita por não haver ninguém para ver minha queda espetacularmente péssima no chão, piorada ainda mais pelo já mencionado arbusto de azevinho. Folhas e galhos afiados me arranharam, e precisei de muito autocontrole para não gritar algumas palavras nada dignas de uma dama, muitas relacionadas a Christian e trufas de bacon. Vi vários fios de algo longo e marrom pendurados nos galhos do arbusto, então percebi que esse "algo" era meu cabelo. Levantando-me sem jeito, eu me espanei e peguei os itens que Dimitri escondera.

Que horas eram? Mais perto do fim da caça do tesouro do que eu gostaria. À distância, eu ainda conseguia ver as luzes da quermesse, mas os covers ruins da Presa de Adaga tinham enfim terminado. Havia alunos o bastante nos arredores agora para que eu pudesse caminhar calmamente, desde que eu mantivesse as luvas de boxe perto do corpo. Assim que cheguei à floresta depois do campus principal, saí em disparada pelo meio das árvores. Galhos baixos me atingiam quando eu passava, mas estava cheia demais de adrenalina e propósito para me importar. Se eu tinha me passado por uma professora, escalado várias janelas e tocado naquela colônia nefasta à toa, eu ficaria fora de mim.

Uma luzinha brilhava à minha frente, e parei derrapando. Um aglomerado de pessoas circundava Camille, Otto e o resto do comitê da caça desse ano.

— Cheguei a tempo? — exclamei, colocando a luvas de boxe e o CD no chão. Os outros times à espera chegaram mais perto.

Camille segurava um cronômetro.

— Com um minuto de sobra.

Meus parceiros no crime empurraram os outros até chegar a mim.

— Meu Deus, Rose — exclamou Mason. — O que houve com você? Você lutou com uma árvore enquanto pegava esse CD?

— A gente jurava que você tinha sido pega — adicionou Eddie.

Esfreguei um arranhão no rosto e dei de ombros.

— Vocês não acreditariam se eu contasse.

Otto estava cuidando do placar agora, e registrou meus itens.

— Perto, mas não o bastante. Um respeitável segundo lugar.

Shane deu um grito de triunfo, mas eu ergui uma das mãos para silenciá-lo.

— Segura a onda, Reyes.

Enfiei a mão no bolso e estendi os brincos com um floreio. Um arquejo coletivo soou ao meu redor. Shane se inclinou para a frente.

— Sem chance de serem os verdadeiros.

Otto soltou um riso de desdém ao pegar os brincos da minha mão.

— Você acha que existe alguma coisa igual a essa na escola? Parabéns, Rose. Isso te garante a vitória.

Dei tapinhas nas costas de Shane. Os colegas de time dele, Andy e Charlene, continuavam em choque.

— Não se preocupem — falei. — Vocês ainda vão ganhar um pouco de vinho com o segundo lugar. Quer dizer, não tanto quanto nós, é óbvio. Você não pode ter uma participação meia-boca dessas e esperar vencer.

— Meia-boca? — exclamou Andy. — Eu invadi o prédio dos guardiões escondido dentro de uma lata de lixo!

Fingi um bocejo.

Enquanto isso, Eddie e Mason me olhavam com veneração e admiração merecidas.

— Preciso ouvir essa história. Nunca mais vou duvidar da sua ousadia — declarou Mason.

— Eu nunca duvidei nem um pouquinho — falou Eddie.

— Vamos entregar todos os prêmios amanhã — disse Camille. — Agora temos que contrabandear essas coisas de volta. Vamos deixar tudo empilhado no refeitório.

— Tome cuidado com esses brincos — alertei. — Não importa o quanto você pense que Kirova gosta de gatos, eu garanto que está subestimando.

— Eu preciso muito ouvir essa história — falou Mason para mim.

— Não posso entregar meus segredos. — Ou o fato de que eu tive ajuda externa; ajuda de uma das pessoas que deveria estar nos impedindo. A lembrança do meu corpo pressionado contra o de Dimitri passou pela minha mente, e precisei afastá-la. Passando os braço ao redor dos meus colegas de time, eu nos guiei de volta para o campus principal. — Vamos ver se ainda tem algum algodão doce.

Tinha. Descolei um saco de algodão doce e um pretzel e me sentei num banco para observar a quermesse acabar. Alguns dos jogos já haviam fechado, e Alberta parara de fritar bolo de funil. Que bom que eu comera o meu mais cedo. Eddie e Mason haviam se afastado, e usei meu momento de tranquilidade para pensar nos acontecimentos da noite, desde as minhas invasões ousadas àqueles preciosos momentos nos braços de Dimitri.

— Você está bem?

Olhei para cima e vi Lissa. Ela parecia tão serenamente perfeita quanto mais cedo, sem nem um fio do cabelo platinado fora do lugar.

— Ótima. Por quê?

Ela se agachou e tirou uma folha do meu cabelo.

— Você está um desastre, e seu rosto está todo arranhado.

— Não se preocupe. É uma marca de honra de guerreira por um trabalho bem-feito.

Lissa arquejou.

— Quer dizer...

— Sim. Você pede, eu entrego. O universo ama Christian, no fim das contas. Quem diria?

— Ah, obrigada! — A alegria que irradiou dela quase me derrubou tanto quanto o abração que ela me deu. — Você é demais. Sabe disso, não sabe? Não importa o que seja, do que eu precise. Você está sempre aqui por mim.

Talvez fosse a exaustão, mas não consegui pensar numa respostinha sarcástica. Eu lhe dei outro abraço apertado e respondi:

— E sempre estarei.

Ainda com um sorriso radiante, ela se levantou.

— Preciso voltar ao campus do primário e ajudar com a arrumação. Só queria conferir enquanto Christian estava ocupado. Obrigada de novo, Rose. Ah, ei, Mason. Valeu pela ajuda também.

Enquanto ela se afastava, Mason se aproximou com uma corridinha. Ele pegou minha mão e me puxou.

— Vem ver isso. Você nem vai acreditar.

Confusa, eu o segui de volta para a barraca de bolo de funil. Em frente a ela, havia um grupo de alunos perto da tenda onde havíamos tirados fotos. A sra. Alders acenou ao me ver.

— Aí está você. Venha aqui buscar seu prêmio.

Alguns alunos abriram caminho para mim, e eu me aproximei com incerteza.

— Prêmio pelo quê?

— Pela competição de fantasia. Você levou uma menção honrosa. Foi muito inteligente, sabe. — Ela apontou para minha blusa. — Meu favorito é Louis Armstrong. Adoro as músicas dele.

— Ah — falei, ainda impressionada. — Achei que ele fosse um astronauta.

Quando ela começou a me mostrar uma grande caixa de papelão, seu olhar se desviou para o grupo de pessoas ali.

— Ah. Você deu uma dessas para o guardião Belikov?

Segui o olhar dela. Dimitri estava perto da borda do grupo, com a expressão séria de sempre, não parecendo nem um pouco ter participado do caos daquela noite. A pergunta da sra. Alders, no entanto, o fez erguer uma sobrancelha. Ele olhou para baixo, e, de fato, havia um adesivo de OLÁ, MEU NOME É... no casaco dele. Verifiquei minha própria fantasia imediatamente e vi um espaço vazio na lateral da minha barriga. Deve ter se transferido quando ele estava me levantando ou abraçando. Tínhamos ficado mais colados do que eu imaginava.

Minha boca ficou seca, mas Dimitri nem hesitou. Ele descolou o adesivo e o reposicionou mais no alto do casaco.

— Sim, ela me entregou mais cedo. Sabe como sou fã de Judy Blume. — Ele relanceou para mim, com os olhos escuros brilhando de diversão, então voltou a se fundir com a multidão.

Eu descolei a etiqueta de Louis Armstrong e a dei para a sra. Alders.

— É. E você pode ficar com essa.

Ela aceitou com um sorriso, então inclinou a caixa na minha direção.

— Reunimos todo tipo de guloseimas. Algumas foram especialmente escolhidas por professores. Outras foram até doações de alunos. Vá fundo e escolha o que quiser.

Curiosa, eu espiei a coleção de doces e guloseimas. Então comecei a rir.

A violação do quarto de Kirova resultou em outra assembleia para a escola toda sobre a santidade das nossas regras, algo que eu achei bem hipócrita considerando o amigo felino dela. Mas mantive esse segredo guardado comigo e tentei assumir uma aparência solene enquanto ela continuava com seu sermão sobre "o grupo de transgressores" que tinha conspirado para roubá-la. Kier não conseguira me identificar na parede do prédio, e fiquei bem convencida por minhas escapadas terem sido confundidas com o trabalho de um grupo.

— Não fique tão convencida — disse Dimitri depois de uma de nossas corridas matinais. — A caça ao tesouro foi longe demais. O campus deve entrar em lockdown no ano que vem.

Dei de ombros enquanto entrávamos no vestiário.

— Eles não conseguiram nos impedir antes. Por que acha que conseguirão agora?

Ele me lançou um sorriso irônico.

— Porque eles... nós... não temos nos esforçado tanto quanto poderíamos. Claro, ninguém aprova todos os roubos e invasões, e quem é pego é punido. Mas... sempre houve um entendimento entre os guardiões de que tentar fazer o impossível é bom para vocês, os aprendizes, pelo menos. Furtividade e resolução de problemas não são atributos ruins, considerando os trabalhos que enfrentarão no mundo real. Kirova não tem a mesma opinião sobre os Moroi, e depois disso... Bem, como falei, alguns dos métodos que deixamos de adotar até então serão adotados. Esperem uma troca de fechadura logo antes da quermesse do ano que vem. E mais patrulhas.

— Será o fim de uma era. — Tirei minha bolsa do escaninho. — Mas acho que isso só significa que vou entrar para a história de novo.

— Mais um motivo para você não querer ser ninguém além de Rose Hathaway, certo?

Eu me sentei num banco e juntei as mãos no colo enquanto olhava para longe.

— Sei que falei isso... mas às vezes... Bem. Às vezes eu queria poder roubar outra identidade. De alguém mais velha. Alguém que não está protegendo o mesmo Moroi que... que outras pessoas também protegem.

Dimitri ficou em silêncio por muito tempo; tanto que chegou uma hora que eu precisei olhar para ele, apesar do meu constrangimento. De maneira geral, ele mantinha a expressão confiante e composta de sempre. Mas nos olhos dele... ali estava. Um clarão daquela ternura que eu via de vez em quando, a ternura que fazia com que a faísca que queimava perpetuamente em mim ardesse com um pouco mais força. Havia mais do que afeto nos olhos dele, no entanto. Havia melancolia também.

— Alguém assim... facilitaria as coisas — respondeu ele enfim, com a voz baixa. Contida. — Mas alguém assim não seria Rose Hathaway. E eu prefiro viver num mundo muito mais complicado do que num mundo sem ela.

Precisei desviar o olhar de novo porque, se eu continuasse olhando para ele, ou eu iria chorar ou tentar beijá-lo. Limpei a garganta e disse:

— Bem, sorte a sua, porque aqui estou eu para deixar seu mundo o mais complicado possível. Mas talvez eu também o deixe um pouco mais delicioso. — Abri o zíper da bolsa e ousei olhar para ele de novo. Um pouco daquela ternura permanecia em seu olhar, então ele sorriu e voltou ao modo mentor exasperado.

— Ah, é?

— Tcharam. — Ergui uma caixinha dourada e azul da bolsa. — As trufas de chocolate amargo com bacon da Haberlin.

A risada dele, repleta de surpresa genuína, me deixou tão feliz quanto o olhar anterior.

— Elas não são de Christian?

— Não, Lissa está com as dele. Essa caixa é minha. Camille também deu uma à sra. Alders, e ela acabou junto dos outros prêmios. Aqui. Toma uma. — Levantei a tampa e estendi a caixa.

Ele relanceou para baixo, então de volta para mim.

— Rose... se eu não a conhecesse, diria que você cedeu e provou essas trufas.

— Controle de qualidade — falei.

— Só tem mais duas. De doze.

— Muito controle de qualidade. — Eu peguei uma delas. — E estou dando a última a você, camarada. Deveria ficar lisonjeado. Porque mesmo que seja complicado, eu espero que você perceba que há vantagens em se ter uma Rose Hathaway na vida.

Ele abriu um sorriso maior ao pegar o chocolate.

— Ah, eu percebo, Roza. Eu percebo.

Este livro foi impresso pela Cruzado, em 2022, para
a HarperCollins Brasil. O papel do miolo é pólen
soft 70g/m² e o da capa é cartão supremo 250g/m².